Maria Adolfsson

Avviso di burrasca

Traduzione di
Stefania Forlani

SOCIETÀ EDITRICE MILANESE

Questo libro è un'opera di fantasia. Personaggi e luoghi citati sono invenzioni dell'autore e hanno lo scopo di conferire veridicità alla narrazione. Qualsiasi analogia con fatti, luoghi e persone reali è assolutamente casuale.

Avviso di burrasca
di Maria Adolfsson
Pubblicato in accordo con Bonnier Rights, Stoccolma, Svezia.

ISBN 978-88-93-90219-9

Titolo originale dell'opera: *Stormvarning*
© 2019 Maria Adolfsson
Pubblicato per la prima volta
da Wahlström & Widstrand, Stoccolma, Svezia.

Il pio prega nella bonaccia,
il peccatore nel vento contrario,
il pescatore nella tempesta.
Proverbio doggerlandese

Prologo

Osserva il cellulare con espressione di leggero disgusto e si appoggia all'indietro sullo schienale, come se il solo guardarlo costituisse già una minaccia. Si alza, fa un mezzo giro intorno al tavolo della cucina, si ferma sulla soglia e lancia un'occhiata al soggiorno. Poi prosegue nell'altra direzione. Mentre cammina evita di guardare il telefono, finge di non vedere la muta richiesta dello schermo nero.

A metà strada verso l'ingresso si arresta di colpo e rimane a fissare fuori dalla finestra con sguardo vacuo. Sarebbe così semplice lasciar perdere, ascoltare quella voce seducente che le sussurra che non è costretta a farlo, che in effetti non dovrebbe, che non sarebbe giusto. Ascoltare quella voce che si fa più incalzante e la esorta a essere ragionevole, altrimenti tutto rischia di andare a rotoli.

Esita. Si volta e guarda la dispensa con la coda dell'occhio. La tentazione è forte, basterebbe prendere una bottiglia di rosso, sedersi davanti alla tv e cercare di dimenticare tutto quello schifo.

Sarebbe meglio, certo. Sarebbe la cosa giusta.

Eppure sa che tra poco prenderà il cellulare e farà quella maledetta chiamata. Una chiamata che le costerà il lavoro, se qualcuno verrà a saperlo. Ma che potrebbe costarle molto di più, se la persona all'altro capo intravedesse l'opportunità di sbarazzarsi di ben altro problema: lei.

"No, non è giusto" pensa l'ispettrice Karen Eiken Hornby afferrando il telefono.

Non è per niente giusto, ma è l'unica possibilità.

1

Quattro settimane prima: Natale

La temperatura è di pochi gradi sotto lo zero, eppure l'aria pungente ferisce i polmoni e lei è costretta a fermarsi e riprendere fiato proteggendosi con la sciarpa. Inorridita, Gertrud Stuub si rende conto che stava quasi per imprecare e si fa il segno della croce con la mano libera. Sempre più angosciata, volge lo sguardo al bosco e poi su, verso la cresta e la stradina sterrata che sta percorrendo. Lancia rapide occhiate anche nell'altra direzione, verso ciò a cui non osa pensare.

"Te lo stai solo immaginando" dice a se stessa, sentendo allentarsi gli spasmi ai bronchi. "Lui non ha mai promesso di venire, sei tu che hai dato per scontato che sarebbe arrivato. E adesso sei qui a correre in giro come una vecchia pazza." Si costringe a fermarsi e a fare qualche altro respiro attraverso il tessuto di lana prima di affrettarsi, più veloce che può, sulla stradina accidentata piena di pozzanghere congelate, specchi di ghiaccio infido.

A sinistra si innalza il pendio, con tronchi di alberi spogli, e tra di essi vede stagliarsi il profilo azzurro del monte Getryggen, ripido e inaccessibile per una della sua età. E per uno dell'età di Fredrik. "Non sarà certo così stupido" pensa, cercando di scacciare quell'idea. L'alternativa d'altro canto è ancora peggio: un paio di metri a destra della stradina il terreno finisce bruscamente.

Controvoglia, gira la testa. Finché tiene lo sguardo puntato in lontananza, sembra un normale e placido laghetto che si estende sotto i raggi mattutini del pallido sole di dicembre.

Un lago con la superficie ghiacciata in mezzo al bosco. Ma se ci si allontana di poco dalla strada e si allunga il collo per guardare in basso, si vedono le pareti della miniera scendere a precipizio, implacabili, verso quell'oscura profondità. Gertrud non abbandona la strada. Niente riuscirebbe a farla avvicinare al bordo di sua spontanea volontà.

«Be', viene qui tutti i giorni» dice, spaventandosi nel sentire la sua voce flebile e il silenzio compatto che ingoia quelle parole. Non ha la forza di gridare il suo nome, non vuole sentire quel suono. Se è lì, prima o poi lo troverà.

Del resto lui conosce il terreno, cerca di convincersi. Sa esattamente dove mettere i piedi, e anche Sammy. Magari sono già a casa, e lui è seduto al caldo, in cucina, con il caffè e il pane allo zafferano avanzato da ieri e, da miscredente qual è, per nulla preoccupato né del paradiso né dell'inferno. Sarebbe proprio da lui. "No, adesso mi giro e la smetto con queste stupidaggini" pensa Gertrud, lanciando uno sguardo dietro di sé lungo la strada che ha percorso. D'altra parte, si rende conto a malincuore che ormai la distanza sarebbe la stessa, sia continuando il giro intorno alla miniera a cielo aperto sia tornando indietro.

Con un sospiro pesante prosegue, e ancora una volta si fa il segno della croce maledicendo dentro di sé la mancanza di riguardi di suo fratello e soprattutto la sua assoluta rinuncia alla religione. Fredrik non consuma di certo la soglia della chiesa, di questo è fin troppo consapevole, ma almeno alla messa dell'aurora di Natale ci è sempre andato. Per qualche ragione i miscredenti, quelli che non mettono mai piede nella casa del Signore se non per matrimoni o battesimi, spuntano proprio in quell'occasione. Forse è soltanto rimasto a letto.

Un po' più avanti intravede la piazzola per l'inversione di marcia, dove inizia – o finisce – la strada più larga che sbocca nella statale. Sono molti anni che non la percorre nessuno e le crepe nell'asfalto si allungano e allargano ogni stagione che passa. Non c'è motivo di riparare quella strada: la usa solo la gente che butta immondizie o ciarpame nella piazzola invece di usare il centro di raccolta di Valby. Gente tirchia e disonesta che farebbe qualsiasi cosa pur di risparmiare qualche marco o scellino. "Ma nemmeno loro hanno la sfacciataggine di venirci proprio a Natale" pensa. "Nessuno è così stupido da venire qui, a parte Fredrik. Ormai sembra che nemmeno i giovani ci vengano più a fare bagni proibiti nell'acqua malsana della miniera." D'istinto si tocca la tasca del cappotto per sentire se il telefono c'è ancora. Nessuno la troverebbe se dovesse cadere e farsi male, soprattutto in questi giorni.

"Fredrik si meriterebbe proprio una bella lezione, di quelle che non si dimenticano, dovrebbe cadere e farsi male. Niente di serio, quel che basta perché si renda conto che è troppo vecchio per gironzolare da solo in posti deserti." Automaticamente la mano le sale di nuovo al petto come gesto di penitenza per quel pensiero proibito, e poi chiama: «Ehi! Fredrik!».

L'attimo successivo si ferma di colpo.

Un lamento triste, un latrato, ed è come se una mano fredda le si posasse sulla fronte. E nel momento in cui vede il border collie bianco e nero poco più avanti, l'assale la consapevolezza. Il lungo guinzaglio striscia per terra mentre Sammy corre avanti e indietro sconsolato lungo il bordo della miniera, si accuccia qualche secondo, si rialza e riprende a gironzolare disperato, rischiando di mettere le zampe in fallo. Per un attimo sembra che il cane abbia intenzione di scendere nel precipizio ma, sentendo che qualcuno si avvicina, rizza le orecchie e alza il muso. Un istante dopo Sammy vede Gertrud e corre verso di lei abbaiando. Striscia infelice avanti e indietro da Gertrud al dirupo, con il dorso curvo, cercando di guidarla. A malincuore, lei lo segue pregando a voce alta.

«Ti prego, mio Dio, non voltarmi le spalle proprio ora.»

Dal punto in cui si ferma, con il guanto premuto forte contro la bocca, non riesce a vedere suo fratello. Un'illusoria speranza l'attraversa per un istante vertiginoso: magari là sotto non c'è Fredrik. Forse c'è solo la vecchia palla da tennis mordicchiata di Sammy, quella che insiste a portarsi dietro. Forse Fredrik l'ha lanciata per sbaglio in quella direzione invece che su per il pendio come fa sempre. E nel momento in cui Gertrud Stuub si avvicina al bordo con il cuore martellante e allunga il collo non riesce comunque a vederlo.

Solo quando si sdraia sulla pancia e, recitando un'ultima vana preghiera, striscia con cautela fino all'orlo per guardare nel dirupo, le sue speranze svaniscono del tutto.

2

Karen Eiken Hornby chiude la porta e fruga nella tasca del giubbotto alla ricerca delle sigarette. Con il gomito appoggiato alla ringhiera fredda aspira una profonda boccata di fumo e sente le pulsazioni rallentare a poco a poco. Fissa il vuoto davanti a sé.

È già buio pesto, nonostante siano solo le quattro e mezzo, ma l'aria di dicembre è insolitamente mite. La luce proveniente dalla cucina illumina il terreno intorno al grosso sorbo selvatico. Dei dieci centimetri di neve che ricoprivano il suolo la scorsa settimana rimangono solo poche chiazze che si stanno sciogliendo. Di notte e durante le prime ore del mattino, con le temperature che scendono sotto lo zero, fanno in tempo a ghiacciare, ma poi si sgelano velocemente sotto il cielo che, negli ultimi giorni, sembra una coperta di bigello grigio.

Dalle finestre chiuse della casa giungono il tintinnio della porcellana, delle risate e l'ennesima canzonetta da brindisi.

Consolati, pescatore,
il merluzzo è proprio brutto,
spegni la sete con il liquore
perché adesso Natale è giunto.
Salute!

Anche senza voltarsi a guardare, sa che le sette persone intorno al tavolo sollevano i calici all'altezza degli occhi, li riabbassano e poi bevono tutti insieme. Aspetta il tonfo dei bicchieri posati di nuovo sulla tavola. Ed ecco che arriva.

"Come cazzo farò a resistere altri due giorni?" si chiede.

In casa non c'è nessun posto in cui potersi rifugiare per stare in pace. Sua madre e Harry hanno preso la camera da letto più grande, e lei ha ceduto loro il letto matrimoniale in preda a sentimenti contrastanti. Si è trasferita nella stanza degli ospiti accanto e, per tre notti di fila, ha dovuto ignorare i suoni provenienti dall'altra parte del muro.

Le era sembrata una buona idea, un paio di settimane prima, quando avevano pianificato tutto al pub, il Gruvan di Dunker, dopo qualche bicchiere di vino. Avrebbero passato la vigilia e Natale a casa di Karen a Langevik, una festa con gli amici più intimi. Era già in programma che la mamma e Harry venissero, e più si era più ci si divertiva. Marike aveva giurato che sarebbe riuscita a dormire sul divano in soggiorno e che avrebbe portato pancetta croccante e cavolo rosso. Kore ed Eirik avrebbero dormito sul divano letto di Leo nella casetta degli ospiti e avrebbero portato aringhe al rafano, salmone marinato e senape fatta in casa. Sua madre le aveva promesso al telefono di preparare biscotti allo zafferano e pane di segale non appena fosse arrivata, e Karen avrebbe dovuto solo procurare una grande quantità di birra aromatizzata al ginepro e speziare il vin brûlé. Due giorni di buon cibo, piacevole compagnia e lunghe passeggiate nella neve, perché sarebbe arrivata, no?

Adesso ascolta le risate che provengono dall'interno. Sì, è proprio divertente come previsto. È tutto come dev'essere, a parte il fatto che vorrebbe stare sola e poter sentire il silenzio, fosse anche per un breve istante.

"Manca solo un'altra notte, ce la puoi fare" cerca di convincersi mentre aspira il fumo. Forse Kore, Eirik e Marike se ne andranno a casa domani, subito dopo la colazione. La mamma e Harry invece rimarranno ancora una notte, le viene in mente. L'aereo per la Spagna non parte fino a dopodomani. Altre due mattine in cui dovrà fingere di non vedere Harry che dà affettuose pacche sul sedere a sua madre, fingere di non sentire il rumore di baci rubati non appena volta loro la schiena. Ancora un giorno e mezzo in cui dover reprimere i commenti acidi che minacciano di sfuggirle di bocca ogni volta che sua madre definisce il quasi settantaseienne Harry Lampard il suo nuovo "ragazzo".

E poi Sigrid.

Perché la ragazza non è rimasta da suo padre? Ora che avevano ricominciato a parlarsi dopo anni di gelo. "Cazzo, è Natale, bisognerebbe stare con la famiglia" pensa Karen irritata e aspira così forte dalla sigaretta che si brucia le dita.

«Non mi fermo molto» aveva assicurato Sigrid in tono allegro quando era spuntata in cucina senza preavviso, quasi tre ore prima. «Volevo solo fare un saluto.»

E il calore aveva pervaso Karen senza che lei riuscisse a fermarlo. L'irragionevole e spaventosa felicità che l'assaliva ogni volta che vedeva Sigrid. Cose che non hanno più un posto nella sua vita.

Non mi fermo molto. Karen non ha intenzione di indagare su come Sigrid pensi di percorrere i due chilometri fino a casa sua, dall'altra parte del paese, dopo due bicchieri di birra e almeno uno di acquavite. Stasera non è una poliziotta, è solo stanca.

E poi c'è il suo maledetto ginocchio. Il dolore persistente che le ricorda quello che è successo, e quello che sarebbe potuto succedere. Karen sposta il peso sulla gamba destra e sente una fitta al fianco. Più di due mesi, ormai, eppure non è ancora ristabilita. Quattro settimane all'ospedale di Thysted e poi la riabilitazione a casa. Dolorose sedute dal fisioterapista a Dunker tre volte alla settimana. Ha fatto tutto quello che le hanno prescritto, obbediente; anche gli esercizi a casa, due volte al giorno. Eppure non riesce a caricare il peso sulla gamba sinistra per più di pochi istanti. È stanca di dover nascondere la verità a quelli là dentro in cucina. Indossare la maschera è estenuante, le fa bruciare la gola, e poi c'è quel dolore continuo, e la scelta tra l'ennesimo antidolorifico e un bicchierino di acquavite, il sorriso spasmodico: «No, non mi fa più male, sono solo ancora un po' rigida». Le occhiate sospettose di sua madre.

Deve rimanere a casa fino all'Epifania, solo altri dodici giorni, chiusa tra quattro mura e con troppi pensieri per la testa. Subito dopo le feste tornerà al lavoro, a costo di arrivarci strisciando. Per fortuna è riuscita a impedire che il medico prolungasse ancora di più la sua assenza per malattia. "Be', almeno sono brava a mentire" pensa.

La porta si apre e si richiude un po' troppo forte, facendo tintinnare i vetri della finestra in cucina e per qualche secondo il brusio aumenta. Senza voltarsi, sa che è Leo. Con la coda dell'occhio vede la fiamma dell'accendino, e lui che aspira profondamente, trattiene il fumo per un secondo e poi lo soffia fuori. Le offre il pacchetto e lei prende una sigaretta.

«Il tempo guarisce tutte le ferite. Non angosciarti» dice.

"È così evidente?" pensa lei. "E sì che credevo di riuscire a nascondere le mie emozioni."

«Ah, che filosofo» mormora. «Hai altre perle di saggezza?»

«Anche l'alcol aiuta, ovvio. Il tempo e i liquori. Non è questo il Natale, del resto?» sogghigna.

Lei lo guarda rapida negli occhi e cerca di reprimere un sorrisetto.

«Be', se c'è un esperto qui sei tu. Non era lo scorrere inesorabile dell'alcol e del tempo che ti consolava quando vivevi sotto il molo?» dice brusca.

«Be', non erano certo le donne e la musica.»

Fumano in silenzio. Karen volta la testa e vede che Eirik e Marike stanno sparecchiando, mentre Harry riempie la caffettiera d'acqua usando il bricco sporco. Sospira.

«È una brava persona» dice Leo. «Il tuo nuovo patrigno.»

Lei si sente bruciare mentre sbuffa fuori il fumo.

«Patrigno! Ma vai a...»

«Ed Eleanor è felice» continua lui.

«Grazie, l'avevo capito. Le pareti sono sottili.»

Leo fa un tiro e fissa il buio, in silenzio.

«Potresti venire da me domani, quando Kore ed Eirik se ne vanno» dice dopo un attimo.

«Da *te*?»

«Sì, dicono che il divano letto è comodissimo. Basta mettere qualche cuscino sopra il sostegno d'acciaio che ti preme contro la spina dorsale. E nel peggiore dei casi c'è posto nel mio letto.»

Gli lancia un'occhiata di traverso, stupita: non è da Leo. E non sembra nemmeno da lui partecipare ai festeggiamenti di Natale, bere intonando brindisi e ascoltare i suggerimenti prolissi di Harry su come ristrutturare il solaio o isolare il capanno in modo da avere più spazio. Del tutto inconsapevoli della crescente irritazione di Karen, Leo e Harry avevano fatto piani sulla sua casa, mentre continuavano a riempirsi i bicchieri. Come avrebbe dovuto procedere lei, quanto sarebbe costato, di quanto sarebbe aumentato il valore della casa ora che le vecchie abitazioni dei pescatori a Langevik iniziavano a salire di prezzo. Soprattutto le case come quella di Karen, con il pontile e il capanno da pesca.

Probabilmente quel tipo di ragionamento viene naturale a Harry Lampard: secondo sua madre aveva un'impresa edile di successo a Birmingham prima di andare in pensione e trasferirsi sulla Costa del Sol. Ma che Leo Friis potesse stare lì ad ascoltare interessato...

"Che cavolo ne sa lui di isolamenti, tegole e muri portanti?" si domanda Karen spegnendo sulla ringhiera la sigaretta consumata a metà. "D'altra parte, che cosa ne so io di Leo Friis?" pensa un attimo dopo. "Sono passati solo pochi mesi da quando non aveva un tetto sulla testa e si trascinava in giro per Dunker con un carrello della spesa in cerca di bottiglie vuote."

«Quindi mi proponi di trasferirmi da *te*? Mi risulta che sia ancora casa mia, quella» ribatte.

Leo si stringe nelle spalle come se le stesse facendo una generosa concessione.

«Che io ho in affitto. Per una somma irrisoria, certo, e senza regolare contratto» aggiunge. «Ma presumo che tu non voglia tirare in mezzo l'agenzia delle imposte...»

Karen fa un sospiro rabbioso.

«E calmati, dai» replica lui quando vede la sua espressione inorridita. «Stavo scherzando, Karen.»

Per un attimo lei si chiede se si riferisca al letto da condividere o all'agenzia delle imposte.

Leo spegne la sigaretta nel vaso di coccio rovesciato accanto alla porta.

«Torniamo dentro?»

Controvoglia, lei si stacca dalla ringhiera.

«Il tempo e l'alcol» sospira.

3

Venti minuti più tardi la lavastoviglie è piena, il caffè è nelle tazze e i biscotti allo zafferano sul tavolo del soggiorno. Kore ed Eirik sono tornati dopo una breve visita alla casetta degli ospiti e Marike, vedendo le loro effusioni, dice qualcosa a proposito di "trovarsi una stanza" e pensare agli amici meno fortunati.

Harry lancia una rapida occhiata nella loro direzione. Un'occhiata carica di preoccupazione e curiosità in egual misura.

Questa sera Marike sembra stranamente di splendido umore, e l'accento danese si percepisce appena. Eppure Karen sa che basta una cottura malriuscita delle sue ceramiche per trasformare questa versione della sua amica in un'arpia spaventosa che sibila parole incomprensibili nel dialetto dello Jutland settentrionale. Stasera però Marike Estrup è raggiante, non c'è traccia di quel nervosismo che di sicuro aumenterà con l'approssimarsi della data del vernissage a New York. Karen si appoggia allo schienale della poltrona. Qui e ora. Tempo e alcol.

Qualcuno ha scovato una bottiglia di whisky Groths e una di liquore al sorbo, e tutti hanno trovato posto, sul divano verde, su una delle bergère consunte o sulla vecchia cassapanca che lei non si è ancora decisa a portare in solaio. La prima cosa che aveva pensato di fare quando aveva ereditato la casa da sua madre era portar via quella vecchia mostruosità. Sono passati nove anni.

Sigrid è seduta per terra a gambe incrociate con i gomiti appoggiati sul divano. Karen osserva i suoi lunghi capelli neri – colorati così tante volte da aver perso ogni brillantezza –, le braccia sottili ricoperte di disegni, l'anello al naso che luccica al bagliore del lampadario d'ottone quando Sigrid annuisce con entusiasmo a quello che sta dicendo Kore. Dal punto di vista fisico, lei e Kore si assomigliano in modo straordinario, nota Karen. Perlomeno per il colore dei capelli, i tatuaggi e i piercing. "Al padre di Sigrid non farebbe piacere sentirlo" pensa, sorseggiando soddisfatta dal bicchiere.

Eirik, di fianco a lei, è l'esatto opposto del suo ragazzo. In onore della giornata festiva si è messo un pullover rosa sopra la camicia bianca e ha una sobria cravatta a righe grigie. La piega dei pantaloni, anch'essi grigi, è affilata come la lama di un coltello. Come sempre. "Il caro, vecchio Eirik" pensa. "Tanto affidabile nella scelta dei vestiti quanto nella sua amicizia: senza di lui oggi non sarei qui." Le pizzica la gola e sposta lo sguardo altrove. Con un brivido si accorge che sua madre e Harry si sono messi due maglioni identici anche stavolta, con un motivo natalizio, un ginepro decorato. "Almeno sembrano felici" pensa.

L'ondata di irritazione si è placata e ha lasciato il posto a una sorta di rassegnata tenerezza. Ora che rabbia e frustrazione sono svanite, nel calore della luce e del whisky, e con un gatto flessuoso in braccio, non ce la fa più a tenere alta la guardia. Non ce la fa più a difendersi da quello che, se non sta attenta, sarà la sua rovina.

«Sigrid è mia figlia, non tua. Ricordatelo!»

Le ultime parole di Susanne Smeed le risuonano ancora nelle orecchie. In silenzio, osserva quella figlia che non è sua, la ragazza che ha preso sotto la sua ala protettiva solo qualche mese prima. Fradicia e febbricitante, Sigrid era seduta sulla scala fuori dalla casa che si era ritrovata a ereditare all'improvviso e suo malgrado. Senza la forza di protestare aveva seguito Karen a casa sua, si era lasciata nutrire con tè caldo, biscotti e Tylenol finché l'influenza non era passata.

E in un certo modo non se ne era più andata.

Ufficialmente Sigrid abitava nella casa che sua madre le aveva lasciato in eredità, ma trascorreva la maggior parte del tempo da Karen. Non doveva mai fermarsi a lungo, ma poi rimaneva fino a sera, e stava nella stanza degli ospiti tutte le volte che osava chiederlo. Come un gatto che si caccia via, ma che ci si ritrova davanti alla porta d'ingresso il giorno dopo.

"Proprio come te" pensa Karen. Accarezza la pancia del gatto grigio, sente un nodo e lo districa distrattamente con le unghie. Anche Rufus era comparso all'improvviso e poi aveva deciso di restare. Leo invece l'aveva invitato lei, per badare alla casa e al gatto mentre era in vacanza. Vacanza che aveva dovuto rimandare. E nemmeno lui sembra avere fretta di andarsene. D'altro canto, non ha molte alternative.

"Com'è successo, esattamente? Come ha fatto casa mia a diventare un centro d'accoglienza per senzatetto?" si chiede bevendo un sorso di whisky.

Lei non l'ha sentito. È stata Marike, che era uscita per andare in bagno, e adesso è sulla soglia della cucina con il cellulare di Karen in mano.

«Era nella tasca del giubbotto. Forse dovresti rispondere» aggiunge con un'occhiata eloquente allo schermo, mentre glielo porge.

JOUNAS SMEED riesce a leggere Karen prima che il cellulare smetta di squillare. Fa un sospiro profondo.

«Non dirmi che è papà» dice Sigrid, e Karen fa un cenno d'assenso.

«Ha provato a chiamare anche te?» le chiede.

Sigrid tira fuori il cellulare dalla tasca e poi scuote la testa.

«No, non ho chiamate perse» geme. «Ma che cosa vuole *adesso*? Sono andata da lui ieri e anche oggi!»

«Magari vuole solo augurarci buon Natale» commenta Eleanor calma.

«E poi domani parte per la Thailandia» continua Sigrid. «Sono tre settimane che cerca di convincermi ad andare con lui! Non gli basta aver passato il Natale insieme? Devo anche andare in una cazzo di spiaggia con le palme? Cos'ha che non va quell'uomo?»

Sigrid allarga le braccia e sbarra gli occhi per sottolineare che lei ha fatto tutto ciò che si può chiedere a una figlia per ricucire i rapporti con suo padre.

"Sembra che abbia undici anni anziché quasi diciannove" pensa Karen. Con un sospiro si alza e va in cucina. Dopo qualche istante di esitazione preme il tasto per richiamare. Se non si tratta di sua figlia, ci può essere solo un'altra ragione per cui il capo della divisione crimini della polizia di Doggerland chiama Karen Eiken Hornby a Natale. E non è certo per farle gli auguri.

4

"No, definirlo umile è eccessivo" pensa due minuti dopo. Jounas Smeed probabilmente non è mai stato umile in tutta la sua vita. Ma la voce all'altro capo è un po' titubante e non c'è traccia del tono polemico a cui è abituata.

«Ciao Eiken, grazie per avermi richiamato. Mi spiace davvero disturbarti a Natale. Hai già fatto qualche brindisi?»

«Due, per la precisione. E tu?»

Jounas Smeed fa finta di non sentire, o magari ritiene che la domanda non necessiti di una risposta.

«E a quanto ne so ci sono i tuoi genitori in visita» continua, e nella sua voce si avverte un tono forzato.

«Be', mio padre è morto da molti anni, perciò non è venuto, ma mia madre è qui con il suo... con un suo caro amico.»

«Ah sì, ecco. Immagino che siate nel bel mezzo dei festeggiamenti...»

Karen aspetta che aggiunga qualcosa, ma il suo capo sembra pensare che tocchi a lei continuare la conversazione.

«Sì. Ma non credo che tu mi abbia chiamata per sapere della mia famiglia o quanto alcol ho bevuto, giusto?»

Jounas Smeed scoppia a ridere. Poi si schiarisce la voce, e il suo tono ritorna quello abituale.

«Certo che no» risponde bruscamente. «Ci è capitato tra capo e collo un omicidio. Su a Noorö, tra l'altro.»

«Noorö. Ma non sarà uno dei soliti omicidi colposi commessi da un ubriaco? Di quelli che può gestire la polizia locale?»

«Ovviamente no. La vittima è un vecchio insegnante, se ho capito bene, che è stato ucciso durante la messa dell'aurora di Natale.»

Karen prende una sedia e vi si lascia cadere con un tonfo. «In chiesa? Come cazzo è successo?»

«No, no, non *alla* messa dell'aurora, ma in quel lasso di tempo, o comunque di mattina molto presto. Però il medico, a quanto pare, ha notato qualcosa che lo ha indotto a chiamarci. Non ho ancora tutti i dettagli.»

«E io cosa c'entro, in tutto questo? Sono ancora in malattia, come saprai.»

Glielo chiede anche se conosce già la risposta, vuole tormentarlo ancora un po'. Il premio è il sospiro pesante che sente dall'altra parte.

«Il fatto è che alla divisione siamo a corto di personale. Metà della squadra ha l'influenza e l'altra metà è in vacanza per Natale e Capodanno. Io stesso partirò domani per la Thailandia. O almeno, i piani sarebbero questi» aggiunge con tono afflitto.

Karen si alza e guarda fuori dalla finestra della cucina, nel buio. Intuisce il rumore dei rami del sorbo che sfregano sul vetro, pensa che deve riuscire a potarli prima che arrivi la prossima tormenta.

«Quindi vuoi che sia io a condurre le indagini. Pensi che debba rientrare al lavoro in anticipo e annullare il resto dei festeggiamenti.»

Niente nella sua voce tradisce il sollievo che prova. Jounas Smeed può benissimo credere che lei gli stia facendo un gran favore, le può tornare utile in futuro. Per un istante si chiede se non stia esagerando.

«Sì, ho pensato che fosse il caso di fare un tentativo» risponde il capo, distaccato; ormai dalla sua voce è sparita ogni traccia di calore. «Ma naturalmente capisco se non...»

«Nessun problema. Me ne occupo io» lo interrompe subito Karen.

Per qualche secondo c'è un silenzio totale.

«Davvero? Sei proprio sicura? Perché sono ancora in tempo ad annullare il mio viaggio e andarci io...»

"Certo," pensa lei "però intanto mi hai chiamata, anche se probabilmente sono l'ultima persona al mondo a cui vorresti chiedere un favore. Devi avere proprio una gran voglia di bere cocktail sulla spiaggia per metterti nella condizione di avere un debito nei miei confronti."

«Vai. Ci penso io. Ma davvero non c'è nessun altro disponibile alla divisione crimini? Non verrà nessuno con me?»

«Di investigatori, nessuno, ma ho già parlato con Brodal e Larsen, che per fortuna sono entrambi sani e non in ferie.»

Karen sospira. Né il medico legale né il capo della Scientifica saranno felici di essere spediti a Noorö durante le feste. "Soprattutto Kneought Brodal. Non sarà divertente averlo tra i piedi" pensa.

«Andranno là domattina presto» continua Smeed. «Non è l'ideale, ma adesso è già buio e comunque, da quel che sappiamo, hanno già bloccato l'accesso al luogo del delitto e lo stanno sorvegliando. E il corpo è all'ambulatorio medico locale, a Lysvik, dove hanno le celle frigorifere. Un po' strano, no?»

«Dici? E perché? Devono averle, invece, in caso i traghetti non possano viaggiare. E lassù capita che li sospendano per giorni.»

«È vero, ma è tanto che non succede niente» ammette lui. «Tra l'altro mi sembra di ricordare che hai dei parenti da quelle parti, o mi sbaglio?»

«Sì, mio padre era di Noorö e quando ero piccola andavo spesso a trovare i parenti, ma adesso è da molto che non lo faccio. Non li vedo da... be', da parecchio tempo.»

«Sì, ma è utilissimo avere qualcuno che conosce la zona» insiste Jounas Smeed, come per convincersi che ancora una volta ha preso una decisione razionale. «Quando pensi di poter essere là?»

«Insieme a Kneought e Sören, domani mattina presto, non prima. A meno che tu non voglia mandare una macchina a prendermi. Come sai, ho bevuto.»

"Quindi c'era una ragione dietro alla tua domanda su quanti brindisi avevo fatto. Maledetto Smeed" pensa.

«No, basta che tu sia là domani» risponde lui rapidamente. «Le forze di polizia locali terranno sotto controllo la situazione fino ad allora. A proposito, contatta Thorstein Byle: è il comandante regionale della polizia di Noorö. Chiamalo già stasera, se puoi. Ti dovrai accontentare di Byle e dei suoi uomini fino a che non ottengo qualche rinforzo dalla polizia criminale. Sempre che si tratti di un omicidio, ovviamente.»

«Okay. C'è qualcos'altro che devo sapere?»

«Sì, anche se sono via, voglio che tu mi tenga informato. Ho sempre il cellulare con me e puoi chiamarmi quando vuoi.»

«Okay. Altro?»

Sente che il suo capo fa un profondo respiro, poi rimane in silenzio per qualche secondo. Alla fine Karen cede.

«Sigrid è passata a farci gli auguri, ma tra poco andrà a casa. Ti saluta, a proposito.»

Jounas Smeed espira.

«Salutala» dice. «E... grazie, Eiken» aggiunge.

5

«Ma Dio santo, non possono davvero mandare nessun altro? Non hai già rischiato abbastanza per loro? E durante le feste, poi!»

Eleanor Eiken è seduta sul letto e guarda sua figlia che sposta un mucchio di magliette blu dal ripiano dell'armadio al borsone sul letto.

Karen si muove con rapidità, determinata, e i lunghi capelli scuri, raccolti in una coda di cavallo, le ondeggiano davanti al viso ogni volta che si gira tra il guardaroba e il letto.

«Sono tutti malati oppure in vacanza» risponde, mentre infila reggiseni e mutandine in un sacchetto per la biancheria. «Al momento sono disponibile soltanto io.»

«Disponibile!» sbuffa Eleanor irritata. «Tu non sei disponibile, sei ancora in malattia, per la miseria. Credi che non mi sia accorta che ti fa ancora male?»

Karen si blocca e guarda sua madre. Sta per negare, ma cambia idea prima di aprire bocca.

«Oh no, tesoro mio, questa vecchia non la inganni così facilmente. Se non ti curi per bene ti verrà una lombalgia a furia di appoggiarti sulla gamba destra. A me è venuta l'ernia del disco quando eri piccola e ti portavo sempre su un fianco, perciò ne so qualcosa.»

Karen sprofonda sul letto accanto a sua madre.

«Okay, ogni tanto mi fa ancora male, però migliora ogni

giorno che passa. E comunque voi partirete dopodomani, perciò perdiamo solo un giorno insieme.»

Eleanor fa un sospiro profondo.

«Di certo non mi metterò a piangere, però non mi piace che tu stia ancora male. E poi mi sembri un po' troppo contenta» aggiunge.

Karen gira la testa e la guarda inarcando le sopracciglia.

«Contenta?»

«Sai benissimo cosa intendo. Non vedi l'ora di andartene. Preferisci mollare tutti quelli che ti vogliono bene e stare da sola in una stanza d'albergo.»

Karen si stringe nelle spalle.

«Sai come sono fatta.»

«No. Come sei diventata, vorrai dire.»

«E sai anche perché» replica Karen brusca.

«Sì, Karen. Lo so perché. Ma è ora che affronti la cosa. Non sei ancora morta.»

"No, io no" pensa Karen. "Io mi sono salvata."

Si alza e continua a fare la valigia.

«Be', se devi proprio andare in quel posto dimenticato da Dio, almeno vai a trovare Ingeborg e Lars» dice Eleanor dopo un po'. «Altrimenti non te lo perdoneranno mai. E neanche a me.»

«E da quando ti interessa quello che pensa zia Ingeborg? Se non ricordo male ti sei trasferita dall'altra parte del paese per non avere a che fare con i parenti di papà a Noorö.»

«Sai benissimo che...»

«...siete venuti a Langevik perché lui ha ereditato questa casa e i diritti di pesca da suo nonno. Ammetti però che è stato un sollievo per te!»

Eleanor reprime a fatica un sorrisetto.

«Be', oddio... ne avevamo abbastanza di quel posto» risponde. «E ho anche resistito tanto... Prova a immaginare: vivere in casa dei tuoi suoceri e a solo trecento metri da tua cognata. Dovunque mi girassi, saltava fuori un Eiken. Un branco di imbroglioni, che distillavano liquori illegalmente, ma guai se a tavola non si dicevano le preghiere e se non si andava in chiesa tutte le domeniche. Probabilmente mi sarei buttata in mare se non fossimo andati via da quel posto orribile.»

Karen osserva sua madre con un sorriso. Eleanor Eiken, nata Wood, britannica per tre quarti e scandinava per uno. Da figlia di un medico di Ravenby non si sarebbe mai immaginata le tribolazioni che l'aspettavano dopo il matrimonio con Walter Eiken. Eppure Karen durante la sua infanzia non l'aveva mai sentita lamentarsi della sua vita da moglie di pescatore a Langevik. Eleanor aveva stoicamente pulito il pesce e riparato reti consumate dal sale. E nemmeno le tempeste autunnali, il gelo invernale, le battute di pesca infruttuose o la costante preoccupazione per le loro finanze l'avevano indotta a manifestare la sua insoddisfazione. Ma i primi anni con la famiglia paterna di Walter su a Noorö erano stati più di quanto potesse sopportare.

«Saluterò zia Ingeborg da parte tua e le dirò che stai aspettando che venga a trovarti in Spagna» dice Karen sogghignando.

«Devi solo provarci. Quando parti?»

Karen preme con forza il contenuto nella borsa e chiude la cerniera.

«Domattina presto, prima che vi svegliate. Ma adesso andiamo giù dagli altri a festeggiare quel che resta del Natale.»

Quando qualche ora più tardi, dopo un'ultima sigaretta, Karen chiude la porta e lancia un'occhiata all'orologio, si rende conto che non le restano molte ore di sonno. Sua madre e Harry sono andati a letto da quasi un'ora e spera che ormai stiano dormendo. Leo, Eirik e Kore sono scomparsi nelle rispettive camere e dalla casetta degli ospiti si sente provenire una debole musica.

Si toglie il giubbotto, si dirige al lavello e beve un bicchiere d'acqua. Appena prima di spegnere la luce in cucina, guarda in soggiorno. Dal divano si sentono respiri regolari e qualche russata a due toni.

Sigrid è riuscita a convincere Marike a dividere quel poco spazio con lei e adesso ne sta pagando il prezzo, sotto forma di piedi con le unghie dipinte di rosso premuti contro la schiena.

Karen rimane sulla soglia un istante prima di chiudere la porta. Con cautela, per non svegliare nessuno, sale la scala scricchiolante.

6

Karen Eiken Hornby lancia un'occhiata al cruscotto e imbocca l'autostrada. Sono solo le sette meno un quarto, anche se è in ritardo rispetto alle sue previsioni, ma grazie a quell'oretta in più di sonno che si è concessa si sente incredibilmente riposata. Dopo una settimana di disgelo, non c'è neve né ghiaccio sulle strade, e a quell'ora, nel giorno di Santo Stefano, non c'è nemmeno traffico. Se ha fortuna con il traghetto a Thorsvik, dovrebbe riuscire ad arrivare a Lysvik, sull'isola di Noorö, prima di pranzo.

Accende la radio e, appena sente uscire dalle casse la sigla di inizio della messa, allunga la mano per cambiare canale. Dopo qualche istante di ricerca trova qualcosa di sopportabile, alza il volume e si appoggia allo schienale. Tamburella con le dita al ritmo delle prime note di *Start Me Up* e aumenta la velocità sovrastando la voce di Mick Jagger con la sua.

La pervade un senso di libertà. Due mesi di inattività forzata, bloccata a casa con un ginocchio dolorante, i postumi delle costole rotte e una severa commozione cerebrale, hanno rievocato sensazioni e pensieri spesso soltanto fastidiosi, ma che talvolta la spaventavano fino a non farla dormire. In quel breve lasso di tempo la sua vita rigidamente organizzata era stata scossa dalle fondamenta. Un'esistenza monotona fatta di lunghe giornate lavorative, sporadiche visite al pub locale e serate solitarie in casa era stata sostituita dalla presenza costante di altre persone e da un crescente senso di invasione. Sigrid si tiene lontana dalla propria casa, ma finge che non sia così, e con Leo non hanno mai discusso di quanto ha intenzione di fermarsi. Karen ha evitato di chiederglielo perché teme la sua risposta, qualunque essa sia.

Ormai non sa più cos'è la solitudine, ma non è nemmeno sicura di rimpiangerla.

Da un paio di mesi in casa si sentono rumori che non sono unicamente i suoi. Qualcuno che fa tintinnare i piatti in cucina, che riempie la vasca da bagno, una musica che attraversa il giardino proveniente dalla casetta. Qualcuno che chiacchiera nella stanza accanto. E gli odori. Caffè che lei non ha preparato, cibo che non ha cucinato, sudore non suo, profumo di shampoo con cui qualcun altro si è appena lavato i capelli. La presenza altrui. Piccoli sprazzi di felicità. E la paura vertiginosa di trovarsi indifesa. Il ricordo costante di quello che aveva una volta nella sua vita e che poi ha perso. La facilità con cui le può essere strappato di nuovo.

La telefonata di Jounas Smeed è arrivata come un'ancora di salvezza. Estenuata dall'inattività, ha accolto il ritorno al lavoro come una meritata vacanza. Un incarico concreto, qualcosa che è ancora in grado di gestire. Per il momento non ha nessuna preoccupazione per le indagini imminenti. Le informazioni che ha ricevuto su quanto è successo a Noorö sono troppo scarne per consentirle di formulare una teoria o per impensierirla. Per ora tutto ciò che prova è un sollievo inebriante.

La strada traccia una curva sinuosa a nord di Dunker e Karen ne approfitta per guardare fuori dal finestrino e osservare le luci della capitale e del porto prima che la vista venga nascosta dagli alti casermoni di Gaarda e Moerbeck. Per un attimo le tornano alla mente le fotografie delle aggressioni dell'autunno precedente. Una serie di stupri con elementi di sadismo; una delle vittime era morta in ambulanza mentre la portavano all'ospedale di Thysted. Non è ancora stato arrestato nessun sospetto e negli ultimi due mesi non ci sono state altre aggressioni. Ma probabilmente è solo questione di tempo. "Magari quel porco si rimetterà all'opera non appena arriva la primavera" pensa. Jounas Smeed aveva detto a voce alta quello che tutti sapevano: «I porci come quello di solito non tirano fuori il pisello se fa freddo».

Lei non era stata coinvolta nelle indagini, però ci aveva quasi lasciato la pelle dando la caccia all'assassino di Susanne Smeed.

Il ricordo di quegli avvenimenti la travolge insieme alla consapevolezza di essersi salvata unicamente per una manciata di secondi e di millimetri. Il suo umore esultante subisce un altro colpo quando vede il cartello che indica l'uscita di Glitne. Forse avrebbe dovuto chiamare di nuovo Aylin, non fermarsi a quell'unico tentativo il giorno prima della vigilia, quando aveva trovato la segreteria telefonica e non aveva lasciato messaggi. Si era limitata a inviare un sms con scritto: BUON NATALE. CI VEDIAMO DA EIRIK E KORE A CAPODANNO. Le ultime parole – SALUTA BO – le aveva cancellate prima di inviare il messaggio. A lui non augura un buon Natale; non augura niente di buono, a dir la verità. "È già odioso dover incontrare quel bastardo a Capodanno" pensa. Starsene lì e far buon viso a cattivo gioco. Osservare Aylin di nascosto, per cogliere i segni di quello che lei continua a negare ostinatamente.

«Non mi picchia.»

Forse è vero. Ma forse no.

Karen lancia un'occhiata al cartello che annuncia la distanza dal molo dei traghetti di Thorsvik – 190 chilometri – e allontana il pensiero di ciò che la aspetta. La sera precedente, sul tardi, è riuscita a sentire al telefono il capo della polizia di Noorö, Thorstein Byle, e si sono accordati di incontrarsi all'ambulatorio medico di Lysvik verso le nove. Le era sembrato un po' esitante, proprio come immaginava. Quando viene coinvolta la polizia criminale, le reazioni dei colleghi degli uffici regionali sono un misto di irritazione e sollievo. La decisione secondo cui le indagini sui reati più gravi devono essere affidate alla divisione crimini della polizia di Doggerland è stata presa undici anni fa. Nel dare la notizia, come al solito i media avevano adottato il punto di vista dell'uomo qualunque, riportando le profezie apocalittiche espresse dai poliziotti offesi di tutto il paese. Il radicamento territoriale sarebbe andato perso, la percentuale di casi risolti sarebbe crollata. Secondo l'opinione generale si trattava di una trovata dei burocrati che non mettevano mai piede fuori da Dunker e pensavano solo a risparmiare.

In realtà il provvedimento era legato al numero estremamente basso di crimini violenti risolti. Per i reati quali risse tra ubriachi, aggressioni oppure omicidi colposi commessi sotto l'effetto di alcol o droghe si trovavano i responsabili nove volte su dieci, e proprio in quei casi avere un buon radicamento nel territorio era essenziale per il lavoro dei poliziotti. Invece gli omicidi che richiedevano indagini vere e proprie erano talmente rari che la polizia locale non aveva sufficienti competenze investigative. Inoltre – e questo aveva giocato un ruolo fondamentale in quella decisione controversa – uno dei capi regionali della polizia aveva deliberatamente nascosto delle informazioni su un caso di violenza sessuale ai danni di tre bambini dell'asilo di Frene, a sud di Ravenby. In seguito si era scoperto che il colpevole era suo nipote.

Le critiche dei media si erano gradualmente affievolite, soprattutto perché le statistiche avevano mostrato un aumento dei casi risolti negli anni successivi alla riorganizzazione. Purtroppo, nello stesso periodo, il numero dei reati più gravi era raddoppiato, e una settimana prima sul "Kvellsposten" era stato pubblicato un articolo riguardante i numerosi criminali impuniti ancora in libertà sulle isole doggerlandesi. Era apparso ovvio il collegamento con le solite vecchie storie secondo cui Doggerland un tempo era stato un rifugio per i criminali in fuga dalle isole britanniche e dalla Scandinavia, e la quantità di copie vendute aveva probabilmente migliorato l'umore natalizio dei proprietari del giornale.

Tuttavia esiste ancora una certa avversione per questa direttiva e nelle province non sono visti di buon occhio i colleghi della capitale che arrivano a ficcare il naso. Karen non si illude: questa indagine non farà eccezione. Se fosse stata in ufficio avrebbe cercato Thorstein Byle sull'intranet per prepararsi al meglio. Adesso deve accontentarsi dei suoi pregiudizi e della veloce impressione che le ha fatto al telefono la sera precedente: un uomo della vecchia scuola, nato e vissuto a Noorö, a giudicare dal modo in cui pronunciava alcune consonanti. Era stato di una correttezza impeccabile, ma la voce tradiva l'insofferenza per la situazione.

"Chi se ne frega" pensa. "Basta che giochi a carte scoperte."

In quel preciso istante, suona il cellulare. Karen toglie il piede dall'acceleratore e s'infila l'auricolare senza guardare lo schermo. Convinta com'è che sia sua madre, risponde con il proprio nome, ma la voce dall'altra parte non ha tracce di sollecitudine materna e non perde tempo in saluti inutili.

«Sono Brodal. Dove sei?»

Karen guarda il cartello che sta passando in quel momento e risponde in automatico, obbediente.

«Sono appena passata dall'uscita di Ferring. Perché? Non dirmi che siete già arrivati.»

A un tratto si pente di non essersi trascinata fuori dal letto per partire un'ora prima.

«Allora esci. Non riesco a far partire questa cazzo di macchina e ho bisogno di un passaggio. Che cavolo è quel rumore?»

Karen abbassa il volume della radio e impreca fra sé.

«E Larsen? Anche lui è in viaggio?» chiede.

«È già a Thorsvik. Sai dove abito?»

«A Lemdal, mi pare.»

«Fyrviksgatan 18, è proprio all'angolo con Sandevägen. Ti aspetto fuori.»

«Okay, sarò lì tra un quarto d'ora» dice risoluta, e alza il volume al massimo.

«*You make a grown man cry*» ulula Jagger.

7

Le sospensioni si abbassano e la macchina ondeggia quando Kneought Brodal si siede accanto a Karen, ansimando rumorosamente. Tira la cintura di sicurezza con un mormorio d'irritazione, e per un attimo Karen esita prima di chinarsi e aiutarlo a sistemare la lunghezza. Non ricorda chi si è seduto lì l'ultima volta, ma dev'essere stato qualcuno largo la metà del medico legale. Alla fine riesce ad allacciare la cintura intorno al voluminoso pancione.

«Okay, possiamo andare» dice, notando l'allegria melliflua nella propria voce.

Kneought Brodal non risponde.

Per venti minuti fa dei tentativi, poi rinuncia. Karen di solito non ha problemi a trattare con Brodal. Dopo dieci anni di risposte secche e sgarbate durante le indagini per reati con esiti letali, ha sviluppato una resistenza al suo cattivo umore. Non c'è niente di personale nel suo modo di trattare gli altri come idioti; il medico legale usa lo stesso tono con tutti, dagli agenti al capo della polizia. L'unico con cui Kneought Brodal sembra avere un certo ritegno nel discutere è il capo della Scientifica, Sören Larsen. No, di solito lei non ha problemi con Brodal, ma dover stare chiusa con lui in auto per un viaggio di diverse ore è un altro paio di maniche.

Dopo qualche domanda preliminare su quali informazioni ha ricevuto riguardo all'omicidio dell'insegnante in pensione, Karen si rende conto che Brodal non ne sa molto più di lei e che preferirebbe saperne ancora meno, perché almeno potrebbe – come le spiega in tono ostile – starsene a casa a godersi l'agnello di Santo Stefano e l'acquavite al mirto invece di dover correre in giro per quelle terre desolate.

«Ma è la punizione per essere riuscito a non ammalarmi, a differenza di quei pivelli che crollano di fronte a ogni minima cosa. Tutti dicono di aver avuto l'influenza quest'anno. Davvero ridicolo, secondo me.»

Karen cambia discorso. Si sforza di chiacchierare e cerca di costringere il burbero medico legale a rispondere con qualcosa in più di un grugnito. Ma né il clima insolitamente mite per la stagione, né la notizia dei generosi rimborsi spese del ministro degli Interni, né le voci sull'imminente riorganizzazione della polizia sembrano interessare Kneought Brodal. E siccome quegli argomenti non interessano neppure lei, Karen Eiken Hornby tace.

Mentre dà un'occhiata all'orologio, allunga la mano per accendere la radio e ascoltare il notiziario. Sta per chiedere a Brodal se ha sentito il precedente, e se hanno detto qualcosa sull'omicidio di Skreby, ma dal sedile del passeggero sente russare.

Guida concentrata, più veloce che può, con l'accompagnamento del medico legale che sega laboriosamente dei tronchi di legno e ogni tanto trattiene il respiro facendola preoccupare al punto di lanciargli occhiate con la coda dell'occhio, salvo poi riprendere tranquillamente a rantolare. Kneought Brodal si risveglia con un sussulto solo quando salgono balonzolando a bordo del traghetto a Thorsvik. Durante i diciotto minuti di attesa prima della partenza, Karen ha fatto di tutto per non vedere il rivolo di saliva che gli esce dall'angolo sinistro della bocca per poi snodarsi come bava di lumaca sulla cintura di sicurezza. Adesso Brodal emette dei suoni che indicano un misto di confusione per l'essersi appena svegliato e di dolore per il collo irrigidito. Si strofina piano la nuca e sbadiglia.

«Accidenti, com'è scomoda questa macchina!»

«Non tanto da impedirti di dormire per due ore abbondanti» risponde lei secca. «Ma adesso siamo quasi arrivati, ci vuole solo un quarto d'ora per attraversare lo stretto. Io ne approfitto per sgranchirmi le gambe e respirare un po' d'aria fresca.»

Senza aspettare risposta, si slaccia la cintura e scende dall'auto. Sente che Brodal apre la portiera, ma per fortuna non sembra avere nessuna intenzione di uscire. "Non ce la faccio ad allacciare la cintura a quel bambino gigante più di una volta" pensa, richiudendo la portiera.

A bordo ci sono solo altri due veicoli, oltre al suo: una Renault nera e una moto. Il motociclista è seduto sulla sua Harley Davidson con le mani ben salde sul manubrio arcuato. Karen riconosce il logo sulla giacca di pelle nera: OP.

Sa che quelle lettere hanno un doppio significato: Odin Predators e One Percenters. Non è certo un segreto che il loro quartier generale si trovi sulla costa occidentale di Noorö. "Però è strano vederne uno da solo" pensa Karen osservando la lunga treccia grigia sulla sua schiena. "Forse è andato in missione solitaria a spaventare a morte qualche povero disgraziato che non è riuscito a opporre resistenza. O magari è andato dalla mamma a festeggiare il Natale." Che il tizio lì davanti si consideri un predatore legato all'antico culto degli Asi, o sia orgoglioso di far parte della percentuale di motociclisti responsabili di gravi reati, una povera madre da qualche parte ce l'avrà. Qualcuno felice di vederlo seduto a tavola a Natale. "Magari è stata la mammina a fargli la treccia, è fin troppo curata".

Va fino alla prua e si appoggia alla ringhiera gialla. Davanti a lei torreggiano le montagne di Noorö, sempre più imponenti ogni minuto che passa, ma a babordo c'è ancora il mare aperto. Il pallido sole di dicembre è appena riuscito a sorgere a est e sembra essersi arreso ai banchi di nuvole sospinte dalla direzione opposta. Karen resiste all'impulso di tirar fuori le sigarette dalla tasca del giubbotto. Anche se non si nota, ha smesso. In teoria. Perlomeno di giorno. Ma cazzo quanto le piacerebbe, pensa infilando la mano in tasca.

Un colpo acuto del clacson interrompe il suo movimento e lei si volta irritata verso la Renault alle sue spalle. Il guidatore allarga le mani per indicare che lui non c'entra niente e fa un cenno verso la sua Ford Ranger. In pochi passi Karen raggiunge l'auto.

«Che cavolo fai? Perché suoni?»

Kneought Brodal si stringe nelle spalle e indica il cellulare di Karen sul sedile del guidatore.

«Il tuo telefono suonava. Visto che sei una poliziotta non dovresti averlo sempre con te? Potrebbe essere importante.»

C'è un sms di sua madre: HO DETTO A SIGRID CHE PUÒ USARE LA STANZA DEGLI OSPITI PER UN PAIO DI GIORNI. TI SALUTANO TUTTI.

Non si cura di rispondere.

8

Tutto sembra più piccolo di quanto Karen ricordi. Certo, è stata lì un paio di volte anche da adulta, eppure sono i ricordi della sua infanzia a caratterizzare l'immagine che ha conservato di Lysvik: il porto dei pescatori con i vari tipi di imbarcazione – dogri, cutter, pescherecci – e gli affumicatoi. Le navi da carico e i grossi mucchi di carbone fumante al porto dei container. Oggi più nessuno affumica aringhe, eglefini e anguille al porto, e del carbone, che è stato portato via da molto tempo, rimane solo la fuliggine nera che colora di grigio sporco le facciate delle case, come se fosse impossibile tirarla via.

Guida lentamente lungo la via principale che si snoda dal porto attraverso il paese dalla forma allungata. L'ambulatorio del medico provinciale che si trovava nella casa gialla di legno in Grönsakstorget è stato da tempo trasferito in un centro moderno in uno dei due quartieri più recenti del paese. Divide l'edificio con l'ufficio dei servizi sociali, la commissione per la pesca, la commissione per l'edilizia e il consiglio provinciale, che hanno le loro sedi ai piani superiori. Di fronte c'è la stazione della polizia locale. Karen parcheggia e si volta con un sospiro verso Kneought Brodal che si strappa impaziente la cintura di sicurezza.

Thorstein Byle corrisponde alle sue aspettative. È un uomo alto sulla sessantina, con i capelli radi e il viso segnato dal tempo. Ha una stretta di mano salda e gli occhi azzurro ghiaccio, che vagano smarriti tra Karen e la figura imponente di Kneought Brodal, mentre li fa entrare nella sala d'aspetto del centro medico. Alle sue spalle arriva un uomo rotondetto con i capelli grigi. Indossa un giubbotto sportivo beige e ha un bricco di caffè in mano.

«Benvenuti! Sono Sven Andersén, il medico provinciale» dice tendendo la mano con un sorriso.

Karen si presenta e dopo un attimo di esitazione presenta anche Kneought Brodal, che non apre bocca.

Oltrepassano la reception in cui qualcuno ha cercato di creare un'atmosfera natalizia appendendo sopra il bancone ghirlande di ginepro in plastica, a prova di allergie, e si siedono in un cucinotto. Su un tavolo con la tovaglia cerata a quadretti rossi ci sono quattro tazze e un piattino di biscotti. Spostano le sedie che grattano il pavimento di linoleum e si siedono in silenzio.

«Dunque, come volete impostare il tutto?» chiede Thorstein Byle dopo un istante, facendo scivolare il piatto verso Karen, che prende un biscotto anche se non ne ha la minima voglia.

«Kneought eseguirà l'autopsia per determinare la causa della morte» risponde con un cenno verso il medico legale. «Io condurrò le indagini, se il risultato dell'autopsia stabilisce che ce n'è bisogno. Da quanto ho capito il corpo verrà portato domani a Ravenby per l'autopsia, giusto?»

«Sì, è così» conferma Sven Andersén annuendo. «Partirà da qui domattina presto; abbiamo appuntamento all'ufficio del medico legale alle undici. Dico *abbiamo* perché speravo di partecipare anche io. Con il tuo permesso, naturalmente.»

Sven Andersén riempie le tazze di caffè e allo stesso tempo lancia un'occhiata interrogativa da sopra gli occhiali a Kneought Brodal, che sembra risvegliarsi con qualche secondo di ritardo.

«Ah sì, sì, certo che puoi, non che sia un divertimento» mormora allungando la mano e afferrando una manciata di biscotti.

«Tu e io lavoreremo insieme» dice Karen rivolta a Thorstein Byle. «Ci vorrà un po' prima di ricevere rinforzi dalla divisione crimini, perciò conto sul tuo aiuto. Quante persone hai, qui?»

«In totale sette uomini qui alla stazione, me compreso. Cioè, due sono donne. C'è anche un ufficio su a Skreby e uno a Gudheim, entrambi con un paio di agenti, ma sono chiusi per le feste. Tutti vivono qui sull'isola e in teoria sono disponibili, a parte uno che è alle Canarie. Due sono di guardia sul luogo del delitto, cioè del ritrovamento, dovrei dire, finché non ne siamo certi. Abbiamo sbarrato l'accesso, abbiamo fatto tutto secondo le regole» aggiunge. «Il vostro tecnico perlomeno ha dato la sua approvazione quando l'ho portato là un'oretta fa.»

«E per quanto riguarda la casa di Fredrik Stuub?»

«Ho piazzato un uomo di guardia anche là. Cioè, fuori, non siamo entrati.»

«Perfetto. Potresti iniziare a raccontarci tutto quello che sai, così Sven può completare poi con le sue osservazioni.»

Thorstein Byle si schiarisce la voce e prende la parola con voce tesa e atona come se stesse sostenendo un esame.

«La vittima è Fredrik Stuub, insegnante in pensione e vedovo. È stato trovato morto da sua sorella Gertrud all'incirca alle nove di ieri mattina in una vecchia miniera a cielo aperto, ora piena d'acqua, a Karby. Fredrik Stuub abitava nelle vicinanze, quindi poco a nord di Skreby.»

Lancia un'occhiata esitante a Karen. Lei annuisce per dimostrare che ha capito.

«Ho dei parenti qui e ci sono venuta spesso da bambina, perciò conosco la geografia dell'isola abbastanza bene.»

Negli occhi di Byle passa un lampo di sorpresa.

«Eiken Hornby, hai detto. Quindi sei parente degli Eiken di Noorö?»

Karen si limita a fare un cenno d'assenso e lui continua, con un'aria un po' più sollevata.

«Dunque, Fredrik è stato trovato da sua sorella Gertrud Stuub, che si era preoccupata non riuscendo a contattarlo al telefono. A quanto pare, non si era fatto vedere alla messa dell'aurora, come al solito, e non appena c'è stata abbastanza luce, la sorella è andata a casa di Fredrik, che è a poca distanza dalla sua. Visto che né lui né il cane erano in casa, ha avuto paura che fosse caduto e si fosse ferito mentre era fuori con il cane. A quanto pare, fa sempre lo stesso giro intorno alla miniera, tutte le mattine. Almeno, questo è quello che ho capito quando ce l'ha raccontato una volta sul posto, ma sembrava molto scossa perciò era un po' difficile insistere per avere altri dettagli.»

Thorstein Byle fa una pausa e beve un po' di caffè.

«Comunque si è messa a cercarlo e ha trovato prima il cane e poi il fratello. Per fortuna aveva il cellulare con sé e ha dato immediatamente l'allarme. L'agente di guardia che ha risposto all'SOS mi ha chiamato subito. Anche io abito a Skreby e sono stato il primo ad arrivare sul posto, alle dieci meno venti. I pompieri sono arrivati subito dopo. E tu, Sven, alle dieci, no?»

«Un paio di minuti dopo» conferma il medico annuendo.

Byle continua.

«Fredrik Stuub è caduto dal bordo della miniera e il corpo giaceva su una sporgenza della parete appena sopra la superficie dell'acqua. Se fosse caduto dieci metri più avanti sarebbe finito in acqua e sprofondato come una pietra. I pompieri sono scesi con una barella e l'hanno issato con l'argano. Sono abituati a intervenire in montagna.»

Karen esita un istante e poi si rivolge a Sven Andersén.

«Non ci sono stati dubbi sul fatto che fosse già morto? Prima di tirarlo su, intendo.»

«Nessun dubbio» risponde Andersén con enfasi. «Aveva il cranio rotto e parte della materia cerebrale era fuoriuscita. L'ho potuto vedere già sul posto. Quando sono arrivato l'avevano appena portato su.»

«E da quanto era morto, secondo te?» chiede Karen.

«Da due ore, direi. Con uno scarto di più o meno mezz'ora. Se fosse finito in acqua sarebbe stato più difficile da capire.»

«Okay. Perciò significa che è morto tra le sette e mezzo e le otto e mezzo. Non molto prima che lo trovasse sua sorella, quindi» dice Karen.

Nella stanza c'è silenzio, nessuno si sente obbligato a commentare. Kneought Brodal si serve di un'altra manciata di biscotti, ne ficca due in bocca e prende la parola.

«E cos'è che vi ha convinti a strapparci all'atmosfera gioiosa del Natale?» domanda con la voce impastata, tra un boccone e l'altro. «Il tizio potrebbe benissimo essere scivolato e caduto.»

«Due cose» replica Sven Andersén. «Lo dici tu o io?»

«Vai, vai» risponde Thorstein Byle.

«Quando l'abbiamo portato qui in ambulatorio, e io ho condotto un esame preliminare, ho constatato che aveva dei graffi su entrambi i palmi delle mani. La seconda cosa che mi ha insospettito è che gli mancava la scarpa sinistra, che di per sé potrebbe significare che l'ha persa nella caduta, non trattandosi di una scarpa stringata, ma di quelle con gli elastici sotto la linguetta. Però ho visto che la calza era strappata e arrotolata intorno al piede e che anche il calcagno aveva dei graffi evidenti.»

Intorno al tavolo c'è un silenzio di attesa. Tutti capiscono dove vuole arrivare Sven Andersén.

«Ci sono dei segni anche sui vestiti e sul tallone della scarpa che indossava» continua il medico. «Tra poco lo potrete vedere da voi, ma la mia opinione è che sia stato trascinato sulla schiena. Quando l'ho scoperto ho interrotto l'esame e ho chiamato Thorstein.»

Byle annuisce.

«Avevo già sbarrato l'accesso al luogo del ritrovamento. Non perché sospettassi che non fosse stato un incidente, ma per dare il buon esempio. Abbiamo un paio di nuovi agenti alla stazione e a Natale c'erano proprio loro in servizio. Quando Sven mi ha chiamato due ore dopo, abbiamo iniziato a cercare l'altra scarpa e dopo un po' l'abbiamo vista su un masso, non lontana da dove era atterrato Stuub. Uno dei ragazzi è riuscito a pescarla con una corda e un pezzo di filo spinato preso da un recinto che si trova giù dove finisce la strada. Non proprio secondo le regole, magari, ma avevo paura che potesse finire in acqua se non la prendevamo subito. Comunque il tallone era rigato, proprio come descritto da Sven. È stato allora che ho deciso di chiamarvi. Giusto o sbagliato non lo so, ma in ogni caso ho seguito il regolamento.»

«Giustissimo» lo tranquillizza Karen con un sorriso.

"Deve aver chiamato la polizia criminale già alle due" pensa. "E Smeed mi ha telefonato molte ore dopo. Devo proprio essere stata la sua ultima speranza prima di cancellare il viaggio in Thailandia."

«Ciò significa che sono passate esattamente ventiquattr'ore da quando Gertrud Stuub ha trovato il fratello» dice.

Anche questa volta nessuno commenta la sua constatazione. Si sente soltanto Brodal che mastica. Alla fine è lui a rompere il silenzio.

«Ah» dice con una risata secca. «E in quanti sono andati a curiosare lì intorno, finora? Sören Larsen non sarà contento...»

Niente nella voce di Thorstein Byle rivela l'irritazione che si può intuire dalla tensione delle sue mascelle.

«Nessuno» risponde. «Però naturalmente Gertrud Stuub può aver distrutto eventuali prove. E anche il cane. Ci saranno anche le mie orme. D'altro canto non si riusciva a vedere il corpo direttamente da sopra, cioè dal punto in cui è caduto. Siamo stati costretti a spostarci un po' di lato per poter guardare giù, perciò è lì che ci saranno la maggior parte delle orme. E da lì sono scesi anche i pompieri. Hanno dovuto portarlo su un po' di traverso.»

«Be', quando saremo sul posto, vedremo» dice Karen.

Kneought Brodal però non è convinto.

«E mi garantisci che l'accesso è stato bloccato tutto il tempo? Che i tuoi agenti non ne hanno approfittato per andare a casa dalla moglie a mangiare la testina d'agnello non appena ti sei voltato?»

Un rossore di rabbia sale dal collo e si diffonde sulle guance di Thorstein Byle e lui fissa dritto nella sua tazza di caffè mentre sta per rispondere.

Karen lo precede.

«Smettila, Kneought» dice in tono brusco. «È il suo modo di scherzare. Solo suo» aggiunge rivolta a Byle. «Diamo un'occhiata a Fredrik Stuub allora, prima di andare su alla miniera di Karby?»

Fredrik Stuub giace sotto un leggero telo di plastica. Il corpo è ancora vestito e l'unica pelle esposta è quella di viso, collo, mani e di un piede. La testa è voltata di lato e il viso è per la maggior parte coperto di sangue. Forse sono le ultime parole di Brodal a far sì che lei lo associ a una delle testine d'agnello avvolte nella pellicola che ha nel congelatore di casa. Quello e la temperatura nell'obitorio del piccolo centro medico le provocano la pelle d'oca. Si tratta di una pura formalità: il medico legale e chi conduce le indagini devono effettuare un esame visivo del corpo il più presto possibile dopo la morte. L'unico che può toccare il cadavere da quel momento in poi è il medico legale. Durante l'autopsia del giorno seguente, nell'ufficio di medicina legale a Ravenby, Kneought Brodal lo esaminerà in maniera completa, sempre in presenza del responsabile delle indagini. Karen è tutt'altro che impaziente, all'idea.

Con cautela, Sven Andersén solleva il telo e fa cenno a Brodal di avvicinarsi.

«Cosa ne dici?» chiede, dopo che Brodal ha dato una rapida occhiata alla testa per poi voltare lo stinco della gamba sinistra di Stuub ed esaminare i graffi paralleli che corrono dalla parte superiore del tallone verso il malleolo.

Brodal indica con un gesto a Sven Andersén di rimettere a posto il telo e poi si toglie i guanti.

«Be', non so che abitudini avete quando passeggiate da queste parti, ma quei segni per me significano una cosa sola. Naturalmente non possiamo esserne certi fino a dopo l'autopsia e all'esame del luogo del ritrovamento, ma scommetto volentieri un paio di birre che hai ragione tu. Il tizio è stato trascinato.»

«In altre parole, è omicidio» conclude Karen strofinandosi la fronte con una mano. «O quanto meno omicidio colposo.»

E per la prima volta da quando Jounas Smeed le ha telefonato per liberarla dai festeggiamenti natalizi, percepisce la familiare preoccupazione riguardo alle indagini che dovrà affrontare. Il giorno prima, al telefono, lui le ha promesso di cercare rinforzi, ma finora niente le fa pensare che ci sia riuscito.

«Be', buon proseguimento allora, Eiken» sente dire a Kneought Brodal con una sfumatura di gioia maligna nella voce. «Non c'è dubbio che dovrai fermarti per un po' in queste terre desolate.»

9

La statale 12 taglia in diagonale il distretto di Noorö, da Lysvik attraverso Skreby e su fino a Gudheim a nord. A sinistra della strada si innalza, come uno scudo contro i venti dall'Atlantico, la catena montuosa dello Skalvet, e dall'altro lato il paesaggio diventa via via più pianeggiante fino a est. Lì torreggia un'altra catena montuosa, non tanto alta quanto lo Skalvet, ma abbastanza per proteggere i villaggi che sembrano sparsi a caso nella parte centrale dell'isola.

Kneought Brodal si è fermato a Lysvik mentre Karen sta seguendo la Volvo nera di Thorstein Byle. Appena a nord dell'uscita di Skreby lasciano la statale e imboccano una stradina asfaltata in cattive condizioni. Prima di procedere sobbalzando dietro a Byle, Karen fa appena in tempo a capire cosa c'è scritto sul cartello storto: MINIERA DI KARBY. STRADA PRIVATA.

Ha già visto quel cartello, è passata da lì molte volte da bambina e ha sempre pensato che il nome avesse qualcosa di inquietante. Qualcosa di proibito e attraente. Aveva sentito i suoi cugini vantarsi di esserci andati a fare il bagno anche se era vietato. E poteva benissimo essere vero. La vita sociale di Finn, Einar e Odd consisteva per la maggior parte in sfide con gli amici, compiendo una stupidaggine dopo l'altra. Più era pericolosa, meglio era. Scommettere su chi avesse il coraggio di tuffarsi nell'acqua gelida e velenosa della miniera era proprio da loro. E durante le lunghe vacanze estive facevano di tutto per istruire anche lei. Incoraggiati dalla sua sconfinata ammirazione, e forse perché non avevano sorelle, la vedevano come un buffo animaletto, e le avevano insegnato a sparare usando come bersaglio lattine arrugginite, a decapitare i polli e a distrarre il tabaccaio di Vesle mentre Finn si intrufolava dietro il bancone a rubare le sigarette. Le avevano insegnato a fumare, a leccare la pelle scamosciata senza vomitare e a stare di guardia mentre rubavano i montoni del vicino. Le avevano insegnato a fare a botte e a incassare pugni senza piangere. Lei li aveva amati più della vita stessa.

E forse perché Finn aveva sei anni più di lei, Einar quattro e Odd tre, o perché lei era del Sud, o perché era una femmina, o forse semplicemente perché nei loro cervelli per quanto confusi esisteva un concetto di limite, alla fine non l'avevano mai portata a fare il bagno alla miniera di Karby.

Thorstein Byle svolta nello spiazzo e parcheggia accanto a un recinto di filo spinato divelto e a un cartello con la scritta: VIETATO GETTARE RIFIUTI.

Karen parcheggia subito dietro di lui e osserva il ciarpame al di là del recinto distrutto. Assi spezzate con chiodi arrugginiti, pareti di cartongesso a pezzi, scatole di cartone fradicie, due vecchi passeggini, barattoli di vernice vuoti, bidoni di plastica lerci, una bicicletta rotta, un mucchio di tegole sbriciolate.

«È così da quando il centro di raccolta rifiuti ha iniziato a farsi pagare, immagino» commenta dopo aver aperto la portiera e aver raggiunto Byle.

Lui annuisce.

«Il consiglio provinciale lo fa sgombrare tutti gli anni ma dopo qualche mese è ancora così. A volte facciamo dei controlli, ma finora siamo riusciti a prenderne pochi in flagrante. Da qui in avanti dobbiamo andare a piedi» aggiunge indicando con un cenno una strada sterrata che scende dall'altro lato della piazzola. «Si può proseguire ancora un po' in macchina, ma i tecnici non sarebbero contenti. E poi là avanti è talmente pieno di erbacce che a un certo punto bisogna fermarsi comunque.»

«Ti seguo» risponde Karen, non sapendo che altro dire.

Percorrono la strada che si snoda oltre la piazzola, stranamente larga, ma molto ripida. L'asfalto, che fino alla piazzola era spaccato e in certi punti sprofondato, lì è costituito da chiazze sconnesse appena visibili che sembrano tenute insieme dalla poltiglia di neve. A ogni passo Karen stringe i denti per il dolore.

«Da qui passavano i vagoni che trasportavano il carbone dalla miniera su alla piazzola» grida Thorstein camminando a grandi passi. E dopo una breve pausa aggiunge: «Quindi hai dei parenti qui sull'isola».

Karen esita.

«Sì, ma non li vedo da molti anni.»

Naturalmente lui sa con esattezza quale sangue scorre nelle sue vene. A differenza di Karen, Byle ha avuto tempo di cercare informazioni su di lei sull'intranet. E sa perfino che una volta, un paio di generazioni fa, gli Eiken erano una delle famiglie più rispettabili dell'isola. Molto pii e grandi lavoratori, i suoi nonni paterni – o perlomeno i loro genitori – andavano per mare nella bonaccia e nella tempesta e chinavano umilmente il capo in chiesa ogni domenica. Le loro tombe a Gudheim ne sono la testimonianza, con le ancore di ferro nero al posto delle lapidi. Non di quelle grandi, alte come un uomo, con le catene, come quelle dei piloti, ma pur sempre ancore, invece delle normali lapidi di cui i contadini o la gente comune si dovevano accontentare per le proprie tombe. Gli Eiken un tempo avevano quel diritto, ma ora non più.

«Gli Eiken, già...» dice Byle pensieroso, come se stesse cercando nella memoria, e Karen decide di mettere le carte in tavola. Non tutte, ma almeno qualcuna.

«Temo che alcuni dei miei parenti abbiano avuto a che fare con la polizia. Mi pare di aver saputo che uno dei miei cugini a Gudheim, qualche anno fa, si è fatto un paio di mesi per caccia di frodo notturna.»

A disagio, pensa ai grossi fuoristrada che attraversano le brughiere nella notte con potenti fari sul tetto e uomini annoiati che sparano a tutte le forme di vita che appaiono nel cono di luce. E non menziona la distillazione clandestina e l'evasione fiscale. Byle lo saprà già.

Thorstein Byle si volta senza rispondere. Ammutolito, tende un braccio a Karen per sostenerla mentre scendono lungo una roccia liscia. Lei accetta l'aiuto con gratitudine sentendo una fitta al ginocchio mentre gira intorno alla pietra con l'aiuto del collega. Quando lascia la presa e alza lo sguardo deve controllarsi per non perdere l'equilibrio.

Perciò questa è Karby. Un tempo luogo di lavoro inospitale per uomini dalle schiene spezzate e dalle spalle doloranti, e ora laghetto circondato da pini, tronchi d'albero spogli, sterpaglia e una cresta montuosa grigioblu. È un luogo magico e cupo, di una bellezza inopportuna.

«Il Getryggen» dice Byle che ha seguito il suo sguardo verso la montagna. «Dall'altra parte c'è la baia di Skrebyviken, ma immagino che tu lo sappia già. I tuoi ragazzi tra poco avranno finito» aggiunge dopo una rapida occhiata all'orologio e un cenno del capo giù verso la vecchia miniera.

Nastri di plastica a righe bianche e rosse frusciano piano nel vento. Al di là ci sono due persone che parlano. Sembrano extraterrestri, con le loro tute bianche di protezione. Nonostante le diano le spalle, Karen capisce che si tratta di Sören Larsen e di un tizio che crede si chiami Arvidsen. Larsen gli arriva alla spalla. Quando non indossa la tuta protettiva, Sören Larsen ricorre a grossi stivali con le suole spesse per sembrare un po' più alto. Più sono spesse meglio è. Le scarpe morbide che deve mettersi sotto questo nuovo tipo di tuta protettiva non gli regalano quei centimetri in più di cui ha tanto bisogno. E nemmeno i capelli lo aiutano: i suoi riccioli biondi che di solito gli incorniciano il viso come un'aureola sono appiattiti dal cappuccio della tuta.

Due agenti sono seduti su dei ceppi all'esterno dell'area delimitata dal nastro. Quando si alzano di scatto per farle il saluto militare, Larsen si volta e vede Karen.

«Ah, era ora!» grida con un sorriso spostando il peso sulle punte dei piedi.

Karen saluta in fretta i poliziotti, fa un cenno ad Arvidsen e si avvicina al nastro.

«Ciao Sören, come va? Avete scoperto qualcosa di utile?»

«Non quanto vorresti, temo. Tracce di strisciate sul terreno, ma nessuna impronta netta. Ieri mattina c'erano circa due gradi sottozero, quindi il terreno era duro. E stanotte è scesa pioggia mista a neve perciò è quasi impossibile. Forse se ci avessero chiamati prima...»

Sören Laren fa un gesto verso Thorstein Byle che è rimasto vicino agli agenti.

«Penso che abbiano fatto quello che potevano. Nessuno di noi sarebbe comunque riuscito ad arrivare qui prima di ieri sera» dice Karen.

«Sì, sì. In ogni caso abbiamo rilevato alcune orme parziali nell'argilla vicino al bordo, ma più che altro dappertutto ci sono le orme del cane. Poverino, doveva essere disperato, a giudicare da come è corso avanti e indietro. Ma in quella poltiglia non si riesce a rilevare altre impronte e nemmeno sulla strada.»

«E tracce di pneumatici?»

«Non quaggiù. Su alla piazzola, a centinaia. Abbiamo lasciato perdere.»

«Capelli, pelle, unghie?» Karen sorride mentre gli fa la domanda, consapevole della risposta che riceverà.

«*CSI Noorö*, vuoi dire? Scordatelo!»

Sören Larsen la invita con un cenno ad avvicinarsi.

«Se vuoi ciocche di capelli nell'argilla, prego, accomodati pure. Noi qui abbiamo finito, direi.»

«Grazie, ne faccio a meno. Ma vorrei dare un'occhiata al punto in cui giaceva il corpo.»

«*Be my guest*» risponde Larsen sollevando il nastro con cavalleria.

Karen lo segue e vede i segni delle strisciate sul terreno e le impronte che lui le indica. Senza la sua guida, non ci avrebbe nemmeno fatto caso, o comunque non sarebbe riuscita a capire di cosa si trattava.

«Qui è dove è caduto, ma devi spostarti di qualche metro per vedere dove è atterrato» dice Larsen indicando.

Quando si sporge per guardare oltre il bordo, le gira la testa. Le vertigini le sono venute con gli anni, o comunque non si ricorda di aver mai provato quel vuoto allo stomaco da giovane. La paura di perdere il controllo e buttarsi giù. Le tracce di sangue e forse anche di materia cerebrale menzionate da Sven Andersén si vedono ancora, come un'ombra scura sulla pietra grigia.

«È stato sfortunato» dice la voce di Sören Larsen alle sue spalle. «L'assassino, intendo.»

Karen fa scorrere lo sguardo lungo le pareti della miniera, che scendono a precipizio nell'acqua a parte poche eccezioni. Da lì riesce solo a vedere alcune rocce che si protendono e qualche pietra sporgente. Da quasi tutti gli altri punti, una persona spinta giù sarebbe finita dritta nell'acqua gelida. Lo strato sottile di ghiaccio che si era formato in quell'inverno mite si sarebbe spezzato e il corpo sarebbe scomparso sotto la superficie dell'acqua. "Magari sarebbe tornato a galla più avanti, altrimenti avremmo dovuto dragare il lago per trovarlo" pensa Karen.

«Forse. Nemmeno Fredrik Stuub ha avuto molto fortuna» risponde in tono brusco.

10

La casa di Fredrik Stuub le ricorda la sua. Una costruzione di pietra calcarea grigia, su due piani, con il tetto nero di ardesia. Lo stesso tipo di casa che si trova in tutte le isole doggerlandesi. Ma le facciate lì sono più scure e portano i segni della stessa polvere di carbone che ricopre l'isola come una pellicola sottile. Anche da bambina aveva notato che tutto lì era più buio, che l'intera Noorö sembrava respirare a fatica per la fuliggine, la polvere e le ombre scure delle montagne. A quei tempi le era parso emozionante, quasi esotico. Adesso invece le trasmette un senso di oppressione.

Però sa che è anche piacevole trovarsi lì. In cima alle montagne e nelle baie sottostanti non si ha l'impressione di essere rinchiusi, e su a nord, a Gudheim, il paesaggio è di una bellezza che toglie il fiato. Ma lì in mezzo all'isola, dove le miniere di carbone si susseguono e non c'è la presenza costante del mare, Karen si sente pervadere dalla malinconia. Si costringe a sorridere e si volta verso Thorstein Byle per scacciare quella sensazione.

«Da quanto era vedovo, Fredrik? Lo sai?» grida, pescando un paio di guanti di lattice dal giubbotto e chiudendo la portiera dell'auto.

Lei e Thorstein hanno preceduto gli altri alla casa di Fredrik Stuub dopo aver solennemente promesso a Sören Larsen di "non azzardarsi a toccare nulla" prima del suo arrivo. Rivolge un cenno del capo ai due poliziotti di guardia e si dirige a passi veloci verso la casa.

«Così su due piedi, non mi ricordo» dice Byle dopo averla raggiunta. «Ma devono essere molti anni. Sua moglie è morta solo un paio d'anni dopo la loro figlia, e da allora sono passati almeno vent'anni.»

Karen sente un vuoto allo stomaco.

«Quanti anni aveva? La figlia, intendo» chiede, cercando di assumere un tono distaccato.

«Poco meno di trenta, credo. Epatite, dicevano. A quanto pare aveva avuto una vita sregolata ed era infetta da molto tempo. Si chiamava Ulrika. Lo so perché suo figlio Gabriel era in classe con la mia più piccola.»

«Quindi Fredrik aveva un nipote» dice Karen. «E il padre di Gabriel chi sarebbe?»

«Questo non lo so. Lei comunque non era sposata, ma posso informarmi, sempre che lei sapesse chi era.»

«No, aspetta un attimo. Attendiamo i risultati dell'autopsia prima di sollevare un polverone.»

«Allora non credi che si tratti di omicidio?»

Karen si ferma con la mano sulla maniglia.

«Be', tutto fa supporre che lo sia, ma non possiamo esserne sicuri fino a dopo l'autopsia.»

Abbassa la maniglia, apre la porta e oltrepassa la soglia. In quell'istante tutti i dubbi spariscono.

Quando il furgone nero con Larsen e Arvidsen imbocca il vialetto d'ingresso, mezz'ora dopo, Karen e Byle sono seduti sui gradini all'esterno della casa di Fredrik Stuub.

«Non avete la chiave?» ridacchia Larsen scendendo dal furgone. I riccioli biondi sono ancora piatti come un casco intorno alla testa. Senza aspettare risposta, lui e Arvidsen iniziano a scaricare le borse con l'attrezzatura, la macchina fotografica e nuove tute protettive. Karen aspetta finché non si avvicinano.

«Abbiamo fatto subito dietrofront. Non siamo andati oltre l'ingresso. Vedrai tu stesso» risponde.

«Be', o il tizio non era un amante della pulizia oppure qualcuno l'ha aiutato a fare questo casino» dice Larsen dopo aver lanciato una rapida occhiata all'interno e, proprio come

Karen, aver intravisto i cassetti tirati fuori e i libri tolti dagli scaffali. Sören Larsen si mette sulla scala e socchiude gli occhi di fronte al pallido sole.

«A me non sembra proprio un comune furto con scasso, piuttosto una perquisizione» commenta. «Ah sì, qui abbiamo ancora da fare. Lo sai, vero, che non puoi entrare?»

«Perché credi che abbia fatto dietrofront? Non è mica il mio primo giorno di lavoro» ribatte Karen seccata. «Quanto credi che ci vorrà?»

«Non ne ho idea. Probabilmente tutto il giorno. Cazzo, dovrebbero raddoppiarmi la paga» mormora. «Dovremmo essere almeno in quattro per fare questo lavoro.»

«Parla con Viggo Haugen, di sicuro accetterà di aprire il portafoglio» gli risponde con un sogghigno.

Sören Larsen le lancia un'occhiata cupa. La tirchieria del capo della polizia va ben oltre le mere scelte politiche. Ogni anno quando si stabilisce il budget sembra che Viggo Haugen voglia battere un suo record personale.

«Certo, oppure potrei cercare di cavare sangue da una rapa» replica Larsen sbuffando. «Ti chiamo quando abbiamo finito, ma non sarà prima di sera. Nel frattempo ti dovrai divertire con qualcos'altro.»

11

Mentre si dirigono a Skreby, Karen è felice che Byle abbia proposto di fermarsi per pranzo. È quasi l'una e, a parte un biscotto secco, non ha mangiato nulla da quando ha fatto colazione presto a casa. Ancora una volta procedono in una lenta carovana, lui davanti e lei dietro. Il traffico di Santo Stefano è ancora moderato, li sorpassa solo qualche auto, e lei pensa che forse Byle sta guidando più piano del solito.

Il paese di Skreby si è sviluppato intorno allo Skrefiorhten, la profonda insenatura creata dalla faglia che ha separato i monti orientali di Noorö. A nord si erge il Getryggen e a sud l'Halfen. E anche se le montagne sembrano incombere minacciose sull'abitato, in confronto a quelle della costa occidentale appaiono poco più imponenti di due mucchi di carbone. Nessuna delle due montagne ai lati di Skreby supera i 500 metri sul livello del Mare del Nord, mentre lo Skalvet, nel punto più alto, misura più di 1.200 metri.

Seguendo l'auto di Byle, Karen si rilassa e ne approfitta per osservare il paesaggio. Nota distrattamente che il sole ha vinto la sua battaglia con le nuvole e forma una nebbiolina dorata sull'arido paesaggio dicembrino. Oltrepassano stalle addormentate, pascoli gelati, campi a riposo e un distributore di benzina.

Non appena escono dalla statale e imboccano la strada per Skreby, i poderi si infittiscono. Fattorie con appezzamenti piccoli e stretti che una volta costituivano il pane quotidiano per i pescatori da spiaggia e per quelli che non avevano una barca di proprietà. In sostanza i campi erano coltivati dalle donne mentre gli uomini erano in mare a sfacchinare sulle barche altrui. Ed erano uomini che, sulle loro tombe, avrebbero avuto solo ancore piccole.

Gradualmente la strada assomiglia sempre più a una via di paese costeggiata da semplici case a schiera degli anni Venti e Trenta, l'età dell'oro dell'industria mineraria. Karen lancia un rapido sguardo alle vie laterali, in apparenza abbandonate. "Probabilmente metà delle case è vuota" pensa con un pizzico di malinconia, osservando quell'immobilità. Le case fuligginose sono avvolte da un'atmosfera pesante e disperata. Certo, Noorö è sempre stata l'isola meno popolata, ma Karen non ricorda di averla mai vista così deserta, nemmeno a Santo Stefano.

"Un'area in via di spopolamento, ecco cosa sembra" pensa. A differenza dell'isola principale, Heimö, e della pittoresca Frisel, in cui si è riusciti a invertire la tendenza all'emigrazione, e in cui si stabiliscono sempre più doggerlandesi di ritorno da Scandinavia, Gran Bretagna o dal continente, a Noorö lo sviluppo è andato nella direzione opposta.

Percorrono lentamente la via principale verso il porto. Passano accanto a negozi chiusi, caffè e a un pub con le finestre oscurate. Superano una coppia di anziani che passeggiano a braccetto, una farmacia chiusa, un uomo che chiude la portiera della sua auto e infila a passi veloci una via laterale con un giornale sotto il braccio. "Dev'essere andato dal benzinaio a comprarlo" pensa Karen. "Qui non sembra ci sia niente di aperto." In quel momento inizia a dubitare che troveranno un locale in cui mangiare. Dove abita lei sono anni che negozi e centri commerciali restano aperti di domenica, e persino il Venerdì Santo si può andare al pub o a comprare assi di legno. Qui invece pare che a Santo Stefano la gente stia a casa. Se sia per ostinato rispetto verso la Chiesa o solo a causa della clientela sempre più scarsa non lo sa, ma a prescindere dalla ragione non sembra che ci siano posti in cui poter pranzare. La situazione non cambia nemmeno al porto: probabilmente il pescato non arriverà prima di dopodomani mattina.

Solo quando la freccia dell'auto di Thorstein Byle si mette a lampeggiare e lui svolta in una via residenziale, Karen capisce cosa ha in mente.

La famiglia Byle abita alla fine di una via laterale costeggiata da case con la base di granito e la parte superiore di legno. In origine queste costruzioni erano di un colore nero catrame ma con il tempo hanno assunto una patina argentea. Case e colori sono tipici di Noorö, e ancora una volta Karen si sente risucchiare indietro nel tempo.

Solveig Byle li accoglie sulla scala. È una donna con i capelli biondo grigi, un bel sorriso e grossi zoccoli di legno. Tende una mano a Karen mentre con l'altra tiene il cardigan che ha sulle spalle. "Thorstein deve averla chiamata dalla macchina" pensa Karen, stringendole la mano tesa con un misto di gratitudine e voglia di fuggire. Avrebbe preferito essere da sola in un pub, con un piatto di stufato d'agnello e una birra grande. Esaminare i suoi appunti in tutta calma o semplicemente sfogliare un giornale dimenticato da qualcuno. Invece ora sarà costretta a fare domande di cortesia, ad ascoltare interessata e a complimentarsi per il cibo. Dovrà sentire le insistenze della padrona di casa e dapprima rifiutare, ma poi capitolare e mangiare un'altra porzione. E non dimenticarsi di ringraziare tre volte, secondo la tradizione. O, ancora peggio, magari dovrà rispondere a delle domande.

Invece è proprio il contrario.

«Le bambine e io abbiamo già mangiato, perciò potete restare qui da soli» dice Solveig. «Immagino che abbiate molto di cui parlare. Ho apparecchiato in cucina, niente di particolare, solo qualche avanzo di ieri.»

Quando Karen si siede al tavolo dei Byle, si trova davanti un piatto colmo di aringhe al prezzemolo, cavolo alla panna, sanguinaccio profumato ai chiodi di garofano, sottili fette di arrosto d'agnello e gelatina di sorbe. Solo a Natale si può pensare di mischiare tutto nello stesso piatto.

Solveig Byle ha messo dei rametti di ginepro per terra accanto alla stufa, ha apparecchiato con tovagliette verdi e acceso il candelabro d'ottone a sette bracci sul tavolo, nonostante ci sia ancora luce. Karen sente un nodo alla gola di fronte a quelle premure. La porta affacciata sull'ingresso è aperta e dall'interno della casa proviene una musica allegra e le voci stridule e affettate di qualche cartone animato. È un'atmosfera stranamente confortevole.

«Avete dei bambini piccoli?» chiede, cercando di nascondere la sorpresa. Thorstein deve aver passato i sessanta da un pezzo e Solveig non le è sembrata molto più giovane.

Byle, che ha appena versato un po' di bevanda al ginepro da una brocca, la guarda per qualche secondo con aria interrogativa e poi fa una risatina.

«Ti riferisci alle "bambine" che ha nominato mia moglie? Stava parlando delle nostre nipotine. Mia figlia lavora alla casa di cura a Lysvik, ha lavorato sia ieri sia oggi, perciò le bambine sono rimaste qui per Natale. Trine ha cacciato suo marito la scorsa primavera e ha fatto più che bene.»

Non spiega perché e Karen non glielo chiede.

Per un po' mangiano in silenzio. Gli avanzi che Solveig ha descritto come "niente di particolare" a quanto pare sono stati preparati tutti da lei e con molto amore.

«Buonissimo» dice Karen dopo un attimo.

«Sì, Solveig è brava.»

«Facciamo un riassunto?» chiede. «Parla tu, che mangi queste bontà tutti i giorni, così io posso rimpinzarmi.»

Thorstein Byle beve un sorso di bevanda al ginepro, si appoggia allo schienale e si pulisce la bocca.

«Be', il corpo e il luogo del ritrovamento presentano chiari segni di trascinamento, giusto? Perciò partiamo dal presupposto che si tratta di un delitto. Il fatto che a casa di Fredrik qualcuno abbia buttato all'aria tutto rafforza la teoria, giusto?»

Karen annuisce.

«Già, sarebbe difficile convincermi del contrario. Perciò la domanda è: chi ha qualcosa da guadagnare uccidendo Fredrik Stuub? Hai qualche ipotesi?»

«Nessuna a parte le più ovvie. Immagino che sia il nipote a ereditare tutto.»

«Gabriel, vero? Come si chiama di cognome?»

«Stuub. Ha il nome di sua madre, non era sposata.»

«Ah, già. Padre sconosciuto, hai detto?»

«Gira voce che sia un tale Allan Jonshed, e questo spiegherebbe molte cose, in effetti.»

«*Quell'*Allan Jonshed?»

Byle annuisce. Per qualche ragione Karen non è mai stata coinvolta in casi direttamente collegati alla banda dei motociclisti, ma ovviamente sa che Allan Jonshed è il presidente degli OP.

«Dov'è che hanno la sede, di preciso, gli OP?»

«A Tyrfallet, dall'altro lato dell'isola, su verso lo Skalvet. Perché? Non penserai mica di andarci?»

Karen si stringe nelle spalle.

«Non adesso, ma Jonshed è stato dentro per almeno due omicidi colposi, e se ha una qualche relazione con la vittima sarà difficile evitare di interrogarlo.»

«A parte il fatto che Jonshed è di nuovo dentro, da un paio di mesi a questa parte» risponde Byle secco. «E poi sembra che sia malato gravemente, perciò c'è stata un po' di guerra per chi dovrà assumere la presidenza dopo di lui.»

Quindi Jonshed è in galera; questa notizia le era sfuggita.

«Cosa intendi dire con "questo spiegherebbe molte cose" rispetto al fatto che Gabriel sia suo figlio? È anche lui membro degli OP?»

«Non in maniera ufficiale. Ma gli OP lavorano con dei "civili", che in qualche modo sono legati a loro.»

Byle disegna le virgolette in aria con le dita. Karen avverte un brivido.

«Ma è qualcosa che si sa, o sono soltanto voci?»

«La seconda, purtroppo...»

«E Gabriel quindi sarebbe uno di questi "civili"?»

«Sì, o semplicemente gravita intorno al loro gruppo. Ci sono un po' di ragazzotti che si atteggiano, lassù, e cercano di ingraziarsi i capi. Gabriel a quanto pare è nel mezzo di una battaglia per la custodia dei figli, perciò immagino che tenga un profilo basso e non sia ancora un membro effettivo, almeno finché il divorzio non sarà concluso. Però sia io che gli altri l'abbiamo incontrato su dagli OP diverse volte, perciò in qualche modo dev'essere coinvolto.»

Karen si pulisce la bocca, si appoggia allo schienale e guarda il collega.

«Dio santo, sai tutto di tutti qui sull'isola? Sei davvero una miniera d'oro.»

Thorstein Byle cerca di nascondere un sorriso soddisfatto.

«Be', ho vissuto qui tutta la vita, giusto? E facendo il poliziotto si scoprono i lati meno lusinghieri delle persone, come saprai. Ma sono al corrente soltanto delle notizie che riguardano la gente nei dintorni di Skreby. E Gabriel era in classe con Trine, giusto?»

«Che lavoro fa?»

«Lavora da Groths. Credo che sia il responsabile dell'imbottigliamento o qualcosa del genere.»

Karen sorride tra sé. Un giro alla Groths, la distilleria di whisky di Gudheim, l'attira molto di più che andare in montagna a incontrare uomini con lunghe trecce grigie.

«Be', per gli Huss in verità le cose si sono messe male» dice Byle pensieroso alzandosi per servire il caffè. «Il vecchio Albin non sarebbe per niente felice se sapesse che la sua famiglia lavora da Groths.»

Karen fruga nella memoria.

«Intendi Albin Huss, il barone delle miniere?»

Byle annuisce e versa il caffè.

«Quindi Gertrud e Fredrik sono parenti del vecchio Huss? Ci potrebbero essere dei soldi in ballo?» domanda Karen pensierosa.

Thorstein Byle scuote la testa e sorride.

«Non tanti quanti ti immagini. È vero che ai tempi del vecchio Huss la miniera costituiva la maggior parte suoi redditi, eh, ma ha avuto solo figlie femmine che non gli sono subentrate. Huss ha gestito tutto con pugno di ferro fino alla morte. E quando il suo povero nipote, Ivar, ha ereditato a metà degli anni Settanta, l'epoca del massimo splendore era finita. Credo che non ci siano voluti più di otto, dieci anni prima che arrivasse la crisi, e poi tutto è andato a catafascio. La congiuntura economica, i prezzi delle importazioni e le vene in esaurimento hanno giocato a suo sfavore, ma Ivar Tryste si è preso tutta la colpa per la chiusura, giusto?»

Ivar Tryste. Karen riconosce vagamente quel nome per averlo letto in interviste e articoli a metà degli anni Ottanta. Riaffiora un debole ricordo di un uomo affranto con gli occhi tristi, ma l'immagine ha i contorni sfumati. Lei aveva vent'anni o poco più e a quei tempi aveva altro a cui pensare.

«No, non ci sono più molti soldi» continua Byle. «Terreno però ne hanno ancora molto, ma non è vicino al mare né fertile, giusto? Ne hanno venduto un po' come pascoli, ma i prezzi qui non sono certo quelli di Heimö.»

«Ti ricordi quando ha chiuso l'ultima miniera?»

«Entrambe le miniere a cielo aperto, quella di Karby e quella su a Hovnes, sono rimaste aperte per un po' negli anni Novanta, ma l'ultima miniera sotterranea ha chiuso nel 1989, me lo ricordo bene. Metà del paese è rimasto senza lavoro, ed è stato un periodo tremendo. E puntualmente sono seguiti divorzi e miseria. Mia sorella e mio cognato sono rimasti coinvolti come tanti altri. Quando la miniera ha chiuso, lui ha perso tutto e ha iniziato a bere. Quattro anni dopo si è suicidato, aveva quarantasei anni.»

«Sì, mi ricordo che alcuni avevano tentato di entrare a casa del proprietario per picchiarlo. Quindi si trattava di Ivar Tryste, il nipote del vecchio Huss?»

Byle annuisce.

«Sì, non dev'essere stato facile per Ivar. È ancora vivo, comunque, se la sua si può chiamare vita. È ricoverato nella casa di riposo di Lysvik e a quanto pare non ci sta più con la testa. Alzheimer, dicono.»

Karen nota che Byle è diventato molto più loquace nel poco tempo trascorso insieme. Le gaffe di Kneought Brodal di quella mattina sembrano dimenticate, e Karen si rende conto con gratitudine che la sua conoscenza degli abitanti di Noorö sarà preziosa. Reprime l'irritazione che il collega le provoca continuando a ripetere "giusto?", come se tutto ciò che racconta fosse di pubblico dominio. "E in effetti lo è, per chi abita qui" pensa.

Nel medesimo istante le viene in mente un'immagine e scoppia a ridere.

«C'è ancora? Il "Complesso", intendo. Abitavano lì, gli Huss, vero?»

Solo quando era cresciuta aveva capito il doppio senso in quel nome che i nooresi, difficilmente impressionabili, avevano dato alla casa del proprietario della miniera. Da bambina era affascinata da quell'edificio stravagante, che sembrava più un castello che un'abitazione privata. Invece della solita pietra calcarea di cui tutti si accontentavano, il vecchio Huss aveva fatto trasportare arenaria color avorio da Frisel. Un castello delle fiabe, pensava Karen quando gli passava davanti in auto con il naso premuto sul finestrino per ammirarlo. Aveva sempre pensato che la risata beffarda in cui scoppiavano i suoi zii ogni volta che lo vedevano fosse del tutto fuori luogo. Lo aveva capito solo molti anni dopo: intendevano "complesso di superiorità", riferendosi alle manie di grandezza di Albin Huss.

«Certo, è ancora lì con tutti i suoi merli e le sue torri. Ma è abbastanza in rovina, credo. Mantenerlo deve costare un patrimonio.»

Karen ha capito che la vittima, Fredrik Stuub, era il nipote di quell'uomo che un tempo dominava mezza Noorö, ma per il resto capisce di essersi già persa nelle ramificazioni della famiglia dei proprietari della miniera, e decide di cambiare discorso. Se quella ingarbugliata rete di parentele avrà qualche importanza nelle indagini, chiederà a Byle di rispiegargliela daccapo. Ma adesso hanno altro a cui pensare.

«Dunque, cominciamo a parlare con la sorella di Fredrik. Abita lontano da qui?» domanda.

12

La sorella vive a un quarto d'ora di distanza da lì. Dopo aver fatto i complimenti a Solveig Byle, e risposto sinceramente con un sì a un invito a cena per uno dei prossimi giorni, Karen si rimette alla guida. Procedono in carovana fino alla statale, svoltano verso nord e imboccano a destra il viadotto sopra lo Skreån. Quando entrano lentamente nel cortile di Gertrud, Karen si accorge che quello che si vede dall'altra parte del fiume dev'essere il tetto della casa di Fredrik. Probabilmente c'è un ponticello pedonale che unisce le due proprietà.

La casa di Gertrud Stuub è la copia di quella del fratello, e Byle spiega che fanno parte di due appezzamenti che un tempo erano dello stesso proprietario.

«Il vecchio possedeva praticamente tutto a nord di Skreby, fin su al confine con il distretto di Gudheim» dice, mentre percorrono la stradina sterrata in salita. «Le figlie di Huss ne hanno ereditato metà ciascuna. Gertrud e Fredrik hanno quindi ereditato ognuno metà della metà della loro madre, mentre l'altra parte è stata divisa tra i Tryste. Questa casa e quella di Fredrik una volta probabilmente erano alloggi di servizio, ma non certo per i lavoratori della miniera, più che altro per i capisquadra.»

Non è Gertrud Stuub ad aprire la porta, bensì un uomo sulla settantina con i capelli grigi molto stempiati ma decisamente folti. Il volto rugoso potrebbe essere indice di una vita di duro lavoro in mare, se non fosse per il colletto bianco che spunta da sotto la camicia nera. Mentre si presenta, Karen raddrizza meccanicamente la schiena.

«Karen Eiken Hornby, sono della polizia criminale e sono qui per investigare sulla morte di Fredrik Stuub» dice tendendogli la mano.

«Erling Arve» risponde il pastore porgendole la sua grande mano.

La stretta è vigorosa, quasi troppo forte.

«Ciao, Thorstein» dice il pastore un attimo dopo distogliendo lo sguardo da Karen e rivolgendosi a Byle. «Ti aspettavamo.»

Si sposta per farli entrare.

«Come sta? Era piuttosto abbattuta ieri quando l'ho incontrata sul luogo del ritrovamento» chiede Byle dopo che Erling Arve ha chiuso la porta.

«La reazione al primo shock sta passando, ma il dolore adesso è più forte, ovviamente, e non è riuscita a dormire molto.»

«È venuto il medico? Magari ha bisogno di un tranquillante.»

Arve scuote lentamente la testa.

«Non vuole vedere nessun medico, solo me, dice. Vuole solo l'aiuto di Dio. A volte, caro fratello, credo che la sua fede sia più forte della tua e della mia.»

Erling Arve si inchina con un sorriso davanti a Byle mentre pronuncia le ultime parole. Karen, che è rimasta esclusa dalla conversazione, si schiarisce la voce in modo discreto.

«Avremmo bisogno di scambiare qualche parola con Gertrud. Anche se è difficile per lei, è importante che riusciamo a parlarle mentre le immagini sono ancora fresche nella sua memoria.»

«Sì, come ho detto vi stavamo aspettando» dice Arve precedendoli nel corridoio in cui c'è un alto specchio coperto da un telo nero. Sul tavolino a consolle sotto lo specchio c'è un vaso con tre rose bianche, e un crocifisso di legno è posato lì accanto. Il pastore si ferma davanti a una porta e sembra che faccia un respiro profondo. Poi bussa lievemente sullo stipite e abbassa piano la maniglia.

Davanti alla porta c'è un border collie bianco e nero, con la testa abbassata in posizione difensiva.

«Su, su, Sammy. Non c'è pericolo» dice Arve.

Il cane indietreggia, con movimenti goffi, e si sdraia con la testa sulle zampe anteriori allungate, accanto a una donna con i capelli a caschetto grigio acciaio e gli occhi rossi per il pianto. Gertrud Stuub è seduta sul bordo di una poltrona. Una mano stringe forte un fazzoletto appallottolato, mentre l'altra è posata dolcemente su una Bibbia aperta. Karen va da lei e le tende la mano.

«Per prima cosa le porgo le mie condoglianze» dice dopo essersi presentata. «Perdere un familiare è sempre un grande dolore, e quello che ha dovuto passare lei ieri rende tutto ancor più doloroso. Sta ricevendo l'aiuto che le serve?»

«Sì, grazie» risponde Gertrud accarezzando la Bibbia. «Nostro Signore mi consola e mi indica la via. E anche il pastore Arve» aggiunge con un pallido sorriso rivolto al sacerdote.

«Sì, la nostra Gertrud è sempre stata in contatto diretto con Dio» interviene Arve. «Temo che il mio contributo principale sia quello di preparare il tè. Ne volete una tazza?»

Karen annuisce, più che altro per poter rimanere da soli con Gertrud, ed Erling Arve si dirige in cucina. Lei e Byle si siedono stretti su uno scomodo divano, e dopo essersi scusata per il disturbo e aver spiegato quanto sia importante riesaminare i dettagli del giorno precedente, Karen chiede a Gertrud Stuub di raccontare l'accaduto con parole sue.

«Come mai si è preoccupata?» chiede.

«La messa dell'aurora» risponde Gertrud senza esitazione. «Fredrik non andava in chiesa quanto avrebbe dovuto, ma alla messa dell'aurora di Natale non mancava mai. E poi me l'aveva detto lui, che sarebbe venuto.»

«Ah sì?» domanda Karen, in attesa.

«Sì, o comunque io avevo dato per scontato che intendesse quello. È stata l'ultima cosa che mi ha detto: ci vediamo domani...»

Le parole si affievoliscono in un sussurro e lo sguardo di Gertrud Stuub diventa confuso, come se solo in quel momento si rendesse conto che non parlerà mai più con suo fratello.

«E quand'è stata l'ultima volta che ha visto Fredrik vivo?» chiede Karen.

La domanda sembra riportare Gertrud alla realtà.

«Alla vigilia. È passato per pranzo verso l'una e abbiamo mangiato insieme, come sempre. Niente di strano, il solito cibo natalizio.»

«Solo Fredrik e lei?»

«No, sono venuti anche Gabriel e i bambini. Katja no, ovviamente, lei non l'ho quasi più vista da quando... da quando si sono separati.»

Quando è costretta a pronunciare l'odiata parola, la mano di Gertrud Stuub sale al petto e si fa il segno della croce.

Karen ricorda ciò che le ha raccontato Byle. "Quindi Katja è la donna con cui Gabriel è in lotta per l'affidamento dei figli. Forse dovremmo parlare anche con lei" pensa.

«Nessun altro?»

«Sono passati anche William e Helena, sono così gentili, ma non si sono fermati a mangiare. Volevano solo farci gli auguri e portarci dei fiori. Aspettavano in visita la sorella di Helena e suo marito.»

Karen lancia una rapida occhiata a Thorstein Byle. Questa volta lui non fa il minimo cenno di aiutarla.

«William e Helena sono vostri vicini o parenti?»

Gertrud la guarda con aria stupita.

«Entrambe le cose, naturalmente. Sono il figlio di mio cugino Ivar e sua moglie. Ma c'è un po' di strada fino a casa loro, perciò sono venuti in macchina. La gente è così pigra al giorno d'oggi.»

Karen decide di passare oltre.

«Fredrik le è parso preoccupato?»

Gertrud Stuub sembra riflettere.

«Non più del solito. Fredrik non era un tipo spensierato. Si preoccupava sempre per qualcosa. Ma è così che si diventa se non si ha fede in nostro Signore.»

In quel momento Erling Arve torna con un vassoio su cui tintinnano le tazze di tè. Dopo averlo posato sul tavolo, si siede sulla poltrona accanto a quella di Gertrud.

«Stiamo parlando di Fredrik. Stavo dicendo che trovava sempre qualcosa di cui preoccuparsi. Ho ragione, vero?»

Erling Arve annuisce, si china e mette le tazze e i piattini davanti a ognuno.

«Sì, potremmo dire così. Ma altri potrebbero dire che era una persona impegnata.»

«E in che cosa era impegnato?» chiede Karen prendendo la sua tazza.

«Be', non certo nella Chiesa» risponde Gertrud in tono di disapprovazione. «Si occupava un po' di tutto. Dell'ambiente, degli scarichi e dell'inquinamento, del calo del numero dei pesci, e cose del genere. E poi di quello che è successo a Gudheim. Fredrik era rimasto molto sconvolto.»

«A Gudheim? Cos'è successo?» domanda Karen.

Gertrud fa un gesto come per dire che non ce la fa più a parlare, e il pastore le mette una mano sul braccio per tranquillizzarla. Karen guarda Byle con aria interrogativa e lui risponde.

«La nave di pietra, l'antica tomba. A quanto pare qualcuno si è divertito a fare dei buchi in diverse pietre. Dei giovani, probabilmente. E non è la prima volta che si verificano degli atti vandalici. La primavera scorsa una banda di ragazzi, ubriachi fradici, ha cercato di rovesciare una delle pietre ma è stata fermata da alcuni turisti. Se non ricordo male ci sono anche un sacco di graffiti.»

"C'è una bella differenza tra scarabocchiare e fare dei buchi in pietre di duemila anni" pensa Karen. Dovevano avere un trapano con sé.

«Torniamo alla vigilia. Quanto è rimasto qui, Fredrik?»

Gertrud Stuub sembra cercare nella memoria.

«Non lo so esattamente; quando se ne sono andati saranno state le tre, tre e mezzo, non più tardi. Sono venuti per pranzo, come ho detto. Gabriel ha detto che voleva tornare presto per i bambini, ma io so che in realtà era l'alcol a tentarlo. Qui non può bere quella roba. E si è offerto di dare un passaggio a Fredrik. Era meglio che un vecchio non si mettesse a camminare al buio.»

Le immagini dell'ultima passeggiata di suo fratello l'assalgono; Gertrud singhiozza e sembra sprofondare nella poltrona. Karen fa una pausa e si percepisce solo il tintinnio della porcellana mentre tutti prendono le tazze di tè.

«Se la sente di continuare?» chiede dopo qualche minuto guardando Gertrud negli occhi.

Lei si asciuga il naso e annuisce.

«Parliamo di Natale. Lei ha detto che è andata alla messa dell'aurora e si è preoccupata non vedendo Fredrik.»

«Non ero sicurissima che non ci fosse. Arriva sempre all'ultimo minuto e si siede in fondo. Vero?»

Guarda Erling Arve che annuisce per confermare.

«Sì, alla messa dell'aurora di Natale la chiesa è sempre strapiena» dice, e Karen intuisce un po' di amarezza nella sua voce.

"A quanto pare la Chiesa è in difficoltà persino qui a Noorö. Eppure è probabile che Arve, nelle sue messe, abbia un uditorio più ampio di quello dei pastori di Heimö" pensa, ricordando le parole di sua madre: «...distillavano liquori illegalmente, ma guai se a tavola non si dicevano le preghiere e se non si andava in chiesa tutte le domeniche».

«E dopo la messa, quando si è accorta che in chiesa non c'era, ha deciso di andarlo a cercare?»

«Sì, ho provato a telefonargli da casa alcune volte. All'inizio ho pensato che fosse rimasto a letto. A essere sincera, più che altro volevo dirgliene quattro. Ma quando non ha risposto mi sono preoccupata e sono andata là in bicicletta.»

«In bicicletta?» chiede Karen senza riuscire a nascondere la sua sorpresa.

Quella donnina a pezzi seduta di fronte a lei a quanto pare ha una forza inaspettata quando non è in preda al dispiacere. Probabilmente è molto più giovane di quanto sembri.

«Be', per terra non c'è quasi più neve, perciò non è un problema, altrimenti prendo lo slittino. Attraversando la torbiera ci vogliono solo pochi minuti, ma sul ponte bisogna andare a piedi, naturalmente.»

«E quindi è andata a casa di Fredrik. È entrata?»

«Certo che sono entrata» risponde Gertrud, sorpresa per quella domanda ovvia. «Prima ho bussato, e poi sono entrata. Facciamo sempre così.»

Con la coda dell'occhio, Karen vede che Byle si piega in avanti, consapevole dell'importanza di quel momento.

«E dentro era tutto come al solito?» domanda Karen con aria casuale. «Ha notato qualcosa di strano?»

«No, che cosa? C'era il solito disordine, ovvio. La tazza del caffè sul tavolo, il burro sul bancone della cucina, ma niente di strano. Fredrik era così.»

«L'ha cercato nelle altre stanze della casa?»

Gertrud la guarda con aria interrogativa.

«No, perché avrei dovuto farlo? Mi sono accorta subito che era uscito: il guinzaglio non era appeso al gancio nell'ingresso.»

Rivolge lo sguardo sul cane che è ancora seduto ai suoi piedi, tende una mano e accarezza il morbido pelo. L'altra mano rimane sulla Bibbia.

«E poi Sammy sarebbe arrivato di corsa se fossero stati in casa. Perciò ho capito che Fredrik l'aveva portato a fare il solito giro.»

«E allora si è preoccupata? Cosa pensava che fosse successo?»

«In realtà non so cosa mi ha spinta ad andarlo a cercare. Forse un presentimento, come se sapessi che c'era qualcosa che non andava.»

Gertrud Stuub si guarda in grembo, come se la Bibbia aperta potesse darle qualche risposta. Poi aggrotta la fronte e accarezza piano le pagine fitte di parole, e Karen intuisce un sorriso.

«Non ci avevo pensato finora» prosegue Gertrud, alzando lo sguardo con un'espressione nuova in viso. «È stato nostro Signore che mi ha parlato, è chiaro. Mi ha mandata Lui a cercare Fredrik.»

D'un tratto, la disperazione ha lasciato il posto a qualcosa che assomiglia a una tranquilla certezza. Karen incontra il suo sguardo e si costringe a sorriderle. Ha sempre notato, con discreta invidia, che per alcune persone una fede forte costituisce una consolazione nel momento del bisogno. Ma ha anche visto come le stesse convinzioni religiose possano conferire ad alcuni un'illusione di rettitudine, un pretesto per imporre i propri interessi parandosi dietro una facciata di devozione. La fede di Gertrud Stuub non sembra una finzione. "Piuttosto il rischio è che si metta a parlare in altre lingue, come sostengono le Sacre Scritture" pensa Karen, guardando preoccupata la donna sorridente.

Ma l'espressione di beatitudine negli occhi di Gertrud svanirà, quando si renderà conto che per poco non ha incrociato l'assassino di suo fratello?

13

Quando Karen svolta nel parcheggio accanto al molo dei traghetti di Lysvik, ha male alla schiena. Probabilmente ci sono posti più comodi vicino al centro, ma lei sa che lì il personale della compagnia di navigazione, che lavora su turni e abita nelle vicinanze, tiene d'occhio le auto.

Scende con cautela, si allunga sul sedile posteriore e tira fuori il borsone che ha preparato la sera precedente. Poi si appoggia con entrambe le mani alla portiera, distende la schiena e sente le fitte irradiarsi lungo il fianco destro. Le ore al volante, sommate all'appoggio sbilanciato nei momenti in cui è stata in piedi, hanno lasciato il segno. Il ginocchio ne ha risentito soprattutto sulle rocce lisce e scivolose lassù alla miniera, anche se lei ha tentato di fare del suo meglio per proteggerlo. Guarda l'orologio e si avvia lungo la strada principale. La mattina precedente, quando lei e Kneought Brodal erano passati da lì per andare dal medico, aveva visto un pub all'angolo. Era chiuso, ma adesso spera che possa servirle la pinta di birra che tanto desidera. O magari due.

Un leggero odore di cucina la colpisce non appena apre la porta e si ritrova in un ampio locale quasi quadrato. Alcuni uomini – una ventina – sono seduti intorno al bancone del bar e ai tavoli, alcuni soli, altri in gruppo. Tutti hanno lo sguardo rivolto al televisore montato sulla parete. Karen sceglie un tavolo libero accanto alla finestra, lascia cadere la borsa a terra e lancia uno sguardo allo schermo. Manchester United contro Sunderland, in altre parole le possibilità di vincita sono davvero basse. Si dirige al bancone ed estrae il portafoglio dal giubbotto.

La donna di fronte a lei sembra aver superato abbondantemente la sessantina. Ha una bellezza appassita da ex bomba sexy unita a una tenerezza materna. I capelli sono biondo platino, con riccioli perfetti, la bocca è accuratamente dipinta e nella scollatura, sul seno generoso, dondola una croce d'oro appesa a una catenina sottile. Quando Karen si avvicina, il viso le si apre in un sorriso talmente dolce che nemmeno la macchia di rossetto color ciliegia sul suo incisivo destro diminuisce l'effetto.

«Ciao cara, cosa posso fare per te?» chiede, e Karen sente che sta ricambiando il suo sorriso, nonostante il dolore e la stanchezza.

Lancia un rapido sguardo lungo la fila di birre cercando la sua preferita, e la trova. «Una Spitfire, grazie. E anche un Groths» aggiunge.

"Solo a scopo di ricerca, nel caso debba andare alla distilleria" si convince. Dovrebbe farlo pagare a Smeed, a dire il vero.

«Quale vuoi, tesoro? Abbiamo tutte le qualità.»

La donna fa un gesto per indicare lo scaffale dietro il bancone, su cui sono allineate diverse bottiglie con il noto logo.

«Oh, non lo so» risponde Karen guardando l'assortimento. «Ma sì, prendo un Old Stone Selection.»

"Decisamente a scopo di ricerca" pensa, lanciando un'occhiata all'immagine della nave di pietra di Gudheim sull'etichetta della bottiglia.

«Vai pure a sederti, vengo io tra poco.»

Riconoscente, Karen torna con la schiena rigida al suo posto vicino alla finestra. Mentre passa tra gli uomini e la tv, china la testa leggermente per non privarli di nemmeno un secondo della partita.

Si siede e si guarda intorno. Il locale è un tipico pub doggerlandese, chiaramente ispirato agli originali britannici. Ma invece di immagini di cavalli, corni da caccia e cani, le pareti sono decorate da attrezzi e motivi marinareschi. Al soffitto è appesa la barchetta di prammatica e a una delle pareti ci sono due remi incrociati, mentre la rete da pesca con i suoi galleggianti di vetro, anch'essa obbligatoria, è al solito posto sopra il bancone. Avrebbe potuto essere l'Haren e Kråkan di Langevik, o qualsiasi altro delle migliaia di pub esistenti sulle isole doggerlandesi.

«È la cosa migliore che i britannici hanno portato in questo paese» diceva sempre suo padre.

Non era l'unico a pensarla così. Persino i più reazionari tra i vecchi bacucchi di origine scandinava, che si irritano per le influenze occidentali, vanno spesso a snocciolare le loro lamentele proprio al pub locale. Alcuni di loro si ostinano a utilizzare il vecchio nome di Doggerland, Vestmarkland, mentre si scolano l'ennesima pinta di *ale* o un bicchierino di whisky.

Ma la cultura dei pub non è incontrastata: a Dunker e Ravenby, nei quartieri più alla moda, ora c'è la concorrenza di un numero sempre maggiore di enoteche e microbirrifici con vendita annessa. Sono locali decisamente più freschi e senza il caratteristico odore di muffa della moquette, marinata in anni e anni di birra caduta per terra. Eppure è proprio in quel tipo di vecchi pub che Karen si trova meglio. Tra gli anziani che a malapena sollevano lo sguardo quando entra qualcuno, dove si può stare in pace e nessun uomo bisognoso di compagnia si avvicina al tuo tavolo speranzoso dicendo: «Mi sembri sola, posso sedermi qui?».

Karen prende due blocchi per appunti: quello piccolo che sta nella tasca del giubbotto e quello grande con la copertina di pelle che tiene in borsa. Nello stesso momento sul tavolo appare un vassoio con una pinta di *ale*, un bicchierino di whisky giallo chiaro e una ciotola di alghe rosse fritte. Karen alza lo sguardo.

«Grazie. Posso chiederti una cosa? C'è qualche albergo qui a Lysvik, o puoi raccomandarmi un buon bed and breakfast?»

«Sì, c'è ancora il Rindlers su in Lotsgatan, ma se hai bisogno solo di un letto comodo con lenzuola pulite ho io una stanza libera. Trecento marchi inclusa la colazione. Al Rindlers spenderesti almeno il triplo.»

«Affare fatto» risponde Karen. «Può darsi che mi fermi qualche giorno, va bene? Karen Eiken Hornby» aggiunge tendendo la mano.

«Ellen Jensen. Va benissimo. Posso chiederti come mai sei qui? Sento che vieni dal Sud.»

«Lavoro» risponde Karen concisa, ma poi cambia idea e aggiunge: «Sono una poliziotta e sto investigando su una morte avvenuta qui sull'isola».

«Ah, Fredrik Stuub, lo sospettavo. L'ho saputo stamattina. Allora non è stato un incidente?»

«È troppo presto per dire cosa sia successo. Di solito indaghiamo sempre su morti come questa, per sicurezza.»

«Già, mi è difficile pensare che qualcuno abbia voluto uccidere quel brav'uomo.»

«Lo conoscevi?»

Ellen Jensen scuote la testa.

«Solo perché veniva qui dopo il lavoro. Arrivava puntuale con il traghetto delle cinque e mezzo, l'ha fatto per anni. Si fermava a bere un bicchiere dopo il lavoro, come tanti altri.»

«A quanto ho capito era un insegnante in pensione» dice Karen. «Lavorava in una scuola di Lysvik?»

Ellen Jensen piega la testa all'indietro e scoppia in una sonora risata.

«Non gli sarebbe piaciuto sentire una cosa del genere. Avrebbe rovinato la sua immagine; in fin dei conti era pur sempre un Huss. No, insegnava all'università di Ravenby. Chimica o biologia o qualcosa del genere. Di sicuro non insegnava a leggere ai mocciosi dell'isola, comunque.»

Scoppia di nuovo a ridere e prende il vassoio vuoto.

«Dimmi quando vuoi vedere la camera. Ti preparo tutto subito?»

«Sì, grazie» risponde Karen.

La discussione con Smeed può aspettare.

Quando poco più di un'ora dopo si sdraia sul letto della sua camera, constata che è davvero comodo, proprio come Ellen aveva promesso, e che la stanza è pulita e ben tenuta. E terribilmente brutta. A parte la moquette marrone fantasia, la tappezzeria a medaglioni e il bollitore elettrico color avocado, la stanza è ingombra di soprammobili, su ogni superficie libera. Fiori finti e una coppia di cani di porcellana sulla scrivania, un oggetto che sembra un vecchio corno da caccia accanto a un quadro con un tramonto a colori vivaci, talmente orrendo che deve distogliere lo sguardo. Sulla parete sopra la testiera del letto è appeso un altro ornamento quasi obbligatorio in tutti i locali doggerlandesi: un cuore fiancheggiato da un'ancora e da una croce, in questo caso realizzati in gesso rosa chiaro. Fede, speranza e amore. In quel preciso momento, Karen non si sente pervasa da nessuna di quelle emozioni. "Perché diavolo non sono andata al Rindlers?" pensa.

Si alza e fa i tre passi che la separano dalla finestra. È già calato il buio, ma la luce dal terminal dei traghetti perlomeno le comunica che ha una stanza con vista mare. Tira fuori il cellulare e cerca il numero di sua madre. Eleanor risponde al quarto squillo, ansimando soddisfatta.

Karen non le chiede perché.

Dopo aver ascoltato le notizie da casa – No, non manca niente, hanno mangiato gli avanzi di ieri. Sì, sono andati via tutti, a parte Sigrid e Leo, ovvio. No, nessun problema, Sigrid ha la macchina e li accompagnerà lei all'aeroporto. Che cos'hai detto, tesoro? Ah, Harry ti saluta tanto. Come va lassù? Ti dovrai fermare molto? –, Karen riappende e cerca il numero di Jounas Smeed. Proprio quando sta per chiamarlo per fare rapporto e chiedere quali sono le prospettive di avere rinforzi, il telefono squilla. Sullo schermo c'è scritto SÖREN LARSEN, e mentre risponde prova un senso di colpa. Sono passate da poco le sei e mezzo e lei ha già concluso la sua giornata lavorativa senza nemmeno dirglielo.

«Ciao, Eiken» dice Sören in tono allegro. «Dove sei finita?»

«Sono a Lysvik. Ho appena preso una stanza sopra al pub in Skeppargatan. E tu dove sei? Non dirmi che sei ancora a casa di Stuub!»

«No, che cazzo. Kneought e io siamo nella sala da pranzo dell'albergo e abbiamo appena ordinato. Perché sei rimasta lì al pub? Il Rindlers non è per niente male. A quanto pare hanno sia la sauna sia le vasche idromassaggio. In effetti stavamo pensando di fare un bagnetto dopo mangiato.»

Karen maledice il suo destino con un sospiro pesante. L'idea di ritrovarsi in una jacuzzi con Stanlio e Ollio non l'attira per niente, ma la sua schiena trarrebbe beneficio da una mezz'oretta nel caldo di una sauna. E invece si trova in una cella a fiori a guardare le luci tremolanti del molo deserto.

«Ho preso la prima cosa che ho trovato» dice in tono cupo.

«Ma allora vieni qui, che cavolo» continua Larsen. «Almeno mangi qualcosa di decente.»

Un quarto d'ora dopo si siede al tavolo accanto a Larsen e Brodal ai quali hanno appena portato due piatti di rombo fumante, con contorno di carote e patate bollite spolverate di rafano, e una salsiera colma di burro fuso. Il suo piatto preferito. Ma si sente ancora appesantita dal pranzo di Solveig Byle e perciò ordina alla cameriera qualcosa di più leggero.

«Per me solo una tartina con gamberetti.»

«E da bere?»

«Un bicchiere del loro vino, grazie» risponde dopo un'occhiata alla bottiglia avvolta da un tovagliolo nel secchiello del ghiaccio.

«Allora ce ne porti un'altra» dice Kneought Brodal.

«Immagino che ne abbiate parlato con Smeed, di questo» chiede Karen indicando piatti, salsiere e secchiello con un ampio gesto.

«No, sarà una bella sorpresa» ribatte Brodal secco. «Cazzo, in fin dei conti è Natale, potremo pure mangiare qualcosa di decente.»

Mentre aspetta la sua tartina, Karen ascolta i rumori soddisfatti di Larsen e Brodal che mangiano, e si versa un bicchiere di vino. Quando le viene messa davanti una presunta fetta di pane, sepolta da una montagna di gamberetti sgusciati, si rende conto di avere davvero fame.

«Allora, cos'hai scoperto?» chiede mentre ingoia il primo boccone e beve un sorso di vino.

Si accorge troppo tardi che è uno Chablis di una marca

prestigiosa, probabilmente caro come il fuoco. Il capo non ne sarà sicuramente felice. Decide di lasciare che sia Kneought Brodal a pagare il conto, lei non osa mettersi a discutere con Smeed.

«Be', non ci sono dubbi che qualcuno abbia setacciato la casa di Fredrik Stuub, ma questo lo sapevi già» dice Larsen.

«Si riesce a capire se manca qualcosa?»

«Nemmeno per sbaglio.»

«Cosa intendi? Qualcosa potrai pur dirmi!»

«Non manca niente. O forse sì, ma in tal caso noi non sappiamo cosa. Chi l'ha fatto non era di certo interessato a oggetti antichi, opere d'arte o argenteria. E di quelli in casa ce n'è in abbondanza, se vuoi saperlo. Il tizio sembra un collezionista, o forse aveva ricevuto una bella eredità.»

«Avete trovato il cellulare? Secondo la sorella ce l'aveva.»

«Be', in casa non c'è. Magari ce l'aveva quando è andato nei boschi e l'ha perso quando l'hanno buttato giù. In quel caso adesso sarà sul fondo della miniera. Ma l'elenco delle telefonate possiamo averlo lo stesso.»

«Parlerò con il procuratore per richiederlo al gestore telefonico» dice Karen. «Ma non sarà facile contattare qualcuno.»

«È incredibile come un'intera nazione sembri tutta in ferie nello stesso momento» replica Larsen.

Brodal mormora qualcosa in tono di approvazione e si allunga per prendere la salsiera.

Karen mette giù le posate con un sospiro.

«E niente computer? In quel caso qualcuno l'avrà portato via.»

«Può darsi che cercassero proprio quello. Sempre che ce l'avesse, poi.»

«Credo proprio di sì. Fredrik Stuub era un docente universitario, a Ravenby; l'ho appena scoperto.»

Kneought Brodal sbuffa.

«Hai un'opinione troppo alta degli studiosi di scienze naturali, Eiken. Ho conosciuto gente a Ravenby che sa a malapena mandare un'email. Non quelli giovani, ovvio, ma Stuub era in pensione da diversi anni. Un uomo vecchio stampo, secondo Sven Andersén, che si è anche un po' rimbambito con l'andare degli anni. Una persona simpatica, però.»

«E tu come fai a saperlo? Parli anche con i cadaveri adesso?» sogghigna Sören Larsen.

Per un attimo Brodal sembra confuso.

«Andersén, ovviamente. Sono rimasto da lui parecchie ore. Non è del tutto stupido per essere noorese.»

Sören e Karen si scambiano uno sguardo. Succede davvero di rado che il medico legale dica qualcosa di positivo su una persona, soprattutto se è in vita.

«Voglio dire semplicemente che anche se Stuub faceva un lavoro prestigioso non è detto che avesse un computer in casa. Una volta la gente riusciva a vivere anche senza fissare uno schermo tutto il giorno, e stava bene lo stesso» continua Brodal.

«E allora che cosa cercavano in casa di Stuub, secondo te? Sembra che non manchi niente, no?» ribatte Karen bevendo un sorso di vino.

«Che cazzo ne so! Sei tu che devi scoprirlo.»

Karen si rivolge a Larsen con un sospiro stanco.

«Sai che devo chiedertelo: c'è qualcos'altro che non mi hai ancora detto, in casa? Impronte, orme, capelli? Qualcosa?»

«Tutto. In abbondanza» risponde Larsen sorridendo, con la bocca piena di pesce. «Se sei fortunata non sono tutte di Stuub o del suo cagnaccio. E potremmo trovare qualche traccia del colpevole durante l'autopsia di domani. Ci sarai anche tu, presumo?»

Karen fa una smorfia.

«Sarò costretta a esserci. Ma non hai niente da dirmi già adesso?»

Larsen si asciuga un rivolo di burro fuso a un angolo della bocca e si tende per prendere la bottiglia. Poi si blocca e la appoggia sulla tovaglia.

«Nessuna scoperta tecnica, solo una mia sensazione. Non so nemmeno se dovrei dirtelo.»

«Dai» lo esorta Karen. «Dimmi quello che hai in mente.»

Sören Larsen riempie i bicchieri di tutti senza nessuna premura. Karen lo guarda impaziente riporre con lentezza la bottiglia vuota nel secchiello del ghiaccio.

«Ho avuto la sensazione – ma è solo una sensazione vaga, nient'altro – che tutto fosse un po' troppo... accurato.»

Karen riflette su quelle parole mentre ascolta Brodal che mastica. "Accurato" non è la parola che avrebbe usato lei per descrivere il caos che ha intravisto dalla soglia.

«Preparato?» dice. «È questo che intendi?»

Larsen si stringe nelle spalle.

«Be', non lo so. Era tutto in giro, rovesciato, in un gran casino, come hai detto tu. Ma ho avuto la sensazione che chi l'ha fatto in realtà non stesse cercando niente. È come se avesse voluto ricreare la scena di un furto, senza sapere davvero come appare di solito.»

14

Chiude la porta con un *clic*. Non lascia la solita fessura attraverso la quale Mikkel riesce a vedere la luce dal pianerottolo se si sveglia, quella fessura che gli ha promesso di lasciare sempre. Al pensiero di quel tradimento inspira forte l'aria dal naso e soffoca il rumore con la mano. Rimane in piedi in silenzio con la fronte sulla porta chiusa. Appoggia la testa sul disegno che Tyra ha fatto quella mattina. Il suo fratellino aveva piagnucolato invidioso quando l'aveva appeso con quattro puntine, e poi si erano seduti in cucina tutti insieme perché Mikkel potesse fare anche lui un disegno da attaccare alla porta. Ma ben presto pastelli e fogli erano rimasti sul tavolo, lui aveva perso l'interesse ed era corso a guardare la tv in soggiorno.

Pensa che forse dovrebbe scendere, ora, e non peggiorare tutto rimandando l'inevitabile. Ma resta in piedi con la fronte sul disegno di una casa rosa con il prato verde e un cane giallo. Sente una delle puntine contro l'attaccatura dei capelli e respinge il pensiero del confuso intreccio di righe nere sopra la casa rosa. La nuvola nera che da sei mesi è sempre presente nei disegni di Tyra.

Deglutisce e cerca di respirare piano mentre il dolore alla gola pian piano svanisce. Scaccia come d'abitudine i pensieri insensati e la voce che le sussurra di lasciarlo prima che sia troppo tardi. Questa volta è ostinata, le parole le strisciano su per la spina dorsale, si infilano sotto la pelle, cercando di penetrarla. Lei le lascia fare, finché un urlo dal soggiorno al piano di sotto la fa sobbalzare.

Ha spento la tv che stava trasmettendo il telegiornale e ha acceso lo stereo. Le dolci note dell'introduzione dell'ottava sinfonia di Schubert salgono fino al piano superiore. "Ha scelto con cura" pensa. Presto le note sommergeranno tutti gli altri rumori.

La sua voce interiore tace, si è arresa e l'ha lasciata in pace. Il suo compito nelle prossime due ore è facile: non provocarlo, non "rispondere". Limitarsi a resistere finché avrà finito anche stavolta.

E non farsi sentire dai bambini.

Fa un respiro profondo e poi un calcolo approssimativo: una mezza bottiglia a cena e il whisky che si è versato mentre lei saliva a mettere a letto i bambini. È probabile che ne abbia bevuto un altro mentre lei cercava di farli addormentare. Tyra era un po' irritabile, voleva la mamma accanto a sé, sdraiata nel letto.

Una mezza bottiglia di vino, un paio di whisky, forse tre. Non abbastanza per farlo barcollare, non abbastanza perché la colpisca lentamente o sbagli la mira, ma abbastanza perché la rabbia silenziosa che è cresciuta da quando è tornato a casa richieda uno sfogo. L'odio muto che aumentava a ogni secondo in cui si muoveva per la casa. I suoi sguardi quando aveva visto che i bambini erano ancora in cucina anche se erano quasi le sette, che lei aveva comprato il vino sbagliato, che non aveva spostato i giocattoli dal pavimento in soggiorno. Non una parola, solo il rumore del calcio a una delle macchinine di Mikkel, talmente forte che avevano sentito la plastica rompersi contro la parete. Poi era tornato in cucina e aveva scompigliato i capelli di suo figlio con un sorriso.

«Devi ricordare alla mamma di tenere sempre in ordine la casa. Se lo dimentica troppo spesso ultimamente» aveva detto.

Lei aveva visto l'espressione confusa di suo figlio, un misto di sollievo e preoccupazione; aveva cercato lo sguardo di Tyra per farle un sorriso rassicurante, ma la bambina fissava il suo piatto. "Non ha mai alzato le mani sui bambini" si era detta. "Loro non sanno niente."

Ora ripete in silenzio quel pensiero confortante dentro di sé, come un mantra, mentre scende piano le scale.

"I bambini non sanno niente."

15

La zona universitaria di Ravenby, sulla costa occidentale di Heimö, si trova in cima all'altipiano della montagna che ha dato il nome alla città. Dall'isolamento della loro posizione elevata sul Ravenberget, gli accademici della facoltà di scienze naturali possono rivolgere il loro sguardo verso i meno talentuosi – o meno fortunati – abitanti di Ravenby. Da quando è stata inaugurata undici anni prima, l'area è in continuo sviluppo. La seconda università di Doggerland è stata costruita per separare le facoltà: quelle di scienze naturali ora sono concentrate nella seconda città in ordine di grandezza, Ravenby, mentre quelle umanistiche si trovano nella vecchia università della capitale, Dunker. A Ravenby c'è anche l'ospedale universitario e un'unità di medicina legale, oltre a edifici per la formazione e la ricerca e un'area adibita a campus.

L'indirizzo, constata Karen, non desta molte sorprese: Analysvägen 2. Con un senso di oppressione, parcheggia vicino all'entrata.

Quando mezz'ora dopo, con addosso gli abiti protettivi verdi e una retina bianca sui capelli, osserva la fila di tavoli d'acciaio e gli strumenti sotto le plafoniere larghe un metro, cerca di diventare insensibile. Le regole impongono solo che lei debba essere presente, non che debba partecipare con entusiasmo.

Il corpo di Fredrik Stuub giace sul tavolo in fondo.

Oltre al medico legale Kneought Brodal e al capo della

Scientifica, Sören Larsen, è presente anche un tecnico autoptico. Lei e Sven Andersén sono lì esclusivamente come osservatori e, a differenza di Andersén, Karen decide di tenersi a debita distanza dal tavolo dell'autopsia.

Alla prima parte, in cui i vestiti vengono tagliati e messi in sacchetti di plastica per essere analizzati, e si rilevano eventuali tracce dalle unghie e dalla bocca della vittima, normalmente si riesce ad assistere senza grande fastidio. Le ore successive mettono a dura prova Karen che cerca di distogliere il pensiero dal rumore delle seghe che tagliano le costole, il petto e il cranio e dal risucchio gorgogliante degli organi che vengono estratti dal corpo e messi nelle bacinelle. Per distrarsi, tenta di interpretare le chiacchiere dei due medici e di capire ciò che Brodal dice nel dittafono. Dopo anni di studi di criminologia a Londra e dieci anni da investigatore capo, i nomi greci e latini più comuni le sono familiari, ma non oserebbe mai trarre delle conclusioni dalle sue interpretazioni. Come al solito, Kneought Brodal farà un riassunto generale con quel tono pedagogico che sembra ritenere necessario per farsi capire dai poliziotti.

Anche stavolta si comporta nello stesso modo.

«Bene» dice dopo aver ordinato al giovane tecnico di "rimettere il ripieno e ricucire l'arrosto". «Usciamo, così Eiken riprende un colorito normale?»

Si siedono in una delle sale riunioni lì accanto, con vista panoramica sulla baia di Ravenby. Nessuno ha voglia di caffè, ma la caraffa con l'acqua fa il giro del tavolo e Karen vede che Brodal, in mancanza di meglio, si infila una zolletta di zucchero in bocca. Lei aspetta in silenzio.

«Okay» dice lui alla fine, rivolgendosi a Karen. «Parlerò in doggerlandese comune, così tutti mi capiscono. Il tizio è stato ucciso. Vuoi sapere qualcos'altro?»

Lei fa un sorriso forzato senza rispondere e pensa che nelle ultime ventiquattro ore ha fatto un'overdose di medicina legale.

Dopo quella piccola pausa a effetto, lui continua.

«Okay, tutto indica che Stuub abbia ricevuto un forte

colpo alla parte sinistra della mandibola; secondo me è probabile che sia stato un pugno. Poi ci sono stati altri colpi, probabilmente un potente calcio alla testa. Dico un calcio perché Stuub in quel momento doveva essere già a terra. D'accordo?»

Sven Andersén e Sören Larsen annuiscono. Brodal succhia rumorosamente la zolletta, ora imbevuta, e la fa scricchiolare tra i denti prima di continuare.

«In seguito è stato trascinato sulla schiena, e questo è testimoniato dagli ematomi sotto entrambe le ascelle, oltre alle ferite di cui abbiamo già parlato. Be', poi è stato probabilmente fatto rotolare oltre il bordo. Ci sono deboli ecchimosi sul braccio e sul fianco destro che lo confermano. Con ogni probabilità quando è successo era privo di conoscenza, o almeno notevolmente stordito, ma la causa della morte è la rottura del cranio contro la pietra su cui è atterrato dopo la caduta. Siete sempre d'accordo?»

«Pienamente» dice Sören Larsen. «A giudicare da quello che ho visto finora, dalle scarpe e dai vestiti, è così che è andata. Proprio come pensavamo ieri. Quindi niente di nuovo.»

«E nessuna lesione dovuta a tentativi di difesa,» aggiunge Brodal «e questo conferma che è stato preso alla sprovvista. In altre parole, non aspettarti frammenti di pelle rivelatori sotto le unghie.»

«Okay» ribatte Karen delusa. «E cosa sai dirmi del suo stato di salute generale? Qualche elemento degno di nota?»

«Be', il fegato era un po' affaticato, ma è normale nella maggior parte degli uomini della sua età in questo paese. Niente di serio. Niente infarti; era un uomo sorprendentemente arzillo. Ho mandato dei campioni al laboratorio di analisi, ma la risposta non arriverà tanto presto, visto che tutti hanno colto l'occasione per mettersi in malattia. Se fossi in te non mi aspetterei niente di esaltante. Avrebbe potuto vivere ancora quindici o vent'anni se ci fosse andato piano con la bottiglia e nessuno l'avesse gettato in quella miniera.»

«E tu?» domanda Karen rivolta a Sören Larsen. «Hai trovato qualcosa di utile?»

«Niente sotto le unghie, come ha detto lui, un po' di macchie e di capelli sui vestiti, probabilmente saranno suoi o i peli del cane. Ma...»

«...ci vorrà qualche giorno. Lo so.»

«Forse anche di più. Queste maledette feste creano un gran casino, e noi della Scientifica siamo a corto di personale. Non mi aspetterei risposte definitive prima dell'anno nuovo.»

«Ma che cazzo, faranno gli straordinari, no?»

«Dillo a Viggo Haugen. Non sono tanto sicuro che abbia l'intenzione di aprire il portafoglio anche per questo caso. Il pazzo di Moerbeck ha già assorbito la maggior parte del budget destinato agli straordinari.»

Karen sospira. Le indagini sulle violenze sessuali a nord di Dunker hanno giustamente impiegato molte risorse, purtroppo senza risultati. All'improvviso le sembra una speranza vana che in questo caso possano avere più fortuna con le prove della Scientifica. Le impronte digitali nella casa di Fredrik Stuub sicuramente verranno esaminate in fretta, ma nemmeno quelle saranno di grande aiuto se non appartengono a qualcuno che è già schedato.

«Allora» conclude Brodal, battendo entrambi i palmi sul tavolo, come per sottolineare che la riunione, per quanto lo riguarda, è finita. «Dovrai arrangiarti da sola, Eiken. Io, in ogni caso, penso di fare le valigie e tornarmene a casa. Mi dai un passaggio tu, Sören?»

16

Karen si guarda intorno nel soggiorno e, a quella vista, si sente già stanca. Cassetti tirati fuori per rovesciarne il contenuto, pile di libri e giornali per terra, quadri storti. Il pavimento è ingombro di tutto ciò che prima era nei cassetti: ricevute, bollette pagate, fotografie. In cucina e in camera da letto è la stessa cosa: tutto è sparso in giro, come se in casa di Fredrik Stuub fosse passato un bulldozer. "Sören Larsen probabilmente ha ragione" pensa. "C'è qualcosa di esagerato, quasi teatrale, in questo disordine."

I tecnici hanno finito: impronte digitali, capelli e orme sono stati rilevati, sia in casa sia all'esterno. Prima di salutarsi dopo l'autopsia, Larsen le aveva dato una serie di chiavi della nuova serratura e l'aveva autorizzata a entrare.

«Be', noi abbiamo fatto la nostra parte, adesso è il tuo turno di vedere se trovi qualcosa di interessante. Accomodati pure!» le aveva detto.

"Grazie tante" pensa lei ora, toccando una pila di volantini pubblicitari con la punta di un piede. "Manderò un paio di agenti a raccogliere e catalogare tutto questo casino. E poi ho bisogno di rinforzi dalla polizia criminale, cazzo. Thorstein Byle è gentile e servizievole, ma sempre troppo corretto e cauto. Ho bisogno di qualcuno che sappia contraddirmi e abbia un proprio punto di vista."

Sa di essere ingiusta. Senza la conoscenza del luogo di Thorstein Byle non andrebbero da nessuna parte, anche se a indagare arrivassero tutti i colleghi della polizia criminale.

Byle non ha fatto altro che cercare di aiutarli e in più le ha aperto la porta di casa sua. Come penitenza per i suoi pensieri, si gira verso il collega con un sorriso.

«Be', non mi sembra il caso di perdere tempo. Ci mettiamo al lavoro?»

Byle annuisce, ma rimane fermo dov'è e si guarda intorno esitante.

«Facciamo solo una rapida ispezione e vediamo se troviamo qualcosa. Più tardi faremo un esame più dettagliato» dice lei.

«In realtà potremmo partire dal presupposto che nulla di ciò che troveremo sarà interessante» dice Byle. «Altrimenti non sarebbe rimasto qui.»

«In linea di principio è vero. Ma potremmo scoprire qualcosa di significativo sulla vita di Stuub. Larsen ha la sensazione che tutto questo sia una messa in scena. Tu che impressione hai?»

Byle si siede su un divano marrone pallido, si china in avanti e solleva con indolenza una pila di carte.

«Forse. È difficile da dire» risponde.

"Naturalmente" pensa Karen.

In silenzio iniziano a cercare, senza sapere cosa. Carte, bollette, lettere. Raccolgono e leggono, sfogliano, mettono da parte.

«Hanno controllato il nascondiglio?» chiede Byle dopo un istante. Karen alza lo sguardo da una pila di bollette e lo guarda senza capire.

«Il nascondiglio?»

«Sì, lo stipetto o il cassetto segreto, uno dei due. Queste vecchie case hanno sempre uno spazio nascosto da qualche parte, di solito in cucina. Perché, voi a Heimö non ce li avete?»

Le guizza davanti una vaga immagine di quando era bambina: i cugini le avevano fatto vedere qualcosa dietro la boiserie nella cucina della zia. Un ripostiglio segreto e proibito che Finn le aveva mostrato con serietà cospiratoria mentre Odd ed Einar rimanevano di guardia sulla porta.

Senza toccare niente, Finn le aveva lasciato dare un'occhiata ai tesori nascosti: una busta marrone, una mazzetta di banconote legate con uno spesso elastico rosso, un paio di orecchini d'oro e alcuni anelli. Sapendo di essere stata resa partecipe di quel segreto, era stata pervasa dall'eccitazione, ma allo stesso tempo era consapevole che se zia Ingeborg avesse scoperto cosa stavano facendo gliele avrebbe suonate.

Solo quella volta aveva visto un nascondiglio del genere e non aveva mai pensato che ne esistessero di simili nelle altre case.

«No, non che io sappia. Ma vuoi dire che tutti hanno uno stipetto segreto qui a Noorö?»

Byle scoppia a ridere.

«Non tutti, ovviamente, ma sono comunque molto diffusi, anche se oggigiorno non vengono più usati molto. Hanno perso la loro utilità quando la polizia e gli agenti doganali hanno scoperto chi li aveva. Ma gli anziani li usano ancora, perché può essere difficile trovarli per un tossico che ha fretta di prendere qualcosa da vendere.»

"O per un tecnico della Scientifica che viene dal Sud," pensa Karen.

Dieci minuti più tardi, Byle ha bussato sulle pareti, esaminato le assi del pavimento, palpeggiato la boiserie, aperto antine, tastato con le dita e confrontato le misure interne dei mobili con quelle esterne, sotto lo sguardo affascinato di Karen seduta su una sedia in cucina.

Poi si volta e sospira.

«Mi sa che ti avevo promesso troppo. O non c'è, oppure l'hanno nascosto proprio bene, maledizione.»

È la prima volta che sente uscire un'imprecazione dalle labbra di Thorstein Byle e tira un sospiro di sollievo. Durante la chiacchierata con il pastore, Erling Arve, si era resa conto che Byle non era solo un collega da tenersi buono per assicurarsi la collaborazione di tutti, lì sul posto, ma era anche un fedele devoto. Era già abbastanza stancante dover essere sempre simpatica, ma dover anche tenere la lingua a freno per ricacciare indietro le imprecazioni l'aveva irrigidita ancora di più. Un istante dopo viene strappata dai suoi pensieri.

Thorstein Byle si è messo a quattro zampe davanti a una grande credenza di quercia, piena di piatti e bicchieri. L'ha già esaminata una volta, ma adesso sta tamburellando con le dita lungo uno dei larghi zoccoli sul lato inferiore, e ha un sussulto.

«Tombola!»

Tutto lo zoccolo, largo una decina di centimetri, si muove verso l'esterno tirandosi dietro qualcosa a metà tra una spianatoia e un cassetto poco profondo. Karen si alza talmente in fretta che una fitta le corre lungo il muscolo della coscia, dal ginocchio fino all'inguine. Guardano insieme il cassetto segreto di Fredrik Stuub.

Per parecchi secondi si sente solo il ticchettio dell'orologio a muro sopra il tavolo, poi Karen rompe il silenzio.

«Non toccare niente» dice mettendo una mano sulla spalla di Byle. «Puoi prendere un sacchetto per la raccolta delle prove, in macchina? Uno grande.»

Poi sfila un paio di guanti di lattice dalla tasca del giubbotto e, con cautela, estrae il computer portatile.

17

Pensa a chi telefonare per primo, per dire che è a Noorö e chiedere se può passare a trovarli. Decide di lasciar perdere. Se l'avverte, sua zia insisterà per organizzare una riunione con tutti i parenti. Probabilmente si metterebbe al telefono per chiamare chiunque abbia un legame di sangue con Karen: i cugini, con i figli, e i cugini di secondo grado, magari anche loro con mogli e figli. Tuttavia non può evitare ancora per molto di passare da Ingeborg e Lars. È solo questione di tempo prima che scoprano che lei è sull'isola, e se non va a trovarli non la perdoneranno mai.

E poi, deve ammetterlo, anche lei è impaziente di rivedere loro e la fattoria dopo tutti questi anni. In fin dei conti lì ha passato una buona parte della sua infanzia.

E magari proprio perché sono trascorsi molti anni, i ricordi sono come conservati in barattoli con la formalina. Barattoli di vetro pieni di immagini che può tirar fuori e riguardare. Girare e rigirare senza che il contenuto si modifichi. Nella memoria tutto è rimasto come una volta.

Le pecore, quelle grigie più comuni e le sue preferite bianche e nere con la pelliccia di riccioli morbidi. Gli agnelli che aiutava a nutrire con il biberon: c'era sempre qualche pecora che ci lasciava la pelle durante il parto, o qualche povera creatura abbandonata, magra, che qualcuno dei cugini trovava mezza morta di fame nei prati.

Le sere in cui suo zio Lars portava lei e i cugini con sé in barca. Suo padre, che a differenza del cognato viveva di ciò che il mare gli dava, non l'aveva mai portata fuori. Ma lì poteva andare con loro quando andavano a pescare a strappo tra gli scogli al largo di Gudheim. Solo molti anni dopo aveva capito che quel tipo di pesca era proibito già a quei tempi.

E Ingeborg, la severa sorella di suo padre, i cui sguardi potevano uccidere se si iniziava a mangiare prima che la preghiera fosse finita, o se si raccoglievano i frutti direttamente dai cespugli. Zia Ingeborg, che era anche capace di accarezzarti sulla guancia con la sua mano ruvida e dire: «Cosa ne dici, Impiastro, se io e te ci mettiamo a fare un buonissimo pan di spagna? Se vai dalle galline a prendere quattro uova io tiro fuori la farina. Prendine quattro piccole, capito?».

Le uova. Quasi riesce ancora a sentirne il sapore, quando ci pensa. Normali uova di gallina, direttamente dal pollaio. E poi quelle delle anatre, grosse come una mano. Lei aiutava a raccoglierle, ma non ricorda che le abbiano mai mangiate: le uova di anatra e quelle grosse delle galline venivano portate al mercato a Thorsvik.

Il mercato. Non quello vecchio di Lysvik, ma quello grande che si teneva ogni sabato al porto dall'altro lato dello stretto. Prendevano il traghetto, con il vento nei capelli, tra le esortazioni a non arrampicarsi sul parapetto. I lunghi banchi sorretti da cavalletti, su cui contadini e pescatori allineavano la loro merce e si sovrastavano l'un l'altro con le voci urlando le loro offerte imbattibili, per convincere meridionali diffidenti e turisti ingenui ad aprire i portafogli. Richiami e grida, sempre in un dialetto noorese esagerato, con le consonanti affilate come lame di coltelli. Per qualche ragione in quel modo si vendeva meglio, diceva Finn.

Cassette di ghiaccio piene di merluzzi, pescigatto, aringhe, halibut, eglefini, molve e brosmi. Matasse di lana cardata e filata, grigia, nera e quasi completamente bianca. Calzerotti di lana e guanti, pelli conciate. Bottiglie di succo di ribes nero, cassette di frutti di bosco e funghi da vendere: lamponi, mirtilli, ribes e gallinacci. Uva spina e funghi del pane per loro. E poi quello che non si vedeva mai sui banchi ma si vendeva nei bagagliai o nei cassoni: parti di automobili, "antichità" e, più in fondo, taniche di plastica bianca con il Noorösaft, un succo che il ribes non l'aveva mai visto nemmeno da lontano.

E gli odori. Tutti i suoi ricordi sembrano avvolti dall'odore di catrame, diesel, pesce, pelle di pecora e lamponi caldi.

Karen oltrepassa i pilastri del cancello e fa scorrere lo sguardo sul cortile, ed è come se incontrasse una vecchia amica d'infanzia e si rendesse conto che su di lei gli anni hanno lasciato davvero il segno. Accanto al fienile c'è il rottame arrugginito di un'auto, vicino a un trattore che sembra non essere stato usato da parecchi anni, e a mucchi di assi e ciarpame. L'erba intorno al ciarpame è talmente alta che per passarci attraverso bisognerebbe tagliarla con una falce. Le uniche cose rimaste come se le ricorda sono le abitazioni. Una fila di case a due piani di pietra grigia, con ai lati due costruzioni singole di pari altezza e materiale, sormontate da un tetto di tegole rosse al posto della solita ardesia nera.

Da piccola, la fattoria le era sembrata lussuosa, quasi come un maniero, con le due case messe ai lati e quegli strani tetti rossi, non di un nero banale come quelli di casa sua. Ora, mentre si avvicina, vede che mancano molte tegole e che ce ne sono alcune rotte accanto alla botte per l'acqua piovana. E che non c'è per niente l'atmosfera di un maniero, tra la cantina sotterranea con il suo tetto invaso dall'erba, i capanni, il pollaio, il fienile e il terreno in pendenza. E poi lo Skalvet che si innalza minaccioso là dietro, come una muraglia insormontabile verso il mare. Le montagne non le erano mai piaciute, nemmeno da bambina, soprattutto quando tuonava. E ora, alzando lo sguardo verso di loro, si rende conto di provare ancora lo stesso disagio di fronte a quell'imponente immobilità.

Si sta già pentendo.

In quel momento la porta si spalanca e, prima che Karen riesca ad arrivare a metà del cortile, un grosso pastore tedesco le corre incontro abbaiando. Senza pensarci si accovaccia.

«Piano, piano, Heisick» dice, accorgendosi immediatamente dell'errore.

Non può certo essere Heisick. A quest'ora dovrebbe avere quarant'anni.

La voce proveniente dalla casa è come un colpo di frusta.

«A cuccia!»

Il grosso cane obbedisce all'istante e si sdraia sulla pancia con la testa in avanti. Continua a ringhiare piano, gli occhi fissi su di lei. Karen si alza lentamente, con il cuore che le martella in petto, mentre guarda con la coda dell'occhio i denti del cane pronto all'attacco, stando attenta a non fissarlo negli occhi.

«Che cosa desidera?»

La voce ha un tono sospettoso e negativo.

E inequivocabilmente noto.

Karen, che ora si è alzata in piedi, distoglie per un attimo lo sguardo dal cane e strizza gli occhi in direzione della casa. L'uomo sulla soglia ha una mano sulla maniglia e con l'altra si scherma gli occhi dalla forte luce della lampada sopra la porta. Alla finestra si intravede il contorno di un'altra persona che sembra interessata a ciò che succede in cortile.

Karen esita. Se risponde, rischia che il cane la attacchi. L'ombra alla finestra scompare. Un attimo dopo l'uomo viene fatto spostare e un'aspra voce di donna ruggisce: «Ma levati, Lars, non vedi chi è? Vieni qui, Jacko! Dio santo, piccola Karen, sei proprio tu?».

Qualche minuto dopo Jacko si è tolto dai piedi mogio mogio e Karen è stata circondata da forti braccia che la conducono fino in cucina.

«Quanto ti fermi? Avresti potuto telefonare, però, così avrei preparato qualcosa di buono. Dio santo, che piacere rivederti.»

Ingeborg tiene entrambe le mani di Karen in una stretta salda e la esamina con occhi preoccupati. "Chissà cosa vede" pensa Karen con un fremito. Ingeborg non ha peli sulla lingua. Ma invece di sfoghi e domande arrivano ordini a raffica.

«Lars, vai in cantina e tira fuori un po' di *hacks* dal congelatore, poi chiama i ragazzi e falli venire qui. Karen, tu togliti il giubbotto e mettiti sul divano, che ti do qualcosa da bere.»

Lars fila via obbediente e Karen serra le labbra per non sorridere quando vede l'ellisse di luce tra le gambe ricurve dello zio che scende in cantina.

"È inutile" pensa guardandosi attorno nella cucina mentre si toglie il giubbotto e lo porge alla mano tesa di sua zia. E con sollievo trova ciò che gli occhi stavano cercando. Non la dimostrazione che il tempo si è fermato nella grande cucina, non richiami sentimentali a torte preparate insieme o a piatti a cottura lenta sulla vecchia stufa. Ispeziona l'ambiente con lo sguardo cercando qualcosa che le confermi che se ne potrà andare da lì a un orario decente: un forno a microonde.

Per scongelare la carne senza un microonde ci vorrebbe un'eternità e Ingeborg non accetterebbe mai di preparare a sua nipote un pasto meno che sostanzioso.

Karen accetta con gratitudine il bicchiere di succo di ribes nero e si appoggia allo schienale. Il sapore del primo sorso basta per riportarla alla sua infanzia. Ingeborg prende una sedia e si mette vicino a lei.

«E adesso racconta, tesoro mio. Come stai? Non ci vediamo da... be', santo cielo, da quanto tempo esattamente?»

Karen non ha bisogno di pensarci. Sa quando è stata lì l'ultima volta. Il 16 giugno di undici anni prima. Sa che era un giovedì. Era mattina presto e lei e John, con Mathis sul sedile posteriore, erano venuti in traghetto da Harwich a Ravenby e avevano deciso di fare un giro a Noorö invece di andare subito da sua madre a Langevik.

Era stata una decisione spontanea. Lei voleva che Mathis potesse assaporare almeno una parte delle esperienze che avevano riempito le sue estati di bambina, anche se solo per un giorno. La volta precedente che erano stati lì, lui aveva solo due anni ed era troppo piccolo per rammentare qualcosa. A otto anni, invece, era abbastanza grande per conservarne dei ricordi. Voleva inculcare un po' della sua infanzia nella memoria di suo figlio. Un piccolo contrappeso a tutte le vacanze estive trascorse dai genitori di John nel Surrey e ai viaggi in Italia, Spagna o Francia.

Voleva che Mathis potesse posare la mano sulla pelliccia morbida degli agnelli, assaggiare un uovo che non fosse stato deposto settimane prima. Voleva fargli togliere scarpe e calze e far sì che i suoi piedi dimenticassero per un giorno le vie dure di Londra e il cortile della scuola. E voleva che lui e John incontrassero i suoi parenti, almeno avrebbero visto che diceva la verità sulle mani di zia Ingeborg, talmente screpolate da sembrare squamate, e su zio Lars, con le gambe così arcuate da essere incapace di bloccare i maiali. Einar con la sua improbabile finestrella tra gli incisivi. Odd con i capelli di un rosso tanto acceso che la gente del villaggio non solo si chiedeva chi potesse essere suo padre, ma dubitava perfino che Ingeborg, con i suoi capelli neri, fosse davvero sua madre.

E poi Finn. Il fratello maggiore, con le spalle ampie come la porta della stalla e gli occhi di un azzurro penetrante come i suoi. Voleva mostrare loro le montagne, indurli ad alzare lo sguardo verso la cima dello Skalvet, e poi portarli alla baia sul mare. Fargli capire perché a volte Londra le sembrava troppo piccola.

Ha più ricordi di quell'estate che del resto della sua vita. La visita a Noorö e il sorriso di Mathis quando aveva messo la manina sulla pelliccia morbida dell'agnello. Ricorda quando aveva telefonato a casa e sua madre sbuffava perché le avevano rubato un giorno per andare dai parenti di Noorö. Ricorda la sua felicità quando, un giorno dopo del previsto, erano finalmente entrati dal cancello della casa di Langevik. Ricorda il pianto straziante di Mathis quando le vespe l'avevano punto dietro la casetta, la mattina successiva: lei l'aveva tenuto in braccio mentre John chiamava il servizio informazioni dell'ospedale ed Eleanor, in silenzio, era andata prendere delle calendule e una zolletta di zucchero da mettere sulle punture.

Ricorda il viaggio a Creta la settimana successiva. Mathis aveva scoperto le olive e ne aveva mangiate talmente tante che lei e John si erano chiesti se non fosse pericoloso. Il suono delle cicale fuori dalla finestra del balcone quando lei e John avevano fatto l'amore più in silenzio che potevano per non svegliare Mathis. E ricorda la spiaggia in cui erano quasi soffocati dal ridere quel giorno che si è conservato nella fotografia che tiene sul comodino nella sua casa di Langevik.

Gli istanti sono ancora tutti lì, impressi nel suo cuore. Gli ultimi ricordi preziosi. Non vuole ricordare l'autunno, con le prediche su compiti e videogiochi, o il nevischio dei primi giorni di dicembre. Non vuole ricordare il litigio con John quella mattina in cui era arrabbiata perché lui aveva i postumi della sbornia dopo aver festeggiato l'ennesimo caso di alto profilo vinto dalla Gallagher, Smith & Hornby. E nemmeno lui che giurava di non essersi affatto dimenticato, che certo, avrebbe portato Mathis dal dentista andando al lavoro, come aveva promesso, doveva solo bere un po' di caffè prima, e lei non poteva star zitta almeno finché non si fosse svegliato per bene, e dove cazzo erano le pastiglie per il mal di testa?

Non vuole ricordare che, irritata, gli aveva detto che non era nelle condizioni di portare né suo figlio né se stesso da nessuna parte. Si era messa al volante furibonda, in preda al rancore per dover fare da autista a un marito ubriaco, invece di poter rimanere a letto un po' di più in quel giorno libero che pregustava da due mesi. E non vuole ricordare che, sulla M25 all'altezza di Waltham Abbey, aveva ignorato la mano che John aveva messo sul suo ginocchio in un tentativo di riconciliazione. Non vuole ricordare che il mondo, solo tre secondi dopo, ha smesso di esistere.

Il rumore di zio Lars che sale dalla cantina ansimando la richiama al presente. Karen incontra lo sguardo di sua zia, confusa, come se avesse fatto un lungo viaggio e fosse tornata a casa solo in quel momento.

«Come fai a resistere?» chiede Ingeborg mettendo la mano, ruvida come le squame di un pesce, sulla sua.

18

Uno dopo l'altro si presentano tutti, naturalmente. Mezz'ora dopo la cucina è piena di gente che l'abbraccia, o le stringe la mano se non si erano mai incontrati.

Prima arriva Finn. Abita ancora alla fattoria, in una delle altre due case, ed è appena tornato dopo aver trascorso il Natale dai suoceri a Lysvik. Cammina a grandi passi fino al divano della cucina e le tende le braccia.

Karen si alza e scompare nel suo abbraccio da orso.

È ancora piacente, constata lei, invecchiato ma bello come se lo ricordava, nonostante i capelli neri siano diventati grigi sulle tempie e lui sembri trattenere la pancia mentre, con le mani sulle sue spalle, la allontana da sé e scuote piano la testa.

«Dio santo, Impiastro. Dovresti avere dieci anni, non essere una vecchia befana» dice sogghignando.

«Ma Finn!» esclama una donna bionda alle sue spalle.

«Questa è Jannike, mia moglie» dice Finn. «Ma sì, vi siete già viste. E lui è Imprevisto. Il fanalino di coda, come dice la mamma. È capitato quando pensavamo di essere ormai al sicuro.»

Spinge avanti un ragazzino imbronciato sui tredici anni. Karen cerca nella memoria e, con un sospiro di sollievo, trova il nome.

«Jesper, giusto? E i due maggiori, Daniel e Andreas, mio Dio, avranno trent'anni ormai. Ci sono anche loro?»

«Trentuno e trentatré. No, lavorano sulla piattaforma

durante le feste. E anche Einar. Non poteva dire di no alla grana, ma si arrabbierà quando saprà che sei stata qui. Era già arrabbiato perché si perdeva il Natale.»

La "piattaforma" era la piattaforma petrolifera della NoorOyl, a nord-ovest di Gudheim. Era stata una salvezza per le famiglie che avevano avuto la fortuna di lavorarci quando l'ultima miniera aveva chiuso.

«È dura, eh?» dice lei.

«Non c'è molto da scegliere quassù» risponde Finn. «La piattaforma, Groths, oppure vai a ritirare il sussidio con il cappello in mano, come qualcuno è obbligato a fare.»

«Sempre la tua schiena?»

Finn annuisce.

«Sì, è tremendo. Non posso far niente nemmeno qui alla fattoria, e il papà non ce la fa più. Vedi anche tu com'è conciata.»

«E Odd? Lui cosa fa?»

«Puoi chiederlo direttamente a lui» dice Finn indicando qualcuno alle sue spalle.

Lei si volta e l'attimo dopo è inghiottita dall'ennesimo abbraccio.

«Ma guarda cosa ci ha portato il gatto» urla Odd a suo fratello da sopra la testa di Karen. «Credevo quasi che fosse un nuovo trucco della mamma per farci venire qui.»

Dopo alcuni lunghi istanti allenta un po' la presa e lei piega la testa all'indietro per poterlo guardare. Il fuoco si è spento: nei capelli grigi, pettinati all'indietro sulla fronte alta e rugosa, rimane solo qualche ciocca di rosso.

«Cazzo, Impiastro, che piacere rivederti.»

«Anche per me è un piacere, *Odd one*» dice lei.

Senza lasciarla con lo sguardo, il cugino grida, di fianco a sé: «Gunnela, vieni a salutare, cazzo!».

La moglie di Odd si stacca dal suo posto vicino alla porta e si avvicina a passi lenti, tendendo una mano.

«Ciao Karen, ne è passato di tempo.»

Ha raccolto i capelli biondo platino, ormai rovinati, in una coda in cima alla testa e indossa dei leggings leopardati. Il sorriso è un po' tirato e la stretta di mano molle. Karen nota che, per chissà quale ragione, si è tatuata sulla generosa scollatura i nomi dei figli, del nipote e di suo marito.

«Ciao, Gunnela. Già, è passato molto tempo.»

Rimangono in silenzio e, per trovare qualcosa da dire, Karen strizza gli occhi e legge i nomi a voce alta.

«"Odd", "Tina", "Kevin", "Liam". Comodo, anch'io faccio fatica a ricordare i nomi.»

Si pente all'istante della battuta, ma Gunnela non sembra aver colto il sarcasmo.

«Sono appena diventata nonna di nuovo, perciò tra poco aggiungerò un altro nome» dice orgogliosa. «Tina ha avuto una bambina. Si chiama Jasmine.»

"E come, se no?" pensa Karen distogliendo lo sguardo dal suo petto.

Un attimo dopo si irrigidisce.

Con lo sguardo inchiodato alla schiena di Odd, che trotterella verso il frigo, Karen impreca tra sé. Il pensiero è tanto repentino quanto sgradito: quella non è la prima volta che vede suo cugino in undici anni. L'ha visto il giorno prima, mentre saliva sul traghetto a Thorsvik. Con crescente disagio, fissa la lunga e sottile treccia grigia che penzola sulla sua schiena.

Quando Karen imbocca la statale sono le nove e venti di sera. Lo stomaco è in subbuglio per via di succo di ribes, caffè, una mezza birra e gli *hacks* che, dopo un'ora, si sono scongelati nel microonde e sono stati arrostiti. Certo, le aveva fatto piacere mangiare di nuovo il misto di fegato d'agnello, orzo, cipolla e chiodi di garofano, ma non è un caso se la tradizione vuole che un piatto di *hacks* sia seguito da qualche bel bicchierino per aiutare la digestione. Quella sera lei si era astenuta, nonostante le insistenze. Il limite che pone a se stessa per il tasso alcolemico è più basso di quello concesso dalla legge. E molto più basso di quello che i suoi parenti ritengono accettabile.

«Ma che cavolo, Impiastro, piantala di fare la poliziotta, dai. Senza un cicchetto di quelli giusti passerai la notte a ruminare. Non credo che ti andrai a schiantare...»

Ingeborg le era corsa in aiuto.

«Chiudi il becco, Odd.»

Lui si era zittito all'istante. Karen non è sicura se si sia reso conto di aver fatto una gaffe, o se il potere di Ingeborg è ancora così grande in famiglia che una sua parola è sufficiente. In ogni caso non sembra stupita dal fatto che il figlio minore faccia parte di una banda di motociclisti criminali.

Lei non voleva affrontare la cosa direttamente con Odd. Probabilmente sarà costretta a farlo più avanti, ma non in quel momento. L'aveva chiesto a Finn quando erano usciti per fumarsi una sigaretta.

«Da quanto tempo Odd fa parte degli OP?»

Lui aveva risposto senza mostrare il minimo segno di sorpresa.

«Da quando si sono trasferiti a Tyrfallet, credo. Non lo sapevi?»

Aveva visto un bagliore di diffidenza nei suoi occhi.

«No, come faccio a saperlo? Conosco alcuni dei nomi, ovvio, perlomeno quelli dei capi, ma non è che abbiano un sito con la lista di tutti i membri, eh? E poi non ho mai lavorato a casi collegati agli OP» aveva aggiunto.

«Qual è il vero motivo per cui sei qui?»

La voce di Finn aveva un tono che lei non gli conosceva. E per la prima volta da quando era arrivata lì, aveva sentito un gelo sotto il calore della superficie.

«Te l'ho detto. Per condurre le indagini sulla morte di Fredrik Stuub.»

«Solo per quello?»

«Sì, solo per quello. Se per te è poco...»

«Be', non so cos'avrebbero da guadagnarci gli OP ad ammazzare il vecchio Stuub, se è questa l'idea che ti sei fatta.»

«Non ho detto niente del genere. Ho solo chiesto da quanto tempo Odd è negli OP.»

«Se sei venuta a fare domande da poliziotta, allora parla direttamente con mio fratello.»

«L'ho chiesto in qualità di cugina.»

«No, Karen. Non è vero.»

Quando un attimo dopo era salita in macchina, dopo molte proteste e la promessa di tornare presto, tutti erano usciti in cortile per salutarla. E mentre alzava una mano per farle un cenno di saluto, Finn aveva appoggiato l'altro braccio sulle spalle di Odd.

19

Viene svegliata dalle vibrazioni del telefono. Dopo un'occhiata allo schermo si rende conto di due cose: sono le cinque e ventidue del mattino, e il suo capo la sta chiamando. L'attimo successivo capisce che non è un caso. Per un istante considera di non rispondere, poi si mette faticosamente a sedere, tossicchia, e con voce più limpida possibile dice: «Ciao, Jounas».

«Stavi dormendo?»

«No, come fai a pensare una cosa del genere? Altrimenti non mi avresti chiamata, no?»

La sua ironia è sprecata. Quando Jounas Smeed inspira dal naso, si percepisce chiaramente che è irritato.

«Perché non ti sei fatta sentire?» chiede seccamente. «Non eravamo d'accordo che mi avresti tenuto informato?»

Karen si sfrega gli occhi con la mano e guarda il vassoio sulla scrivania. Con un sospiro di rassegnazione si alza, prende il bollitore e va in bagno.

«Sì, e infatti pensavo di chiamarti oggi.»

Con il telefono incastrato tra spalla e orecchio apre il rubinetto, si spruzza un po' d'acqua fresca sul viso e riempie il bollitore.

«Che cazzo stai facendo? Stai pisciando?»

«Pensavo di farmi una tazza di tè, se non ti dispiace. E hai ragione, stavo dormendo. Forse dove sei tu è già pomeriggio, ma qui sono le cinque e venti del mattino.»

"E tu lo sai benissimo" pensa.

«Be', l'hai voluto tu. Se ti fossi fatta sentire come...»

«Okay» lo interrompe. «Non ho molto da raccontare al momento, perciò pensavo di aspettare stasera. Ma posso dirti il poco che sappiamo, se vuoi.»

«Spara.»

Accende il bollitore e si siede sul bordo del letto, poi prende il blocco degli appunti dal comodino.

«Non so quanto ti abbiano già detto, perciò inizierò dai fatti. Fredrik Stuub, 72 anni. Trovato morto in una vecchia miniera piena d'acqua a Karby, poco più a nord di Skreby. Sulla scena e sul corpo si notano segni evidenti che indicano che Stuub è stato trascinato e poi gettato nella miniera. Secondo Brodal, prima ha ricevuto un forte colpo alla mandibola, una bella mazzata, e probabilmente anche un calcio alla testa, poi è stato trascinato per circa otto metri. Quindi è stato fatto rotolare oltre il bordo e si è rotto il cranio atterrando sulla pietra. Ed è stata sua sorella, Gertrud Stuub, a trovarlo lì.»

«Continua» dice Jounas Smeed in tono brusco.

"Ah, quindi è così che intendi procedere" pensa lei. Fino a qualche mese fa il tono era tutt'altro. Beffardo, provocatorio, ma almeno non impersonale, anzi fin troppo intimo, soprattutto dopo la serata di baldoria in cui erano finiti a letto insieme in una stanza d'albergo. Un grosso errore, di forma e di sostanza, come lei aveva subito messo in chiaro. Ma dopo che lui, il capo della polizia e la procuratrice avevano commesso un errore di valutazione che per poco non le era costato la vita, Jounas Smeed aveva mostrato un altro lato di sé. Il sarcasmo e le frecciatine si erano smorzati e, quando era andato a trovarla in ospedale, aveva lasciato intravedere un accenno di rimorso e un desiderio di riconciliazione. E l'idea di Karen di chiedere il trasferimento, o addirittura di dare le dimissioni, si era tramutata nella decisione di tornare in servizio alla fine della malattia. Durante la lunga riabilitazione aveva riflettuto su come avrebbero fatto a lavorare di nuovo insieme, dopo quello che era successo, senza trovare una risposta. Aveva passato molte sere a pensare a come Smeed avesse intenzione di esercitare la sua autorità su una persona con cui era stato a letto, e con cui era in debito. Una persona a cui oltretutto sua figlia si era affidata, per qualche strana ragione, anziché rivolgersi a lui.

"Ed ecco la risposta" pensa Karen. "Mi starai addosso. Controllerai tutto quello che faccio. Dimostrerai il tuo potere chiedendo conto di ogni mio passo, senza aspettare che io decida se c'è qualcosa da raccontare. Sarà la tua piccola vendetta. E otterrai proprio quello che vuoi."

Consulta i suoi appunti e ritorna al resoconto, assumendo un tono di esagerata formalità.

«Thorstein Byle e i pompieri sono arrivati rapidamente sul posto. Byle abita a Skreby ed è stato chiamato dall'agente di guardia. Il medico, tale Sven Andersén, è arrivato appena dopo le dieci, e in quel momento Stuub era morto da circa due ore, con mezz'ora di scarto, secondo le sue osservazioni preliminari. Ciò significa che l'omicidio è stato compiuto tra...»

«Le sette e mezzo e le otto e mezzo» la interrompe Smeed.

"Be', veloce sei veloce" pensa lei e si alza per versare l'acqua bollente nella tazza. Su un piattino c'è una confezione con due biscotti all'avena e lei la apre usando i denti.

«Queste cose le sapevo già» continua Smeed. «Ho parlato con Larsen ieri sera. Mi ha dato a grandi linee la stessa versione che hai dato tu.»

"Bastardo" pensa lei. "Mi fai stare qui, alle cinque e mezzo di mattina, a raccontarti cose che sai già." A voce alta dice: «Solo a grandi linee, capo?».

«Sì, lui mi ha detto anche che qualcuno ha setacciato la casa di Stuub. A quanto pare i tecnici hanno trovato un computer. Ma sembra che per te questo piccolo dettaglio non sia tanto importante...»

Il livello di zuccheri già basso del mattino sprofonda ancora di più. Per un attimo pensa di dirgli che non è stato Sören Larsen a trovare il computer di Fredrik Stuub, ma decide di lasciar perdere. Non vuole dargli l'opportunità di respingere le sue proteste accusandola di essere meschina. E poi in realtà non è stata nemmeno lei a trovarlo.

Cercando di fare meno rumore possibile, mangia un pezzo di biscotto.

«Te l'avrei detto anch'io, se avessi potuto continuare» ribatte sforzandosi di mantenere la calma. «Il computer è stato mandato ai tecnici informatici e ho parlato con il procuratore di turno che ha richiesto l'elenco delle telefonate del cellulare di Stuub. Ma come sai è difficile trovare le persone giuste in questi giorni di feste. Molti ne hanno approfittato per andare in vacanza...»

Silenzio all'altro capo. "Uno a zero per me" pensa Karen, e continua: «La domanda è: il colpevole cercava davvero il computer di Stuub, o qualcos'altro? Non appena avremo una risposta, o almeno una teoria...».

«E cos'hai scoperto riguardo a possibili moventi e colpevoli?» la interrompe Smeed, come se non l'avesse ascoltata. «Adesso stai anche mangiando?» aggiunge in tono irritato.

Karen frena l'impulso di lanciare il telefono contro il muro. Mette giù il biscotto e decide di ripagarlo con la stessa moneta. Fa un sospiro profondo e continua, con voce monotona: «Io e Thorstein Byle abbiamo parlato con Gertrud Stuub. La conversazione si è svolta tra le 13.45 e le 14.25. Ha partecipato anche il pastore, Erling Arve».

Continua a riferirgli ogni singolo dettaglio dell'incontro con meticolosità volutamente snervante, e poi si mette a fargli il resoconto delle sue ulteriori attività.

«Ieri c'è stata l'autopsia. Le conclusioni le ho già riportate, capo, e riceverai il rapporto completo dal medico legale Kneought Brodal, come al solito. Oggi farò un'analisi con i nostri colleghi del posto e poi Thorstein Byle e io andremo dal nipote di Stuub, Gabriel, stesso cognome. Lui è un testimone chiave, in qualità di unico erede del morto, e anche se non ha niente a che vedere con l'omicidio, sappiamo che aveva incontrato suo nonno la vigilia di Natale. A seconda dell'esito di questo colloquio, deciderò come procedere con le indagini.»

Fa una pausa e lancia un'occhiata piena di desiderio alla tazza di tè, ma Jounas Smeed tace e lei prosegue con lo stesso tono formale.

«Quindi aspetteremo i risultati degli esami tecnici, per cui ci potrà volere un po' più del solito. Sören Larsen ha puntualizzato che è probabile che non riusciremo ad avere niente prima del nuovo anno. Ma questo l'avrai certo già saputo da lui, capo.»

«Piantala con questa stupidaggine del capo, Eiken. Parto dal presupposto che per te non sia un problema tenermi informato.»

«Certo che no. Riassumerò ogni dettaglio in un rapporto giornaliero. Te lo manderò via email tutte le sere entro le otto. C'è altro?»

A quanto pare non c'è altro, realizza, quando il suo capo mette giù.

"Perché cazzo sono andata a letto con questo bastardo?" pensa.

20

Tre visi scettici si voltano verso di lei quando si schiarisce la voce e fa un respiro profondo. Thorstein Byle ha fatto del suo meglio, l'ha presentata ai suoi sottoposti rimarcando l'importanza della collaborazione e del lavoro di squadra che saranno richiesti.

Sono passate da poco le otto. Si sono incontrati alla stazione di polizia di Lysvik per una prima riunione tutti insieme. A giudicare dagli sguardi vuoti che incontrano il suo, quello che i colleghi prevedono non è "una stretta collaborazione nel segno della fiducia."

«Thorstein ha già detto tutto quello che serve. Forse qualcuno di voi pensa che la polizia criminale venga qui e prenda il vostro posto nelle indagini, ne sono consapevole. Però credo che tutti in questa stanza sappiano che le regole sono queste, quando c'è di mezzo un reato violento.»

Karen fa una pausa e lascia scorrere lo sguardo sulle persone intorno al tavolo.

«L'autopsia è stata svolta a Ravenby ieri, e secondo il medico legale si tratta con tutta probabilità di omicidio» continua.

«Con tutta probabilità? Quindi non siamo nemmeno sicuri di quello, anche se sono arrivati i rinforzi dalla capitale?»

La voce proviene da un uomo sui trentacinque anni, con i capelli a spazzola, seduto al lato opposto del lungo tavolo. Ha le braccia muscolose incrociate sul petto ed è appoggiato allo schienale della sedia con le gambe allungate in avanti. Qualcuno fa un risolino, ma lo trasforma in un colpo di tosse dopo un'occhiata di Byle. Karen sospira e per qualche secondo cerca il nome nella sua memoria. Agente Robert Röse, aveva detto Byle.

«No. Come saprai, nella realtà è raro che le cose siano bianche o nere, anche se ci piacerebbe che fosse facile come si vede in televisione. Ma ci sono abbastanza elementi per considerare la morte di Fredrik Stuub un presunto omicidio e per continuare le indagini.»

Karen elenca le conclusioni di Kneought Brodal riguardo alle ferite sul viso della vittima, ai graffi sui piedi e agli ematomi sotto le ascelle. Fa passare intorno al tavolo una serie di fotografie, alcune del luogo del delitto e altre scattate durante l'autopsia.

«Anche le indagini della Scientifica sostengono la teoria dell'omicidio. I risultati dal laboratorio non ci arriveranno prima dell'anno nuovo, ma i tecnici hanno rilevato tracce di trascinamento che corrispondono alle ferite sul corpo di Stuub. Dal punto di vista formale, lo consideriamo un sospetto di reato, ma ci sono pochi dubbi che abbiamo a che fare con un omicidio, al limite colposo, se non volontario» prosegue.

«Ci sono orme o tracce di pneumatici?»

Questa volta la domanda arriva da un uomo che potrebbe essere il fratello minore di Röse, a giudicare dal suo aspetto. Stessi capelli a spazzola e stessi muscoli sproporzionati sulle braccia. La voce però non ha nulla del tono arrogante del collega. Di nuovo, Karen cerca nella memoria, in quello che ha detto Byle quando li ha presentati. Si chiama Andersson? Röse è lo stronzo, Andersson sembra a posto, e quella tizia silenziosa con la coda come si chiama? Ella qualcosa... Svanberg, no Svanemark. Be', lei almeno sembra attenta, pensa Karen lanciando un'occhiata al suo blocco fitto di appunti.

«Secondo Larsen non dobbiamo avere grandi aspettative sui risultati degli esami tecnici» dice rivolta ad Andersson. «A parte un bel po' di impronte delle zampe del cane di Fredrik Stuub, che è corso avanti e indietro, è probabile che ci siano le orme di Gertrud Stuub oltre a qualche altra, che verrà analizzata. Non appena avremo informazioni su misura e tipo di scarpa, potremo iniziare a cercare una corrispondenza. Spero che su questo ci risponderanno in fretta. Per quanto riguarda le tracce di pneumatici, invece, nella piazzola ce ne sono troppe, per via della gente che abbandona i rifiuti, perciò è inutile mettersi ad analizzarle. E oltre a quelle ci sono ovviamente tutte le tracce lasciate dalle prime persone che sono arrivate sul posto, cioè i soccorritori e il medico...»

«...e quelle della mia macchina» completa Thorstein Byle. «Ho parcheggiato su alla piazzola. E anche alcune delle orme sono mie. Temo di non aver pensato a dove mettevo i piedi...»

Si interrompe con voce desolata. Le sedie scricchiolano e gli sguardi si abbassano su tazze e bicchieri. È evidente che sentire il capo che riconosce le sue mancanze mette tutti a disagio.

«Ma grazie all'eccellente contributo di Thorstein, che ha prontamente sbarrato l'accesso e messo degli agenti di guardia, il luogo del delitto è rimasto il più intatto possibile, considerate le circostanze» dice Karen con enfasi, e nota che un angolo della bocca di Byle si solleva leggermente.

«Inoltre anche la casa di Fredrik Stuub è stata posta in sicurezza in attesa dell'arrivo dei rinforzi e della Scientifica. Questa si è rivelata una cosa molto utile, perché abbiamo potuto constatare che la casa era stata perquisita, probabilmente dall'assassino. Non sappiamo ancora se prima o dopo l'omicidio. E nemmeno che cosa cercava, o cosa manchi. Anche qui stiamo aspettando una risposta dalla Scientifica riguardo a eventuali tracce. Però posso dirvi che Thorstein e io ieri siamo entrati nella casa, e il computer portatile di Fredrik Stuub era ancora lì. In questo momento è in viaggio per Dunker.»

«Quindi l'assassino non lo stava cercando» dice Ella Svanemark. «Ma allora perché i tecnici non l'hanno portato via subito?»

Karen esita per un attimo.

«Era nascosto in un cassetto segreto in cucina. È stato Thorstein a trovarlo.»

Nella stanza risuonano delle risate e Karen sente Röse dire qualcosa a proposito dei "meridionali".

Lancia un'occhiata all'orologio.

«Bene, come avrete capito ci attende un bel po' di lavoro. Il vostro compito sarà prima di tutto bussare alle porte e controllare le diverse informazioni, oltre a eventuali alibi. Riceverete ulteriori istruzioni da Thorstein e continuerete a far rapporto a lui. La vostra conoscenza del posto, l'esperienza e i contatti che avete saranno molto importanti in queste indagini. Risolveremo il caso unendo le nostre forze.»

Qualcosa è cambiato nella stanza. Röse pare ancora più scettico che interessato, ma gli altri almeno sembrano aver dimenticato che la donna davanti a loro è una meridionale, per di più inviata dall'odiata sede centrale di Dunker. Quella piccola vittoria va subito persa quando Röse riprende la parola.

«E tu allora?» chiede con voce strascicata. «Che cosa farai tu?»

Karen si raddrizza e fissa gli occhi in quelli di Röse. Gira appena il viso in modo che l'azzurro penetrante con il bordo giallo intorno all'iride sia chiaramente visibile alla luce della finestra. Usa il suo sguardo, che ha messo a tacere uomini ben più forti di Robert Röse.

«Io deciderò quali passi dobbiamo fare. Gestirò il lavoro e lo suddividerò. In parole povere, sono io che comando. E tu puoi iniziare chiamandomi ispettrice Eiken Hornby. Oppure capo, se preferisci.»

21

«Ma quanto terreno hanno?» chiede Karen guardando fuori dal finestrino del passeggero.

Ancora una volta hanno percorso i quaranta chilometri a nord di Lysvik, attraverso lande aride e torbiere ghiacciate. In lontananza si vedono i profili delle montagne, oltre vasti boschi, ma più vicino alla strada la pianura estesa è interrotta solo da ginepri nodosi e muretti di pietra faticosamente costruiti. Thorstein Byle esce dalla statale, questa volta diretto a ovest. La casa di Gabriel Stuub si trova sulla stessa sponda del fiume di quella di suo nonno, ma dal lato opposto della statale.

Invece di fare la carovana, questa volta sono andati con un'auto della polizia di Noorö. La domanda di Karen è retorica, Byle le ha già spiegato che i possedimenti della famiglia Huss una volta si estendevano da Skreby lungo la strada e fino al confine con il distretto di Gudheim. E lei sa che il terreno ora è stato suddiviso, ma per la maggior parte appartiene agli eredi del vecchio barone delle miniere. Invece di rispondere, Byle fa un cenno verso una casa sulla destra.

«Quella è la baracca di Gabriel. Non è come te l'aspettavi, eh?»

La villa di fronte a loro è di legno giallo e sembra avere al massimo dieci anni. Il terreno intorno alla casa è circondato da uno steccato bianco, che appare piuttosto inutile perché sembra che ci siano almeno duecento metri tra la villa e i suoi vicini. Non è certo l'unica casa di legno a Noorö: nelle città più grandi – Lysvik, Skreby e Gudheimby – le vecchie case di pietra si mescolano a ville moderne in legno e mattoni, ma in quel paesaggio rurale la casa e il giardino di Gabriel Stuub stonano con l'ambiente circostante.

«Perché cavolo...»

«Non chiederlo a me» risponde Byle togliendo la chiave dall'accensione. «C'era una bella casa di pietra, antica, che hanno buttato giù per far posto a questa schifezza.»

Aprono il cancello e raggiungono a piedi la casa percorrendo il vialetto di ghiaia. Karen nota una piccola piscina coperta, due fenicotteri di plastica rosa e un'altalena su un lato del giardino. Sull'altro troneggia un garage doppio con qualcosa che assomiglia a un'officina. Tutto sembra ordinato e ben tenuto. E davvero brutto. È come se qualcuno avesse ritagliato un quadratino da un sobborgo di Dunker o Ravenby e l'avesse lanciato a caso in mezzo alla campagna.

Passano circa quattro minuti e altrettanti squilli di campanello prima che Gabriel Stuub apra la porta, e altri tre secondi prima che Karen si accorga che l'uomo davanti a lei non solo si è appena svegliato ma è anche in preda ai postumi di una bella sbornia. I capelli biondo rossicci sono appiattiti su un lato del viso e dritti sull'altro, gli occhi sono gonfi e lui li strizza davanti alla luce. Quando l'uomo fa un tentativo malriuscito di soffocare uno sbadiglio, dalla sua bocca esce un odore acre di alcol. Il torso è nudo e tradisce le molte ore passate a fare sollevamento pesi. Con una mano sta cercando di allacciarsi i jeans infilati in fretta, mentre con l'altra stringe un cellulare.

«Buongiorno» dice Karen con un ampio sorriso. «Siamo della polizia. Possiamo entrare?»

Senza rispondere, Gabriel Stuub si volta e li precede. Byle chiude la porta ed entrambi lo seguono in silenzio attraverso il corridoio fino in soggiorno. È quasi come Karen se l'immaginava: due divani di pelle nera, un tavolino di vetro e una poltrona girevole con il poggiapiedi, librerie piene di soprammobili e modellini di auto, barche e aerei, oltre a qualche libro sparso e ad alcune foto. Karen e Byle scelgono un angolo su uno dei divani.

Gabriel sta per sprofondare nella poltrona quando si blocca e scompare a passi veloci nel corridoio. Byle fa per seguirlo, ma Karen lo trattiene scuotendo la testa. Se anche Gabriel avesse intenzione di scappare, avrebbe comunque cose più urgenti di cui occuparsi, prima.

Prende il suo blocco per appunti, lancia un'occhiata a Byle e alza gli occhi al cielo. Si osserva le cuticole e mordicchia via un po' di pelle, mentre ascoltano pazienti i conati di vomito provenienti dal bagno. Dopo qualche minuto si sente lo sciacquone, l'acqua del rubinetto che scorre e la porta che si apre. Passi pesanti diretti in cucina, il rumore dello sportello del frigo, seguito da un sibilo, e un secondo dopo Gabriel Stuub si materializza sulla porta, con i capelli bagnati pettinati all'indietro e la lattina di una bibita energetica in mano.

«Possiamo iniziare?» dice Karen con un sorriso.

Lentamente, Gabriel si siede in poltrona. Solleva i piedi, si appoggia allo schienale e beve un sorso dalla lattina.

«Certo. Cosa volete?» domanda.

«Come capirà, siamo venuti qui per via della scomparsa di suo nonno. Prima di tutto le faccio le condoglianze.»

Gabriel annuisce senza parlare.

«E poi abbiamo bisogno di qualche informazione su di lei.»

Affronta rapidamente le domande introduttive e Gabriel fornisce le risposte con un'espressione di annoiata rassegnazione. Trentacinque anni, due figli, Loke di sei anni e Lava di quattro, separato dalla moglie Katja da un paio di mesi. Lei è andata a vivere con i suoi genitori a Thorsvik, nell'isola di Heimö. No, lei non è di Noorö. Perché è andata via lei anziché lui? Perché qui è tutto suo, ovvio. Lui ha ereditato il terreno da sua madre e ha costruito la casa. Katja non ci ha messo neanche un marco. Lui non sa un cavolo dei suoi piani e non gli interessa neppure, basta che non faccia delle storie con i bambini. Un fine settimana sì e uno no toccano a lui, né più né meno. Sì, lui è stato informato della morte del nonno, sia dalla polizia sia dal pastore, il giorno stesso. Sì, a quanto ne sa è il parente più prossimo di Fredrik; no, non sa se ha lasciato qualcosa di valore, non avevano molti contatti. Perché? Be', Fredrik non lo considerava certo il nipote ideale.

«Però vi siete visti il giorno prima della sua morte» obietta Karen e lo fissa negli occhi inarcando le sopracciglia.

Gabriel esita, come se stesse cercando nella memoria.

«Sì, ma era la vigilia di Natale, che cavolo» risponde allargando le mani.

«Quindi lei aveva abbastanza contatti con Fredrik e con sua sorella Gertrud da incontrarvi ogni tanto?»

«Sì, non normalmente, cioè, non era un'abitudine, ma è chiaro che ogni tanto ci vedevamo. Più che altro durante le feste. Che cazzo, siamo comunque parenti e abitiamo a un paio di chilometri di distanza.»

«Per cui lei è andato da Gertrud la vigilia di Natale. Vi eravate messi d'accordo per vedervi?»

«Lei mi ha chiamato la mattina e i bambini erano da me, perciò... be', sono andato là. Pensavo che dovessero frequentare anche i miei parenti, non solo quelli di Katja. Li avrei riportati a Thorsvik da lei il giorno dopo.»

«E l'ha fatto? Ha portato i bambini da Katja, cioè?»

Gabriel Stuub beve una sorsata di bibita e si asciuga la bocca con il dorso della mano.

«Certo» dice.

«E che ore erano? Quando è partito, intendo.»

«Be', non lo so. Appena dopo le otto, le otto e un quarto forse. In ogni caso sono riuscito a prendere il traghetto delle nove, ma è successo comunque un casino.»

«In che senso?»

«Da Katja. O meglio, dai suoi. Avevo promesso di portare i bambini alle nove al massimo e sono arrivato mezz'ora dopo.»

«Ci sono stati molti litigi tra voi? È per quello che si sono agitati così, voglio dire?»

«Perché? Questo non ha niente a che vedere con il resto.»

«Che lavoro fa?»

La tattica funziona. Per un istante Gabriel Stuub appare confuso di fronte a quell'improvviso cambio di argomento. Gli occhi si spostano da Karen a Byle, come se cercasse un appiglio.

«Lavoro su da Groths» risponde docile. «Imbottigliamento e trasporto.»

«E chi è il suo diretto superiore?»

Gabriel sembra riflettere.

«Jens, direi. È una specie di responsabile delle vendite o come cavolo si definisce lui, ma perlopiù ci gestiamo da soli.»

«Cognome?»

«Groth, ovvio. Jens Groth, figlio di Björn, il proprietario di tutto.»

Karen prende nota.

«Che ore erano quando ha salutato suo nonno?»

Questa volta il cambio di argomento sembra influire sul suo fisico. Sulle guance di Gabriel si diffonde un colorito verdastro e lui stringe forte i braccioli della poltrona, come se cercasse di tenersi. Per un attimo Karen teme che stia per vomitare di nuovo. Poi il ragazzo si passa una mano su fronte e occhi e scuote lentamente la testa.

«Cioè, non capisco cosa intende. Di quando cavolo sta parlando?»

«La vigilia di Natale. Lei ha accompagnato suo nonno a casa in macchina, se ho capito bene. O è stato da lui altre volte dopo di allora?»

Con un certo sollievo Karen vede che il colorito ritorna normale.

Gabriel la guarda dritto negli occhi. «No, non ci sono più tornato. L'ho lasciato sul vialetto e sono tornato subito a casa con i bambini. Non ho idea di che ore fossero, ma direi le tre e mezzo circa. E no, dopo di allora non l'ho più visto.»

«Non è stato nemmeno in casa? A cercare qualcosa, magari?»

«Cercare? Che cosa dovrei prendere a casa sua?»

«Un computer forse?»

Gabriel scoppia a ridere. Un po' troppo forte, pensa Karen.

«È sicura che ne avesse uno? Cazzo, aveva ancora un televisore di quelli antichi e la radio a transistor.»

«Okay, ma suo nonno insegnava all'università. E a quanto pare faceva anche del lavoro di ricerca. Non vorrà mica dirmi che svolgeva il suo lavoro con carta e penna?»

«È chiaro che aveva un computer al lavoro. Probabilmente anche un vecchio catorcio a casa.»

«Ha qualche idea di dove possa essere?»

«Be', io di certo non ho rubato nessun cazzo di computer. Magari il vecchio l'ha nascosto da qualche parte. A essere sincero credo che sia diventato un po' senile dopo la morte di mia madre.»

«In che modo si esprimeva? La demenza di suo nonno, intendo.»

Gabriel la guarda irritato quando capisce la sua correzione.

«Non lo so. È solo che sembrava fissato con questa cavolo di isola e con un sacco di roba storica. Continuava a parlare di com'era una volta, e diceva che adesso la gente vuol solo guadagnare e non gliene frega niente del resto. Era un po' rimbambito, tutto qui.»

"Più perspicace che rimbambito" pensa Karen.

«C'era qualcosa che lo faceva arrabbiare in modo particolare?» chiede.

«Che ne so, quando attacava la solfa non lo stavo ad ascoltare. Ma non era certo uno stupido, eh» aggiunge Gabriel all'improvviso. «Era solo vecchio, sia chiaro.»

Karen percepisce il suo tono e lo sguardo, e si scoraggia. Questo tizio, che sulla carta sarebbe il colpevole ideale, può davvero aver ucciso suo nonno?

Forse, ma in quel caso avrebbe ammazzato una persona che apprezza molto più di quanto sia disposto ad ammettere anche con se stesso.

Decide di cambiare argomento.

«Sua madre è morta giovane, a quanto ho capito.»

Gabriel si lascia scappare una risata amara.

«Sì, cancro al fegato causato dall'epatite C. Colpa delle siringhe usate, pare. Diciamo che se l'è cercata.»

«Quindi era tossicodipendente?»

Lui alza le spalle per confermare, con aria distaccata.

«Eroina, centri di recupero, ricadute e tutto il resto. Negli ultimi anni a dire il vero era pulita, ma ormai era troppo tardi.»

Tace e sembra fissare lo sguardo su un punto al centro del tappeto. Karen lo osserva in silenzio e sente una fitta di compassione. Dietro i muscoli e l'arroganza intravede il figlio di una madre tossicodipendente, il nipote che è stato una delusione per suo nonno. Potrebbe essere questo il movente? Un omicidio commesso senza premeditazione, scatenato dal disinteresse del nonno?

«E suo padre...?»

«Mio padre cosa?»

«Pensavo, più che altro, chi è?»

«Ah, ha dato retta alle chiacchiere e vuol sapere se è Allan Jonshed?»

Karen aspetta, e con la coda dell'occhio nota che Byle cambia posizione sul divano.

«Be', sarebbe stato proprio comodo» dice Gabriel con una risatina triste. «Se la vittima avesse avuto un legame con il presidente degli OP. Ma no, non sarà così fortunata.»

"A quanto pare no" pensa Karen.

«Chi è allora? Suo padre, voglio dire.»

«Be', secondo mia madre era un batterista di Newcastle, oppure un tizio che aveva conosciuto sul traghetto. Che cazzo ne so io? E non me ne frega nemmeno.»

Karen lancia una rapida occhiata a Byle, inarcando le sopracciglia come per dire: "Hai qualcosa da chiedergli?". Lui scuote la testa, come previsto, e Karen sospira. Thorstein Byle sarà pure gentile e disponibile, ma da parte sua non può certo aspettarsi molto aiuto. "Devo farmi mandare qualcuno al più presto dalla polizia criminale" pensa. "Karl Björken, Cornelis Loots, Astrid Nielsen o chiunque altro. Persino Johannisen potrebbe essermi d'aiuto. No, magari Evald Johannisen no, dopotutto."

«Okay» dice. «Un'ultima domanda. Le viene in mente qualcuno che volesse male a suo nonno? Qualcuno che potrebbe guadagnarci dalla sua morte?»

«A parte me? No, nessuno.»

"Non mi sorprende" pensa Karen. "Del resto lui dovrebbe partire dal presupposto che si sia trattato di un incidente."

E come se capisse cosa sta pensando, Gabriel aggiunge: «Ma che cosa intende dire? Credevo che il vecchio fosse caduto».

«Ci conviene fare un giro alla distilleria, domani» dice Karen dieci minuti dopo, mentre si risiedono in auto.

«Stai pensando a William Tryste?»

«Sì, in un certo senso sono imparentati, e anche lui ha visto Fredrik a casa della sorella la vigilia di Natale. William e sua moglie Helena sono passati a portare dei fiori, secondo Gertrud. E poi vorrei anche scambiare qualche parola con i colleghi di Gabriel alla distilleria. C'è qualcosa che non mi convince in quel ragazzo.»

22

Quando Karen si siede a uno dei tavoli liberi del Lanternan, vicino alla finestra, l'atmosfera dei giorni di festa avvolge il pub come un soffice piumone. Guarda il locale strapieno, in cui una quarantina di uomini di età diverse sono venuti in cerca di relax. Dopo gli obblighi del Natale, in quel tranquillo brusio si riflette il sollievo di togliersi dai piedi mogli, figli, nipoti, suoceri e parenti, che adesso (*Dio risparmiaci*) non dovranno vedere per un altro anno, sempre che non si mettano di mezzo matrimoni o funerali (*Padre abbi misericordia*). C'è anche qualche rara donna, quella sera al Lanternan, per un attimo di meritato riposo. Per essere precisi sono due, inclusa Karen. "Probabilmente è single" pensa lei, osservando la donna di mezza età che legge un libro in un angolo, con una mezza bottiglia di rosso. Il Natale sarà pure una gioia per i bambini e un lavoro per le donne, ma l'ansia per le feste e il bisogno di recuperare a quanto pare sono roba da uomini.

Il ricordo sgradito di un Natale nella grandiosa villa degli Hornby nel Surrey si intrufola nella sua mente. Rigido, troppo tradizionale e lussuoso, così lontano dai Natali della sua infanzia a Langevik. Così lontano da come lei, John e Mathis avevano già festeggiato il giorno della vigilia, secondo la tradizione scandinava. La madre di Karen era sempre invitata, e ogni volta declinava l'invito.

«Non vengo certo in *Inghilterra* a festeggiare il Natale, adesso che posso passarlo in santa pace. Ma questa primavera verrò volentieri.»

Karen si era sforzata di non rimanerci male per il fatto che le tradizioni, che lei cercava di mantenere in vita, per sua madre erano state chiaramente un dovere, e che adesso sembrava sollevata al pensiero di poterle evitare. Eleanor Eiken non era mai stata una nostalgica, e men che meno religiosa.

Perciò la vigilia di Natale a Londra era stata tutta loro, di Karen, John e Mathis. E con gli anni avevano creato le loro tradizioni: facevano colazione tardi e con calma, nel pomeriggio passeggiavano e Karen si lamentava per la mancanza di neve, mentre John brontolava per la mancanza di sole e Mathis per il semplice fatto di dover *passeggiare.* Aringhe per pranzo, in tutte le loro forme, costine d'agnello affumicate e cavolo rosso per cena. Niente birra al mirto – lì John aveva posto il veto – e Karen gli era segretamente grata di poter annaffiare l'agnello con un buon vino rosso. La sera si scambiavano i regali e poi facevano un grande puzzle in cucina (mentre Mathis giocava di nascosto sul suo Game Boy sotto il tavolo), bevendo una tazzona di cioccolata, con l'aggiunta di rum nella sua e in quella di John, e di marshmallow in quella di Mathis. Natale e Santo Stefano erano degli Hornby, ma la vigilia era tutta loro.

I genitori di John erano sempre stati amichevoli, eppure lei si sentiva costantemente inadeguata, ed era consapevole di non essere la nuora che avrebbero desiderato. Sorrisi indulgenti di fronte al suo strano accento, che diventava più evidente quando si sentiva nervosa. Domande di cortesia sulle tradizioni natalizie doggerlandesi, cenni del capo e commenti sulla "meravigliosa genuinità" e la "deliziosa semplicità" di quello che lei descriveva. Scambi di sguardi discreti per indicare che in realtà intendevano "grossolano" e "campagnolo".

«Ti stai immaginando tutto» diceva John e lei gli aveva lasciato credere di aver ragione. Non per bontà, ma perché sapeva che lui non avrebbe potuto dire nient'altro.

I primi anni erano stati i peggiori, ma con il tempo l'amore dei suoceri per Mathis aveva smussato la loro rigidità. Il padre di John aveva rivelato un umorismo pungente che Karen aveva imparato ad apprezzare e, dato che era un procuratore in pensione, aveva mostrato sincero interesse per i suoi studi di criminologia. Al contrario della madre di John, l'aveva sostenuta nella sua scelta di riprendere gli studi quando Mathis era diventato abbastanza grande da andare all'asilo, e Karen sospettava anche che avesse messo una buona parola per lei quando aveva cercato un progetto di ricerca relativo a eventuali differenze nelle sentenze per stupro in relazione alla situazione economica. Raramente si erano trovati d'accordo, ma le loro discussioni erano molto interessanti.

Ma in seguito, non una parola. Al funerale, nemmeno la loro estrema cortesia era riuscita a costringere Richard e Theresa Hornby a guardare negli occhi la donna che, secondo loro, li aveva privati del figlio e del nipote.

Con un misto di gratitudine e irritazione, Karen viene interrotta nelle sue riflessioni dallo squillo del cellulare. Lancia un'occhiata all'orologio: le sette e dieci. Ha promesso di mandare un rapporto giornaliero a Smeed entro le otto. O aveva detto sette? "Se mi sta chiamando per sollecitarlo non ce la faccio a essere gentile" riesce a pensare, mentre rovista nel giubbotto appeso alla sedia per prendere il telefono. Con sollievo, vede che sullo schermo non c'è il nome di Jounas Smeed.

«Ciao, Aylin!» risponde appoggiandosi allo schienale. «Non sai quanto mi fa piacere sentirti!»

Una risata all'altro capo. Esitante.

«Ah sì, be', a dire il vero non so perché ti ho chiamata. Avevo un momento e ho pensato...»

Karen prova una fitta di dispiacere, come se qualcosa che vorrebbe afferrare stesse per sciogliersi e scomparire alla sua vista. Sono arrivate al punto in cui hanno bisogno di una ragione per telefonarsi? Dopo dieci anni di amicizia? Si erano conosciute proprio nel momento in cui lei, distrutta dal dolore, era tornata a vivere a Doggerland. Aylin aveva appena divorziato dal fratello di Eirik. Dopo quattro anni di inutili tentativi di concepire, Aylin aveva scoperto che suo marito si era innamorato di una hostess norvegese che aveva messo incinta al primo tentativo. Ed Eirik aveva combattuto una guerra su tre fronti deciso a riportare in vita Karen e a consolare la sua ex cognata, oltre a lottare contro il disgusto dei propri genitori per quella che chiamavano "la sua scelta di vita". I tre, distrutti e straziati, si erano sostenuti a vicenda, come uno sgangherato sgabello a tre gambe.

Un paio di anni dopo Marike si era aggiunta alla compagnia e poi Kore aveva stravolto la vita di Eirik. E anche Bo Ramnes aveva rivoluzionato le loro esistenze, ma invece di una nuova aggiunta alla loro cerchia, il suo ingresso nella vita di Aylin aveva comportato un allontanamento da parte sua. Bo Ramnes non mostrava il minimo interesse a frequentare una coppia di froci, né una vecchia artista danese e neppure uno sbirro. E il sentimento era reciproco.

"Forse avrei dovuto sforzarmi di più" pensa Karen, premendo il cellulare contro l'orecchio per coprire il brusio e il rumore della tv.

«Hai fatto bene, ne è passato di tempo. Non ci vediamo dal mio compleanno, l'autunno scorso, no?» dice.

«No, ci siamo viste una volta. Sono venuta all'ospedale, ma tu eri intontita.»

«Ah già. Adesso mi ricordo. Tra l'altro il libro che mi hai portato era bello.»

«So che avrei dovuto farmi sentire più spesso, ma sono stata...»

Ancora una volta Aylin non conclude la frase.

«Non fa niente, capisco che sei impegnata. Anche se adesso dovresti ricominciare a lavorare, no? Ora che i bambini sono entrambi all'asilo.»

«Sì, il piano era quello, ma poi abbiamo deciso che rimarrò a casa ancora un po'. Per tutta l'estate, almeno.»

"*Abbiamo* deciso" pensa Karen, e si ricorda di quanto fosse felice Aylin quando le aveva detto che finalmente sarebbe tornata al lavoro. È ovvio che è Bo a volerla tenere incatenata ai fornelli mentre lui fa carriera, da avvocato a politico.

In qualità di nuovo candidato per il partito conservatore, il Framstegspartiet, probabilmente può raggranellare più voti se sfoggia una moglie che consacra la sua vita a marito e figli.

Karen non si era stupita del fatto che Bo Ramnes si fosse dato alla politica e nemmeno del partito che aveva scelto. Ora però c'è il rischio imminente che lui arrivi in breve tempo più lontano di quanto lei si aspettasse. Dopo due mandati di una coalizione un po' forzata tra socialdemocratici e liberali, e uno scandalo mediatico in cui erano stati implicati sia il ministro della Giustizia sia la commissione per la pesca, il Framstegspartiet inizia a intravedere una buona occasione.

E, pensa Karen con tristezza, molti doggerlandesi di sicuro chiuderanno gli occhi di fronte al significato dello slogan del partito: "Valori sani e ordine pubblico".

«Senti» dice Aylin. «Mi chiedevo se sei a casa domani mattina. Posso passare un attimo?»

La domanda coglie Karen talmente di sorpresa da lasciarla per qualche secondo senza parole. Sono molti anni che Aylin non propone di vedersi per un caffè. È passata un'eternità da quando si sono viste senza nessun'altra ragione che chiacchierare. "Abbiamo ancora qualcosa da dirci?" le passa per la testa. Poi la felicità prende il sopravvento. Aylin l'ha chiamata e vuole vederla, è chiaro che hanno ancora un sacco di cose da dirsi.

«Sarebbe bellissimo» risponde con sincerità. «Ma sono a Noorö. C'è una morte su cui investigare e sono dovuta venire io.»

«Stai lavorando? Credevo che fossi ancora in malattia.»

«Sì, ma a essere sincera ho pensato che fosse bello poter sfuggire ai festeggiamenti. Anche se adesso mi sto un po' pentendo, non è molto allegro quassù.»

«No, mi immagino.»

Rimangono un attimo in silenzio.

«Volevi parlarmi di qualcosa in particolare?» domanda Karen. «Non accade spesso che vieni a trovarmi, ultimamente» aggiunge, pentendosi subito.

Non vuole dare l'impressione di accusare Aylin, che per una volta è riuscita a liberarsi di suo marito per vederla. La spiegazione arriva immediatamente.

«No, è vero, ma Bo è via per un paio di giorni e pensavo di approfittarne. In realtà volevo solo prendere un caffè e sentire come stavi.»

«Io sto bene, a parte il ginocchio che mi fa ancora male, a volte, e il mio capo che ha deciso di pretendere resoconti giornalieri. E tu come stai? Non ti sento molto felice.»

Aylin scoppia a ridere.

«Sono solo stanca. I bambini hanno avuto tutti e due l'influenza e io ho mal di testa e i brividi, perciò c'è il rischio che adesso tocchi a me.»

«Ahi! Io per fortuna l'ho scampata...»

«Senti» la interrompe Aylin. «Vedo che Bo sta cercando di chiamarmi, perciò devo riattaccare. Ma ci vediamo per il cenone di Capodanno da Eirik e Kore, vero?»

Karen non ha il tempo di dire che probabilmente non tornerà prima dell'anno nuovo, perché Aylin riaggancia.

Il cenone di Capodanno. La prima festa che Eirik e Kore faranno nella loro enorme casa nuova a Thingwalla. La festa che lei aspettava durante quelle settimane di riabilitazione noiose da morire. E invece corre il rischio di passare la vigilia di Capodanno da sola in una stanza d'albergo a Noorö. E per una volta che Aylin riesce a chiamarla, ovviamente Bo deve interrompere la telefonata.

Con un pesante sospiro, Karen posa il telefono e apre il computer portatile. Tanto non avrebbe tempo di chiacchierare con Aylin, se vuol riuscire a inviare quel maledetto rapporto prima delle otto.

23

«Se avete tempo posso farvi fare un giro, quando avrete finito con le domande. Purtroppo non c'è molta attività in questi giorni di festa, ed è anche bassa stagione, ma vi faccio vedere volentieri.»

L'uomo li guarda con un sorriso carico di aspettative mentre tende loro la mano. È alto e snello, e indossa jeans e un pullover azzurro, che si abbina esattamente al colore dei suoi occhi. I capelli sono tagliati corti, e potrebbero essere segno di un'incipiente calvizie, se non fosse che la capigliatura lunga un centimetro copre ogni punto della testa di William Tryste. "È fin troppo bello" constata Karen.

La distilleria Groths si trova nel distretto di Gudheim, sul lato orientale del lungo promontorio che si estende nel mare verso nord. Da bambina, Karen ci è passata molte volte. Quando, ogni estate, andavano al grande cimitero della chiesa di Gudheim, gli Eiken ne approfittavano per fare una gita fino alla nave di pietra sull'estremità settentrionale. Da bambina aveva sempre creduto che le due cose fossero inscindibili. Solo ora, con quarant'anni di ritardo, si rende conto che visitavano l'antico monumento solo per far piacere a lei. Il luogo attira gruppi di giovani, seguaci della new age e qualche turista, ma ben pochi nooresi. Da piccola, Karen era affascinata dai grandi edifici di mattoni rossi della distilleria Groths, quando li vedeva dall'auto, con i finestrini abbassati e il vento salato sul viso, ma non si era mai parlato di far visita al produttore di whisky, perlomeno quando c'era lei.

«Sembra interessante, ma oggi non abbiamo tempo. Magari un'altra volta» aggiunge con un sorriso.

Oltrepassano la grande porta doppia entrando in un ampio atrio con il bancone della reception, vetrine da esposizione e scaffali pieni di brochure. Percorrono uno stretto corridoio fiancheggiato da porte chiuse su entrambi i lati, penetrando nel cuore della distilleria, con le sue enormi caldaie di rame a forma di pera, e un attimo dopo si ritrovano in quella che sembra un misto tra una sala riunioni e un ufficio. Sulla destra c'è un lungo tavolo con dodici sedie, due delle pareti sono ricoperte di librerie, da terra fino al soffitto, e tra le due alte finestre di fronte a loro c'è una massiccia scrivania antica con il piano di pelle verde.

"Come si fa a dare le spalle a una vista del genere?" si chiede Karen guardando l'orizzonte infinito. "Forse è proprio per riuscire a combinare qualcosa" realizza un attimo dopo.

Il padrone di casa fa un cenno d'invito e Karen e Thorstein Byle si siedono alle estremità opposte di un divano di pelle marrone. William Tryste aspetta cortesemente che si siano seduti e poi sprofonda in una delle grandi poltrone Chesterfield di fronte a loro. Uno spesso ripiano di vetro posato su due vecchie botti di rovere messe in orizzontale forma il tavolino, su cui è appoggiato un vassoio con tre tazze, la teiera e un piattino con biscotti di pasta frolla.

«Forse siete già stati qui?» dice Tryste.

«Io no» risponde Karen guardandosi intorno. «Ma i vostri prodotti mi sono familiari» aggiunge con un sorrisetto. «E tu sei già stato qui?»

Si volta verso Thorstein Byle che annuisce.

«Sì, ma sarà stato dieci anni fa, forse quindici.»

«Oh, da allora sono cambiate molte cose» dice William Tryste chinandosi per riempire le tazze. «E ne cambieranno ancora molte. Latte?»

Lo sguardo di Karen torna alle finestre. Non ci sono tende a nascondere la vista, il mare è talmente vicino che sembra di essere sulla prua di una grande nave. "A quanto pare c'è chi ha questo panorama, al lavoro" riflette Karen con invidia, pensando al suo ufficio alla stazione di polizia di Dunker. L'edificio, un fiasco architettonico degli anni Settanta, incute timore dall'esterno, ma al suo interno è malinconico, e ha l'azzeccato soprannome di Bunker. L'ufficio di William Tryste alla distilleria Groths è l'esatto contrario dell'open space al terzo piano del Bunker dove la Divisione Investigazioni Criminali della polizia nazionale di Doggerland ha il suo quartier generale.

«Più a nord di così non si può andare, in questo paese» dice Tryste che ha seguito lo sguardo di Karen. «Be', a parte il promontorio con la nave di pietra. Ma questo è l'edificio più a nord dell'isola. Anzi, il più a nord di tutte le isole doggerlandesi» aggiunge con malcelato orgoglio.

Karen distoglie lo sguardo dal panorama e riporta la sua attenzione sull'uomo.

«Lavora qui da molto?»

William Tryste scuote la testa.

«Poco più di un anno. Ho lavorato per molti anni in diverse distillerie in Scozia e ho fatto anche una puntatina in Giappone, ma poi ho avuto quest'opportunità e l'ho colta al balzo.»

"Giappone" pensa Karen, ma non fa in tempo a esprimere la sua sorpresa che Thorstein Byle prende la parola.

«Da quello che ho capito sono stati i Groth, piuttosto, ad avere una fantastica opportunità assumendola» dice con un sorriso. «Nel settore, lei ha una solida reputazione come uno dei migliori nasi.»

William Tryste allarga le mani e ricambia il sorriso.

«Diciamo che siamo soddisfatti entrambi» risponde. «Per me è stata l'occasione di tornare a casa e allo stesso tempo partecipare a sviluppi interessanti. La distilleria Groths è molto piccola a confronto della maggior parte dei suoi concorrenti, ma è sempre stata sinonimo di qualità. E adesso, come dicevo, abbiamo grandi piani per il futuro.»

«Ah sì?» domanda Byle chinandosi in avanti.

Karen lo studia sorpresa. Non l'ha mai visto così interessato prima. Non avrebbe mai immaginato che il fattore scatenante potesse essere proprio il whisky.

«Certo» risponde Tryste. «Raccoglieremo la sfida di scozzesi e giapponesi, sul serio.»

«Già, dicono che da quelle parti ci sanno davvero fare» annuisce Byle. «Ma a me personalmente non va di comprare whisky giapponese. O di Taiwan, se è per quello, per quanto dicano che è buono.»

«Non è l'unico. Molti appassionati di whisky sono conservatori» dice Tryste con un sorriso. «Molti non comprerebbero mai un *single malt* se non è stato prodotto in Scozia. Ma tanti si lasciano guidare dalla qualità, ed è la nostra piccola fortuna, qui alla Groths.»

"Sembra che stia leggendo un comunicato stampa" pensa Karen, appoggiandosi allo schienale in attesa che Byle e Tryste concludano la chiacchierata. Non vuole interromperli, una volta tanto che il suo collega non rimane in silenzio.

«Ho sentito dire che volete ampliarvi» dice Byle. «Avete intenzione di raddoppiare la produzione, o forse ancora di più? Dicono che ci saranno un bel po' di nuovi posti di lavoro.»

«Non solo quello. In realtà dovrei lasciare che sia Björn Groth a parlare del progetto, solo che oggi non c'è. Ma se siete interessati ho un bel po' di bozzetti e disegni che posso...»

Karen decide di mettere un punto alle chiacchiere sull'orgoglio dell'isola e riportare il discorso sullo scopo della loro visita.

«Purtroppo non abbiamo tempo» li interrompe. «Il motivo per cui volevamo vederla oggi è un altro, come saprà.»

«Sì, certo» dice William Tryste, e il suo sorriso entusiasta si spegne di colpo. «È spaventoso, quello che è successo. L'ho saputo il pomeriggio stesso da Erling Arve. Il pastore» aggiunge, per spiegarlo a Karen.

«L'abbiamo incontrato a casa di Gertrud Stuub. E questo è uno dei due motivi per cui siamo qui. Secondo Gertrud lei è andato a casa sua e ha incontrato Fredrik la vigilia di Natale. È corretto?» gli chiede.

«Sì, esatto. Io e mia moglie abbiamo portato anche nostro figlio, che non ne voleva sapere. Ma non ci siamo fermati a lungo, forse mezz'ora. La sorella di Helena e la sua famiglia venivano a trascorrere la serata con noi, perciò dovevamo tornare a casa presto. Sono stato io a insistere per passare comunque a salutarli. Sapete com'è, Natale è sempre Natale, e i parenti sono pur sempre parenti.»

Karen lancia un'occhiata ai suoi appunti con nomi e frecce.

«Sua nonna era sorella della madre di Fredrik e Gertrud, se ho capito bene. Lei e Fredrik eravate intimi?»

William scuote la testa.

«Non in modo particolare. Dopo il divorzio dei miei genitori io e mia sorella siamo andati a vivere con mia madre, in Inghilterra. La mamma aveva la sua famiglia là, perciò è venuto naturale. Ma il ramo paterno ha le sue radici qui sull'isola. Il padre di mia nonna era proprietario della miniera, e a suo tempo mio padre ha ricevuto l'ingrato compito di subentrargli. È rimasto per cercare di salvare quello che poteva dell'attività estrattiva, quando tutto ha iniziato ad andare a rotoli, ma si è trattato solo di respirazione artificiale, come certamente saprete. Io e mia sorella venivamo qui durante le vacanze scolastiche e in visita, e poi io sono venuto un po' di volte in vacanza, ma è da poco che sono tornato stabilmente. E per rispondere alla sua domanda, non conoscevo molto bene Fredrik.»

«Okay. Ma torniamo alla vigilia. Ha notato qualcosa di strano in lui? Le è sembrato preoccupato o inquieto, in qualche modo?»

Lo sguardo di William Tryste torna alle finestre, come se cercasse nella memoria.

«No» dice piano. «Non credo. O meglio... no, probabilmente non è nulla.»

«Lasci che siamo noi a decidere. A che cosa si riferisce?»

«Ho avuto l'impressione che Fredrik e Gabriel avessero appena litigato, quando siamo arrivati noi. Non che abbia sentito qualcosa, ma l'atmosfera era un po' pesante tra loro due. Io e Helena ne abbiamo appunto parlato, tornando a casa.»

«E lei non ha idea del motivo per cui potrebbero aver litigato?»

«Assolutamente no. Come ho detto, è stata solo una sensazione.»

Karen sospira. Sarà costretta a parlare di nuovo con Gertrud e Gabriel.

«Gabriel lavora qui alla distilleria, vero?»

«Proprio così. Imbottigliamento e spedizione. Ma se volete sapere come si comporta, dovete chiedere a Jens Groth. È lui che si occupa del lato pratico dopo che io ho finito con il mio naso. Tra l'altro credo che oggi sia qui, ma sarà senz'altro in magazzino, è là che ha il suo ufficio.»

«E lei esattamente che ruolo ha?»

«Be', io sono il responsabile della qualità, possiamo dire.»

William Tryste si appoggia allo schienale e racconta con entusiasmo i suoi diversi compiti: decidere che tipo di botti utilizzare a seconda delle annate, scegliere quali di queste mescolare e quali whisky debbano diventare *single barrel,* e alla fine stabilire quando è ora di imbottigliare.

«Ma ho anche il ruolo di promotore delle vendite all'ingrosso. Il marketing verso i clienti e le vendite vere e proprie sono responsabilità di Björn e Jens, invece. Björn Groth» aggiunge. «È lui il proprietario di tutto, insieme ai suoi figli, Jens e Madeleine. La Groths è un'azienda di famiglia.»

«Okay» dice Karen, sfinita dalle chiacchiere di William Tryste. «Ho solo un'altra domanda. Mi può dire dove si trovava la mattina di Natale tra le sette e mezzo e le otto e mezzo?»

Ci vuole qualche secondo prima che William Tryste capisca cosa implica la domanda.

«Dove mi trovavo? Parla sul serio?»

«Temo di sì. Ma è una domanda che faremo a tutti quelli con cui parleremo. Se non altro per poterli escludere, sempre che dietro la morte di Fredrik ci sia un reato.»

William Tryste non sembra ancora convinto.

«Be', allora sono fortunato, credo. Di solito sarei stato a letto a dormire, ma quella mattina ero a Lysvik.»

Karen inarca le sopracciglia per esortarlo a proseguire.

«Non sono stato del tutto sincero, prima. Uno dei motivi per cui io e Helena abbiamo deciso di tornare a Noorö è che nostro figlio Alvin aveva problemi di droga. Abitavamo a Glasgow, nei nostri ultimi anni in Scozia, e là l'offerta non manca. Non è mai stato un problema serio, ma ci siamo resi conto che dovevamo compiere una scelta drastica. E quando si è presentata questa possibilità da Groths ci siamo decisi.»

«E questo che cos'ha a che fare con il giorno di Natale?»

«Il fatto è che abbiamo promesso ad Alvin di pagargli la patente e regalargli una macchina, a condizione che lui lavori e si comporti bene. Convincerlo a studiare è impossibile, perlomeno adesso. Però lavora alla casa di riposo di Lysvik. Solo come inserviente, aiuta a pulire e a spostare cose, e fa il custode quando serve. Comunque, doveva essere là alle sette del mattino del giorno di Natale e nei giorni festivi non ci sono autobus, perciò avevo promesso di accompagnarlo. O, per meglio dire, di lasciarlo guidare con me accanto. Potete chiedere a lui.»

«Ha iniziato a lavorare alle sette, ha detto? E lei cos'ha fatto dopo averlo salutato?»

«Sono andato da mio padre. Ha l'Alzheimer e vive alla casa di riposo, perciò ne ho approfittato per andarlo a trovare, anche se a malapena sa che giorno sia. E se promettete di non dire niente al personale, vi rivelerò che gli ho portato anche qualcosa di buono.»

Per un attimo Karen medita sull'infelice destino di Ivar Tryste. Nipote del vecchio barone delle miniere, ma a quanto pare senza il suo potere e la sua influenza. Criticato dagli abitanti dell'isola e attaccato dai media per non essere riuscito a salvare l'attività da una morte inevitabile. La moglie lo lascia e si porta i figli all'estero, e quando il figlio finalmente ritorna a casa, lui è ormai troppo malato per potersene accorgere.

«Abbiamo provato a portare a casa papà, qualche volta» continua William Tryste. «Però adesso non è quasi mai lucido e cambiare ambiente diventa più un danno che un beneficio. Ma è pur sempre mio padre e ho pensato di portargli aringhe e un goccetto, per Natale.»

«Aringhe e acquavite alle sette del mattino?»

Karen si pente di quel commento. Dubita che da queste

parti si faccia ancora colazione con aringhe e alcol, ma per le vecchie generazioni era un'usanza. Ricorda ancora la bottiglia di acquavite accanto al bricco del latte sul tavolo della cucina di sua zia.

«Solo per adulti» diceva Ingeborg, spingendo via la mano tesa e speranzosa di Finn.

«Già, le colazioni di una volta sono un po' difficili da digerire» risponde William Tryste con un sorriso. «Ma un tempo era così, e ho pensato che portare a mio padre qualcosa che gli ricordasse il passato non potesse nuocergli. E quando sono arrivato era sveglio da almeno un paio d'ore. Era sveglio anche quando me ne sono andato, nel caso lo voglia sapere. Solo che non potete chiederlo a lui, la maggior parte delle volte non mi riconosce nemmeno.»

«Qualcuno del personale l'ha vista?» aggiunge Thorstein Byle.

«Ne dubito. Sono entrato con Alvin, ma poi ognuno è andato per conto suo. Lui lavora di sopra, dove ci sono i malati, ma l'entrata è la stessa. Può darsi che qualcuno mi abbia visto, ma io non avevo nessun interesse a farmi notare. Non credo che il personale sarebbe stato entusiasta dell'acquavite, anche se era solo un bicchierino.»

«E quanto si è fermato?» chiede Karen, notando che William Tryste non sembra certo avere un motivo valido per uccidere il suo lontano parente, ma non ha nemmeno un alibi solido.

«Forse un'ora. Comunque erano le otto esatte quando sono risalito in macchina. Me lo ricordo perché avevo promesso a Helena di telefonarle per svegliarla.»

Karen sente che il coraggio l'abbandona.

«Ha chiamato a casa da Lysvik? Con il cellulare?»

William Tryste la guarda sorpreso.

«Sì...» risponde esitante, prima di capire. «Sì, certo, potete controllare.»

24

Aylin Ramnes svita il tappo rotondo della scatoletta con le diverse tonalità di correttore. Sotto la crema verde chiaro si intravede già il fondo e quella beige è quasi finita. Forse dovrebbe comprare confezioni separate delle varie tonalità, ma averle nella stessa scatola è davvero pratico, soprattutto quando i lividi sono a stadi diversi. "Devo ricordarmi di comprarne un'altra prima che finisca" pensa, inclinando lo specchietto e piegandosi in avanti.

L'impronta del pollice sul collo non si vede quasi più, ma il livido sulle guance pare non volersene andare, anzi, sembra che si sia spostato più in basso, dando l'illusione che lo zigomo destro sia più alto del sinistro. Osserva la gamma di colori e pensa a quale scegliere, cercando di ignorare il rimbombo dei battiti del cuore nelle orecchie. Forse un po' di rosa chiaro sul blu e poi il verde per nascondere la ferita rossa sulle labbra. O è il contrario?

"Concentrati. Lo sai."

Una stanchezza improvvisa le fa sentire le braccia pesanti, è come se non riuscisse più a sollevarle. Per un attimo pensa di lasciar perdere, visto che non deve incontrare Karen, tenere tutto così com'è. Posa la scatoletta rotonda sul bordo del lavandino e con lo sguardo vacuo fissa lo specchio ingranditore. Guarda senza vedere il caleidoscopio confuso di sfumature di beige, blu e giallo.

"È stato davvero ieri che ho parlato con Karen?" si chiede. Le sembra del tutto irreale. O perlomeno è come se fossero passate settimane. "Mi ricordo la felicità nella sua voce quando ha sentito che ero io. Prima è rimasta sorpresa, ma poi... sì, era felice."

Quando deglutisce sente una stretta alla gola e qualcosa dentro di lei si domanda se sta per mettersi a piangere o se è stata la pressione del pollice di Bo sulla laringe a provocarle quella sensazione.

Perché diavolo aveva telefonato? Era inutile. E pericoloso. Se n'era resa conto già mentre cercava il numero di Karen nella rubrica del telefono: "Se lo faccio non potrò più tornare indietro".

Ora non ricorda di cosa avevano parlato, ma solo la delusione mista a sollievo che aveva provato quando Karen le aveva detto che non potevano vedersi perché era a Noorö. "No, in realtà il sollievo è stato molto più forte della delusione" pensa. Non deve mentire a se stessa. Dopo quello non ricorda più niente. Karen aveva continuato a parlare e anche lei doveva aver detto qualcosa. Probabilmente aveva inserito il pilota automatico, magari in tono spensierato, com'era diventata brava a fare, mentre aspettava che la telefonata finisse. E si era stretta un pollice nel pugno per tutto il tempo, per non dimenticarsi di cancellare il numero di Karen dalla lista delle chiamate prima che Bo la controllasse. Non era del tutto svampita.

"A cosa stavo pensando?"

Quella volta Karen sarebbe riuscita a farla parlare, se si fossero viste. L'aveva capito fin dal momento in cui l'aveva chiamata, ma aveva ignorato i campanelli d'allarme. Era rimasta per quasi un'ora con il telefono in mano, esitante, continuando a cambiare idea, e alla fine aveva ceduto a quel desiderio così forte. Il desiderio di sentire una voce dal passato, da prima. Il desiderio di potersi sfogare raccontando quella schifosa verità fatta di sconfitte e umiliazioni. Di lasciare che la collera di Karen prendesse il sopravvento e la sostenesse, ora che lei non era più in grado di nutrire nessuna rabbia. Di lasciare che Karen piangesse le sue lacrime.

Ma poi...? Niente. Nessun pensiero, nessun piano, nessuna strategia. Nessuna forza, non più.

"Karen queste cose le ha" pensa. "Perlomeno quando non si tratta di se stessa. Non è mai stata altrettanto brava a gestire i suoi problemi." E il pensiero le regala un sollievo momentaneo; lei non è l'unica ad avere problemi, tutti hanno i loro. Ma poi la realtà la colpisce di nuovo. Non è così.

La gente normale non ha di questi problemi.

"La gente normale non si ritroverebbe mai in una situazione del genere. Karen non ha colpe per quello che le è successo dieci anni fa, ma io devo incolpare solo me stessa." Karen non riuscirebbe a capirlo. Lei immaginerebbe una via d'uscita, una soluzione, una salvezza.

"Come se qualcuno potesse sconfiggere Bo Ramnes."

Quel pensiero la riporta alla realtà. Aylin lancia una rapida occhiata all'orologio che ha al polso. Tra mezz'ora deve iniziare a preparare da mangiare. Si avvicina allo specchio e studia con occhi esperti le sfumature e il grado di copertura di cui ha bisogno quel giorno. "Forse guarirebbero più in fretta se non ci mettessi sempre tutta questa crema" le passa per la mente. Tuttavia, mentre si concede il lusso di pensarci, si rende conto che non può evitarlo: i bambini farebbero domande, perlomeno Tyra. O, peggio, si limiterebbero a guardarla in silenzio con occhi spaventati. No, per il loro bene è costretta a fare buon viso a cattivo gioco. E poi Bo si infurierebbe se fosse obbligato a vederla senza trucco. Soprattutto ora che sta attraversando un periodo difficile, tra lo stress del lavoro e le esigenze del partito.

Adesso provocarlo è l'ultima cosa che vuole.

25

«Be', comunque sarà facile controllare con la compagnia telefonica» dice a bassa voce Karen a Byle, dieci minuti dopo, mentre attraversano il cortile a cinque passi di distanza da William Tryste. «È un po' logorroico, non trovi? Continua a parlare tutto esaltato come un venditore ambulante.»

Thorstein Byle sorride.

«Sì, ma lo farei anch'io se avessi il suo lavoro. Immagino che sia più divertente sorseggiare *single malt* tutti i giorni anziché multare la gente per distillazione clandestina o eccesso di velocità. Oltretutto, in un ambiente simile...» aggiunge, indicando il panorama con un cenno della testa.

Mentre attraversano il cortile seguendo William Tryste, lui continua con la sua parlantina entusiasta e, a intervalli regolari, grida alle sue spalle per sovrastare il rumore del vento e dei cavalloni: «Qui alla Groths facciamo tutto sul posto, dall'inizio alla fine; ossia, nel nostro caso, dal chicco alla bottiglia. Al giorno d'oggi molte distillerie comprano il malto già pronto; c'è addirittura chi si definisce produttore di whisky ma non produce neanche il proprio malto fermentato. Eppure a Noorö c'è tutto quello che serve: cereali, acqua, torba... Sapete che usiamo ancora gli antichi ceppi di lievito per la fermentazione, tra l'altro? Siamo gli unici a farlo, a quanto ne so».

Thorstein Byle pone qualche domanda sull'effetto lievitante e Karen ne approfitta per estraniarsi.

L'entusiasmo di Tryste è piacevole ed estenuante allo stesso tempo.

Lasciano l'edificio principale e William Tryste li guida a passi lunghi e rapidi in direzione del magazzino in cui dovrebbe trovarsi Jens Groth. Quando oltrepassano una lunga costruzione su due piani, Tryste si ferma e si gira.

«Qui c'è la malteria. In una simile ho iniziato la mia carriera da ragazzino, però in Scozia. Controllavo la temperatura, mescolavo l'orzo che macerava nell'acqua, aprivo e chiudevo le finestre per mantenere la giusta temperatura. Bisognava far germogliare l'orzo, ma interrompere il processo al momento giusto per l'essiccazione e l'affumicatura. Siete sicuri che non avete tempo per una visita come si deve?»

«Purtroppo oggi no» risponde Karen in fretta. «Ma un'altra volta volentieri» aggiunge.

Continuano a seguire la marcia veloce di William Tryste e si fermano all'esterno di un altro grande edificio di mattoni rossi. Gran parte della facciata è coperta dalla stessa fuliggine nera delle miniere di carbone, che sembra rivestire come una pellicola tutte le case e i cartelli dell'isola. Quassù sembra che i tentativi di eliminarla siano stati abbandonati da tempo. Quando entrano dal portone, Karen trattiene il fiato involontariamente. Il lungo corridoio, fiancheggiato da scaffali di botti di rovere che vanno da terra fino al soffitto, le dà quasi le vertigini. Per un secondo l'assale la paura che tutto possa cadere e seppellirli sotto una montagna di rovere profumato di whisky, ma non fa in tempo a sviluppare il ragionamento. Tryste sembra aver finalmente abbandonato l'atteggiamento da cicerone e affretta il passo. L'aria è umida e fredda e incrociano altri corridoi, anch'essi rivestiti di scaffali con file di grosse botti di rovere. Alla fine William Tryste si ferma fuori da una porta e Karen si sorprende che non abbiano incontrato nessuno degli impiegati.

«La maggior parte dei dipendenti è in ferie» dice Tryste in risposta alla sua domanda inespressa. «Ma Jens è al suo posto.» Tamburella con le dita sullo stipite e poi apre la porta senza attendere l'invito a entrare.

«Ciao, Jens» dice. «C'è qui la polizia che vorrebbe farti qualche domanda. Vi dispiace se scappo?» aggiunge rivolto a Karen. «Mia moglie sarebbe felice di vedermi arrivare a casa presto, una volta tanto...»

«Certo. La chiameremo se abbiamo bisogno d'altro.»

Dietro una grande scrivania ad angolo è seduto un uomo biondo con gli occhiali sollevati sulla fronte. I folti capelli sono arruffati, come se si fosse spettinato da solo in un gesto di sconforto. Si alza e tende loro la mano con un sorriso cordiale e un po' interrogativo. Nonostante la stanza sia fresca, sulla maglietta grigia, sotto le ascelle, si vedono aloni scuri. La sua corporatura massiccia fa prevedere l'imminente trasformazione da quello che può ancora passare per giovane robusto a uomo grasso.

«Jens Groth. Benvenuti, anche se non ho capito bene in che modo posso aiutarvi.»

Nonostante sia uno dei proprietari, il suo ufficio è molto meno imponente di quello di William Tryste, nota Karen, mentre lei e Byle si siedono di fronte alla scrivania ingombra di pile di documenti.

Jens Groth sposta con cautela due mucchi di carte, per creare un varco e comunicare con i suoi visitatori.

«C'è un bel po' di burocrazia, in questo settore» commenta con un debole sorriso. «Dunque, in cosa posso esservi utile?»

«Gabriel Stuub» dice Karen, prendendo il blocco per gli appunti. «Lavora qui, giusto?»

«Sì, esatto. Ah, ho saputo di suo nonno. È per quello che siete qui? Ma è stato un tragico incidente, a quanto ho capito.»

Karen non risponde alla domanda sottintesa.

«Può dirci qualcosa di Gabriel?» chiede, e nota che lo sguardo di Jens Groth si sposta su Byle, come in cerca di una spiegazione.

«Gabriel? È sospettato di qualcosa?»

«Stiamo parlando con tutti quelli che hanno un legame con i parenti di Fredrik Stuub» risponde Byle evasivo.

L'assurdità di quell'affermazione non sembra destare nessuna sorpresa in Jens Groth.

«Ah be', in tal caso... Che cosa volete sapere?»

«Da quanto tempo lavora qui Gabriel?» domanda Karen, premendo il pulsante della penna e passando il palmo della mano lungo la rilegatura del blocco. È probabile che, come al solito, non avrà bisogno di scrivere molto, ma l'esperienza le dice che la vista del blocco ha l'effetto di risvegliare la memoria dei suoi interlocutori.

Groth si stringe nelle spalle.

«Da tutta la vita, direi. Da quando è adulto, intendo» aggiunge con un sorriso. «Non pratichiamo lo sfruttamento minorile, qui.»

Karen gli restituisce il sorriso senza commentare.

«Credo che avesse circa diciassette, diciott'anni quando ha cominciato. Io all'epoca andavo all'università, perciò non sono sicuro, ma se è importante posso controllare.»

"Devono essere coetanei, più o meno" pensa Karen. Uno ha proseguito gli studi e l'altro ha iniziato subito al magazzino. Gabriel perciò deve aver lavorato metà della sua vita nello stesso posto e, a meno che non se ne vada dall'isola, rimarrà qui altrettanto a lungo. Prima erano le miniere a dare lavoro, adesso rimangono solo la Groths o le piattaforme petrolifere e qualcosa le dice che la NoorOyl con i suoi rigorosi requisiti di sicurezza non assumerebbe mai Gabriel Stuub.

«No, non c'è bisogno di essere così tanto precisi. Ma visto che lavora qui da molto immagino che siate soddisfatti di lui?»

«Be'... Non è che sia proprio un lavoro qualificato, ma certo, Gabriel sa cosa deve fare. Lui e un altro sono responsabili per l'imbottigliamento e la spedizione, ma oggi sono entrambi in ferie.»

C'è qualcosa di evasivo nel tono di Jens Groth. Come se non avesse delle lamentele vere e proprie, ma allo stesso tempo non gli andasse di confermare la competenza di Gabriel Stuub.

«Che cosa sa della sua vita privata?»

Ancora una volta Jens Groth si stringe nelle spalle possenti.

«Non molto, temo. Ma so che sta divorziando. Due figli, credo. Abita da qualche parte a ovest di Skreby.»

«Su, qualcosa in più dovrà pur sapere. In fin dei conti lavorate insieme da molti anni.»

«Che cosa posso dire? Non ci frequentiamo molto fuori dal lavoro.»

Karen sente crescere l'irritazione. Jens Groth sembra aver deciso di concedere il meno possibile. Decide di andare dritta al punto.

«Sa se Gabriel Stuub ha qualcosa a che fare con gli OP?»

Nessun cambiamento d'espressione, lo sguardo è impassibile, non ha nemmeno un tremito. Anzi, Jens Groth si irrigidisce, come se gli avessero rovesciato addosso un secchio di azoto liquido. Per un istante Karen ha la macabra sensazione che la figura davanti a lei stia per polverizzarsi al primo soffio di vento.

«Okay» dice. «Lo interpreto come un sì.»

Ancora nessuna risposta. Solo un leggero movimento di una falange. La pietrificazione sembra svanire a poco a poco e Jens Groth sposta piano la testa di lato. Un attimo dopo inspira con violenza.

«No.»

Lo osservano in silenzio, aspettando il seguito, che alla fine arriva, con una voce un po' meno gelida, però monotona.

«Non so se Gabriel abbia ha a che fare con gli OP e comunque non abbiamo problemi con loro. Assolutamente no. E se non c'è altro vi accompagno...»

Jens Groth posa con decisione entrambe le mani sulla scrivania e si alza in piedi. Karen nota che gli aloni scuri sotto le ascelle ora sono larghi il doppio.

«Che cosa ne pensi?» chiede Byle cinque minuti dopo, tirando lentamente la cintura di sicurezza.

Sono tornati all'auto e Karen, senza pensarci e senza chiedere al collega, si è seduta al volante. All'andata è stato lui a guidare, e adesso si è seduto dal lato del passeggero senza protestare e si allaccia la cintura con un *clic*.

«Credo che faremo un'altra chiacchierata con il giovane Stuub» risponde lei con lo sguardo rivolto in lontananza, oltre il parabrezza sudicio.

«Già, lui è proprio il colpevole più probabile, presumo. Come erede di suo nonno ha una sorta di movente, anche se Fredrik non ha lasciato grandi somme.»

«Hai saputo qualcosa in più al riguardo?»

«Non ancora. L'avvocato è via, ma ha risposto alle email e ha promesso di mandarci le informazioni con l'aiuto del suo assistente. La questione, piuttosto, è se Gabriel abbia avuto la possibilità di commettere l'omicidio. Secondo la capitaneria di porto era sul traghetto delle nove da Lysvik a Thorsvik la mattina di Natale, proprio come ci ha detto.»

Il fatto che tutte le targhe siano registrate dalla compagnia di navigazione ha fornito loro un riscontro in tempi rapidi. Byle, probabilmente grazie a dei buoni contatti, ha ricevuto subito una risposta via email.

«La sua macchina era sul traghetto» dice Karen. «Dobbiamo richiedere le registrazioni e vedere se c'era davvero lui alla guida. D'altra parte potrebbe anche aver ucciso suo nonno ed essere arrivato in tempo a Lysvik. In linea teorica, almeno.»

«Ha lasciato i bambini a casa, è andato a uccidere suo nonno, è tornato a prenderli e poi è andato al molo dei traghetti, intendi dire? O è andato alla piazzola, è sceso alla miniera e ha ucciso suo nonno mentre i bambini lo aspettavano in macchina?»

Thorstein Byle le sembra scettico quanto lei, e Karen guarda fuori dal parabrezza senza parlare. Riflette per qualche secondo, ma decide di non dire niente di ciò che ha appena visto, ciò che chiaramente Byle non ha notato quando Jens Groth li ha accompagnati fuori.

Nemmeno lei ci aveva fatto caso quando erano entrati nel magazzino. Ma durante la loro visita il sole aveva cambiato angolazione, evidenziando una leggera ombra sulla parete vicino alla porta. Vernice spray nera che qualcuno aveva cercato di tirare via. Karen l'aveva vista quando si era voltata per stringere la mano a Jens Groth e lui, cogliendo la direzione del suo sguardo, aveva tentato goffamente di spostarsi per nasconderla. Ma lei aveva fatto in tempo a vedere.

Il numero 1 seguito dal segno della percentuale.

Odin Predators, o One Percenters.

Karen impreca tra sé girando la chiave nell'avviamento.

26

«Ah ecco, mi chiedevo quando ti saresti fatta vedere di nuovo. Perché è questa che stavi cercando, vero?»

Ingeborg Eiken ha una mano sulla maniglia e nell'altra tiene una sciarpa scozzese.

«Sì, meno male. Devo averla dimenticata l'altra volta. Dove l'hai trovata?»

«Dove l'hai lasciata tu, immagino. Infilata ben bene dietro gli stivali nell'ingresso.»

Karen incassa il colpo senza rispondere. Non è mai una buona idea discutere con la zia, soprattutto se ha ragione.

«Mi offri una tazza di caffè?» chiede invece.

Un quarto d'ora dopo sul tavolo ci sono caffettiera, due tazze e un cestino di corteccia di betulla con gli ultimi dolcetti avanzati dal Natale: quadrotti al mirtillo rosso, biscotti allo zafferano e due fagottini di pasta sfoglia croccante.

«Spero di non disturbare, arrivando qui così, senza avvertire» dice Karen. «Magari non hai nemmeno tempo.»

«Non dire stupidaggini.»

«Sono fagottini alle mele?» domanda Karen guardando avidamente i dolcetti di pasta sfoglia. «Non li mangio da...»

Si interrompe e guarda in silenzio sua zia che, appoggiata allo schienale con le mani intrecciate sul grembiule di cotone blu, non accenna minimamente a versare il caffè.

«Allora, Karen» esordisce. «Mi vuoi dire il vero motivo per cui sei venuta? E non tirar fuori la storia della sciarpa dimenticata o dei fagottini alle mele...»

Karen imita sua zia e si appoggia a sua volta allo schienale, con un sospiro.

«Okay. Avrei bisogno del tuo aiuto» ammette.

A quelle parole Ingeborg si rialza. Senza dire niente, prende dalla credenza una ciotola di zollette di zucchero, apre un'antina e tira fuori una bottiglia senza etichetta. Niente bicchieri, constata Karen, scuotendo la testa quando sua zia solleva bottiglia e ciotola con aria interrogativa.

«Devo guidare. E poi sono in servizio» dice.

«Cose che non hanno mai trattenuto nessuno» ribatte Ingeborg Eiken mettendo due zollette nella sua tazza. Poi svita il tappo della bottiglia e versa una dose abbondante di liquore sullo zucchero prima di versare il caffè, nella tazza di Karen e poi nella sua. Mescola con il cucchiaino, si china e annusa.

«Sei sicura? Già, ovviamente, laggiù sulla terraferma non berrete più il caffè corretto. Ormai berrete espresso o cappuccetto o come cavolo si chiama...»

Karen sorride senza correggere la parola o precisare che Heimö non può certo essere definita "terraferma". Sa che Ingeborg lo sa. Ma certe cose quassù le devono dire.

«Quindi hai bisogno del mio aiuto? E in cosa consisterebbe, se posso chiedere?»

«Raccontami tutto quello che sai. Cosa si dice della gente quassù.»

«Vuoi sentire dei pettegolezzi? Ah, mi pareva. Ma in ogni caso non c'è niente che riguarda i ragazzi. Questo te lo dico subito.»

Quando Karen risponde nota uno scintillio negli occhi di Ingeborg.

«No, quello che voglio sapere sui miei parenti lo scopro da sola. Intendevo gli Stuub, i Tryste, gli Huss e i Groth; quella gente lì, insomma. Non riesco a star dietro a tutti i nomi e a chi è parente di chi.»

Decide di non menzionare che Thorstein Byle le ha già raccontato molte cose. E comunque non riesce a ricordare bene che cosa le ha detto.

«Be', allora puoi iniziare a ridurre il numero a due. Gli

Huss fanno parte della stessa famiglia dei Tryste e degli Stuub. Il vecchio Huss ha avuto solo figlie. Una si è sposata con un norvegese, Tryste. L'altra si è sposata con uno Stuub. Credo che venisse da Frisel. A quanto pare alle ragazze Huss non andavano bene gli uomini di qui. Strano eh?»

«Già, ho visto che il Complesso è ancora in piedi» dice Karen soffiando poi sul caffè.

Ingeborg emette un suono a metà tra una risatina divertita e uno sbuffo.

«È probabile che quel mastodonte sopravviva più a lungo delle pietre di Gudheim, se nessuno lo fa saltare in aria. Ma quando eri piccola ti piaceva, me lo ricordo. Dicevi che volevi sposare William così un giorno ci avresti abitato anche tu.»

Karen assume un'aria sorpresa mentre Ingeborg ridacchia soddisfatta prendendo la sua tazza.

«Vuoi dire William Tryste?»

«Certo, e chi se no? Adesso è tornato qui. Non te lo ricordi? Andava in giro con i ragazzi e ne combinava di tutti i colori, finché sua madre non si è opposta. Avrà pensato che gli Eiken non erano la compagnia adatta.»

Karen cerca nella memoria. Niente in quell'uomo entusiasta che ha incontrato alla distilleria le è sembrato familiare. E chiaramente nemmeno lui l'aveva riconosciuta, altrimenti la sua cordialità sarebbe stata ancora maggiore.

«No, eri troppo piccola per ricordare tutti i ragazzini che giravano nelle fattorie. E poi avevi occhi solo per Finn. Santo cielo, come ammiravi quel ragazzo! E in effetti era magnifico. Alto e con le spalle larghe, come mio papà.»

Il sorriso di Ingeborg esprime un misto di nostalgia e orgoglio mentre pensa al figlio maggiore. Karen si schiarisce la voce con discrezione.

«Quindi William giocava con i ragazzi? Che tipo era?»

«Come tutti quelli della sua età. Mi ricordo che era molto chiacchierone e molto gentile. A casa sua non aveva preso la buona abitudine di pregare prima di mangiare, ma ci teneva sempre a ringraziare per il cibo. Sarebbe diventato proprio un bel tipo se sua madre non avesse portato lui e la sorella in Inghilterra. L'ho visto a Lysvik un po' di tempo fa, pallido e magro. Un vero pappamolla, sembra proprio un britannico.»

«E come mai sua madre se n'è andata?» domanda Karen con l'immagine di William Tryste davanti a sé.

"Pappamolla" non è il termine che userebbe lei per descrivere quell'uomo alto con gli occhi azzurri. Certo, parlava un po' troppo, ma nel suo aspetto non c'era niente che non andasse.

«Be', la famiglia Huss non era più così attraente quando le cose hanno iniziato ad andar male» risponde Ingeborg Eiken, e fa una pausa per bere rumorosamente un po' di caffè. Poi continua.

«Diana ha lasciato il suo povero marito con tutti i suoi problemi ed è tornata dai genitori nell'Essex. Era originaria del luogo, ovviamente, ci teneva a sottolinearlo. Be', presumo che l'intelligenza media si sia alzata notevolmente, in entrambi i paesi, quando se n'è andata da qui.»

Ridacchia soddisfatta per la sua spiritosaggine e Karen sorride obbediente.

«È ancora vivo, a quanto ne so. Il padre di William, intendo» dice Karen.

«Ivar, sì. Se si può chiamare vita... Il poveretto è alla casa di riposo di Lysvik da molti anni. Aveva poco più di sessant'anni quando ha iniziato a rimbambirsi.»

«Sembra che abbia l'Alzheimer.»

«Ma sì, adesso bisogna usare tutti questi nomi strani. Arteriosclerosi, si diceva ai miei tempi. Anche se prima la gente si ammalava più da vecchia. Adesso mi sembra di sentirne parlare in continuazione, e per uomini giovani poi, poco più che cinquantenni.»

Ingeborg spinge il cestino verso di lei. «Prendi qualcosa, Impiastro. Almeno uno di ogni tipo.»

Karen addenta un biscotto allo zafferano e si pulisce le briciole sulle labbra con la lingua. Si sarebbe gettata subito sui fagottini di mela, ma non vuole rischiare di sentire delle proteste. Bisogna mangiare tutto quello che viene offerto. E senza fare domande sbagliate. Ma le disgrazie della famiglia Tryste non sembrano un campo minato.

«Che problemi c'erano? Voglio dire, perché la madre di William ha lasciato il marito?»

«La crisi delle miniere, naturalmente. Il povero Ivar era il nipote del vecchio Huss e ci si aspettava che gli subentrasse dopo la sua morte. Ma quando hanno trovato il petrolio, hanno bloccato tutte le sovvenzioni alle miniere e poi sono iniziati gli scioperi. Hanno perso tutto in pochi anni. Adesso gli rimane solo il terreno, ma sembra che sia abbastanza per darsi un sacco di arie.»

Karen pensa ai suoi incontri con William Tryste e Gertrud Stuub. Un esperto di whisky entusiasta e una donna molto religiosa, addolorata per la morte del fratello. E poi Gabriel Stuub, un motociclista magazziniere con i postumi della sbornia. Nessuno tra i discendenti del vecchio Huss che aveva incontrato le era sembrato tipo da darsi delle arie. L'ostilità di sua zia è evidentemente basata su avvenimenti lontani nel tempo, accaduti nelle generazioni precedenti, pensa. E come se le leggesse nel pensiero, Ingeborg continua.

«No, tesoro mio, quella famiglia non è così perfetta se la si guarda da vicino. Anche a loro puzza il culo, come si dice. E potrei raccontartene delle belle che li farebbero scendere dal loro piedistallo, se volessi...»

«Racconta» replica Karen, ricevendo un'occhiataccia per tutta risposta. «Sto solo cercando di farmi un'idea sulle varie persone e il loro passato; tutto può essere utile. E tu sei quella che probabilmente ne sa più di tutti» aggiunge.

Un'altra occhiata a significare che sua zia riesce a vedere oltre le lusinghe. Subito dopo Ingeborg Eiken fa un respiro profondo, lascia uscire l'aria con un sospiro e prosegue.

«Be', non posso dire di *sapere* con certezza, e papà non ha mai voluto raccontare che cosa aveva visto, non fuori dalle mura di casa nostra, almeno, ma l'ho sentito parlare molte volte con la mamma.»

«Di cosa? Dai! Sono venuta per sentire tutto quello che sai.»

Ingeborg sembra esitare un attimo. Poi ha un luccichio negli occhi.

«Papà sospettava che il vecchio Huss facesse affari con

i tedeschi durante la guerra. Doveva aver visto qualcosa quando era fuori con la barca. Ma è stato zitto, si è portato tutto nella tomba.»

Karen guarda sua zia con aria scettica.

«E perché? Il nonno odiava i nazisti.»

«Presumo perché la faccenda avrebbe colpito tutti, se si fosse saputo cosa faceva Huss. Dipendevamo dalle sue miniere, a quei tempi, e se lui fosse caduto in disgrazia si sarebbe tirato dietro tutti noi. Era proprietario di metà dell'isola e in più era membro del consiglio provinciale e della commissione per la pesca.»

«E quindi il nonno è stato zitto» dice Karen incredula. «Ma Dio santo, è un cazzo...»

«Ehi, ehi... per piacere, moderiamo il tono» la interrompe Ingeborg brusca. «Erano altri tempi, e se pensi che ci sia miseria qui oggi, avresti dovuto vedere allora. E poi è successo verso la fine della guerra e ormai non aveva più importanza.»

Karen tace.

«Credo però che questa cosa l'abbia tormentato fino alla sua morte» aggiunge la zia, bevendo un sorso di caffè. «E confesso che anche a me un sacco di volte prudeva la lingua.»

Karen decide di cambiare argomento.

«Tu e Fredrik Stuub dovreste avere più o meno la stessa età. Lo conoscevi bene?»

Ingeborg Eiken s'irrigidisce con la tazza a mezz'aria. Poi la porta alla bocca, beve un sorso e la rimette giù lentamente facendo tintinnare il piattino.

«La gente parla troppo. Che cos'hai saputo?» chiede in tono brusco.

«Niente. Non su te e Fredrik Stuub, in ogni caso. Ma quindi lo conoscevi?»

«Sì, quando eravamo giovani. L'isola non è poi così grande. Ma sì, posso anche ammettere che abbiamo avuto una storiella, ma è successo molto prima che si sposasse. E che mi sposassi io, naturalmente.»

«E vi siete mai frequentati negli anni successivi?»

«Certo che no. Lui sotto sotto era un Huss.»

«Non ho avuto l'impressione che Fredrik fosse uno snob» osa protestare Karen. «E nemmeno sua sorella, è solo molto religiosa.»

«Uh, Gertrud!» sbuffa Ingeborg. «Quella pensa di essere più vicina a Dio di chiunque altro. Ma è così che ragiona la gente ricca. Pensano di essere ricchi perché sono prescelti da Dio. Credimi, Impiastro, le donne di quella famiglia hanno sempre avuto la puzza sotto il naso. Gli uomini erano meglio. Ivar è sempre stato gentile, poveretto, e Fredrik... lui era...»

Si interrompe e Karen rimane in attesa.

«Fredrik era un brav'uomo» conclude secca. «Non capisco assolutamente chi l'abbia potuto uccidere.»

E all'improvviso Ingeborg Eiken gira il viso. Poi si alza e si dirige al lavello.

«Be', non ho più tempo di starmene seduta a spettegolare.»

Dieci minuti dopo, Karen lancia un'occhiata al pacchetto sul sedile del passeggero. Sua zia non aveva voluto dare ulteriori informazioni. Non c'era stato spazio per domande su Gabriel Stuub o sui Groth. Senza chiedere, aveva sparecchiato e preso il rotolo di alluminio da un cassetto sotto il lavandino, avvolto i fagottini alle mele avanzati e dato il pacchetto alla nipote.

«È meglio non scavare nel passato» aveva detto.

E probabilmente è anche meglio non meditare su quello che è tornato in mente a Karen, su quello che aveva sentito dire a sua madre.

«Sa Dio da chi ha preso i capelli rossi il piccolo Odd. Di certo non da Lars.»

27

L'organista ha già intonato le prime note acute. Karen si siede all'estremità dell'ultima panca, dà una rapida occhiata alla bacheca vicino al coro e cerca il salmo 302, *Lodiamo il Signore.*

Per dovere, si unisce al canto. Non conoscendo la melodia lascia che la sua voce segua quella degli altri, meravigliata del fatto che immancabilmente la chiave le sembra sbagliata per lei. "Anche per quasi tutti gli altri, però" pensa, facendo una smorfia quando i fedeli si sforzano di raggiungere le note più alte.

Quando tutti i versi del salmo sono faticosamente portati a termine, e il pastore prende la parola, Karen lascia scorrere lo sguardo sulle file di teste. La chiesa di Skreby è al completo, oggi. Come prescritto, la comunità si raccoglie, che si conosca il defunto o meno. Nessuno deve andare incontro al Creatore senza il giusto commiato: le panche vuote a un funerale sono considerate un sacrilegio. Questo modo di vedere è sempre stato predominante in tutta Doggerland, ma Karen dubita che le chiese giù a Heimö o Frisel, di questi tempi, registrerebbero una tale partecipazione. Soprattutto non di mercoledì pomeriggio.

È stato l'unico giorno disponibile per poter seppellire Fredrik Stuub in tempo ragionevole. Domani è l'ultimo dell'anno e aspettare fino al 2 gennaio non sarebbe visto di buon occhio. Bisogna adeguarsi al defunto, non il contrario. Per fortuna né Kneought Brodal né Sören Larsen hanno sollevato obiezioni.

«A meno che non si tratti di avvelenamento, a me non interessa cosa fanno dei cadaveri dopo che li ho ricuciti» aveva esclamato Brodal, con il consueto riguardo.

La chiesa di Skreby è la più grande di Noorö, dopo quella di Lysvik. È imponente e riccamente decorata, soprattutto in confronto alla semplice chiesa di pescatori di Gudheim e alle numerose cappelle della Chiesa Libera sparse in tutta l'isola. Karen allunga il collo per vedere se riconosce qualcuno. I suoi parenti appartengono alla parrocchia di Gudheim, e stanno attenti a quale chiesa frequentano, ma i Byle e i Tryste abitano a Skreby.

E infatti un attimo dopo scorge Thorstein e Solveig Byle qualche fila più avanti a lei. Se si piega un po' di lato, riesce a vedere il profilo di Gabriel accanto al caschetto grigio acciaio di Gertrud Stuub, davanti sulla destra. E se non sbaglia, appena dietro di loro c'è la nuca rasata di William Tryste, accanto a una donna dai capelli scuri. Tra di loro è seduto un ragazzo dal collo magro che in quel momento viene rimproverato dai genitori. "Probabilmente aveva il cellulare acceso" pensa Karen vedendo che il ragazzo, con un movimento irritato, infila qualcosa in tasca. Alvin: era quello il nome che aveva detto Tryste?

Erling Arve ha preso posto sul pulpito e Karen constata che il colletto discreto che indossava a casa di Gertrud ora è stato sostituito dalla tradizionale gorgiera.

È venuta per incontrare lui. In una breve telefonata, quel mattino, Arve ha promesso di riceverla brevemente dopo il funerale, e la sua casa è lì accanto.

«È più semplice se ci vediamo fuori dalla chiesa e parliamo lì,» aveva detto «così potrà dirmi se mi sono comportato bene durante la funzione.»

E Karen, che aveva pensato di osservare chi arrivava al funerale stando fuori dalla chiesa, a debita distanza, non ce l'aveva fatta a rispondergli che non aveva intenzione di partecipare. Quindi ora è seduta lì ad ascoltare discorsi su perdono e riflessione.

I fedeli chinano la testa recitando la prima preghiera.

Padre nostro, che sei nei cieli,
sia santificato il tuo nome.
Venga il tuo regno,
sia fatta la tua volontà
come in cielo così in terra.
Dacci oggi il nostro pane quotidiano,
e rimetti a noi i nostri debiti
come noi li rimettiamo ai nostri debitori
e non ci indurre in tentazione,
ma liberaci dal male,
perché tuo è il regno, il potere e la gloria nei secoli dei secoli.
Amen.

Dopo un'ora e dieci minuti ad ascoltare l'accorata predica su eternità, penitenza e speranza anche nei tempi duri, oltre a qualche breve parola sulle profonde radici di Fredrik a Noorö e sul suo impegno per il paese in cui era nato, e dopo deboli tentativi di unirsi al canto dei salmi, Karen assiste agli inchini dei familiari più stretti davanti alla bara ed è la prima a uscire dal portone della chiesa.

Il sole splende e l'aria è fresca. All'andata, il termometro sul cruscotto della macchina segnava quattro gradi sottozero e, secondo le previsioni del tempo, la temperatura dovrebbe scendere ancora nei prossimi giorni.

«Quest'anno non c'è stato un bianco Natale, e sembra che avremo un ultimo dell'anno freddo e limpido» aveva detto il meteorologo in tono confortante quella mattina in tv, con un gran sorriso che metteva in mostra i denti appena sbiancati.

Karen osserva i fedeli che, dopo aver adempiuto ai loro obblighi, si affrettano verso il parcheggio. Non ci sarà nessun rinfresco, dopo. Le giovani generazioni hanno subito l'influenza straniera, e sempre più persone ora organizzano un rinfresco a casa dopo il funerale. Quelli che seguono le vecchie tradizioni doggerlandesi, invece, tengono una veglia funebre il giorno prima e per loro il funerale segna la fine del commiato. Gertrud Stuub, come immaginava, si è attenuta alle tradizioni.

Karen allaccia il giubbotto e sta mettendosi la sciarpa intorno al collo quando vede Thorstein e Solveig Byle sui gradini della chiesa insieme a una donna alta sui trentacinque anni e a due bambine. Karen le riconosce dalla visita a casa di Byle. Quel giorno avevano il viso sporco di cioccolato ed erano incollate alla tv, ora indossano dei graziosi cappottini azzurri e si infilano obbedienti i berretti che porge loro la madre. Nello stesso momento, Thorstein Byle vede Karen e si avvia verso di lei con la famiglia al seguito. Karen ringrazia ancora Solveig per il pranzo e saluta la figlia di Byle, Trine, che è alta come suo padre e gli somiglia in modo evidente. Scambiano qualche parola sul freddo, che non sembra voler più passare, e i Byle dicono che Karen deve assolutamente andare a cena da loro una sera.

«Sei entrata anche in chiesa o sei venuta solo a spiare gli intervenuti?» chiede Byle con un sorriso che non riesce a nascondere una certa disapprovazione.

Karen è e rimane un'estranea.

«Entrambe le cose, a dire il vero» risponde. «Devo vedere Erling Arve qui, tra poco. Pensavo di sentire cos'ha da raccontare sugli Stuub.»

Byle sembra esitare un attimo. Lancia una rapida occhiata a moglie, figlia e nipoti, che ora si sono allontanate di qualche passo e stanno litigando con guanti e sciarpe.

«Se vuoi, posso...»

«Non c'è bisogno che venga anche tu» lo interrompe per rassicurarlo. «Penso di potermela cavare da sola, con il pastore. Però mi piacerebbe vederti domani mattina alla stazione, prima che me ne vada» aggiunge.

«Certo. Quindi alla fine torni a casa per Capodanno? Be', in effetti qui non c'è molto da fare senza le risposte dalla Scientifica. A proposito, hai saputo qualcosa?»

«No, ho parlato con Sören Larsen ieri e probabilmente non avremo nessun risultato fino a dopo Capodanno, perciò torno a casa a festeggiare.»

Si accordano per vedersi il mattino dopo alle otto e i Byle si dirigono tutti insieme alla loro auto, mentre Karen rimane al freddo a battere i denti. Lancia un'altra occhiata al portone della chiesa da cui stanno uscendo gli ultimi fedeli e scende le scale con attenzione, abituata al ghiaccio insidioso. Alcune persone si sono fermate nel cortile della chiesa, mentre altre si incamminano a passo veloce verso il parcheggio. Con un sorriso osserva gli anziani che, con un gesto automatico, si sollevano il cappello passando accanto al grosso ginepro prima di svoltare sulla strada sterrata. Esprimono rispetto e gratitudine alla potenza guaritrice e alle proprietà magiche della nodosa conifera, secondo l'educazione di un tempo e un'usanza in via d'estinzione, forse risvegliata dalla serietà di quel momento. Probabilmente ignorano i tentativi infruttuosi che la Chiesa ha fatto per sradicare le pratiche pagane legate a quell'arbusto spinoso.

Secondo le tradizioni nooresi, i parenti più stretti devono lasciare la chiesa per ultimi. Accompagnati dalle note cupe dell'organo, Karen vede uscire dalle porte di quercia spalancate William Tryste e famiglia, seguiti da un pallido Gabriel Stuub, che strizza gli occhi davanti ai raggi del sole. Gabriel guarda gli ultimi fedeli rimasti e si irrigidisce nel vedere Karen. Poi fa i gradini a tre a tre e si dirige a lunghi passi verso il parcheggio, senza voltarsi.

Per ultima arriva Gertrud Stuub, appoggiata al braccio di Erling Arve. Rimangono fermi un momento ai piedi dei gradini e Arve si guarda intorno. Fa un cenno in direzione di Karen, stringe piano il braccio di Gertrud e la saluta. Karen osserva quella donna sola, con il cappotto nero e il basco, che lentamente si avvia, e si sente rimordere la coscienza. Forse la sua richiesta di parlare con il pastore ha privato Gertrud di una compagnia meritata. Dopo aver salutato il pastore, glielo chiede.

«No, non si preoccupi» risponde il sacerdote con un sorriso tranquillizzante. «Gertrud voleva rimanere un po' per conto suo.»

«È sicuro? Altrimenti possiamo parlare domani.»

«Sicurissimo. Passerò da Gertrud stasera. E non appena noi due avremo finito andrò dritto al centro commerciale di Thorsvik a comprare un avvitatore. Ci sono gli sconti.»

Lancia un'occhiata divertita all'espressione sorpresa di Karen.

«Be', prima mi cambio» prosegue sorridendo. «Questa mi dà un po' fastidio se devo fare benzina» aggiunge indicando la gorgiera. «Ma lei può venire a casa mia, così parliamo là.»

Dopo che Arve ha scambiato qualche parola con il cantore e con il custode, lui e Karen percorrono il breve tratto fino alla canonica.

La casa è più piccola di come se l'aspettava. Una costruzione di pietra su due piani, che a un primo sguardo non è molto diversa dagli altri edifici. L'unico elemento che rivela la presenza di un pastore è il vecchio fienile per le decime. Proprio come nel caso di altre canoniche, è alto e stretto, munito di un pesante saliscendi scolpito con cura, una massiccia serratura e una croce di ferro.

"Sarà vuoto o Arve avrà trovato un utilizzo pratico per il fienile? Non sembra proprio che oggi contenga le decime faticosamente racimolate dai parrocchiani per il sostentamento del pastore" pensa, mentre l'uomo la precede sui gradini che portano in casa.

Anche all'interno non c'è traccia di quella grandiosità che si aspettava dall'abitazione di un pastore. A parte la galleria di ritratti con i suoi predecessori, che Arve ha appeso lungo una delle pareti del soggiorno, non c'è niente nella stanza che indichi il prestigio sacerdotale.

La fa accomodare in una confortevole poltrona rivestita di tessuto rosso fiammante, con la promessa di tornare subito.

Nessun crocifisso alle pareti, nessun elemento religioso da nessuna parte, eccetto una Bibbia sul tavolino. Per il resto sembra un qualsiasi soggiorno moderno, con divano e poltrone, televisore e impianto stereo. Karen sbircia la raccolta di vecchi vinili e cd sulla libreria, ma non riesce a distinguere i titoli e non è abbastanza curiosa da avere il coraggio di alzarsi per scoprire i gusti musicali di Erling Arve. Rimane seduta, con gli occhi chiusi, sentendo calmarsi il dolore al ginocchio dopo la corta passeggiata dalla chiesa a lì.

Cinque minuti dopo, Arve ritorna con addosso dei pantaloni grigio chiaro a coste e un cardigan dello stesso colore. La gorgiera è stata sostituita dal collarino bianco all'interno della camicia nera.

«Le spiace se ne approfitto per riscaldare un po' di cibo mentre parliamo? Non ho mangiato niente da stamattina» dice indicando la cucina. «Per caso ha fame anche lei?»

«No, grazie. Ho fatto colazione tardi» risponde Karen, mentendo in modo automatico.

Lo segue in un'ampia cucina di campagna, con un arredamento antiquato e poco pratico, ma davvero bello, e si siede davanti al grosso tavolo di quercia. Lo guarda in silenzio mentre prende una padella smaltata e un vasetto di marmellata dal frigorifero.

«Non posso offrirle comunque il pranzo? Sono solo avanzi di ieri, ma sono molto buoni. Stufato di cervo che ho ucciso io personalmente e funghi raccolti da me.»

«Grazie, ma no. Lei mangi pure, mentre parliamo.»

«È proprio sicura? C'è anche marmellata di sorbe fatta in casa» aggiunge, voltandosi con il vasetto in mano e le sopracciglia inarcate.

Karen sorride. Abbassa un po' la guardia, ora che l'uomo di Chiesa non indossa più l'abito talare e la gorgiera. E poi è quasi l'una e lei ha davvero fame.

«Be', allora non posso proprio rifiutare. Ho un debole per le sorbe.»

Erling Arve mette la pentola sul fuoco e apre una delle ante sopra il lavello.

«Di cosa voleva parlarmi, esattamente?» chiede, prendendo due piatti.

«Vorrei che mi raccontasse tutto quello che sa su Fredrik» risponde lei calma. «In particolare se ha idea del perché qualcuno lo volesse morto. E poi vorrei informazioni sul nipote.»

Arve mette piatti e bicchieri sul tavolo. Lentamente, come per guadagnare tempo, aggiunge posate e tovaglioli.

«Lei sa che io sono tenuto a rispettare il segreto professionale?» dice.

«Le chiedo di raccontare solo quello che ha capito al di

fuori del suo ruolo, non di svelare confidenze che ha ricevuto in quanto pastore, anche se naturalmente è libero di farlo, per quanto mi riguarda» aggiunge con un sorriso.

Erling Arve torna ai fornelli. Mescola nella padella dandole le spalle e lei ha di nuovo la sensazione che cerchi di guadagnare tempo.

«Inizi con Fredrik» dice. «Anche se lui le avesse fatto qualche confidenza, è ovvio che nella situazione attuale la promessa di mantenere il silenzio non vale.»

«No, non è così. La morte non fa differenza da quel punto di vista. D'altra parte» prosegue voltandosi «Fredrik non era proprio tipo da confidarsi con me. A differenza della sorella, non era praticante. Non sono nemmeno sicuro che credesse in Dio. Ma presumo che dipendesse dal suo lavoro.»

«Il lavoro da insegnante? Ma parecchi insegnanti sono molto religiosi. Almeno, così ricordo dai tempi della scuola.»

"Purtroppo, direi" commenta tra sé, ripensando al suo professore del liceo.

Lui scoppia a ridere.

«Be', ma Fredrik Stuub non era certo un qualsiasi insegnante di provincia. Era professore di biologia all'università di Ravenby, e quello che insegnava non si conciliava molto con il racconto della Creazione, suppongo.»

Lei non risponde, ma gli restituisce il sorriso.

Erling Arve posa sul tavolo un sottopentola e ci appoggia sopra lo stufato, che emana un profumo delizioso.

«Prego, si serva pure» le dice.

Mangiano in silenzio per un po' e Karen è stupita delle abilità del pastore. "Se non altro è bravo a cacciare cervi, raccogliere funghi e preparare marmellate" pensa.

«Tuttavia, per quanto riguarda Fredrik,» continua Arve dopo un po', pulendosi la bocca «non credo che fosse la biologia a occupare i suoi pensieri negli ultimi anni: si interessava molto alla storia di Noorö.»

Karen lo guarda con attenzione continuando a masticare.

«Però neanche in quel campo le nostre strade si sono incrociate, purtroppo» continua il pastore. «A Fredrik non interessava l'eredità culturale ecumenica, ma piuttosto gli antichi monumenti pagani. Secondo Gertrud era appassionato di vecchie pietre runiche e passava molto tempo tra i monumenti funebri di Gudheim. Un comportamento da miscredente, a detta di sua sorella.»

A Karen torna in mente qualcosa che ha menzionato Byle.

«Ah, ho sentito dire che ci sono stati degli atti vandalici lassù. Qualcuno ha fatto dei buchi nelle pietre.»

Arve annuisce.

«Sì, questo fatto non ha sconvolto solo Fredrik, ovviamente. Certo, abbiamo sempre avuto problemi con le bande di ragazzini che si trovano a Gudheim e a volte è successo che abbiano imbrattato le pietre o le abbiano rovesciate, ma questo episodio è più grave.»

«Quando è successo?»

«È stato proprio Fredrik a scoprirlo, il 23 dicembre, ma quando siano stati fatti i buchi non si sa. Secondo me al massimo un paio di giorni prima.»

«E perché ha quest'idea?»

«Be', d'estate lassù ci sono tutti quei tizi new age, ma alcuni di loro ci vanno anche durante il solstizio d'inverno, perciò avrebbero visto i buchi se ci fossero stati.»

«È stata sporta denuncia alla soprintendenza dei Beni culturali?»

«Credo di sì, ma non ne sono sicuro. Fredrik ha denunciato l'accaduto alla polizia di Noorö, e come hanno proceduto lo saprà meglio lei di me.»

"È probabile che non abbiano fatto niente" pensa tristemente Karen, ricordando le conclusioni sommarie di Byle su ragazzate e vandalismi. La polizia locale non deve aver messo in campo molte risorse per le indagini. Decide di cambiare discorso.

«Che cosa può dirmi di Gabriel, invece? So che lavora alla Groths e che è l'erede di Fredrik, e che vive in una villa moderna che sembra esser stata lanciata nel bel mezzo della campagna. E che sta divorziando» aggiunge.

«Nemmeno Gabriel si è mai confidato con me, in qualità di pastore, ma secondo i pettegolezzi c'è molta ostilità tra lui e la moglie. Un sacco di litigi e discussioni, a sentire i vicini, e alla fine lei ha preso i bambini ed è tornata dai suoi genitori a Thorsvik, mentre Gabriel è rimasto alla villa. Uno dei due dovrà pagare la sua parte all'altro. E poi ovviamente litigano per i figli.»

«E cos'altro c'è da dire, su Gabriel? Ha altri... interessi?» chiede Karen raccogliendo l'ultimo boccone dal piatto. «Era proprio una bontà, a proposito!»

«Grazie, riferirò» dice Arve con un sorrisetto. «Interessi? Presumo che si riferisca alla banda di motociclisti.»

«Non mi riferisco a nulla, ma ascolto. Lei che cosa sa?»

«In realtà niente che possa interessare la polizia. Non ho delle prove, ma se si dà retta ai pettegolezzi, Gabriel ha molti rapporti con quei tizi. A quanto pare trascorre parecchio tempo con loro, a Tyrfallet. E, prenda quello che le sto per dire con qualche riserva...»

Erling Arve esita un attimo e si pulisce la bocca con il tovagliolo.

«...c'è chi dice che lui rifornisca gli OP attingendo al magazzino della Groths» prosegue guardandola dritto negli occhi. «Ma sono solo voci.»

Lei sa che non le risponderà, ma gli fa comunque la domanda.

«E da chi ha sentito queste voci?»

Come si aspettava, Arve si limita a sorriderle.

«Okay» dice lei. «Che lei sappia, i Groth sono a conoscenza di questi presunti furti? Hanno ricevuto qualche minaccia?»

«Questo non so dirglielo, ma chiederei direttamente a loro, se fossi in lei» risponde Arve, e si alza. «Ora se non le dispiace dovrei andare, se non ha altre domande. Posso darle un passaggio?»

«No grazie, ho la macchina al parcheggio della chiesa. Be', allora la ringrazio per il pranzo e per quello che mi ha raccontato. Posso dare per scontato che questa chiacchierata rimarrà fra noi?»

«Certo. E io spero che lei sappia usare i pettegolezzi con cautela.»

Mentre Karen torna al parcheggio, prende il cellulare e cerca il numero che ha inserito solo un paio di giorni prima. Esita un momento. Forse sarebbe meglio aspettare un po' prima di aprire quella porta. Ma no, decide, è meglio buttarsi.

Con un sospiro profondo clicca sull'icona verde.

28

"Terreno neutrale" pensa Karen guardandosi intorno nel pub. Al bancone scorge i riccioli biondo platino di Ellen Jensen, e al tavolo più vicino al televisore nota le stesse facce del giorno prima. Al momento però la loro attenzione sembra essere attirata da una gara di Formula 1, e il sibilo delle auto si mescola a una vecchia canzone degli ABBA proveniente dagli altoparlanti. Il rischio che qualcuno si interessi a lei sembra minimo, conclude con sollievo.

È seduto in fondo. Quando Karen alla fine vede il cugino, lo saluta con la mano, va al bancone e ordina prima di sedersi di fronte a lui.

«Grazie di essere venuto» dice togliendosi la sciarpa.

Odd Eiken beve un sorso di birra, si appoggia allo schienale e la osserva senza rispondere. Tutto il calore e la gioia che le ha dimostrato nel loro precedente incontro sembrano svaniti. Il disagio l'assale in pieno: sarà difficile, proprio come si era immaginata. Decide di andare dritta al punto.

«Sai già perché voglio parlare con te?» domanda.

«Be', non credo proprio che sia per rievocare i bei tempi andati. Non mi sembra che per te significhino molto, ormai. E nemmeno i legami di sangue, se ho capito bene.»

«Se fosse così, in questo momento saremmo alla stazione di polizia, e non in un pub.»

«Cazzate» taglia corto lui. «Tu credi di potermi estorcere delle informazioni solo perché siamo parenti, ma puoi scordartelo.»

Nello stesso istante arriva Ellen Jensen con l'ordinazione di Karen. Posa sul tavolo una pinta di Spitfire e una ciotola di arachidi, e si allontana senza una parola. Karen beve due lunghi sorsi.

«Hai ragione, Odd. Almeno in parte. Come sai sto indagando sull'omicidio di Fredrik Stuub, e non c'è niente che indichi un coinvolgimento diretto degli OP. Non adesso, perlomeno. Però sembra che ci sia un collegamento tra voi e Gabriel Stuub.»

«Ah sì?»

«Puoi confermarlo?»

«E perché dovrei?»

«Quindi Gabriel non è uno degli OP? È questo che intendi?»

«Non ho mai sentito parlare di lui.»

Karen sospira e beve un sorso di birra. Poi si appoggia allo schienale e guarda il cugino negli occhi.

«Okay, Odd, allora facciamo così. Io ti dico cosa penso e tu mi rispondi se sono sulla pista giusta. E il motivo per cui lo farai è che non vuoi che io metta in moto tutta la macchina. Basta una mia parola e l'isola sarà invasa da colleghi interessati alle vostre attività. E avranno l'aiuto di revisori e di gente dell'unità crimini finanziari che leggeranno le vostre carte da cima a fondo, sia nella vostra sede, sia nelle vostre case. Di solito non hanno molte risorse, ma se c'è di mezzo un omicidio...»

"...è probabile che nemmeno quello basterebbe a ottenere dei rinforzi" pensa fra sé. Un'ombra di preoccupazione attraversa il viso di Odd, prima che lui riesca a mascherarla con un sorriso noncurante.

«E presumo che la tua popolarità nel club non aumenterebbe se i tuoi amici venissero a sapere che è stata tua cugina a scatenare tutto» aggiunge in fretta.

«Continua» dice lui brusco.

«Sappiamo che Gabriel si rifornisce dal magazzino della Groths.»

«Ah sì? Davvero? Be', anch'io lo farei se lavorassi lì, ma come ti ho detto non lo conosco.»

«Da quello che ho capito non è la fonte principale dell'alcol che arriva agli OP. Voi più che altro vi dedicate alla cosiddetta "protezione" dei poveri ristoratori. Violenze, ricatti, riciclaggio di denaro alle corse dei cani e altre cosucce. Però credo che non abbiate nessuna organizzazione per lo smercio di whisky. Ho ragione?»

«Forse posso essere d'accordo sull'ultima cosa» dice Odd, e beve un sorso di birra. Si toglie la schiuma dai baffi con il dorso della mano e prende una manciata di arachidi. Getta la testa all'indietro, se le lancia in bocca e si pulisce il sale sulla coscia.

«Quindi i furti di Gabriel alla Groths sono qualcosa che lui fa di propria iniziativa» prosegue lei. «Un po' per il fabbisogno quotidiano e un po' per rivenderlo con un profitto decente, immagino. Forse ne rivende persino un po' ai bar di Dunker e Ravenby. È un modo per rimpinguare la cassa, insomma.»

Odd la osserva con espressione divertita mentre le mascelle macinano le arachidi, e Karen continua: «Il simbolo che è stato disegnato su al magazzino della Groths però indica che gli OP sono coinvolti e che avete voluto informare Groth che non è il caso di fare storie».

Odd Eiken smette per un attimo di masticare e guarda Karen scettico, con un'espressione che sembra di genuina sorpresa.

«Quale cazzo di simbolo?» dice.

«Secondo te? Il numero 1 seguito dal segno della percentuale. Persino io so che è quello che usate per marcare il territorio. L'ho anche visto un paio di volte fuori da qualche bar a Dunker.»

Odd si appoggia allo schienale, sospira e, come se parlasse a un bambino, dice: «Okay, Karen, diciamo pure che esiste un simbolo del genere, cosa che però non confermo. Sembrerebbe proprio un segno lasciato per marcare il territorio, come dici tu. Per far capire a russi e baltici di tenersi lontani. Quanti di questi simboli hai visto, qui a Noorö?».

«Ammettiamo che io ci creda» risponde Karen guardando il cugino fisso negli occhi. «Ciò non impedisce a uno dei vostri membri di usare lo stesso simbolo per farsi rispettare. Magari per avvertire qualcuno che gli sta alle costole o si comporta in maniera ostinata. Magari uno che minaccia di rivolgersi alla polizia. In via del tutto ipotetica, eh?»

Odd Eiken inarca le sopracciglia e storce gli angoli della bocca, in un'espressione che lascia intendere che tutto è possibile. Karen beve un sorso di birra.

«Continuiamo questo ragionamento?» chiede.

«Volentieri. Basta che tieni presente che stiamo parlando in via del tutto ipotetica. Gli OP non si dedicano ad attività criminali, siamo un gruppo di tizi appassionati di moto, tutto qui.»

Karen sbuffa.

«Ovviamente» dice sorridendo. «Ma immaginiamo per un attimo che a uno degli angioletti del vostro gruppo di appassionati di moto salti in mente di violare la legge e rubare al suo datore di lavoro. Magari è uno che lavora in un reparto di lunga degenza o in una biblioteca. Ma no, facciamo finta che lavori in un magazzino di whisky! Solo per fare un esempio, eh?»

Odd soffoca uno sbadiglio.

«Ti ci vuole ancora molto? Sto morendo dalla voglia di una sigaretta.»

«Anch'io. Sarò breve.»

«Un po' tardi, ormai. Ti rendi conto che sto seduto qui solo per un motivo?» dice lui guardandola negli occhi.

Lei ricambia lo sguardo senza sbattere le palpebre.

«Anch'io, Odd.»

Si fissano a vicenda per quattro secondi, in silenzio.

Poi Karen fa un respiro profondo e continua.

«Non so esattamente quale sia la tua posizione all'interno del club, ma presumo che tu abbia un po' di voce in capitolo, dopo tutti questi anni. E quindi ti faccio una proposta.»

Nessuna reazione. Karen prosegue.

«Io non farò venire qui tutti gli sbirri che riesco a trovare, voi vi evitate le perquisizioni e io mi evito le visite a casa vostra o al vostro club di collezionisti di francobolli. Ma a una condizione.»

Ancora nessuna reazione.

«Mi devi dire tutto quello che sai su Gabriel Stuub.»

«Scordatelo. Non faccio la spia a un fratello.»

«Certo che no. Ma che fortuna: mi hai appena detto che Gabriel Stuub non è uno di voi e quindi tantomeno un "fratello". Non lo conosci neppure, perciò immagino che non ti farai problemi a raccontarmi quello che sai.»

Odd non risponde.

«E che bello... posso evitarmi di rivoltare da cima a fondo il club e forse anche le casette dei suoi membri così rispettosi della legge. Evitare di coinvolgere i familiari e interrogarli su cosa sanno delle attività degli OP. E che bello, per te, che nessuno venga a sapere che lo sbirro che ha organizzato tutto è tua cugina. Ci evitiamo tutte queste cose, se solo mi farai sapere quello che riuscirai a scoprire sul giovane signor Stuub e il suo eventuale coinvolgimento nell'omicidio di suo nonno.»

Fa una pausa.

«Siamo d'accordo?» chiede.

«Che stronza sei diventata, Karen.»

«Lo prendo come un sì.»

29

Karen lancia un'occhiata allo specchietto retrovisore prima di imboccare l'ingresso dell'autostrada. Una volta entrata nella corsia di destra, alza il volume della radio e si appoggia allo schienale con un senso di sollievo. Nello specchietto vede allontanarsi sempre di più le sagome delle montagne di Noorö. Sono solo le undici e venti. Quasi due giorni pieni di vacanza da quelle case fuligginose e da un'indagine che non sembra portare da nessuna parte.

Il rapporto che ha inviato a Jounas Smeed la sera precedente è un perfetto esempio di riassunto, noioso e concreto, che si conclude con alcune constatazioni: in attesa dei risultati della Scientifica e del dipartimento informatico, ha scritto, non c'è altro che lei possa fare in questo momento, perciò tornerà a casa per Capodanno e ritornerà a Noorö il 2 gennaio. Ha concluso sottolineando che la collaborazione con Byle procede bene, ma che ha bisogno di rinforzi dalla divisione crimini per velocizzare le indagini.

Con sua grande sorpresa, dopo appena qualche minuto ha ricevuto una risposta.

OK. JOUNAS

L'incontro di quel mattino alla stazione di polizia era stato più che altro una replica del precedente, e si era quasi pentita di aver chiesto ai colleghi di venire al lavoro la mattina dell'ultimo dell'anno. Röse si era dato una calmata, ma non aveva certo contribuito a migliorare l'atmosfera. E nemmeno lei c'era riuscita. Aveva riassunto in breve la situazione, affermando che dovevano aspettare i risultati dei tecnici, la lista delle chiamate del cellulare di Fredrik Stuub e l'analisi del contenuto del suo computer.

Nelle indagini avevano fatto un unico progresso, e purtroppo forse li avrebbe riportati indietro. Circa mezz'ora prima della riunione, lei aveva ricevuto una risposta dall'operatore telefonico. Sì, il cellulare di William Tryste si era agganciato alla cella di Lysvik tra le 08.01 e le 08.03 della mattina di Natale. Uno dei custodi della casa di riposo aveva inoltre confermato di aver visto William Tryste entrare da suo padre, Ivar Tryste, subito dopo le sette del mattino. Inoltre il personale, con grande irritazione del responsabile del reparto, aveva trovato nella stanza di Ivar Tryste resti di aringhe, una bottiglia di birra vuota e una bottiglietta che puzzava di acquavite nel cestino dei rifiuti.

«Quindi il racconto di William Tryste sembra confermato» aveva concluso Karen senza riuscire a nascondere la sua delusione.

Non aveva certo sperato di ricevere conferma dell'alibi e di rimanere senza un possibile colpevole. Aveva chiuso la riunione sottolineando ancora una volta che non nutriva alcun dubbio che insieme sarebbero riusciti a risolvere il caso, e poi aveva augurato buon anno a tutti. Del suo incontro con Odd Eiken non aveva fatto parola.

Ora che si sta dirigendo a velocità costante verso casa, a Langevik, Karen prova il medesimo sollievo di quando, cinque giorni prima, stava percorrendo quella stessa strada in direzione opposta. L'umore le migliora ulteriormente pensando che per un paio di notti non dovrà dormire in quella stanza a fiori, e potrà andare alla festa a casa di Eirik e Kore.

"Tanto per adesso non possiamo comunque procedere nelle indagini, senza le risposte della Scientifica" pensa, scacciando i rimorsi di coscienza. "E poi sarò di ritorno tra" – guarda l'orologio e fa il conto – "poco più di quaranta ore. E in realtà sarei ancora in malattia" aggiunge alla sua silenziosa arringa. "Smeed dovrebbe essermi più che riconoscente per il fatto che io abbia accettato e lui possa stare su una spiaggia a bere cocktail."

Risente la voce indignata di Sigrid: «Devo anche andare in una cazzo di spiaggia con le palme?», e prova un pizzico di compassione per il suo capo, ma dopo un attimo è già passato.

Abbassa il volume della radio, prende il telefono e si infila l'auricolare. Leo Friis risponde dopo otto squilli.

«Stavo facendo la doccia. Mi sa che ho finito lo shampoo.»

«Sto tornando a casa. Mi sono presa un paio di giorni liberi.»

«Oh, cazzo, quando arrivi?»

"Farai appena in tempo a pulire" pensa lei.

«Tra un paio d'ore al massimo. Sono in autostrada. Tutto bene a casa? L'orecchio di Rufus?»

«Va meglio. Abbiamo fatto come hai detto tu, ma tenerlo fermo è un casino. La pomata non gli piace.»

"Abbiamo" pensa. "Quindi Sigrid è ancora lì."

«Devo comprare qualcosa, mentre sono per strada?»

«Non c'è bisogno, siamo andati a fare la spesa stamattina. Abbiamo pensato che magari saresti tornata. Però abbiamo dimenticato il latte.»

Sente che Leo parla con qualcuno in sottofondo. Poi torna da lei.

«Sigrid dice che anche il detersivo per i piatti sta finendo.»

Si salutano e Karen alza di nuovo il volume.

Dopo le ultime note di una canzone che non conosce, inizia la familiare introduzione di un vecchio brano dei Fugees. Senza inibizioni, canta a squarciagola: «*Ready or not, here I come, you can't hide...*».

Pur prestando attenzione, aumenta leggermente la velocità.

30

«Hai bisogno di un nascondiglio» dice Marike in danese, infilandosi i collant. «Cazzo, come sono diventati piccoli.»

Si trovano nella stanza dietro lo studio. Karen rabbrividisce e guarda la neve che cade fuori dalla finestra. La temperatura è scesa di un altro paio di gradi e i forni per la cottura delle ceramiche sono spenti da alcuni giorni. O forse il freddo dipende solo dal vestito corto e senza maniche che si è messa per festeggiare Capodanno. Osserva affascinata i vani tentativi di Marike di tirare i collant fino al cavallo del suo metro e ottantatré di altezza.

"È una buona ascoltatrice" pensa Karen. Per quarantacinque minuti Marike le ha lasciato sfogare la sua frustrazione per il fatto di avere Leo e Sigrid sempre attaccati alle sottane. E che un momento li vorrebbe lì con sé, e l'attimo dopo vorrebbe solo stare da sola. E la felicità che ha provato qualche ora prima, quando è entrata in casa ed è stata accolta dal profumo di cibo sui fornelli.

«Bentornata» aveva detto Leo tendendole una bottiglia di birra.

Mentre la prendeva, lei aveva abbassato lo sguardo per nascondere il misto di panico e felicità che l'aveva assalita. Sarebbe stato tutto molto più semplice se loro non ci fossero stati. Molto più silenzioso. "Bentornata"... Le parole l'avevano colpita allo stomaco come una mazzata.

E dopo aver mangiato, Sigrid gliel'aveva chiesto. Poteva trasferirsi lì e prendere in affitto la stanza degli ospiti? Stava pensando di riprendere gli studi e se avesse venduto la casa ereditata da sua madre non avrebbe avuto bisogno di chiedere un prestito.

«Ho dei soldi per l'affitto e studierò tutte le sere. Non ti accorgerai nemmeno che ci sono.»

Lei non era riuscita a rispondere, e aveva visto la delusione offuscare lentamente gli occhi di Sigrid mentre aspettava le parole che Karen non era stata in grado di pronunciare: Sì, certo che puoi stare qui.

«Che cavolo stai dicendo?» chiede ora. «Potresti parlare doggerlandese, così la gente ti capisce? Lo so che sei capace.»

Marike posa il vestito con un sospiro e si volta. Poi dice, articolando le parole in modo esagerato: «Un nascondiglio. Un posto dove puoi rifugiarti quando a casa non ne puoi più. Un appartamentino per dormire, qui a Dunker. *Comprende?*».

Per tutta risposta, Karen si limita a sbuffare.

«Così potremmo anche vederci un po' più spesso senza dover correre a casa subito dopo un bicchiere» continua Marike.

«E come funzionerebbe, secondo te?» dice Karen in tono acido. «Quasi tutte le case sono di proprietà, ormai, e io non ho soldi per comprare un appartamento. O pensi che possa affittare un monolocale su a Gaarda o a Moerbeck per godermi la mia solitudine?»

«Be', in effetti riesco a immaginarmelo» risponde Marike scoppiando a ridere. «Oppure qui al porto. È delizioso.»

Lo studio di Marike Estrup è al piano terra di un vecchio edificio di pietra che nel corso degli anni ha ospitato, nell'ordine, una fucina, una bottega di lattoniere e un negozio di ricambi e motori per barche. L'edificio è alla fine del lungomare, sulla sinistra. Un tempo era un'area poco invitante e malconcia nella zona portuale e ora invece è un quartiere affascinante con una vista fantastica sul porto. Molte volte Marike ha prestato a Karen le chiavi dello studio quando non faceva in tempo, o non riusciva, a guidare fino a casa a Langevik. Il divano letto è abbastanza comodo e il frigorifero è sempre rifornito di gin, vermouth e olive. D'inverno il calore dei forni per la cottura della ceramica è molto piacevole. D'estate bisogna dormire con le finestre spalancate per resistere. Marike invece vive in una casa su una striscia di terra a quindici chilometri a nord di Dunker. Ha comprato quel terreno per via dell'adiacente cava di argilla, quell'argilla morbida e di un colore verde brillante che l'ha attirata qui a Doggerland. Ed era stato proprio per via dell'acquisto del terreno che lei e Karen si sono conosciute, otto anni prima. Marike aveva dichiarato di volerlo comprare *a qualsiasi prezzo*. Torbjörn, uno dei cugini di Karen per parte di madre, proprietario di quel terreno senza valore, aveva intravisto la possibilità di spennare quella strana donna danese. Non era stato felice quando Karen, che si trovava lì per caso, si era immischiata dicendo che il terreno argilloso non valeva certo la cifra fantasiosa sparata da Torbjörn. Karen non aveva mollato e aveva anche insistito perché il terreno edificabile accanto a quello argilloso fosse incluso nella vendita.

Certo, poi ci era voluto più di un anno per riallacciare i rapporti con il cugino, ma aveva trovato un'amica in Marike. E lei abita ancora lì, nell'entroterra, tra zanzare e alberi frondosi, accanto a un terreno argilloso. Lì raccoglie l'argilla e la lava prima di trasportarla allo studio a Dunker e trasformarla in quelle sculture che hanno reso Marike Estrup uno dei nomi più importanti al mondo tra gli artisti della ceramica.

"È una buona amica," pensa Karen "ma non ha proprio idea di cosa significhi vivere con uno stipendio da poliziotto." Decide di cambiare discorso.

«Se sei quasi pronta, chiamo un taxi. Eirik si arrabbierà se arriviamo in ritardo.»

Percepisce che il suo tono è brusco. Tutto quel parlare di appartamenti e di un posto dove potersi rifugiare hanno sostituito l'atmosfera festosa con un senso di disperazione. Allo stesso tempo ha capito precisamente quello di cui ha bisogno, e quanto sia impossibile ottenerlo. Un "nascondiglio".

«Sì, sì, chiama pure» risponde Marike calma, mentre si tira su le calze.

Mezz'ora dopo suonano al campanello di una delle ville più grandi di Thingwalla. A giudicare dalle dimensioni, la casa, eretta da un ricco armatore a metà degli anni Venti, doveva ospitare una famiglia numerosa e il personale di servizio. Due bancarotte e sessant'anni dopo, aveva iniziato ad andare in rovina ed era stata a lungo una vergogna per quel quartiere elegante. Con il passare degli anni, si erano presentati dei probabili acquirenti che poi si erano tirati indietro vedendo tutto il lavoro che occorreva fare. Perciò Kore ed Eirik avevano vinto l'asta fin troppo facilmente, e con quasi il doppio della cifra pagata avevano cambiato tutti gli impianti: elettrico, idraulico e di scarico.

Per la delusione dei vicini, la facciata scrostata non potrà essere restaurata fino a primavera. All'interno però la casa è stata stravolta. Sono state demolite delle pareti, trasformando le sei camere da letto del piano superiore in tre stanze grandi il doppio, ognuna con un lussuoso bagno privato. Al piano inferiore le demolizioni hanno creato enormi spazi aperti, talmente grandi, constata Karen, che il piano a coda nero in un angolo sembra grande quanto una caccolina di mosca.

E proprio come i due proprietari, che sembrano arrivare da universi differenti, anche l'arredamento della casa è completamente diverso tra il piano inferiore e quello superiore, tanto che risulta molto difficile credere che la casa sia abitata dalle stesse due persone. Le camere da letto sono caratterizzate dal gusto tradizionale di Eirik, mentre al piano di sotto Kore ha dato una netta svolta in direzione del design industriale. Invece di intonaco e tappezzeria, sono stati lasciati i mattoni a vista. Le travi d'acciaio, inserite per sostenere la casa quando Kore aveva insistito per demolire anche i muri portanti, sono parte determinante dell'arredamento. Un banco da macellaio di acciaio funge da isola in cucina, mentre il tavolo è una grossa asse di quercia di nove metri quadrati e le dodici sedie sono di ferro battuto, ma sorprendentemente comode grazie alle pelli di pecora bianca e grigia sulle sedute.

«La prima metà della festa è mia» aveva detto Eirik

quando li aveva invitati. «Poi subentrerà Kore, e per quanto riguarda quello che succederà nel resto della serata, io me ne lavo le mani.»

"È così che funziona" pensa Karen sedendosi su una delle pelli e osservando la tavola apparecchiata. Invece di scendere a compromessi, loro fanno in modo di ottenere entrambi ciò che vogliono. Eirik può avere la sua cena tradizionale con i tovaglioli ben piegati e la tovaglia di damasco ereditata, che nasconde il legno grezzo di quercia. Il tavolo è attraversato da un'elaborata struttura con rose e gigli bianchi, che probabilmente ha richiesto ore di preparazione anche per un abile fiorista come lui.

Gli invitati seduti intorno al tavolo, pieni d'aspettative e con vestiti scomodi, sono tutti visi conosciuti: Marie, Harald, Stella, Duncan, Aylin, Bo, Gordon e Brynn. Eirik ha richiesto l'abito scuro, ma Karen sospetta che qualcuno degli uomini si toglierà la cravatta non appena la cena sarà finita.

"Sembra teso" pensa Karen, osservando le guance rosse di Eirik dopo che è stato servito l'antipasto. Lui alza il bicchiere in un brindisi di benvenuto.

«Questa è la prima di molte feste che daremo in questa casa, e abbiamo voluto cominciare invitando i nostri amici più cari» dice.

«Però avevano tutti qualche impedimento, e perciò abbiamo invitato voi» aggiunge Kore.

Dopo uno sguardo leggermente irritato, Eirik si unisce a malincuore alla risata e la cena inizia.

Il cibo è come previsto: tradizionale e squisito. Il soufflé al formaggio è leggero come una nuvola, l'aragosta al gratin è una sinfonia di panna, dragoncello e cognac, la panna cotta è meravigliosamente tremolante e gialla di zafferano. Lo champagne, servito di continuo, è secco, fresco e davvero abbondante, e l'atmosfera gioiosa sale come il mercurio in un termometro a ogni nuova bottiglia aperta. Persino Aylin sembra godersi la serata, anche se il suo sorriso si spegne quando suo marito Bo si china verso di lei e le mormora qualcosa all'orecchio.

Karen pensa a quello che ha detto Marike qualche mese

prima: «Secondo me la picchia. Lei si isola in quella casa. Quand'è che è uscita a bere un bicchiere di vino l'ultima volta?».

Karen aveva protestato. Aylin e Bo avevano dei bambini piccoli, era naturale che lei non potesse uscire come prima. E però l'aveva chiesto ad Aylin, in maniera diretta. Era andata da lei un giorno in cui sapeva che Bo non sarebbe stato in casa, gliel'aveva chiesto e aveva ricevuto una risata per tutta risposta. Certo, aveva detto Aylin, Bo aveva un temperamento aggressivo e a volte era fastidioso, ma ovviamente non la picchiava.

Ovviamente no.

Però in quella serata di festa, Aylin è l'unica donna a indossare un abito a maniche lunghe che le copre anche il collo. Karen fa scorrere lo sguardo dalla sua amica al marito. Bo nota la sua espressione pensierosa e alza il bicchiere per un brindisi.

«Salute, Karen» le dice fissandola negli occhi. «Non starai mica pensando a cose spiacevoli stasera? Sarebbe proprio un peccato.»

«*Vaffanculo*» mima lei con un sorriso, e alza il suo bicchiere, ma non beve.

31

Il resto della serata è di Kore.

Hanno appena finito di bere il caffè che la casa si riempie di gente. Le sonate per pianoforte che hanno costituito il sottofondo musicale durante la cena cessano quando l'orologio batte le dieci. Un attimo dopo dalle casse esce musica rock a volume assordante e in soggiorno gli ospiti si mettono a ballare. Karen vede che Aylin, ridendo, cerca di dire no a un uomo che insiste per farla ballare con lui. Alla fine cede e lo segue in pista facendo un gesto rassegnato a Bo. Lui non sembra felice della cosa.

A quanto pare ci sarà anche musica dal vivo, constata Karen osservando il palco montato sul lato corto dell'enorme sala. Sul palco sono stati piazzati una batteria con amplificatore, un contrabbasso e due supporti con chitarre semiacustiche.

In casa non c'è più una lampada accesa, nemmeno in cucina o in uno dei due bagni. Le uniche fonti di luce sono due dozzine di grossi candelabri che fanno apparire incandescenti le pareti di mattoni. Karen sospetta che una normale illuminazione probabilmente mostrerebbe cose che lei non deve vedere. Il tizio che era in coda davanti a lei per il bagno, una volta uscito, si era passato rapidamente l'indice sotto il naso. E quando era entrata aveva dovuto scacciare l'impulso di passare le dita sul coperchio del wc. Non voleva sapere.

Fuori in giardino, dietro un bancone da bar illuminato, due ragazzi con pelliccia di montone e guanti senza dita preparano drink, con il respiro che esce come fumo dalle loro bocche. A quanto pare i grandi radiatori a infrarossi riescono a creare un microclima abbastanza tollerabile per consentire ad alcuni degli ospiti di restare al bancone del bar invece di filare dentro subito con i bicchieri.

Karen conosce molti di loro. Alcuni li ha incontrati quando è andata da Kore, nel suo studio di produzione musicale, la KGB Productions, di cui è socio insieme ai fratelli svedesi Gordon e Brynn Englund. Riconosce vagamente gli altri ospiti dalla televisione e dalle rubriche di cultura e spettacolo di alcune riviste. Più che altro sono musicisti, ma c'è anche una coppia di attori: lei di recente ha ottenuto un ruolo a Hollywood, mentre lui non lavora da un paio d'anni. La stella in ascesa è al centro di un gruppo di ammiratori e piega la testa all'indietro mentre ride rumorosamente. Secondo la stampa scandalistica il loro matrimonio è in crisi e, a giudicare dall'occhiata che suo marito le ha appena dato, a Karen i pettegolezzi sembrano fondati.

Va da uno dei tizi in pelliccia e ordina un gin tonic, e mentre aspetta si volta. Aylin e Bo si stanno incamminando verso l'altra parte dell'ampio giardino. Lui la tiene stretta per un braccio, ma lascia la presa quando vede che Karen li sta osservando. Si fermano e sembra che discutano. Bo sposta lo sguardo tra il bancone del bar e Aylin, che lo ascolta a capo chino. Karen si mette di spalle e continua a guardarli con la coda dell'occhio. Dopo qualche minuto tornano in casa. Bo adesso ha messo un braccio sulle spalle di sua moglie e sorride quando passano accanto a lei. Aylin gira la testa dall'altra parte.

Un po' distanti dal bancone del bar, Gordon, Brynn e Kore si sono seduti insieme a un ospite appena arrivato. Karen rimane stupefatta quando lo riconosce. A quanto pare c'è più verità di quanto Kore abbia ammesso ai media, nelle voci secondo cui la band di Los Angeles che era in testa alle classifiche due anni fa ora voglia registrare il suo nuovo album alla KGB Productions. Sono anni che Karen non si tiene al corrente delle ultime novità musicali, ma Jason Lavar lo conosce persino lei. I tatuaggi che ricoprono la testa rasata del cantante, scendendo lungo un occhio e metà della guancia, non lasciano dubbi. In realtà non è sorpresa: negli ultimi tre o quattro anni sempre più artisti stranieri si sono rivolti alla società di produzione più periferica che può vantare un numero crescente di primi posti in classifica. Un successo che ha permesso a Kore ed Eirik di comprare una delle ville più grandi di Thingwalla e arredarla secondo i loro gusti.

In maniera più discreta possibile, sbircia Jason Lavar e constata che è molto più basso di come se lo immaginava, ma ha un notevole carisma.

«Abbagliata dalla celebrità?»

Sobbalza sentendo quella voce bassa e il respiro caldo sulla nuca, e si volta di scatto. Leo Friis solleva una bottiglia di IPA e la fa tintinnare contro il suo bicchiere con un sorrisetto allusivo.

«Da te? Ne è passato di tempo da quando eri famoso» replica lei con finta sorpresa.

Subito dopo si pente delle sue parole. Il fatto che Leo Friis sia stato il frontman dei Clamp è una cosa di cui non parlano mai. Anche lei era al corrente del successo internazionale della band doggerlandese, nonostante all'epoca abitasse a Londra e avesse altro a cui pensare. Ma i Clamp non le sarebbero potuti sfuggire nemmeno volendo.

Però le erano sfuggite la loro fine improvvisa, la notizia del loro scioglimento e le polemiche sull'improvvisa sparizione dalle scene di Leo Friis. Tutto quello che era successo nel mondo le era sfuggito, da quel terribile istante di un giorno di dicembre in cui la sua vita era andata in frantumi. Quando era tornata nel mondo dei vivi, le ipotesi su quello che era successo a Leo Friis avevano perso l'interesse dei media da molto tempo. E c'era voluto un po' prima che lei si rendesse conto che il vagabondo sudicio in cui si era imbattuta durante le indagini su un omicidio era proprio *quel* Leo Friis.

Non aveva mai cercato di scoprire cosa gli era successo dopo essere sparito dalle luci della ribalta e prima di tornare a Doggerland. Ora lui ha un tetto sulla testa, nella sua casetta per gli ospiti, e secondo le sue informazioni – e a quanto può giudicare – è pulito da droghe pesanti e alcol. E grazie a Kore, un certo numero di incarichi alla casa discografica gli consentono di pagare vitto e alloggio. Quella che avrebbe dovuto essere una sistemazione del tutto provvisoria è diventata, come molto altro nella sua vita, una cosa ben diversa rispetto a ciò che aveva immaginato.

«*Touché*» risponde Leo sollevando un angolo della bocca in un sorriso. «Che cosa vuoi dal nuovo anno, allora? Oltre al fatto che io me ne vada?»

Le tende un pacchetto di sigarette e lei ne prende una.

«Ho detto questo?»

«Non a parole, forse, ma so riconoscere una donna in trappola quando la vedo. A tradirti è quell'espressione a metà tra una lepre di fronte ai fanali di una macchina e uno scimpanzé dietro le sbarre.»

«Sei proprio un adulatore.»

«Il problema» continua Leo «è che in certi giorni sembri soddisfatta come un gatto. Se non fosse stato così me ne sarei andato molto tempo fa.»

Karen sbuffa.

«E dove? Al molo di Nyhamnen?»

Leo si stringe nelle spalle.

«Posso sempre trovare qualcos'altro. Sul serio, Karen, se vuoi davvero che io...»

Allarga le braccia e tace. Lei apre la bocca, ma la richiude subito. Rimangono in silenzio, battendo i piedi per combattere il freddo mentre fanno gli ultimi tiri.

"Potrebbe anche andarsene" pensa lei. "Sparire dalla mia vita all'improvviso, come c'è entrato."

«Torniamo dentro?» propone Leo spegnendo la sigaretta nella neve.

Non è stato detto nulla, eppure lei lo sa. "Se non gli dico niente, la prossima volta che torno a casa non lo troverò più" pensa. E tutto tornerà come al solito. Lei avrà di nuovo l'intera casa per sé. Bella e tranquilla. E silenziosa.

Senza aver davvero deciso, sente la sua voce dire: «Puoi restare».

Ma Leo si è già voltato per rientrare e non la sente.

32

La prima cosa che sente è l'odore del tappeto. Un soffio stantio e polveroso di lana che le penetra in bocca e nelle narici. Un odore familiare di dolore e di pace, la calma irreale che segue la tempesta. E poi la consapevolezza che dopo non c'è nient'altro. Non c'è il tempo di riprendere fiato, non c'è una baia tranquilla o un porto a cui approdare, non c'è il tempo di recuperare le forze e aggiustare quello che si è rotto. Non c'è un dopo, solo un prima. Solo la stessa bonaccia illusoria che regnava prima che le campane iniziassero a suonare a martello per avvertire dell'arrivo della tempesta. Forse passeranno giorni o addirittura settimane prima della prossima volta.

O forse solo ore.

Senza aprire gli occhi, ascolta i rumori. Trattiene il respiro e prega di non sentire i bambini che aprono la porta della sua camera. Ma l'unico suono che arriva dal piano di sopra è quello che le fa calmare il battito del cuore. Bo Ramnes ha lasciato la porta della camera aperta e il suo russare pesante testimonia che dormirà ancora per molto.

La lana dello spesso tappeto le irrita la guancia e lei apre un occhio. Il buio invernale fuori dalla finestra non le dice nulla, potrebbe essere notte fonda o le sette e mezzo del mattino. Da un momento all'altro i bambini potrebbero scendere di corsa le scale perché vogliono la colazione. Poi lo sguardo si sofferma sulle cifre digitali del lettore DVD: 04.43, e solo in quel momento si rende conto di aver trattenuto il respiro troppo a lungo e di avere la vista annebbiata da un occhio. Espira lentamente e fa un altro respiro. Ed ecco che arriva il dolore.

Compie i movimenti più importanti, come al solito. Si mette a sedere con cautela, stringe le mani a pugno e le riapre, ruota i polsi, piega i gomiti, alza le spalle. Un dolore acuto alla scapola sinistra e la solita fitta dietro il torace, ma sembra che stavolta non ci sia niente di rotto. Niente di più grave della sensazione di essere piena di lividi e dolorante in tutto il corpo. Come se l'avessero fatta rotolare dentro una betoniera.

Quando si alza, tutto vacilla e lei afferra il bracciolo del divano. I cuscini sono sparsi a terra e uno di quelli dello schienale è rovesciato. Lo raddrizza e trova le sue mutandine. Allora va in cucina e le getta nella pattumiera sotto il lavello, poi si ferma e le spinge ancora più in basso, ci mette sopra i fondi di caffè in modo che non si vedano. Sa che Bo si infurierebbe se scoprisse che le ha buttate, ma sa anche che lei non riuscirebbe più a metterle. "Ha ragione lui," pensa "il problema è che non faccio quello che mi dice."

Si irrigidisce sentendo un rumore al piano di sopra. "Fa' che non sia uno dei bambini, non ancora, Dio ti prego, ho bisogno di tempo." Istintivamente trattiene ancora il respiro con tutti i sensi in allerta. Rimane così mentre i rumori si alternano. Passi pesanti sul parquet. Non sono di Tyra, e nemmeno di Mikkel. Sono i suoi. Sente aprirsi la porta del bagno, il rumore del wc, chiude gli occhi e prega di nuovo. Ti prego Dio, fa' che non scenda, non ce la faccio più. Non adesso. Solo dopo cinque minuti, quando sente che russa di nuovo, Aylin osa lasciare la presa sul lavello. Lui russa profondamente, con i postumi della sbornia.

Cinque giorni. Solo cinque, questa volta. A volte possono passare settimane tra uno scoppio e l'altro, all'inizio erano mesi. Aveva tempo di guarire, di nascondere. Aveva tempo di trovare delle spiegazioni per i lividi e le costole rotte. Non scuse come «Ho sbattuto contro la porta» o «Sono inciampata sulle scale». Quelle attirano solo sospetti. Il ghiaccio invece funziona; sulle lastre si può cadere. E anche il pavimento scivoloso del bagno. Ma solo una volta. E lei era stata brava a ricordare quello che aveva detto, e a chi. Brava a inventare e a non ripetere mai le stesse scuse. Brava a nascondere. Aveva comprato correttori di diverse tonalità, imparato a trasformare un labbro rotto in un herpes, imparato con quali colori nascondere il blu e il verde, con quali coprire il giallo. E aveva creduto di essere anche brava a vestirsi. Era stata stupida.

Marike aveva capito. La primavera precedente aveva fatto commenti sulle sue maniche lunghe e sul collo alto nel caldo di maggio. Un paio di settimane dopo Karen gliel'aveva chiesto direttamente. In seguito lei si era pentita di aver riso spensierata, in modo non troppo convincente, in risposta alla domanda. Aveva sentito che quella risata aveva allontanato il salvagente che le era stato teso. O forse era stata lei a spingerlo via? E aveva pensato che ormai era diventata un'altra, aveva fatto la sua scelta ed era troppo tardi per tornare indietro.

E lui ha ragione. Non su tutto, ma sulle cose più importanti. Le ha dato tutto ciò che desiderava, che non avrebbe mai ottenuto senza di lui. Tyra e Mikkel. Bo aveva urlato talmente forte che lei aveva avuto paura che i bambini si svegliassero. Non appena il taxi con la babysitter era partito, aveva cominciato.

«Senza di me non avresti niente. Non saresti nessuno. Hai capito? Nessuno. Ed è così che mi ringrazi? Facendo la puttana?»

Lei aveva tentato, nonostante ormai non lo facesse più. Era stato stupido da parte sua, ma forse non era del tutto sobria nemmeno lei. Forse era stato per quello. Aveva detto che in fin dei conti era una festa, era stato solo un ballo, e lei aveva cercato di rifiutare, ma non aveva voluto fare scenate e rovinare l'atmosfera. Non a casa di Kore ed Eirik. Non l'ultimo dell'anno, quando tutti erano così allegri e stavano ballando. Così aveva detto.

Che stupida.

Lui non era riuscito a controllarsi fino a portarla in camera. Questa volta nessuna musica aveva coperto i rumori.

La paura che i bambini potessero svegliarsi aveva fatto sì che il dolore sembrasse distante, mentre lei ascoltava per capire se al piano di sopra ci fossero dei rumori. Si era appena accorta dei colpi, aveva solo registrato distrattamente che lui l'aveva penetrata e, quando tutto era finito, aveva provato sollievo.

"I bambini non sanno niente" pensa, riempiendo un bicchiere d'acqua. Beve lentamente e ricaccia indietro il nodo che ha in gola. Sono ancora troppo piccoli per capire cosa succede. E poi pensa che deve lavarsi, in silenzio per non svegliarlo. Deve sdraiarsi vicino a lui in camera, essere al suo posto quando si sveglia. Consolarlo quando sarà assalito dall'ansia, dimostrargli che non le sono venute strane idee.

Aylin Ramnes posa lentamente il bicchiere nel lavello e va nell'ingresso. Fa appena in tempo a mettere un piede sul primo gradino della scala quando si accorge che tutto è cambiato.

L'orsacchiotto bianco di peluche con i polpastrelli rossi e la salopette blu è appoggiato alla ringhiera. Sembra quasi che sia arrivato lì da solo e si sia seduto. L'orsacchiotto di Tyra, che la bambina non abbandonerebbe mai di sua spontanea volontà, ma solo se avesse visto qualcosa di così spaventoso da farglielo dimenticare. Aylin lo sa già, ancor prima di scoprire la piccola pozza di urina in cima alle scale.

33

«Oh, cazzo» dice Marike appoggiando la testa sul tavolo.

Karen riempie le tazze, spegne la macchina del caffè con un *clic* e rimette a posto il bricco.

«Prendi questa» dice mettendo una compressa effervescente in un bicchiere d'acqua. «Dopo un panino e un po' di caffè ti sentirai molto meglio.»

«Non berrò mai più una goccia d'alcol!» replica Marike con voce soffocata, svuotando il bicchiere in quattro sorsi.

«Certo che no» dice Karen mettendo una compressa in un altro bicchiere, stavolta per lei. Fa una smorfia per il sapore aspro e si pulisce la bocca con il dorso della mano.

«Che ore sono?»

«Le nove e mezzo.»

Marike geme e si allunga per prendere il latte.

Mangiano in silenzio. L'unico suono è il rumore delle loro mascelle, un ruminare determinato, e l'accordo silenzioso per cui ogni conversazione per il momento è superflua. Ognuna di loro ricapitola fra sé gli avvenimenti della serata precedente. Karen inizia dalla fine. Alle tre e un quarto sono tornate a casa in taxi. Mentre lei pagava l'autista, Marike, che a quanto pare era riuscita a sfilarsi le scarpe con il tacco, trottava con solo le calze di nylon nei dieci centimetri di neve che si erano posati sul marciapiede. All'ultimo momento Karen era riuscita a fermare il tassista e recuperare le Loboutin nuove prima che lui ripartisse a razzo.

Nonostante fosse anche lei alticcia – seppure un po'

meno dell'amica – era riuscita a far entrare Marike dalla porta dello studio. Ora però sentiva il ginocchio pulsare e di sicuro aveva delle enormi vesciche sotto i piedi. Aveva ballato? "No," pensa "io non ballo, non ballo più da dieci anni." Poi ricorda. Sì, invece, aveva ballato. Con Brynn, con Eirik. Con quell'attore triste, la cui moglie sta per andare a Hollywood. E poi con Leo.

Lui aveva suonato, adesso le torna in mente. Contro la sua volontà, si era lasciato convincere da Jason Lavar, che dopo mezzanotte aveva suonato un paio di canzoni e poi aveva detto che il suo grande idolo, Leo Friis, era lì nella sala. Dal palco aveva chiesto a Leo se voleva fargli l'onore di salire e restare per un paio di canzoni. Kore era rimasto sorpreso e aveva cercato nervosamente di impedirlo, preso tra il desiderio di mantenere di buonumore Jason Lavar e l'istinto di proteggere Leo, che era stato chiaro nel dire di non voler mai più suonare in pubblico, che si trattasse di uno stadio con 30.000 persone o di una villa di Thingwalla con 150. Ma Jason Lavar aveva fatto orecchi da mercante.

E alla fine Leo era salito sul palco controvoglia. Aveva ceduto, forse perché si era reso conto che avrebbe destato maggior attenzione rifiutando. Karen aveva visto che le mani gli tremavano mentre prendeva la chitarra, e lo sguardo vagava per la stanza, come alla ricerca di una via di fuga. Una lepre davanti ai fanali di una macchina, aveva pensato lei. Proprio come l'aveva descritta lui.

Ma aveva anche visto l'ansia smorzarsi a metà canzone. L'angolo della bocca che si era sollevato a metà dell'introduzione della seconda. Aveva visto il suo sollievo quando tutto era finito ed era sceso dal palco. Ma prima d'allora, aveva visto qualcos'altro. "Qualcosa che è anch'essa parte di Leo" pensa.

E poi l'aveva invitato a ballare.

«I musicisti non ballano» aveva risposto lui.

«Nemmeno io. Puoi rimanere a vivere da me, a proposito» gli aveva detto.

«Okay.»

Ora Marike prende il bricco del caffè e si accorge che è

vuoto. Si alza a fatica dalla sedia, solleva il bricco con aria interrogativa e riceve un cenno d'assenso in risposta. Nessuna delle due ha la forza di parlare. Non ancora. Dopo altri dieci minuti Marike versa il caffè appena fatto, osserva lo sguardo distante di Karen e rompe il silenzio: «Per la miseria, ma vacci a letto allora!».

Karen urta i denti con la tazza.

«O vuoi continuare a scopare con uomini che non ti piacciono?»

Nello stesso momento si sente un suono familiare.

Grata per l'interruzione, Karen si alza di scatto, localizza la borsa sul bancone della cucina e tira fuori il cellulare. Lancia un'occhiata allo schermo e si sveglia del tutto.

«Ciao, Thorstein» dice, e l'assale la consapevolezza che quella telefonata non porterà buone notizie.

Byle ha la voce tesa, le consonanti nooresi risuonano dure all'altro capo del telefono.

«Ciao Karen, scusa se ti disturbo, ma temo che tu debba tornare prima del previsto. Gabriel Stuub è morto. Assassinato.»

34

Questa volta Karen Eiken Hornby non prova una sensazione di libertà mentre sale in auto. Sapere che non dovrebbe mettersi alla guida per ancora qualche ora le fa stringere il volante e controllare il tachimetro a intervalli regolari. Ringrazia il cielo che il traffico è scarso, a Capodanno, e che le strade non sembrano troppo scivolose, nonostante la nevicata abbondante delle ultime ore.

Alza un braccio e si annusa l'ascella. Non ha avuto tempo di tornare a Langevik a fare la valigia. Per riuscire ad arrivare a Gudheim prima del tramonto ha dovuto mettersi subito al volante della sua auto, che era parcheggiata fuori dallo studio. Non appena ha chiuso la telefonata con Thorstein Byle, si è infilata i vestiti che indossava il pomeriggio precedente. Grazie al cielo aveva portato l'abito elegante per la festa in un sacchetto e si era cambiata da Marike. "Jeans, una vecchia maglietta dei Ramones e un giubbino scamosciato troppo leggero non sono certo l'abbigliamento ideale per un poliziotto" pensa sospirando. "È probabile che abbia ancora tracce di trucco sotto gli occhi, e magari anche i coriandoli dorati lanciati a mezzanotte tra i capelli."

Marike, nonostante le sue condizioni, ha capito subito la situazione e, senza fare domande, ha tirato fuori un paio di stivali di gomma infangati e un vecchio cardigan di lana, e li ha messi in una borsa con una lattina di Coca-Cola e il panino mangiucchiato di Karen. Lo studio non aveva altro da offrire in termini di vestiti o di cibo, e Karen non aveva comunque tempo di aspettare. Ancora una volta i suoi sensi di colpa si erano fatti sentire. Perché diavolo aveva preso le ferie? Avrebbe dovuto rimanere a Noorö. Ma poi c'è stata un'altra voce, quella che Karen aveva preferito ascoltare in quel momento: "Se anche fossi rimasta lassù non sarebbe cambiato niente, non sei una guardia del corpo".

Quell'ultima frase le viene ripetuta quasi parola per parola dal capo, con sua grande sorpresa, quando lo chiama venti minuti dopo. Karen si rende conto che dev'essere sera tardi, dove si trova lui, e in sottofondo si sentono grida e musica ad alto volume. Jounas Smeed sembra abbastanza brillo quando risponde, ma si riprende in fretta e ascolta senza interromperla.

«Okay. Allora sappiamo cosa aspettarci. Hai informato Brodal e Larsen?»

«Poco fa. Stanno arrivando. Incazzati come belve, tutti e due. Sören Larsen di più.»

«Avrà i postumi della sbornia» dice Smeed secco.

«Più che altro è stanco e frustrato. L'anno nuovo non poteva cominciare in maniera peggiore, per lui. Dobbiamo davvero far venire altri tecnici questa volta, anche se dovremo pagar loro gli straordinari.»

«Chiamo subito Viggo Haugen e lo informo della situazione» risponde Smeed. «E tu? Sei anche tu stanca e frustrata, o solo brilla?» aggiunge.

Karen sospira. È abituata al fatto che il suo capo passi da un tono confidenziale alla prepotenza, a seconda di come gli gira. E lei ha visto entrambe le sue facce fin troppo da vicino. Questa volta sembra quasi che Jounas Smeed sia davvero interessato al suo benessere. "Sarà merito dei drink con l'ombrellino, che smussano temporaneamente la sua arroganza" pensa.

«Un po' di tutto, mi sa. Non sarei dovuta tornare a casa per Capodanno, mi sarei dovuta fermare là.»

«Ma smettila» replica Smeed brusco. «Il tuo lavoro è investigare, non impedire i crimini. Sei uno sbirro, mica una guardia del corpo.»

"Basta che non lo dica a Viggo Haugen" pensa. Il capo della polizia non perde mai occasione di puntualizzare che il compito più importante della polizia è quello di prevenire i crimini.

È fortunata con il traghetto. I motori si avviano due minuti dopo che lei è salita a bordo a Thorsvik. Il cielo è di un grigio uniforme e la neve che cade sfuma i contorni dello Skalvet. Questa volta ci sono molte più auto a bordo. Ne conta quattordici oltre alla sua, ma nessuno sembra voler abbandonare il caldo dell'abitacolo per una boccata d'aria fresca o una sigaretta. Alcuni ne approfittano per schiacciare un pisolino. Molti guidatori hanno gli occhi chiusi, mentre altri sono presi dai loro telefoni. Gli unici suoni che si sentono sono le vibrazioni dei motori e le grida speranzose di qualche gabbiano. Tutto sembra immobile e privo di colore. Il cielo è grigio, il mare è grigio e l'unico segno di vita fuori dalle auto sono i gabbiani che si posano sul parapetto.

Karen accende la radio e tamburella impaziente con le dita sul volante, mentre il traghetto procede a fatica, ansimante, tra il ghiaccio che galleggia sull'acqua. Lancia un'occhiata all'orologio e poi al cellulare. Nello stesso momento sente una voce provenire dalla radio.

«Sono le tredici e questo è il radiogiornale. Stamattina un uomo di trentacinque anni è stato trovato morto alla distilleria di Gudheim, a Noorö. La polizia ha iniziato le indagini preliminari, secondo quanto ha confermato l'ufficiale in servizio presso la polizia di Noorö, Thorstein Byle, che però non ha voluto rilasciare dichiarazioni né sull'identità della vittima né sulla causa della morte».

Il conduttore fa una pausa e prosegue: «Secondo le informazioni a disposizione, i festeggiamenti per Capodanno si sono svolti in relativa tranquillità nella maggior parte del paese, con solo qualche isolata rissa e colluttazione. Da Moerbeck, a nord di Dunker, è giunta notizia di un accoltellamento che ha coinvolto cinque adolescenti. Due di loro sono stati portati all'ospedale, ma a quanto pare non hanno riportato ferite gravi».

Karen continua ad ascoltare distratta mentre il conduttore passa ad altre notizie: un incidente che ha riguardato un solo veicolo, appena fuori Ravenby, e il rovesciamento di un'impalcatura in un caseggiato di Lemdal, in entrambi i casi senza feriti gravi.

"L'unico a non avere l'angelo custode, ieri, è stato Gabriel Stuub, a quanto pare" pensa.

«E passiamo alle previsioni del tempo. Un vasto fronte di bassa pressione si sta avvicinando da ovest; si prevede che raggiungerà la parte occidentale del paese e Noorö durante la notte. Secondo l'istituto meteorologico danese si verificheranno abbondanti nevicate e tempeste nei centri abitati. Si prevede che il maltempo aumenterà nella giornata di domani e continuerà fino...»

«Avviso di burrasca. Ci mancava anche questo» mormora Karen.

Be', non c'era da aspettarsi niente di diverso in quella stagione, a Doggerland, e normalmente lei sarebbe preparata. Spegne la radio e pensa a quello che l'attende. Sneakers fradicie oppure gli stivali di gomma di Marike, che sono di almeno due numeri più grandi. Le sue possibilità di scelta sono quelle. Poi deve anche guadagnarsi il rispetto dei colleghi e delle persone che interrogherà con addosso un paio di jeans lisi e un cardigan di lana che le arriva alle ginocchia. E aggiungiamoci un ginocchio che pulsa dopo aver ballato come un'idiota la sera prima, e un mal di testa lancinante. Non è per niente equipaggiata, né per il tempo né per condurre le indagini sull'omicidio.

Byle le era sembrato teso, e ora lei capisce perché. La morte di Fredrik Stuub non aveva destato l'allarme dei media. Un redattore locale assonnato si era fatto sentire la sera di Santo Stefano, ma si era bevuto l'insinuazione che si fosse trattato di un tragico incidente in cui un uomo anziano era caduto ed era morto. Karen, senza mentire, aveva sottolineato l'età di Stuub e il fatto che stesse camminando su un terreno impervio, e quindi tutto si era concluso con una breve notizia nell'edizione online del giornale.

Inoltre la mancanza di testimoni, sempre pronti a chiamare le redazioni per dare la loro versione dei fatti, aveva contribuito a non destare l'attenzione dei media.

Questa volta non sarebbe stato altrettanto facile.

Nella sua sintesi, Byle era stato chiaro su un punto: quando Gabriel Stuub era stato trovato con la gola tagliata, alla distilleria c'erano più di venti persone.

35

Il traghetto attracca con un leggero scossone e lentamente le auto iniziano a scendere a terra. Karen esita un istante alla rotonda in cui la statale porta a nord e decide di svoltare a destra e fermarsi al pub. Alloggiare nello stesso posto di prima, lì a Lysvik, a più di sessanta chilometri dalla scena dell'ultimo crimine, non è certo l'ideale, ma non osa correre il rischio. Non avrà molto tempo di cercare una sistemazione su a Gudheim.

Dieci minuti dopo Ellen Jensen le conferma che la stanza è libera, se Karen la vuole ancora. Quando ritorna in auto, la tensione le rimbomba nelle orecchie. Lancia un'occhiata all'orologio. Con un po' di fortuna sarà sul posto tra un'ora, ma dopo un'altra ora sarà già buio pesto. Allunga una mano e rovista nella borsa. La lattina di Coca-Cola sibila e la schiuma corre in un rivolo marroncino tra Tommy e Joey Ramone. Beve un sorso di bibita tiepida e dolce e si costringe a fare respiri profondi. Inspira, espira, inspira, espira, inspira e si rende conto di non avere tempo: ci vogliono sessanta minuti per arrivare a Gudheim. Quando non c'è neve, però.

Prende il panino che Marike ha infilato nella borsa, gli dà un morso e rimette in moto. Mastica in modo metodico e fa un'inversione a U sulla via principale, ritornando alla rotonda. La neve cade più fitta, ora, e si posa sul parabrezza come un velo bianco tra una passata di tergicristalli e l'altra. Con un sospiro guarda il cartello prima di imboccare la statale: GUDHEIM 63 KM.

Mantiene una velocità costante, la più alta che può. Il vento è ancora relativamente debole e, anche se ricopre la strada, la neve non si è ancora ammucchiata. Appena a sud dell'uscita di Skreby c'è un'auto in panne e lei è costretta a rallentare finché la coda non si riduce. Durante il resto del tragitto non incontra più di una dozzina di macchine dirette a sud e ne sorpassa più o meno lo stesso numero dirette nell'altra direzione. "La gente se ne starà a casa per via della neve o per i postumi della sbornia" pensa, e nello stesso istante frena di colpo perché due caprioli saltano fuori all'improvviso dal fosso e attraversano di corsa la strada. Con il cuore in tumulto rallenta ancora di più. Non ha nessuna voglia di usare l'accetta che ha nel bagagliaio per uccidere un animale ferito.

Sono ormai le tre e un quarto quando arriva alla piazzola e al cartello che indicano la fine della statale. Il cartello è diviso in tre parti e annuncia le diverse alternative:

GUDHEIM CENTRO 1,2 KM
PIETRE DI GUDHEIM 2 KM
DISTILLERIA 0,6 KM

Accanto all'ultima indicazione qualcuno ha scarabocchiato in nero: *Dio ascolta le preghiere.*

Karen gira a destra in una via asfaltata. La distilleria appare già dopo duecento metri, stagliandosi contro il cielo e il mare. Fuori dallo stabilimento, lungo un muretto, sono parcheggiate due auto e un furgone. Più veloce che può, considerata la via stretta, Karen le supera e si dirige al cancello, abbassa il finestrino e mostra il suo tesserino a un poliziotto in uniforme. Lui le fa il saluto militare e le indica con un cenno di entrare nella proprietà. Nello specchietto vede i giornalisti che escono dalle loro auto e cercano di convincere il povero agente a lasciarli entrare o, almeno, a far uscire qualcuno che possa parlare con loro. Karen ha riconosciuto il logo della DTV sul furgone bianco e quello del "Kvellsposten" sulla Saab verde. Sospetta che la terza auto appartenga a un redattore locale molto arrabbiato.

Il piccolo parcheggio è pieno, e una decina di auto è allineata in quello che per metà dell'anno è probabilmente un prato lussureggiante. Adesso è un campo fangoso e congelato ricoperto da una coltre di neve spessa dieci centimetri. Karen si china in avanti e guarda fuori dal parabrezza. Deve sforzarsi per distinguere qualcosa. La neve contribuisce a illuminare il terreno ma il cielo è grigio e già scuro, nonostante manchi ancora più di un'ora prima che diventi completamente buio. Ci sono tre auto della polizia gialle e nere, e più avanti riconosce la Volvo di Byle, ma non c'è ancora traccia né di Kneougth Brodal, né di Sören Larsen o dei furgoni bianchi della Scientifica. Parcheggia vicino a un'auto della polizia, prende la borsa dal sedile del passeggero e si infila gli stivali di gomma infangati. "Il cardigan può aspettare" pensa chiudendo la cerniera del giubbino scamosciato.

Attraversa la neve sguazzando, diretta all'edificio principale, e il dolore si propaga dal ginocchio fino al fianco. La luce fluisce dalle alte finestre e da lontano scorge alcuni uomini che indossano un giubbotto arancione e battono i piedi a terra per riscaldarsi. Thorstein Byle la vede nel momento stesso in cui entra nella zona illuminata e le va incontro.

«Finalmente. Be', capisco che in realtà sei venuta più in fretta che potevi. Hai mangiato?»

Karen gli stringe la mano e scuote la testa.

«Mezzo panino.»

«Là dentro c'è un sacco di cibo avanzato dalla festa di ieri. Forse conviene che prima di tutto mangi qualcosa, così nel frattempo ti racconto quello che sappiamo.»

«Dove si trova il corpo?»

«A circa cinquecento metri da qui, ma l'accesso è già stato sbarrato e ho due uomini di guardia. In ogni caso non possiamo far niente prima dell'arrivo del medico legale e dei tecnici.»

Karen annuisce. Byle ha ragione e lei non ha intenzione di aumentare l'insofferenza di Sören Larsen forzando lo sbarramento per placare la sua curiosità.

«Va bene. Sven Andersén è già stato qui?»

«Non stavolta. Non ci sono molti dubbi a proposito

dell'accaduto, perciò ho chiamato subito voi. E poi Andersén è malato e ho pensato che bastasse aspettare il medico legale. Come dicevo, al tizio hanno tagliato la gola, quello lo posso constatare persino io.»

«C'è un posto dove possiamo parlare indisturbati?»

«Sì, la Groths è stata molto disponibile. Ci hanno dato la stanza in cui abbiamo incontrato William Tryste l'altra volta.»

«E dove sono tutti?»

«Björn Groth e consorte abitano in una delle ali dell'edificio e il figlio Jens vive nell'altra con sua moglie. Sono tutti in casa. La figlia Madeleine e suo marito invece vivono a Gudheim.»

«E gli altri ospiti? Hai detto che c'è stata una festa.»

«Sì, la festa aziendale. Sono alloggiati nell'albergo vicino al campo da golf, a cinquecento metri da qui. Sempre che vogliamo chiamarlo albergo, più che altro è una vecchia pensione abbandonata. Ma ho messo degli agenti anche là, a controllare che nessuno cerchi di andarsene.»

«Quanti siamo?»

«Ho fatto venire sette ragazzi. Persone, voglio dire. Due di loro sono donne.»

«Come hai fatto a trovarne così tanti?»

«Ho chiamato la stazione a Thorsvik e mi hanno mandato tre uomini come rinforzo. Altrimenti sarebbe stato un problema, l'influenza è arrivata anche quassù.»

«Bene. Molto bene, Thorstein, proprio come l'altra volta. Entriamo?»

Senza cercare i padroni di casa, percorrono i corridoi e attraversano i locali della distilleria, oltrepassando le grosse caldaie di rame fino al gigantesco ufficio di William Tryste. Due agenti sono seduti al tavolo riunioni e si alzano subito vedendoli avvicinare, si puliscono la bocca e fanno il saluto militare, cercando allo stesso tempo di finire di masticare con discrezione.

«Riposo» dice lei in fretta, e si accorge che uno di loro lancia un'occhiata ai suoi stivali di gomma e ai jeans lisi prima di tornare a sedersi.

Byle non ha esagerato: se questi sono gli avanzi della festa per i dipendenti, la Groths non ha proprio badato a spese. Sul tavolo ci sono grandi vassoi di salumi, formaggi, pâté e crostacei. A un'estremità ci sono cestini con diversi tipi di pane, bottiglie d'acqua minerale e birra a bassa gradazione alcolica, oltre a due enormi thermos.

Karen si prepara un piatto colmo di leccornie e prende due bottiglie d'acqua mentre Thorstein Byle si siede sul divano all'altro lato della stanza. Quando lo raggiunge, lui le indica gli agenti, ancora seduti a mangiare con lo sguardo vacuo.

«Va bene o vuoi che gli chieda di uscire?»

«Non credo che da là sentirebbero quello che diciamo, anche se fossero svegli» dice Karen spalmando il burro su una fetta di pane.

Si infila un po' di pâté d'agnello in bocca e riempie un bicchiere d'acqua minerale. Poi prende il blocco per gli appunti e lo mette accanto al piatto sul tavolino di vetro.

«Raccontami tutto» dice.

E Byle lo fa.

La distilleria di whisky Groths ha organizzato una festa di Capodanno invitando tutti i dipendenti e i loro partner. Lo scopo era anche festeggiare l'avvio della notevole espansione prevista per l'anno nuovo. Oltre a Björn e Laura Groth, ai loro due figli Jens e Madeleine con i rispettivi coniugi, e a William Tryste con la moglie, la comitiva era composta da undici collaboratori e sei accompagnatori. In totale venticinque persone, di cui ventuno erano sul posto a mezzanotte. Due coppie erano andate via prima, una per via di una chiamata dalla babysitter che era preoccupata che i bambini avessero l'influenza e la seconda perché la moglie del dipendente della malteria aveva bevuto troppo, e perciò è tornata a casa insieme al marito. La moglie di William Tryste, Helena, non ha bevuto alcol e ha riportato suo marito a casa poco prima dell'una. Insieme a loro in auto c'era anche la segretaria, Eva Framnes, a cui i Tryste hanno dato un passaggio fino a casa, a Skreby. La figlia dei Groth, Madeleine, e suo marito Elias sono andati via all'una e mezzo circa, mentre il resto della famiglia ha passato la notte nelle proprie abitazioni qui. Gli altri ospiti hanno pernottato in "albergo", vicino al campo da golf. Questa volta Byle disegna le virgolette in aria con le dita per sottolineare la scarsa qualità dell'alloggio.

«A parte il caposquadra Bergvall, si tratta perlopiù di ragazzi giovani che lavorano nel reparto produzione e delle loro fidanzate.»

Secondo le informazioni ricevute fino ad allora, la festa era stata un successo e l'atmosfera era animata. I Groth non avevano lesinato su cibo, bevande e fuochi d'artificio. E forse proprio per questo motivo nessuno aveva notato l'assenza di uno degli ospiti.

A colazione qualcuno aveva commentato che Gabriel Stuub non si era visto, e l'interpretazione comune era che stesse dormendo per smaltire la sbornia. Solo quando, alle nove e mezzo, era arrivata la squadra per le pulizie, e aveva iniziato a sgombrare l'altipiano da fuochi d'artificio bruciati, bottiglie di champagne vuote e bicchieri, si era scoperto che Gabriel Stuub non era in camera sua a dormire. Una delle giovani addette, che stava girando con un sacco nero per raccogliere le bottiglie vuote, in un primo momento aveva creduto che l'uomo sotto il pino stesse dormendo e aveva avuto paura che congelasse. Quando si era avvicinata, però, aveva visto che la neve sotto l'uomo era colorata di rosso e che il collo sembrava quello dei cervi che suo padre appendeva nella legnaia dopo la caccia.

«Okay» dice Karen dopo aver ascoltato il racconto di Byle. «Quindi ci sono ancora degli ospiti su all'albergo. Non riusciremo a trattenerli tutti un'altra notte.»

«No, ho appena parlato con Röse. Lui e Svanemark si trovano là e l'irritazione sta iniziando a crescere.»

«Non avete interrogato ancora nessuno?»

Byle sembra imbarazzato.

«Abbiamo solo chiesto i loro dati, per contattarli. Volevo aspettare che arrivassi tu, in modo che non ci fossero storie. Avevo capito che il nostro ruolo fosse più che altro di sorveglianza.»

Karen sospira in silenzio. Questo è il rovescio della medaglia nel lasciare che sia la polizia criminale a condurre tutte le indagini per reati violenti: togli potere e responsabilità alla gente e avrai collaboratori ansiosi che non osano nemmeno mettere un piede davanti all'altro.

«E di quello te ne sei occupato egregiamente. Solo una cosa, Thorstein.»

Karen fa una pausa per cercare le parole giuste. "Non essere così passivo" pensa, ma a voce alta dice: «Io non faccio storie se prendi delle iniziative, a patto che dimostrino buon senso e siano in linea con i compiti della polizia. Sei un poliziotto esperto e ho bisogno del tuo aiuto. Okay?».

«Okay.»

«Allora fai in modo che i tuoi raccolgano le informazioni essenziali dai testimoni, così possiamo lasciarli andare. Voglio sapere quando ognuno di loro ha visto Gabriel Stuub per l'ultima volta e se è nato qualche litigio durante la festa. Inoltre voglio che si pongano domande su Gabriel, in modo che tutti abbiano l'opportunità di riferire altre cose che possono aver notato durante la serata. E poi voglio che venga prelevato un campione di saliva a tutti, per il dna.»

«Certo. Dirò loro di iniziare subito. Però mi serve gente di guardia sia sul luogo del ritrovamento sia giù all'ingresso. Sette persone non bastano.»

Karen annuisce.

«Per quello ci vorrà del tempo. Io inizio a occuparmi dei Groth, ma in realtà avrei bisogno di almeno due...»

Nello stesso momento si sente una voce dalla soglia.

«Ciao, Eiken» dice Karl Björken. «Sei qui a rimpinzarti eh? E io che credevo che avessimo un omicidio su cui indagare.»

36

Nel vedere l'uomo alto e bruno che sembra riempire tutto lo spazio della porta, Karen prova un sollievo smisurato e deve trattenersi dall'abbracciarlo.

Dopo aver presentato il comandante della polizia di Noorö Thorstein Byle all'ispettore Karl Björken della divisione crimini, si accordano perché Byle raggiunga i colleghi all'albergo mentre Karen e Björken si divideranno gli interrogatori preliminari dei membri della famiglia Groth.

«Ma prima voglio vedere Stuub. Perché cazzo non arrivano, Sören e Kneought?» sbotta Karen irritata.

«Calmati, Eiken» dice Karl Björken prendendo un pezzo di jamón serrano dal suo piatto. «Erano sul mio stesso traghetto. Probabilmente sono andati direttamente sul luogo del ritrovamento.»

Mentre scendono verso il posto in cui è stato rinvenuto il corpo di Gabriel, Karen riferisce i fatti che ha appena appreso da Byle, e poi fa un riassunto del caso di Fredrik Stuub.

«Sono già abbastanza al corrente su quello» dice Karl. «Smeed mi ha girato i tuoi rapporti e li ho sfogliati sul traghetto. Non sono proprio una lettura divertente...»

Karen lo guarda stupita.

«Non sapevo che fossi così sensibile.»

«Mi riferivo al linguaggio. Di solito non ti esprimi in maniera così formale, mi stavo quasi per addormentare.»

«Smeed ha quello che si merita» ribatte lei brusca. «Come

hai fatto ad arrivare così in fretta, tra l'altro? Credevo che fossi a casa a occuparti dei bambini. E mi avevano detto che avevi anche l'influenza.»

«Non ho più febbre da ieri mattina. Smeed mi ha telefonato subito dopo aver parlato con te e mi ha chiesto se potevo rimandare il congedo di paternità di qualche settimana, e non è stato difficile convincermi a uscire di casa.»

«Feste con i parenti?»

«I miei e quelli di Ingrid. E inoltre ieri sera durante la festa non ho bevuto. Tu invece, a quanto vedo...»

Karl Björken lancia un'occhiata allusiva al suo abbigliamento.

«Lo sai di avere un sacco di roba luccicante nei capelli? E poi zoppichi» osserva dopo un altro sguardo. «Quanto male ti fa, davvero?»

«A volte per niente. Adesso invece ho un male cane. Ieri ho fatto l'errore di ballare, con i tacchi alti per di più, e andarmene in giro con questi stivali non migliora certo le cose.»

Si fermano davanti a un nastro di plastica a righe bianche e rosse che sbatacchia nel vento. Sul posto ci sono già due riflettori e altri due stanno per essere montati agli altri angoli dell'area recintata. Questa volta Larsen ha portato dei rinforzi, constata Karen osservando cinque uomini in tuta bianca che trasportano pesanti borse con le attrezzature. Larsen ha un'espressione risoluta e concentrata mentre ordina a uno degli agenti di sistemare meglio la luce.

Fuori dall'area recintata c'è un'altra figura familiare dall'aria decisa. Il medico legale sta litigando con la cerniera che non vuol chiudersi sul suo pancione e, quando Karen lo saluta, si limita a grugnire in risposta.

«Non vi disturberemo. Volevo solo farmi un'idea della scena del crimine.»

Senza rispondere, Kneought Brodal si china a fatica per prendere la grossa borsa nera, solleva il nastro segnaletico e si avvia a passi pesanti.

«Il nostro piccolo raggio di sole» dice Björken con un sogghigno. «Credo che da là vedremo meglio.»

Fa un cenno verso un'altura rocciosa dall'altra parte

dell'area recintata e, dopo aver fatto il giro, appurano che ha ragione. Da lì il corpo di Stuub si vede chiaramente. È girato su un lato, con le ginocchia rannicchiate e le braccia dritte lungo i fianchi.

«Probabilmente era seduto con la schiena appoggiata al tronco dell'albero quando gli hanno tagliato la gola. E poi è caduto su un fianco» dice Karen, alzando una mano per schermarsi gli occhi dalla luce dei riflettori.

«O magari si è accasciato mentre lo sgozzavano. Ma no, mi sembra più plausibile la tua teoria. Dev'essere morto sul colpo, altrimenti non avrebbe le braccia in quella posizione. Immagino che non abbiano trovato l'arma del delitto, vero?»

Karen scuote lentamente la testa con lo sguardo fisso sul morto. Con una smorfia osserva Kneought Brodal, che si è inginocchiato a fatica accanto al corpo e sta iniziando l'esame preliminare. Se era di cattivo umore quando è venuto per l'omicidio di Fredrik Stuub, chissà come sarà scontroso adesso.

«No, secondo Thorstein Byle non c'erano armi in vista che potessero essere messe in relazione alla vittima, e io parto dal presupposto che non troveremo niente» dice facendo un cenno verso il dirupo. «L'autopsia sarà domani, credo» aggiunge, con le sopracciglia inarcate e un sorriso che spera sembri innocente.

«E tu vuoi che assista io, così te lo puoi evitare. Devo usare la mia diplomazia con Brodal, mentre sega le ossa?»

«Sì, grazie, molto volentieri, visto che sei così generoso da offrirti» replica lei in fretta. «A me è bastata quella dell'altro giorno. Andiamo? Io inizio con Björn Groth e sua moglie, e tu puoi andare dalla figlia Madeleine e da suo marito. Abitano a Gudheim perciò in cinque minuti sei là. Cercherò anche di fare una prima chiacchierata con Jens Groth.»

«E William Tryste e sua moglie?»

«Loro possono aspettare fino a domani. Ci vuole tempo, per parlare con quel tizio, se inizia a blaterare di produzione del malto e ammostatura. E poi ha un alibi per l'assassinio di Fredrik Stuub.»

«E siamo sicuri che i due omicidi siano collegati?»

«Per adesso ho deciso di pensarla così.»

Karen stringe i denti per il dolore mentre scende goffamente dall'altura con quegli stivali troppo grandi. Non appena arriva in basso ficca le mani in tasca e solleva le spalle per proteggersi dal freddo. Non avrebbe proprio niente in contrario a bersi un bel whisky, ora. *Single malt,* stagionato in botti di sherry, oppure bourbon americano, non ha preferenze. Le basta un liquido qualsiasi che la riscaldi e calmi il dolore.

37

Quando Karen bussa alla porta dell'ala est, che ospita l'abitazione privata della coppia, è Björn Groth a venirle ad aprire con un grande tovagliolo in mano. L'uomo davanti a lei è robusto, quasi grasso, proprio come il figlio, ma non ha niente dell'aspetto tarchiato di Jens. I chili in più di Björn Groth sono ben distribuiti sulla sua figura alta e dalle spalle ampie. Nonostante debba aver passato la sessantina da un pezzo, la sua criniera castana non ha nemmeno una ciocca grigia. Il contrasto con il viso rugoso è talmente forte che Karen per un attimo si chiede se sia il suo colore naturale.

«Ci siamo appena messi a tavola» spiega. «Le dispiace se finiamo di mangiare mentre parliamo con lei? O magari vuole farci compagnia?»

Dopo aver declinato l'invito, lo segue attraverso l'ingresso. Malgrado la sua figura imponente c'è qualcosa di grazioso, quasi civettuolo nel modo in cui Björn Groth si muove. I tacchi sembrano sfiorare appena il terreno e a Karen scappa una risatina, che maschera con un colpo di tosse, pensando all'immagine di un orso ballerino. Entrano in una stanza in cui, sotto un enorme lampadario, troneggia un massiccio tavolo di mogano con otto sedie. A uno dei lati lunghi è seduta una donna sulla sessantina. Quando Björn e Karen appaiono sulla soglia, posa immediatamente il bicchiere di vino rosso che ha in mano, si alza e va loro incontro.

«Laura Groth» dice con un sorriso tendendo una mano sottile. «Ben arrivata. Commissario Eiken, giusto?»

«Ispettrice, per la precisione» risponde Karen con un sorriso. «Volete che aspetti da qualche altra parte, così potete mangiare in pace?»

«Abbiamo appena finito» dice Laura Groth. Karen nota che Björn lancia uno sguardo affamato al suo piatto, pieno a metà.

Con sorprendente efficacia, la gracile figura di Laura Groth, in gonna di tweed e twin-set, riesce a condurli fuori dalla sala da pranzo senza sembrare che li respinga.

«Allora andiamo in salotto, così stiamo più comodi. Mio marito le ha chiesto se possiamo offrirle qualcosa? Un caffè, magari? O un tè? Niente di più forte, immagino.»

«Purtroppo no.»

«Un'altra volta, magari.»

Il "salotto" è un soggiorno con divani color avena e un'imponente collezione di arte moderna alle pareti, mentre il resto dell'arredamento sembra essere del tardo Ottocento. "Qualche concessione l'hanno fatta," pensa Karen guardandosi intorno "ma più che altro sembra che abbiano conservato i mobili originari della casa. L'architettura emana lo stesso spirito di inizio Novecento dell'ufficio di William Tryste alla distilleria."

Si siedono. I Groth su uno dei due divani, Karen sull'altro.

«Abitate solo voi due, in quest'ala?» chiede.

«Sì, e in realtà è troppo grande, visto che i nostri figli hanno lasciato il nido molto tempo fa» risponde Björn Groth. «Ma la casa c'è, ed è tradizione che il proprietario della distilleria abiti qui.»

«Noi siamo la terza generazione» aggiunge sua moglie. «È stato il nonno di Björn a cominciare tutto.»

«Ma vostra figlia vive a Gudheim, giusto?»

«Sì, però Madeleine è solo una proprietaria passiva. Lei e suo marito Elias hanno un'agenzia immobiliare a Ravenby quindi non hanno bisogno di vivere qui. Anche per noi una villa moderna sarebbe senz'altro più comoda di questa vecchia casa piena di spifferi. Ma le tradizioni vanno rispettate.»

Laura Groth parla in tono chiaro, ma un po' forzato.

«E vostro figlio Jens? Lui è il direttore delle vendite, giusto?»

Björn Groth annuisce.

«Esatto. Lui e sua moglie vivono qui, nell'altra ala. Sandra in questo momento sta dormendo, ma credo che Jens sia in ufficio.»

«Sandra è a letto con la febbre e un terribile mal di testa» spiega Laura Groth con voce preoccupata. «Temo che abbia l'influenza e a dire il vero non so se è nelle condizioni di parlare...»

Non finisce la frase.

«Vedremo» risponde Karen evasiva. «È probabile che dovremo parlare più volte con alcuni di voi. Ma in questo momento voglio solo fare qualche domanda di routine a lei e a suo marito.»

I due annuiscono con aria seria e Karen prosegue.

«Dunque, iniziamo con il motivo per cui avete organizzato una festa così in grande stile.»

Björn Groth si schiarisce la voce e si passa una mano sui capelli castani.

«Be' sembra strano dirlo, visto quello che è successo, ma volevamo semplicemente festeggiare, tutto qui. Il nuovo anno porterà grandi cambiamenti per la nostra attività e per noi è importante che i dipendenti si sentano partecipi.»

«È vero che siamo un'azienda a conduzione familiare, ma abbiamo dei dipendenti fedeli» si inserisce Laura Groth. «Molti dei nostri impiegati lavorano qui da più di venti anni.»

«Quanti dipendenti avete?»

«La produzione del whisky è in gran parte un lavoro stagionale, almeno per noi che usiamo ancora i metodi tradizionali. Al più impieghiamo quattordici persone, oltre a noi della famiglia.»

«E a quanto ho capito molti di loro erano qui ieri, con i rispettivi partner.»

«Dica pure mogli, o fidanzate. Tutti i nostri dipendenti sono uomini» dice Björn Groth. «Non che noi non vogliamo le donne, ma...»

Viene interrotto dalla moglie che scoppia a ridere.

«Mio marito come al solito dimentica che uno dei nostri più importanti collaboratori, Eva Framnes, è una donna. È la segretaria e si occupa anche di fatturazione e stipendi.»

Björn Groth per un attimo sembra imbarazzato e Karen si rivolge a lui.

«Ha menzionato dei cambiamenti nell'attività. Può dirmi qualcosa sui vostri progetti?» chiede, notando che la domanda sembra rilassarlo.

«In poche parole vogliamo dare un posto a Noorö sulla cartina del mondo» risponde l'uomo con un sorriso soddisfatto. Si appoggia allo schienale e accavalla le gambe con una certa fatica.

«Ah sì?» dice Karen. «A me sembrava che ci fosse già sull'atlante, quando andavo a scuola.»

L'ironia è sprecata con Björn Groth.

«Sì, sì, ma per cosa siamo conosciuti? A parte il whisky, voglio dire. Che cosa attrae le persone qui?»

Karen fa un sorriso forzato, ma non risponde. Odia i giochetti con le domande retoriche.

«Appunto» dice Björn Groth trionfante. «Niente! Qui non arrivano mai turisti. E questo nonostante abbiamo un campo da golf nella posizione più spettacolare di tutta l'Europa del Nord e un sito archeologico plurimillenario. La gente dovrebbe venire qui in pellegrinaggio! Il problema è che non sfruttiamo quello che abbiamo. Non ci sappiamo vendere.»

"Già," pensa Karen "quello non lo sapete proprio fare." Il vecchio campo da golf lo conosce benissimo, anche se non ci è mai stata. E, ora che ci pensa, è davvero in una bella posizione, su una lingua di terra circondata per tre lati dal mare. Ma non l'ha mai sentito nominare tra le attrazioni degne di un pellegrinaggio. Anzi, lei pensava addirittura che fosse abbandonato da anni.

«E come potremmo farlo se non possiamo offrire ai potenziali visitatori nessun posto in cui stare?» prosegue Björn Groth.

Karen sente aumentare l'impazienza e lancia un'occhiata discreta al suo orologio. Laura Groth capisce il segnale.

«Quello che mio marito sta cercando di dire è che abbiamo in mente di costruire un centro congressi annesso al campo da golf e di rendere la distilleria l'attrazione principale.»

«Un centro congressi? Ci sono le premesse sufficienti per costruirne uno quassù?» Karen non fa il minimo sforzo per nascondere il suo scetticismo.

«Non ancora» risponde Björn Groth. «Anche se in effetti abbiamo già avuto i primi ospiti stranieri. E non erano golfisti qualsiasi, gliel'assicuro.»

Fa una pausa a effetto.

«Non posso ancora rivelare i dettagli, quelli li conservo per il marketing, però mi lasci dire che due di loro sono tra i più influenti uomini d'affari del mondo e altri due sono legati alla casa reale britannica.»

Karen pensa alle virgolette che Thorstein Byle ha disegnato menzionando il vecchio "albergo" vicino al campo da golf. L'alloggio semplice in cui ora un gruppo di persone, probabilmente irritate e con i postumi della sbornia, sta aspettando che la polizia li interroghi per potersene tornare a casa. Per un attimo si chiede se Björn Groth sia sobrio. È del tutto inconcepibile che influenti uomini d'affari e persone legate alla casa reale britannica abbiano scelto di passare più di cinque minuti lì.

Come risposta alla sua domanda, dal divano di fronte a lei arriva un risolino divertito.

«Vedo che non mi crede» dice Groth. «Ma sono davvero stati qui a giocare un po' di tempo fa. Sono arrivati in elicottero e si sono fermati a lungo, con mia sorpresa. Il campo non è solo bello, è anche molto difficile. Ma ha ragione, non si sono fermati a dormire qui.»

«Non sapevo nemmeno che il campo da golf fosse vostro.»

«Sì, è stato costruito dal mio povero padre che era un grande appassionato di golf e una volta aveva piani grandiosi. Purtroppo non è mai stato un uomo d'affari abbastanza in gamba da farne qualcosa.»

«Ma quindi si può ancora giocare?»

«Certo. E infatti abbiamo un certo numero di visitatori che ritornano ogni anno, ma senza gli introiti della distilleria non saremmo riusciti a mantenerlo. D'altro canto non abbiamo un club e quindi, siccome non è aperto a tutti, non ha mai richiesto molta manutenzione, a parte quella del campo stesso, che viene effettuata da alcuni tizi della malteria come lavoro extra.»

«E l'albergo?»

Björn Groth ride.

«È un parolone per definire quell'obbrobrio. Le uniche entrate che ci ha fruttato negli anni sono state quando l'abbiamo affittato a comitive scolastiche o a gruppi di pensionati che sono venuti a visitare la nave di pietra di Gudheim. E poi lasciamo dormire lì i dipendenti della distilleria se finiscono di lavorare tardi.»

«Tutte le entrate provengono dalla distilleria. Il campo da golf l'abbiamo tenuto più che altro per ragioni sentimentali» spiega Laura Groth. «Detto con franchezza, più di una volta abbiamo pensato di lasciar crescere l'erba.»

«Ma poi è arrivata quella richiesta, ci hanno chiesto se potevamo accettare un gruppo di otto persone che volevano il campo solo per loro per un giorno intero, e se c'era un posto per far atterrare l'elicottero nelle vicinanze» dice Björn Groth.

«Non vi hanno spiegato perché volevano venire proprio qui a giocare?»

«Da quello che ho capito le voci sulle particolarità del nostro campo da golf sono arrivate a uno dei due uomini d'affari. Come le dicevo, si trova in una posizione meravigliosa ed è incredibilmente difficile, soprattutto quando c'è vento forte, cosa che succede abbastanza spesso quassù, come sa.»

Karen annuisce. "Non capirò mai i golfisti" pensa.

«E poi il nostro *single malt* ha cominciato a destare sempre maggior attenzione e abbiamo potuto offrire loro del whisky di botti esclusive» continua Björn Groth. «Comunque sono rimasti molto soddisfatti della visita e da allora abbiamo iniziato a pensare se non era il caso di ricavarne qualcosa. Qualcosa che possa giovare a tutta Noorö.»

Karen sorride a denti stretti. L'orgoglio sproporzionato di William Tryste per la distilleria era pesante, ma si percepiva che nasceva da un interesse genuino per la produzione di whisky. Le vanterie chiassose di Björn Groth sono ancora più esasperanti. "Tra un po' dirà che vuole costruire anche un parco divertimenti" pensa.

Decide di riportare la conversazione sul motivo della sua visita. Nel caso ce ne fosse bisogno, potrà informarsi meglio sui piani di espansione in seguito.

«Okay. Mi piacerebbe davvero saperne di più. Un'altra volta, però. Adesso vorrei tornare alla giornata di ieri.»

«Certo, cosa vuole sapere?»

Scoraggiata, annota i resoconti dei Groth sui loro movimenti della sera precedente. Sì, c'era stata un'atmosfera piacevole, dall'aperitivo al dolce, a parte un contrattempo con un'ospite che aveva bevuto troppo ed era stata portata a casa dal marito già alle otto e mezzo. Sì, certo che alcuni erano brilli, specialmente lo stesso Gabriel Stuub, che era molto ubriaco e barcollava in maniera inquietante. Appena prima di mezzanotte c'era stato un incidente spiacevole, quando lui aveva insistito a voler sparare i razzi, ma Jens Groth e il caposquadra della malteria, Ingemar Bergvall, erano riusciti a impedirlo unendo le loro forze. Gabriel si era arrabbiato, aveva urlato e invocato maledizioni sul suo datore di lavoro, ma alla fine se n'era andato mogio mogio con una birra in mano. Dove fosse finito, né Björn né Laura Groth ne avevano la minima idea. In quel momento tutta l'attenzione era rivolta ai fuochi d'artificio.

I fuochi sparati dal bordo dell'altipiano erano stati spettacolari. Quando scoppiavano sul mare si riflettevano sulla superficie dell'acqua. Avevano stappato lo champagne e tutti avevano brindato a un futuro entusiasmante. Poi Laura era andata subito a letto perché era stanca, mentre gli altri erano tornati al magazzino dove la festa era proseguita. Quando Björn, dopo un po', si era accorto che Gabriel non c'era, si era preoccupato all'idea che potessero esserci fuochi d'artificio non ancora scoppiati. Ingemar Bergvall però gli aveva assicurato che tutti i razzi erano partiti come dovevano e che probabilmente Gabriel se n'era tornato barcollando in albergo a dormire, ed era per quello che non si vedeva in giro.

«Se devo essere del tutto sincero, è stato un sollievo per me non doverlo più vedere per il resto della serata. Non è certo la prima volta che Gabriel beve troppo a una festa aziendale.»

«Intende dire che aveva problemi di alcolismo?»

«Su questo non posso pronunciarmi, non lo conoscevo così bene. Da ciò che ho capito, aveva problemi matrimoniali, e quella può essere una spiegazione del fatto che ieri abbia bevuto troppo» dice Björn cercando di addolcire la sua affermazione.

«E poi aveva appena perso il nonno» aggiunge Laura. «È stato davvero un incidente terribile.»

Come se il pensiero la colpisse all'improvviso, Laura Groth fissa Karen negli occhi.

«O... Perché è stato un incidente, vero?» domanda.

Per un attimo Karen pensa di evitare una risposta diretta ma abbandona l'idea, tanto la verità verrà fuori da un momento all'altro.

«Temo di no. Tutto sta a indicare che anche Fredrik Stuub sia stato assassinato.»

Nel salotto dei Groth cala il silenzio. Laura continua a fissare Karen mentre lo sguardo di Björn si sposta sulle alte finestre e si blocca, come se all'improvviso avesse visto qualcosa. Karen si volta di scatto, ma vede solo la stanza riflessa nei vetri scuri delle finestre.

«Qualcuno di voi riesce a immaginare un motivo dietro gli assassini di Fredrik e Gabriel?» chiede.

Le parole sembrano risvegliare Björn Groth dalla sua paralisi.

«Noi?» dice lui incollerito. «Cosa dovremmo sapere noi di una cosa così orribile?»

«Be', voi conoscete Gabriel da molti anni. Magari conoscevate anche suo nonno?»

«No» risponde Laura con voce ferma. «Non erano persone che frequentavamo. Ovviamente sappiamo chi era Fredrik Stuub, ma niente di più.»

«Proprio così» ribadisce suo marito con voce non altrettanto ferma. «Tutto questo non ha assolutamente niente a che fare con noi.»

38

Ancora una volta trova Jens Groth dietro la scrivania ingombra del suo ufficio in fondo al magazzino della distilleria. Sua moglie Sandra è a letto con la febbre alta, proprio come ha detto Laura Groth. Il sostituto del medico provinciale, chiamato a visitarla, aveva fortemente sconsigliato a Karen di parlare con lei, anche se non gliel'aveva proibito. Non tanto per il bene di Sandra, quanto per il rischio di contagio.

«È probabile che nei prossimi giorni si ammaleranno altri ospiti» aveva detto. «Si tenga a distanza e si lavi le mani» aveva aggiunto prima di richiudere la borsa nera con uno scatto e andarsene.

Ora Karen, vedendo il bicchiere dall'ovvio contenuto sulla scrivania di Jens Groth, si chiede se gli assaggi facciano parte dei suoi compiti o se abbia solo bisogno di qualcosa per calmarsi. E si chiede anche se sia l'alcol o un principio di influenza a far brillare i suoi occhi alla luce della lampada.

Sembra comunque abbastanza sobrio da fornire un resoconto, constata dieci minuti più tardi. A grandi linee, Jens Groth si limita a confermare ciò che Karen ha già sentito dai suoi genitori: l'attività sta per espandersi e la famiglia voleva invitare i dipendenti e i loro familiari a una grande festa. No, non era stato un gesto del tutto disinteressato: molti degli impiegati avranno un aumento del carico di lavoro, quindi avevano ritenuto che fosse importante "avere tutti a bordo" e che "ungere un po' le ruote" sarebbe stato utile, per dirla con le sue parole.

«I collaboratori sono la nostra risorsa più importante» aggiunge, e Karen reprime l'impulso di alzare gli occhi al cielo.

Dopo aver ascoltato con pazienza questa e altre perle di saggezza dell'uomo che le sta di fronte, riporta la conversazione sulla "risorsa" che hanno appena perso.

«Da quello che ho capito c'è stata una lite tra lei e Gabriel Stuub alla festa. È vero?»

«Sì, era ubriaco fradicio, stava per rovinare tutta l'atmosfera. Bergvall e io siamo dovuti intervenire e impedirgli fisicamente di toccare i fuochi d'artificio.»

«Quanto fisicamente?» chiede.

Jens Groth le lancia un'occhiata stizzita.

«L'abbiamo preso per le braccia e tirato via. Prima abbiamo cercato di parlargli, ma è stato del tutto inutile. Si è infuriato e ha urlato un sacco di sciocchezze. Alla fine Bergvall si è stufato. L'ha trascinato da una parte, l'ha spinto via e gli ha detto di andare al diavolo e non farsi vedere finché non fosse tornato sobrio.»

«E c'era anche lei in quel momento?»

«Sarei rimasto, ma in quanto proprietario non posso concedermi il lusso di mandare al diavolo la gente, nemmeno quando se lo merita.»

«Che ore erano quando è successo?»

«Mezzanotte meno un quarto, forse meno venti. Bergvall e io eravamo scesi per preparare i fuochi d'artificio, e dopo un po' è arrivato anche Gabriel e ha iniziato a dare di matto.»

«E quando l'ha visto l'ultima volta?»

«Dopo non l'ho più visto. Be', a parte il mattino seguente, quando un'addetta alle pulizie è arrivata di corsa, dicendo di seguirla. Ci eravamo appena messi a fare colazione, e all'inizio non abbiamo capito che cosa urlava la ragazza, ma poi mi sono reso conto che doveva essere successo qualcosa di grave.»

«Perciò è andato dove c'era Gabriel. Chi è venuto con lei?»

Jens Groth sembra cercare nella memoria.

«Mi ricordo che c'erano Bergvall ed Elias, il marito di mia sorella» aggiunge. «Può darsi che ci fosse altra gente, ma non saprei dire con precisione chi. Quando l'abbiamo visto a terra con tutto quel sangue c'è stato un po' di caos. E quell'orrendo taglio che gli attraversava la gola... cazzo.»

Jens Groth allunga il braccio per prendere il bicchiere di whisky, ma lo rimette giù dopo aver dato un'occhiata a Karen. Lei fa in tempo a vedere che gli trema la mano.

«Vorrei che rispondesse con sincerità a una domanda. Gabriel rubava dal magazzino?»

Silenzio.

«Ho visto il simbolo sul muro la volta scorsa» prosegue dopo un attimo. «Il numero 1 seguito dal segno della percentuale, e so cosa significa. Inoltre ci risulta che Gabriel avesse dei contatti con gli OP.»

Ancora nessuna risposta. Karen lo osserva per un po' in silenzio e poi abbassa lo sguardo sul blocco degli appunti, fingendo di controllare qualcosa. Sfoglia le pagine e aspetta. Il silenzio dura otto lunghi secondi.

«Okay, ma non l'ho ucciso io!»

Le parole sono come uno schiaffo. E quando afferra il bicchiere, questa volta lo svuota in un sorso.

"Ha paura" pensa Karen. "Ma è preoccupato di finire tra i sospetti o di quello che potranno fare gli OP adesso che Gabriel è morto?"

«Ne è sicuro? Uccidendolo avrebbe avuto molto da guadagnare, no?»

Per qualche ragione la domanda sembra tranquillizzare di colpo Jens Groth. O magari è stato il whisky.

«Ci rifletta» risponde. «Dovrei essere proprio stupido per uccidere uno degli OP, non crede? Se fossi così coraggioso avrei già messo un freno a tutto un bel po' di tempo fa, cazzo. Quel pezzo di merda per mesi ha rubato whisky per migliaia di marchi senza che potessi fermarlo. Minacciava di mandare gli altri a bruciare il magazzino se non tenevo la bocca chiusa.»

Karen lo guarda in silenzio mentre Jens cede al desiderio e, con mano tremante, prende la bottiglia che è infilata tra il telefono e una pila di documenti. Le viene in mente qualcosa che ha detto suo cugino, un ricordo confuso. No, pensa, non era qualcosa che Odd aveva detto, era stata la sua reazione. La sua espressione quando lei aveva menzionato il simbolo.

«Quanta gente qui sa che Gabriel vi ricattava?» chiede dopo un po'. «I suoi genitori? Sua sorella?»

«Ufficialmente, nessuno. Alcuni dei ragazzi hanno intuito qualcosa. Di solito sono veloce a cancellare quel maledetto simbolo, ma sicuramente qualcuno ha fatto in tempo a vederlo. Però la gente qui pensa ai fatti suoi e fa finta di niente. Soprattutto quando si tratta degli OP.»

«E i suoi genitori?»

«Loro vengono di rado qui in magazzino e non credo nemmeno che capirebbero che cosa significa la scritta, anche se la vedessero. E poi non si accorgono se sparisce qualche litro qua e là.»

«Qualche litro» dice Karen sorpresa. «Non era una quantità maggiore?»

Se c'erano gli OP dietro ai furti, si sarebbe trattato di ben più di qualche migliaio di marchi al mese. Gabriel doveva averlo fatto di sua iniziativa e si intascava i guadagni, proprio come sospettava lei. Aveva marcato il territorio con il simbolo degli OP per assicurarsi che Jens non si rivolgesse alla polizia. Che facesse dei lavoretti per gli OP era probabilmente vero, ma non si trattava certo di furti di whisky.

Jens Groth non sembra aver tratto le stesse conclusioni.

«In un anno sono un sacco di soldi. Ma la cosa peggiore erano le minacce. Gabriel era molto chiaro nel dirmi cosa avrebbero fatto se avessi parlato. E adesso che cosa succederà secondo lei? La polizia come al solito non potrà fare niente?»

«Non credo che lei debba preoccuparsi degli OP. È probabile che Gabriel abbia agito di sua iniziativa.»

"E forse tu l'avevi già capito" pensa osservando l'uomo all'altro lato della scrivania. "Forse è proprio per questo che hai trovato il coraggio di tagliargli la gola."

«Le viene in mente qualcuno che volesse vedere Gabriel morto? O suo nonno?» aggiunge studiando il viso di Jens Groth.

Nota che non rimane sorpreso quando gli rivela che secondo la polizia la morte di Fredrik non è stato un incidente. Nessuna reazione, l'informazione viene accolta con un'alzata di spalle.

«E che cavolo dovrei saperne io? Lo chieda alla moglie di Gabriel» ribatte seccamente. «Non è certo un caso che l'abbia lasciato. Ma comunque non ho idea di chi lo volesse uccidere.»

«Sembra quasi che lei sapesse già che Fredrik Stuub è stato ucciso.»

Con un sospiro, Jens Groth si china in avanti, mette entrambe le mani sullo schermo del computer e lo gira perché lei possa vedere.

«La gente chiacchiera. E poi so leggere» replica mentre lei fissa il monitor:

IL KVELLSPOSTEN RIVELA: DOPPIO OMICIDIO A NOORÖ
Nonno e nipote vittime dello stesso assassino?
La polizia tace.

Qualche minuto dopo Karen ritorna all'edificio principale, imprecando tra sé. Non per i titoli del "Kvellsposten", quelli li aveva messi in conto nel momento in cui Byle l'aveva chiamata per dirle che c'era stato un altro omicidio. I suoi pensieri sono rivolti all'incontro con Odd, al ricordo di ciò che ha visto sul viso del cugino nell'istante dopo la sorpresa. Quei secondi di diffidenza e poi il barlume di qualcos'altro, qualcosa di estraneo che non aveva mai visto prima negli occhi del cugino. Una durezza implacabile, nel momento in cui si era reso conto che Gabriel usava il nome degli OP a suo vantaggio. E poi, qualche giorno dopo, Gabriel viene trovato con la gola tagliata.

"E sono stata io a dargli l'informazione" pensa.

39

«Allora, chi comincia, tu o io?»

Sono seduti nella Ford Ranger di Karen e stanno tornando a Lysvik. Per risparmiare tempo e avere la possibilità di esaminare le loro impressioni, hanno chiesto a uno degli agenti di riportare indietro la macchina di Karl. La nevicata ha fatto una pausa e, mentre erano alla distilleria, la statale è stata pulita ed è stato sparso il sale, ma la neve è ancora ammucchiata nelle strade laterali che percorrono.

«Inizia tu. Con chi hai parlato per primi?» dice Karl.

«Con Björn e Laura Groth.»

Riassume i loro movimenti della serata precedente e poi passa a raccontare dei piani riguardanti il centro congressi. Quando arriva al punto con gli eminenti ospiti arrivati in elicottero, Karl Björken sbuffa.

«Be', è proprio tipico» dice.

«Che cosa? Mi sembra talmente incredibile che può esserselo inventato.»

«Tutt'altro! Anzi, è l'esempio perfetto di come i ricchi tentino disperatamente di sconfiggere la noia, se vuoi la mia opinione. È il fascino della novità. Rifugi in qualche villaggio di montagna povero e isolato, viaggi avventura in posti che nessuno ha mai sentito nominare. Qualsiasi cosa, basta che nessuno l'abbia fatto prima.»

«Fatico a credere che andare al campo da golf di Noorö possa essere considerato un viaggio avventura» ribatte Karen secca.

«No, ma fa parte del nuovo sport "vivi qualche ora come la gente comune". Mio cognato è ispettore della forestale a Hammerfors. Sai qual è la novità tra i possidenti, quando invitano i loro amici a caccia? Be', si ritrovano in capanne piccole e sguarnite a mangiare panini con la salsiccia e bere birra di Heimö al mirto!»

«Niente caviale e champagne?»

«No. E l'ultima moda è non usare abiti da caccia moderni. Adesso si vestono con qualche cazzata nostalgica degli anni Trenta o usano equipaggiamenti che ricordano quelli dei soldati ONU in Afghanistan. Ovviamente poi a cena si rimettono i loro vestiti da pinguino, ma prima devono fare un piccolo giro turistico nell'ignoto.»

«Come un viaggio in elicottero a Gudheim?» dice Karen scettica.

«Sì, sono proprio sfide come queste ad attrarre tipi del genere. Un campo da golf quasi impossibile, con la garanzia che nessuno dei loro amici ci abbia giocato. Non hai mai sentito Smeed e Haugen quando parlano di quanto è difficile?»

Karen scuote la testa. Quando la gente si mette a parlare di golf lei si astrae.

«Be', lo è. Il campo di Gudheim a quanto pare è impossibile, e poi è in una posizione unica, con la vista sul mare da tre lati. Cazzo, ci credo che possa allettare uomini d'affari annoiati in cerca di emozioni.»

«Okay, ma la base di clienti non può essere così scarsa. Non mi pare che ci sia molto su cui costruire un'attività.»

«Non è detto. Quando si sparge la voce che l'alta società è stata qui ci sarà la coda. Non di elicotteri, ma di gente comune. E avranno bisogno di un posto in cui alloggiare. Aggiungi un tour con degustazione alla distilleria e una visita alla nave di pietra e hai creato un progetto.»

«Inizi a parlare come William Tryste. Stai pensando di farti assumere alla Groths?»

«Come assaggiatore, magari. A quanto pare Tryste è un grosso nome nel settore, tra l'altro. Sarà interessante conoscerlo.»

«Sì, secondo Byle è uno dei migliori. Ma tornando a Björn Groth, ho avuto l'impressione che sappia più di quanto voglia dire, su Gabriel e suo nonno. Che abbia paura di qualcosa, o comunque sia preoccupato. E lo stesso vale per suo figlio, Jens. Nascondono qualcosa.»

«E non hai idea di cosa?»

Karen esita.

«Nel caso di Jens potrebbero esserci di mezzo gli OP.»

«I motociclisti? Gli Odin Predators o One Percenters, o come cavolo si chiamano?»

Lei annuisce e poi racconta del simbolo che ha visto sul muro del magazzino e del fatto che Gabriel sottraeva merce regolarmente e aveva minacciato Jens perché non parlasse.

«Grosse quantità?»

«No, appunto. Qualche migliaio di marchi al mese.»

«Non sembra roba da OP. Pensi che Gabriel facesse tutto da solo?»

«È proprio quello che sospetto. E in quel caso non credo che i tizi con il pigiamino di pelle ne saranno felici.»

Esita di nuovo.

«Ho un cugino che fa parte degli OP.»

Karl Björken si gira verso Karen con le sopracciglia inarcate. Per qualche secondo anche lei lo guarda e poi riporta l'attenzione sulla strada.

«Non smetti mai di stupirmi, Eiken. Hai altri criminali in famiglia?»

«Può essere. Una zia, tre cugini e sa Dio quanti altri cugini di secondo e terzo grado. E ti garantisco che non si limitano a mangiare panini con la salsiccia quando fanno baldoria tra il pagamento della pensione d'invalidità e le battute di caccia di frodo. Ci scappa anche qualche distillazione clandestina.»

«Come li chiamano in America? *Redneck*, bifolchi?»

Karen si stringe nelle spalle.

«O forse *hillbilly*, montanari; in effetti abitano sullo Skalvet, appena a nord del confine del distretto di Gudheim.

«Non distanti dal quartier generale degli OP, in poche parole. Hai parlato con tuo cugino?»

«Sì, ma davanti a una birra. Mi è sembrato sinceramente sorpreso quando gli ho raccontato del simbolo e ha negato che Gabriel sia uno degli OP. Ma i ragazzi di Byle l'hanno visto lassù diverse volte. Che cazzo, non ho molta voglia di andarci, ma credo proprio che sarà necessario.»

«Secondo me possiamo lasciar stare, per adesso» dice Karl. «Se gli OP avessero voluto far fuori Gabriel Stuub, non gli avrebbero tagliato la gola alla festa di Capodanno della Groths. Una pallottola in fronte nel soggiorno di casa sua è più nel loro stile.»

«Già, sto cercando di convincermene» risponde Karen cupa.

«E poi non riesco a cogliere il legame tra un professore di biologia in pensione e una banda di motociclisti criminali. O c'è qualcos'altro che non mi hai raccontato?»

«Niente che io sappia.»

Lancia un'occhiata nello specchietto retrovisore.

«Ah, pure questa» esclama con un sospiro. «La macchina del "Kvellsposten" ci sta seguendo.»

Quando erano usciti dai cancelli della Groths, erano passati senza fermarsi accanto a giornalisti e fotografi indignati che aspettavano ancora un loro commento.

«Ho parlato con Johan Stolt» dice Karen. «Probabilmente farà uscire un comunicato stampa domani e per ora risponderà lui alle domande dei media. Ma prima o poi dovremo rassegnarci e tenere una conferenza stampa. Chiamerà lui Haugen per accordarsi.»

Se è fortunata, non parteciperà. Il capo della polizia Viggo Haugen è già stato chiaro, in precedenza, nel dire che non vuole che Karen Eiken Hornby rilasci dichiarazioni ai media. Non importa che si debba cercare nella stampa di vent'anni prima, per trovare quella dichiarazione critica che lei aveva rilasciato da poliziotta neodiplomata.

Dopo un certo numero di defezioni da parte di aspiranti poliziotte, un giornalista del "Doggerska Tider" aveva fatto domande sulla parità tra i sessi all'interno della polizia. La risposta di Karen sulla "sistematica opposizione alle donne all'interno del corpo di polizia" e sulla "necessità di cambiare atteggiamento", che secondo i canoni odierni sarebbe ritenuta spontanea e moderata, ai tempi non era stata vista di buon occhio. Le poche compagne di corso le avevano espresso il loro sostegno in privato, ben lontano dalle orecchie del capo. La dichiarazione, che era coincisa con un periodo di sfiducia verso la polizia e, per colmo di sfortuna, era avvenuta nell'anno delle elezioni, aveva scatenato una gara tra i partiti nel proporre provvedimenti. Il peggiore era stato un corso obbligatorio su genere e parità, tenuto alla stazione di polizia: alcuni lo ricordano ancora come un evento traumatico e Viggo Haugen di certo non l'ha dimenticato. Non si fida dell'ispettrice Eiken Hornby.

Karen rallenta cercando di farsi superare dall'auto del "Kvellsposten", ma l'unica reazione è che il guidatore le fa gli abbaglianti.

«Idioti» esclama Karl irritato. «Dobbiamo trovare il modo di seminarli quando arriviamo a Lysvik. Cosa ti ha raccontato Jens Groth?»

«Non molto. La sua storia coincide con quella dei genitori. Gabriel era ubriaco, è nata una lite per i fuochi d'artificio e poi nessuno l'ha più visto. Fino a stamattina quando quella povera ragazza ha scoperto il corpo.»

«Purtroppo nemmeno io ho molto altro da aggiungere» dice Karl. «Quello che hai detto tu combacia esattamente con quanto hanno detto la figlia Madeleine e suo marito Elias. Solo quest'ultimo ha aggiunto che molti di loro si sono avvicinati al corpo quando è stato trovato. Almeno cinque o sei persone, secondo lui. Un po' strano, andar lì a guardare, direi. Già da un paio di metri si riusciva a vedere che la gola era stata tagliata.»

«Okay, e chi sono?»

«Lui, Jens Groth, Ingemar Bergvall e un altro paio di tizi del reparto.»

«Ah, perciò c'era la coda sul luogo del delitto. Sören Larsen non ne sarà affatto contento. Speriamo che non abbiano toccato il cadavere.»

«E invece sì, qualche idiota ha provato a rianimarlo, ma Bergvall ha avuto il buon senso di farlo smettere. A quanto ho capito è stato lui a prendere il comando e a dire a Jens di chiamare la polizia.»

«Nient'altro?»

«No, grosso modo hanno dato la stessa versione degli altri» continua Karl. «Si ha quasi l'impressione che si siano messi d'accordo.»

«Sì, oppure è semplicemente andata così.»

«A parte il piccolo dettaglio che qualcuno deve pur aver tagliato la gola a Gabriel. Qualcuno deve pur aver visto o sentito qualcosa, per quanto avessero bevuto e ci fossero i fuochi d'artificio.»

«Domattina sentiremo quello che hanno saputo Byle e i suoi dagli altri ospiti. E poi dobbiamo parlare con William Tryste e sua moglie.»

Parcheggiano fuori dalla stazione di polizia di Lysvik e riescono a entrare nell'edificio appena prima che la macchina del "Kvellsposten" si fermi dietro alla Ford di Karen. L'agente di guardia capisce la situazione all'istante e chiude la porta in faccia al giornalista più veloce. Subito dopo si sente lo squillo acuto e insistente del campanello.

«Byle non c'è» dice il collega ad alta voce per sovrastare il rumore. «E nemmeno gli altri, sono tutti su alla Groths.»

«Non ci fermiamo, è che non volevamo portarci i giornalisti al Rindlers. C'è un'altra uscita?»

Karl lancia un'occhiata stupita a Karen, ma tace quando lei aggrotta la fronte in segno di avvertimento. Più gente pensa che lei stia al Rindlers, meglio è.

«Okay, prendete l'ascensore che scende in garage e passate da lì. L'uscita dà su Lotsgatan, che è solo a cento metri dall'albergo. Andate subito, però, io ho l'obbligo di far entrare tutti quelli che suonano.»

Cinque minuti dopo arrancano l'uno di fianco all'altra su una delle viuzze parallele, con le mani sprofondate nelle tasche.

«Prendiamo una birra nel pub dove sto io?» domanda Karen. «Quei pennivendoli saranno fuori dall'albergo, ormai.»

«Ci sono altre stanze? Non ho molta voglia di andare su

fino al Rindlers e incontrare quelli del "Kvellsposten" da solo.»

«Non ne ho idea, ma non è che sia alta stagione» risponde Karen fermandosi davanti a un portone.

Cerca le sigarette in tasca, le trova e impreca.

«Porca puttana. Avrei dovuto farmi prestare dei vestiti alla stazione. Adesso non ho neanche il cardigan, è rimasto in macchina. Merda, fanculo, porca puttana» mormora. Accende una sigaretta e fa un lungo tiro.

«Hai finito?»

«Cazzo» aggiunge lei.

«Capisco perché Haugen non vuole che parli con i media» ridacchia Karl. «Non gli piace che le donne imprechino. E mi sa che non gli piace nemmeno che fumino.»

«Che culo allora che non sia qui» sibila Karen facendo un altro tiro. Trattiene il fumo e sente che le pulsazioni rallentano. «Imprecare molto è segno di intelligenza» continua. «Ho letto una ricerca al riguardo, l'altro giorno. Quello ed essere disordinati. C'è un collegamento con la creatività.»

«E con gli infarti. Ti sei calmata adesso?»

Lei annuisce e riprendono a camminare.

«Hai parlato con Kneought per sapere quando farà l'autopsia?» chiede lei dopo un po'.

«Domani mattina alle otto. Dovrai dirigere la riunione da sola. Oppure guardare mentre segano le ossa, scegli tu.»

«In realtà dovrei anche fare un salto a Ravenby. Devo comprare qualcosa da mettermi. E un deodorante. Non ho portato nemmeno lo spazzolino. Hai una gomma da masticare?»

Ellen Jensen è al telefono nella piccola reception. Quando la porta si apre, alza lo sguardo e fa un cenno di saluto a Karen. Aspettano finché ha finito la telefonata.

«Credo che tu abbia visite» dice Ellen indicando il pub con la testa.

"Quindi mi hanno trovata, alla fine" pensa Karen sospirando. Non ha proprio la forza di parlare con i giornalisti ora. Ha solo voglia di una pinta di birra.

E mentre Karl si ferma per chiedere se ci sono stanze libere, Karen spalanca la porta del pub, afflitta. Fa scorrere lo sguardo intorno cercando i giornalisti con i loro borsoni delle videocamere. Un attimo dopo il suo cuore fa una capriola.

A uno dei tavoli accanto alla finestra c'è una ragazza che legge il giornale a testa bassa. Ha i capelli lunghi e neri e un anellino al naso.

40

L'ansia la colpisce come un martello. In quattro passi è al tavolo di Sigrid.

«Che cosa ci fai qui? È successo qualcosa?»

«Ciao, Karen. Grazie, sì, sto bene. Non sei felice di vedermi?»

Karen tace e Sigrid finge di essere offesa.

«Ah no? Che peccato!» continua, sporgendo il labbro inferiore. «E io che ho guidato fin qui...»

Poi si china e da sotto il tavolo tira fuori una grossa borsa. La solleva con entrambe le mani e l'appoggia con un tonfo vicino al bicchiere di birra.

«E adesso? Questa sarai pur felice di vederla!»

Senza rispondere, Karen apre la cerniera e si getta sul contenuto. Rovista tra magliette pulite, un paio di pantaloni blu, mutande, calze, il giubbotto, la sua sciarpa scozzese, il cappello foderato di pelliccia con i paraorecchie. Orribile, ma caldo. Sul fondo ci sono il suo beauty-case e gli stivali neri invernali. A bocca aperta, prende una sedia e si siede davanti a Sigrid, la guarda a lungo e poi scuote la testa lentamente.

«Ma come cavolo... come facevi a saperlo?»

«Ha telefonato Marike. Ha detto che saresti morta congelata o ti avrebbero licenziato se non avessi trovato altri vestiti.»

«E quindi sei venuta fin qui con questo tempaccio? È stata proprio un'idiozia, adesso poi che ricomincerà a nevicare.»

Sigrid la guarda con le sopracciglia alzate senza dire niente e Karen si rende conto del suo tono di rimprovero.

«Ma grazie! Mi hai davvero salvata, Sigrid.»

«Non c'è problema. Ringraziami con una birra. E prendine una anche per te, sembra che tu ne abbia bisogno.»

Karl è in piedi al bancone del bar e sta digitando il codice della sua carta di credito.

«Hai trovato una stanza?» chiede Karen.

«Un bugigattolo, a quanto pare, l'unica cosa che c'era. Mi ha avvertito che lo affitta solo in casi di estrema necessità. Ma che cosa ci fa qui la figlia del capo?»

«Mi ha portato una borsa con dei vestiti.»

«Devi starle simpatica.»

Senza rispondere, Karen ordina due pinte di birra e Karl le lancia un'occhiata.

«Non è pericoloso, sai. Essere simpatici a qualcuno.»

«Ah, sei anche uno psicologo dilettante?»

«Ho molte frecce al mio arco. Ormai ti leggo come un libro aperto.»

«Allora chiudilo, per favore. Non ce la faccio a sopportare una terapia stasera.»

Prendono le birre e si siedono vicino a Sigrid. Karen beve un sorso e guarda fuori dalla finestra in silenzio, ascoltando gli altri che parlano delle condizioni delle strade. Ha smesso di nevicare e la luce del terminal dei traghetti appare come l'ultimo avamposto sicuro contro il mare là dietro. Un'ondata di stanchezza rilassata la pervade e cerca pigramente di ricapitolare la giornata. Soltanto stamattina si è svegliata nello studio di Marike a Dunker: le sembra passata una settimana.

Poi la voce di Sigrid si fa strada.

«È vero che c'è un killer di massa da queste parti?»

«Un killer seriale, vorrai dire» precisa Karl. «Ma no, due omicidi non bastano per guadagnarsi quella definizione.»

«Va be', è la stessa cosa. Comunque è un pazzo. Magari è qui in questo momento...»

Con aria cospiratoria, Sigrid fa cenni con la testa verso gli altri tavoli e Karl si volta. Tra i clienti abituali del pub regna un'atmosfera piatta post Capodanno. Due uomini sulla settantina giocano a backgammon a un tavolo, tre ragazze sui vent'anni digitano sui loro cellulari e di tanto in tanto se li mostrano a vicenda ridendo, gemendo o esclamando: «Oddio che vergogna!». Al bancone alcuni avventori sembrano impegnati a leggere il giornale di ieri, mentre altri fissano stancamente il televisore che trasmette una replica della partita tra lo Stoke e il Newcastle.

«Non credo che ti debba preoccupare» dice Karl. «Mi sembra che nessuno di loro abbia l'aria di voler uccidere.»

«Più che altro sembra che muoiano di tristezza» aggiunge Karen. «Comunque tu ti fermerai a Lysvik stanotte, vero?» aggiunge con un cenno alla birra di Sigrid. «Non puoi guidare dopo aver bevuto.»

Sigrid sospira.

«Certo che posso. Guido benissimo quando ho bevuto» dice con un sogghigno rivolto a Karen. «Dio santo, sto *scherzando.* Non si capisce?»

«Sì, se uno è divertente sì» mormora Karen. «E poi è troppo tardi per tornare a casa.»

«Ma rilassati, ho già una camera. Tra l'altro è bellissima. La tizia del bar ha detto che era l'ultima stanza decente che le era rimasta.»

Karen vede l'aria tetra di Karl e decide di cambiare argomento in fretta.

«Hai deciso che cosa farai, ora che il semestre sta per iniziare?»

Un paio di settimane prima Sigrid le aveva detto di essere stata accettata alla facoltà di giurisprudenza, ma che in realtà non sapeva se aveva voglia di frequentare. Karen aveva nascosto la sua sorpresa di fronte al fatto che fosse riuscita a finire il liceo con dei buoni voti nonostante tutte le assenze. Ma con suo orrore, Sigrid aveva iniziato a informarsi per iscriversi all'accademia di polizia in autunno. Il solo pensiero che Sigrid abbia davanti a lei un futuro fatto di ubriachezza, droghe, liti in famiglia, maltrattamenti e tutto lo schifo collegato a quel lavoro, la riempie di angoscia.

Sigrid si stringe nelle spalle.

«Non so, te l'ho già detto.»

«Giurisprudenza è sempre una buona scelta, a prescindere da quello che decidi di fare dopo» dice Karen. «Vero, Karl?»

Lui alza le mani per tirarsi fuori dal discorso.

«Non coinvolgetemi. Vedo che hai una nuova mamma, Sigrid» aggiunge alzando il bicchiere di birra.

Per tre secondi cala il silenzio.

«Cazzo» esclama Karl mettendo giù il bicchiere talmente forte da farlo traboccare. «Non ho pensato... volevo solo... Scusa.»

«Tranquillo. Non è colpa tua se mia madre è morta» dice Sigrid.

Karen tace. Le pulsazioni le rimbombano nelle orecchie, e le sembra di trovarsi sott'acqua, come se avesse fatto un passo sul ghiaccio troppo recente e fosse sprofondata. In lontananza sente il brusio della tv e le voci, quella di Karl piena di rimorso e quella di Sigrid che lo tranquillizza. Sono vicinissimi eppure immensamente lontani.

Senza il coraggio di respirare, rimane immobile mentre cade verso il fondo. Non osa tendere una mano e prendere il bicchiere, non si azzarda a muoversi, perché in quel caso si romperebbe. Il minimo movimento la farebbe sciogliere, disgregare e sparire come cenere al vento.

E in mezzo al caos si fa strada quella voce che le sussurra di confini da non oltrepassare. Le ricorda l'invisibile filo spinato che circonda la sua esistenza. Là dentro ci sono ancora Mathis e John. Fuori non c'è niente. "Niente di tuo" mormora la voce.

Maledetto il momento in cui ha abbassato la guardia, quando Sigrid è spuntata all'improvviso nella sua vita, a pezzi, arrabbiata e piena del suo stesso dolore. E senza pensare alle conseguenze, lei si è voluta concedere il lusso di occuparsi di qualcuno, ancora una volta, di soffiare sulla ferita perché tutto andasse meglio.

«Sigrid è mia figlia, non tua. Ricordatelo!»

E poi arriva la voce di Karl. Si è piegato in avanti e cerca di guardarla negli occhi.

«Come va, Karen?»

Pian piano lei risale in superficie, alza la testa e respira profondamente. L'ha già fatto prima, sa come rispondere in fretta con un sorriso rassicurante.

«Sono solo stanca. È stata una giornata lunga, dovrei proprio andare a dormire» dice.

Ed evitando di incrociare lo sguardo preoccupato di Sigrid, Karen si alza e sale in camera sua. Si toglie tutti i vestiti ed entra nella doccia. Solo quando apre il beauty-case che Sigrid le ha portato, spreme il tubetto del dentifricio e si guarda allo specchio, arrivano le lacrime.

41

Non sa da quanto tempo sta camminando. Leggermente china per contrastare il vento, ha seguito la tortuosa strada sterrata che dal molo dei traghetti di Lysvik va verso nord, lungo la costa. Ha superato case e capanni ingrigiti, accovacciati tra il mare e le montagne, mentre pian piano sorgeva il sole. Ha girato intorno a baie con prati gelati, ginepri avvolti dalla neve e resti di muri di recinzione. Ha osservato piena di malinconia le rovine degli sforzi congiunti per proteggere le reti dei pescatori dagli animali al pascolo. Una lotta comune per mantenerle intatte fino al momento di ributtarle in mare, finché le foche non le romperanno di nuovo. Risente le imprecazioni di suo nonno, ricorda la preoccupazione dietro quelle bestemmie.

Ha proseguito risoluta sentendo che qualcosa gradualmente le cresceva dentro, qualcosa che per il momento è ancora in agguato sotto la superficie come un coccodrillo in un fiume fangoso, pronto a mordere.

Senza parlare con nessuno, era sgattaiolata fuori dall'albergo subito dopo essersi svegliata. Si era vestita ed era andata. Prima fino al molo dei traghetti, dove aveva visto uno dei colossi d'acciaio gialli che si avvicinava ansimando dall'altro lato dello stretto. Quando era arrivato troppo vicino, aveva fatto dietrofront e si era allontanata. Aveva superato il porto dei pescatori, attraversato l'orrendo e vecchio porto dei container, dove ormai attraccano solo rompighiaccio e barche delle guardie doganali. Aveva messo un piede davanti all'altro e aveva continuato a camminare mentre i pensieri le frullavano in testa e l'aria fredda le bruciava i polmoni.

Si ferma e guarda l'orologio. Le otto meno venti. Karl Björken sarà già a metà strada verso l'ufficio del medico legale di Ravenby. Lo chiamerà più tardi.

E Sigrid. Invece di bussare e svegliarla, Karen le aveva mandato un sms. L'aveva scritto, cancellato, aveva esitato sulle parole e alla fine l'aveva inviato.

GRAZIE DI ESSERE VENUTA! SONO DOVUTA SCAPPARE PRESTO. UN ABBRACCIO, K.

Sigrid non ha risposto, magari sta ancora dormendo.

Karen guarda la distesa infinita di bianco grigiastro. Si immerge in quella immobilità mentre il suo respiro invia segnali di fumo bianchi. Se vuole arrivare in tempo alla riunione con Byle e i suoi, deve tornare indietro adesso. Cercare di mandar giù una tazza di caffè e mangiare qualcosa. Deve concentrarsi sul lavoro, scacciare tutti gli altri pensieri che mormorano dentro di lei.

Nello stesso momento squilla il telefono.

«Ciao, Sören» risponde dopo una rapida occhiata allo schermo.

«Dove cavolo sei? Sono passato in quel posto in cui ti ostini a stare ma la vecchia mi ha detto che eri già uscita. Stai andando a Ravenby?»

«No, Karl e io ci siamo messi d'accordo che sarà lui ad assistere all'autopsia questa volta.»

«Codarda. Ma non ti chiamo per quello. Dal laboratorio sono arrivati i risultati su Fredrik Stuub. Tra un attimo li riceverai via email, ma se vuoi posso dirti le cose più salienti adesso che le ho fresche in mente.»

«Volentieri. Cos'avete trovato?»

«Cominciando dal luogo del delitto, siamo riusciti a rilevare parte di un'impronta che non appartiene né a Byle né a nessuno della squadra dei soccorsi. È di uno scarponcino Timberland numero 44, la scarpa destra è più consumata sul lato esterno. Su alla piazzola ci sono un sacco di tracce di pneumatici, quindi c'è poco da sperare. Sul corpo di Fredrik

Stuub non abbiamo trovato niente, nemmeno un capello o un pelo che non fossero suoi o del cane. In casa però... che cazzo! Idiota!»

Karen sussulta e stacca il telefono dall'orecchio mentre Sören Larsen continua a imprecare. Poi si sente il rumore della portiera che si chiude, passi rapidi e voci agitate. A quanto pare Larsen ha ancora il cellulare in mano e Karen riesce a sentire qualche parola riguardo a prestare attenzione, precedenza a destra, compagnie d'assicurazione, fortuna sfacciata e polizia. Poi seguono altre imprecazioni di Larsen e passi arrabbiati. La portiera si apre e si richiude.

«Che cos'è successo?» chiede Karen dopo un po'.

«Niente. Dov'eravamo?»

Karen evita di fare battute sarcastiche. Tutti sanno che Sören Larsen è convinto della propria superiorità al volante e della totale incapacità altrui. Voci affidabili però sostengono che il suo premio assicurativo è giunto a livelli stratosferici nel corso degli anni. "Probabilmente sono colpevole di istigazione a delinquere solo per il fatto di parlare con lui mentre guida" pensa.

«La casa di Fredrik Stuub» risponde scacciando quel pensiero. «Dimmi che avete trovato qualcosa di utilizzabile.»

«A cosa può servire non lo so, ma comunque abbiamo trovato due serie di impronte digitali fresche che non appartengono né a Fredrik Stuub né a sua sorella. Per una serie posso aiutarti subito: è di Gabriel Stuub.»

Karen sospira. Che Gabriel Stuub fosse schedato lo sapeva. Due casi di percosse lievi e diverse multe per eccesso di velocità, glielʼaveva detto Thorstein Byle. Che le sue impronte fossero presenti a casa di suo nonno forse poteva essere interessante, ma solo forse. Se non per il piccolo irritante dettaglio che anche Gabriel è morto.

«E la seconda serie?» chiede.

«Nessuna corrispondenza nei registri, ma se trovi qualcuno che ti sembra interessante ti suggerisco di tirare fuori il tampone inchiostrato.»

«Nient'altro?»

«Non ho ancora finito. Ma stai attento!»

Un colpo di clacson all'altro capo costringe Karen ad allontanare di nuovo il telefono dall'orecchio.

«Ma cazzo, Sören. Esistono dei corsi a cui...»

«Io? Quello non stava nemmeno guardando. Avrà comprato la patente su internet.»

«Dimmi cos'altro avete trovato, così possiamo salutarci e risparmiare qualche vita.»

«Il computer, quello che avete trovato tu e Byle. Non hanno ancora analizzato tutto, aveva un sacco di documenti su qualsiasi cosa: storia di Noorö, rune, popolazione di merluzzi, quote di pescato, cemento espansivo e sa il diavolo cosa. E un po' di documenti dell'università, come contratti di lavoro e parti delle sue ricerche su muffe e altre cazzate. Ti arriveranno delle copie, così vedrai tu stessa. E nella cronologia di internet non c'è niente degno di nota, da quello che ho potuto vedere. A parte gli argomenti che ti ho detto, il tizio a quanto pare si dedicava soltanto a ricerche genealogiche e alla raccolta di funghi. Ah, e poi ha cercato vermicidi per cani.»

"Che cosa diavolo è il cemento espansivo?" si domanda Karen. In questo momento però non è il caso di chiedere spiegazioni a Sören Larsen; prima si concentra sulla guida meglio è.

«Okay, Karl e io leggeremo con attenzione e vediamo se troviamo qualcosa di importante. Tutto qui?» dice.

«Non avere fretta, adesso arriva il meglio. Fredrik Stuub ha mandato un po' di email che possono essere interessanti da leggere. Una, in particolare. Indirizzata a Björn Groth. Spedita il 22 dicembre.»

Larsen fa una pausa a effetto. Karen rimane immobile con il telefono premuto sull'orecchio ad aspettare il seguito.

«Dai, Sören!» esclama irritata dopo qualche secondo. «Che cos'ha scritto?»

La voce di Sören Larsen trabocca di soddisfazione quando riprende.

«Testuali parole: "Ho delle informazioni che possono bloccare i vostri piani di espansione. Mi contatti al più presto". Seguono il suo nome e il numero di cellulare.»

42

«Puoi fermarti un secondo?»

Il rumore delle sedie che strisciano sul pavimento sovrasta la domanda e Karen posa una mano sul braccio di Thorstein Byle proprio mentre sta per alzarsi.

Lui si risiede.

«Vorrei parlarti a quattr'occhi» gli sussurra lei.

La riunione del mattino alla stazione di polizia locale di Lysvik è finita.

Si bevono le ultime gocce di caffè e Röse, Andersson e Svanemark tendono le mani per arraffare qualche biscotto prima di uscire dalla stanza.

Le testimonianze degli ospiti della distilleria si sono rivelate tutte molto scoraggianti. Proprio come avevano affermato i coniugi Groth e i loro figli, secondo i partecipanti la festa era stata piacevole e l'atmosfera splendida. Certo, qualcuno si era ubriacato, ma in fin dei conti era Capodanno e la Groths non aveva badato a spese. Però nessuno, a parte Gabriel Stuub, si era comportato male. Per fortuna Jens Groth e Bergvall si erano occupati di lui. Due persone avevano detto di aver visto Gabriel dirigersi mogio mogio verso l'albergo e avevano dato per scontato che fosse andato a dormire. Poi tutte le attenzioni si erano rivolte in un'altra direzione e i fuochi d'artificio che venivano lanciati dall'altipiano ed esplodevano sul mare erano stati, a detta di tutti, uno spettacolo ineguagliabile. No, la Groths non aveva davvero badato a spese. E no, nessuno aveva visto Gabriel Stuub dopo che aveva lasciato la festa.

Ingemar Bergvall in effetti aveva ammesso di aver trascinato via Gabriel dai fuochi d'artificio in maniera molto brusca. L'aveva fatto cadere nella neve un po' più in là verso il magazzino e gli aveva detto di andare al diavolo. Ma poi Bergvall era tornato subito nel luogo in cui si lanciavano i fuochi d'artificio, come avevano confermato almeno altre due persone.

Un solo ospite, la moglie di un magazziniere, aveva dichiarato di aver visto Gabriel anche dopo l'inizio dei fuochi d'artificio. Una certa Lyanna Drage, infermiera di professione, si era girata diverse volte per cercare Gabriel con lo sguardo. In realtà era in grado di camminare, anche se barcollava in modo preoccupante, ma lei non si sentiva a suo agio al pensiero che dovesse percorrere tutta la strada fino all'albergo da solo. Sarebbe potuto inciampare e rimanere a terra nella neve. Perciò si era tranquillizzata quando l'aveva visto deviare verso il magazzino non appena i primi razzi erano stati sparati. Era meglio che restasse nei paraggi, per quanto fosse ubriaco e fastidioso, aveva pensato. Poi anche la sua attenzione si era spostata sui fuochi d'artificio e nemmeno lei l'aveva più visto.

«La domanda è: dov'è andato dopo il litigio? E chi ha incontrato? Perché ha incontrato qualcuno, di questo siamo sicuri. Perciò almeno una delle persone con cui abbiamo parlato mente» aveva riassunto Karen, vedendo spuntare un sorrisetto sul volto di Röse.

«Be', a meno che l'assassino non sia arrivato da fuori» era intervenuto l'agente. «Come fai a essere certa che fosse alla festa? Chiunque avrebbe potuto entrare alla Groths senza che nessuno se ne accorgesse.»

«In linea di principio è vero» aveva risposto Karen con calma forzata. «Ma prima di interrogare tutti coloro che si trovavano sull'isola, proporrei di concentrarci su quelli che erano sul luogo del delitto. L'occasione l'hanno avuta tutti, in pratica. Bisogna capire chi aveva anche un movente.»

"Bisogna riascoltare Björn Groth già oggi" pensa mentre la stanza si sta svuotando, ed è un compito che non può delegare.

Al contrario, vuole che ci sia anche Karl Björken durante l'interrogatorio. "La domanda è: cosa posso affidare agli agenti di Byle?" si chiede mentre guarda i suoi appunti. "Parlare di nuovo con i partecipanti alla festa, in particolare Lyanna Drage e Ingemar Bergvall, ascoltare ancora il resto della famiglia Groth e i Tryste, esaminare il contenuto del computer di Fredrik Stuub? In realtà dovrei anche parlare con sua sorella un'altra volta" pensa, e sente aumentare le pulsazioni al pensiero della montagna di cose da fare. "E dovrei ricontattare Odd." Dopotutto Röse aveva ragione su un punto: chiunque avrebbe potuto entrare nella distilleria senza essere scoperto.

Karen chiude la porta, si volta verso Byle e gli racconta quello che Fredrik Stuub ha scritto a Björn Groth.

«Oh, cavolo» commenta lui. «Ma sapeva davvero qualcosa, oppure erano solo chiacchiere? La maggior parte della gente qui lo considerava un tipo ostinato. Scriveva lettere indignate al giornale locale e ai politici sui vandalismi di Gudheim. Pretendeva che la polizia sorvegliasse il posto ventiquattr'ore su ventiquattro. Prova a immaginare, agenti lassù in balia del vento per turni di otto ore.»

«Può darsi che questo non porti a niente, ma dobbiamo controllare lo stesso. Inizio a vedere che cosa riesco a scoprire. Cercherò almeno di dare subito un'occhiata al contenuto del suo computer.»

Sfoglia i suoi appunti.

«Io e Karl ci occuperemo di William Tryste e sua moglie non appena avremo finito con Björn Groth. E qualcuno deve anche parlare con la segretaria...» Karen cerca il nome nei suoi appunti. «Eva Framnes. Puoi farlo tu?»

Byle annuisce.

«Certo. Ma poi avremo bisogno di altre persone. Qui nessuno è molto esperto di indagini per omicidio, come sai.»

«Ho parlato con Smeed subito prima della riunione e gli ho detto chiaramente che abbiamo bisogno di rinforzi. Ma non possiamo aspettare che arrivino. Voglio parlare con Björn Groth il più presto possibile, e questa volta non penso di andare alla distilleria. Hai qualcuno che può andarlo a prendere e portarlo qui nel pomeriggio, diciamo verso le tre?»

«Dirò a uno dei ragazzi di chiamarlo e andarlo a prendere se serve. Sarà contento del fatto che è sabato.»

«Perché?»

«Non credo che sarebbe felice di imbattersi in funzionari o membri del consiglio provinciale appena prima della delibera sull'ampliamento. Sono dall'altra parte della strada e sicuramente farebbero un sacco di domande.»

«Ma a quanto ho capito ha avuto riscontri positivi. La cosa è già decisa, no?»

«In linea di principio sì, ma formalmente la delibera verrà approvata solo dopo l'Epifania, durante la prima assemblea dell'anno. Il rischio è che ora nascano delle chiacchiere che rallentino il processo. I politici hanno la tendenza a farsi prendere dalla paura quando iniziano a girare delle voci.»

«Be', non avevo certo pensato di portarlo qui in manette. E la notizia che c'è stato un omicidio alla Groths è già trapelata, ormai.»

Continuano a esaminare la lista delle cose da fare quel giorno e, quando Byle va alla sua postazione, Karen entra nell'ufficio che le hanno assegnato. È uno spazio angusto e senza finestre che prima conteneva gli oggetti smarriti e che è ancora occupato per metà da un'enorme cassaforte. Tira in dentro la pancia per passare, posa il suo computer portatile sulla scrivania e si collega alla rete.

43

La lista del contenuto del computer di Fredrik Stuub è una delle più brevi che abbia mai visto in un'indagine. I link a vari documenti e pagine web stanno in un paio di fogli A4. Proprio come ha detto Larsen, sia i documenti sia la cronologia di ricerca sembrano concentrarsi su pochi argomenti. Karen decide di tralasciare per il momento la raccolta dei funghi e il vermifugo per cani. Apre un documento word intitolato *Famiglia Huss,* e un attimo dopo si trova a osservare un albero genealogico disegnato con cura. Il testo è ridotto affinché l'albero stia in una sola pagina.

Karen ingrandisce e comincia a scorrere i nomi da sinistra a destra, notando che il cognome Huss appare solo all'inizio dell'Ottocento. Fino ad allora sembra che domini l'ascendenza scandinava con i suoi patronimici: una riga dopo l'altra di Andersson, Nielsson e Karlsson che evidentemente facevano i contadini, i pescatori e in qualche caso i doganieri. Nel 1867, però, da qualche parte arriva un Gerhard Huss, che si sposa con tale Hilda Andersdotter, constata Karen lasciando scorrere lo sguardo fino al loro figlio, Albin Huss, il proprietario della miniera.

Proprio come aveva detto Byle, il vecchio Huss e sua moglie non avevano avuto la benedizione di un figlio maschio e si erano dovuti accontentare di due figlie. Entrambe si erano sposate e avevano continuato la famiglia, anche se il nome Huss si era estinto. Con crescente disinteresse, Karen prosegue l'esame dell'albero genealogico e scopre che Fredrik

Stuub era cugino del padre di William Tryste. Entrambi discendenti di una famiglia che una volta era tra le più ricche di Doggerland. Eppure Fredrik lascia solo poco più di 70.000 marchi, una casa e diversi ettari di un ex terreno minerario quasi privo di valore in una zona in via di spopolamento.

"Ma le parentele hanno qualche importanza per l'indagine?" si domanda Karen. "William potrà anche avere legami con entrambe le vittime, ma alla fine non erediterà nemmeno un centesimo. E poi ha un alibi, almeno per l'omicidio di Fredrik."

Quella che avrebbe da guadagnarci economicamente a uccidere prima Fredrik e poi suo nipote è la moglie di Gabriel, Katja. Il divorzio non è ancora definitivo e ora lei erediterà sia la casa dove viveva con Gabriel, sia quella che lui ha fatto in tempo a ereditare dal nonno. Ma non le sembra plausibile che la madre di due bambini possa aver ucciso o abbia assoldato qualcuno per uccidere due persone per 70.000 marchi e un paio di case a Noorö.

Karen chiude il documento e clicca sul link successivo. In alcune cartelle, Fredrik Stuub ha raccolto una miscellanea di documenti e dati isolati su megaliti, navi e tombe di pietra in tutto il mondo, oltre a fotografie e a teorie varie sulla loro funzione e datazione. In una delle cartelle c'è anche una cartina della zona nordorientale di Noorö con le strade segnate in rosso. L'ultimo documento è un file pdf intitolato *Indagine tecnico ambientale del terreno. Costruzione dell'albergo e del centro congressi di Gudheim.*

Con un sospiro inizia a scorrere la relazione, evidenziando espressioni quali *area sfruttata, descrizione delle conseguenze storico-culturali, spostamenti di strade verso est, costi significativi, zonizzazioni* e *impatto limitato.* "Devo farlo leggere anche a qualcun altro" pensa appoggiandosi allo schienale. A quanto riesce a capire, la conclusione dell'indagine è che l'ampliamento può essere approvato a condizione che i progetti originari della rete viaria vengano cambiati. Più costoso di quanto pianificato, ma comunque fattibile, in altre parole.

"Se questo è il documento che Fredrik Stuub intendeva

usare contro i piani di espansione di Groth, doveva aver tratto conclusioni affrettate" pensa, mentre cerca di sciogliere i muscoli del collo. Un leggero mal di testa sta iniziando a farsi sentire.

Continua a leggere un documento dopo l'altro, da cima a fondo, alternandoli alla cronologia delle ricerche su internet. Quando apre la cartella "Lavoro" ha un sussulto. Il documento che sta fissando si intitola *Assunzione in seguito al collocamento in pensione* ed è un contratto tra l'università di Ravenby e il professore emerito Fredrik Stuub.

Karen apre il sito dell'università e si allunga per prendere il telefono.

44

«Jenny a rapporto!»

La voce è allegra e trafelata, come se la rettrice dell'università di Ravenby fosse nel mezzo di una camminata sportiva degna di finire su Instagram e fosse ansiosa di parlarne a chiunque le telefoni.

Non appena Karen si presenta e comunica il motivo della sua chiamata, il tono di aspettativa nella voce di Jenny Older si smorza.

«Sì, certo che so chi è Fredrik Stuub» risponde, ancora affannata. «Ma più che altro lo conosco di nome, se devo essere sincera. Non lavora più con noi da molti anni, ormai. Posso chiederle di cosa si tratta? Non sono autorizzata a rilasciare informazioni senza motivo.»

Karen spiega in modo più vago possibile che Stuub è stato trovato privo di vita nei pressi di casa sua e che lei ha il compito di "raccogliere tutte le informazioni". Per "la consueta routine dell'indagine".

«Oh, che notizia triste» dice Jenny Older senza interesse. «Ma io ho iniziato a lavorare qui proprio quando lui è andato in pensione, perciò lo conoscevo solo di nome, come le ho detto. Com'è morto? Ma certo, questo non potrà dirmelo. Comunque era molto anziano.»

I media non hanno pubblicato i nomi di Fredrik o Gabriel Stuub, ma quali identità si nascondano dietro le notizie non sono un mistero per la gente di Noorö. Jenny Older invece sembra non sapere nulla dei due omicidi. Karen non vede il motivo di illuminarla.

«Non mi dilungherò» prosegue. «In realtà volevo solo parlare con qualcuno che potesse dirmi in breve di cosa si occupava Fredrik Stuub.»

Jenny Older esita per un attimo, poi però decide che quell'informazione non è coperta dall'obbligo di riservatezza.

«Insegnava biochimica e svolgeva delle ricerche. Cioè, ha insegnato qui almeno fino al 2012, quando è andato in pensione. Dopo di che abbiamo stipulato un contratto secondo cui lui poteva continuare ad avere accesso ai nostri locali e attrezzature per altri cinque anni, per poter concludere la sua ricerca. Me lo ricordo perché Fredrik Stuub è stato uno degli ultimi a firmare un contratto del genere. Adesso abbiamo delle nuove regole per i nostri ex collaboratori.»

«Come mai?»

Jenny Older indugia nel rispondere.

«È una questione di priorità, tutto qui. Ci sono state molte discussioni sui pro e i contro di avere dei professori emeriti. Da una parte c'è la trasmissione della conoscenza, dall'altra l'esigenza di riorganizzare attività e risorse. Alla fine la direzione ha deciso di non consentire più ai collaboratori in pensione di lavorare all'interno dell'università.»

«E su cosa svolgeva le sue ricerche Fredrik Stuub?»

«Micotossine. Cioè, diversi tipi di veleni prodotti da muffe. Era un esperto della materia, anche i media si affidavano a lui, per esempio qualche anno fa, quando c'è stato l'allarme per le aflatossine nel riso.»

Karen ripesca nella memoria i titoli sensazionalistici dei giornali secondo i quali ciò che avevamo mangiato per tutta la vita senza problemi ormai costituiva un pericolo mortale.

«Lui però ha sfruttato l'opportunità di lavorare qui solo per un paio d'anni, fino alla fine del 2015, se non ricordo male» continua Jenny Older. «Da quanto ho capito poi si è ritirato e si spera che abbia trovato qualcos'altro che lo impegnasse. Molti sono reticenti ad andare in pensione, ma dopo un po' di solito si adattano. Immagino che succeda in tutte le professioni.»

Lo dice con una risatina confidenziale, d'implicita intesa. Karen reagisce d'istinto al tono della voce, a quella specie di indulgenza cortese e dispiaciuta. Visto che Karen non accenna a replicare, Jenny Older prosegue con un tono che indica che la conversazione, per quanto la riguarda, è conclusa.

«Negli ultimi anni non l'abbiamo né visto né sentito, ma naturalmente informerò subito tutti quelli del dipartimento. Sa quando si terrà il funerale? Sarebbe una buona idea comunicarlo via email, qualcuno magari vorrà partecipare.»

Con un sospiro, Karen conclude la telefonata.

"Che tristezza diventare vecchi" pensa, e continua a esaminare il contenuto del computer di Fredrik Stuub. Proprio come ha detto Jenny Older, l'interesse professionale di Stuub sembra focalizzato su diversi tipi di veleni prodotti da muffe, e infatti ci sono link ad alcuni articoli di giornale in cui ha dato il proprio parere di esperto sull'allarme per le tossine nel riso, sulla muffa nera nelle case costruite con materiale scadente e sul rischio di muffe velenose nella purea e nel succo di mela. Karen fa scorrere lo sguardo su concetti incomprensibili e cifre di misurazioni comparative riguardanti aflatossine, ocratossine, patulina, baudoinia, tricoteceni, zearalenoni e fumonisine, senza trovare nessun collegamento con la distilleria Groths.

Non ha mai sentito parlare di ritrovamenti di muffa nei superalcolici, ma che cosa ne sa davvero? Deve controllare in qualche modo. Che ci sia muffa nelle case costruite male è più credibile. Quello potrebbe essere un grosso scandalo, a seconda dell'estensione del fenomeno e delle sue conseguenze. Forse lì c'è qualche collegamento con i piani di ampliamento della Groths. Non è molto probabile, ma è pur sempre possibile.

"Devo chiedere a qualcuno di esaminare questa roba" pensa Karen scoraggiata, dando un'occhiata all'orologio. È già l'una e un quarto, dovrebbe proprio mangiare qualcosa prima che il mal di testa peggiori. Appena spegne il computer suona il cellulare.

Karl Björken non mostra segni di malessere nonostante abbia appena assistito a un'autopsia.

«Sono sul traghetto e ho una fame della miseria. Hai già mangiato?»

45

«Niente?»

«*Nix*. Björn Groth non ha mai risposto alla minaccia – o quel che era – di Fredrik Stuub. I ragazzi del dipartimento informatico hanno controllato tutte le email cancellate, anche quelle eliminate dal cestino. Sa Dio come facciano, ma Larsen afferma che non ci sono altri scambi tra Fredrik Stuub e Björn Groth.»

Sono seduti in un ristorante nei pressi del terminal dei traghetti. Karen è andata lì ad aspettarlo e ora sono gli unici clienti di quella che potrebbe essere definita una bettola. Semplici tavoli di legno e sedie da bar in alluminio, decorazioni alle pareti con le reti da pesca di prammatica, e "dipinti a olio" di navi nel mare in tempesta. I simboli di fede, speranza e amore stavolta sembrano intagliati in un grosso pezzo di legno portato dal mare e sono appesi sopra la porta della cucina con un'aria minacciosamente pesante.

Karl Björken si stringe nelle spalle.

«Be', Groth potrebbe essere andato da Stuub o avergli telefonato invece di rispondere all'email. È più credibile, se il vecchio avesse avuto davvero qualcosa che minacciava i piani di espansione.»

«È possibile, lo chiederemo a lui. Allora, che cos'ha scoperto Brodal durante l'autopsia?»

«Vuoi davvero sentirlo adesso, prima di mangiare?»

«Vai.»

«Okay, ma non aspettarti grosse sorprese» dice Karl bevendo un sorso di birra. «La gola di Gabriel Stuub è stata tagliata con un coltello a lama seghettata. Probabilmente un coltello da caccia a doppia lama, secondo Kneought. Uno di quelli con tacche più profonde da un lato e meno dall'altro. Molto efficace in entrambe le direzioni, per così dire.»

«Ah, uno di quelli» risponde Karen secca. «Comunque in questo momento sarà nel Mare del Nord.»

«In ogni caso il coltello è stato infilzato in un lato del collo e poi, con un colpo, ha segato la laringe dall'interno all'esterno.»

«Fantastico. Altro?»

«Be', sai com'è il nostro caro Brodal, lui non mette mai la mano sul fuoco per niente, ma è abbastanza convinto che Gabriel fosse seduto con la schiena appoggiata all'albero sotto cui è stato trovato e che sia stato colto di sorpresa alle spalle. La teoria è rafforzata dalle tracce sui pantaloni e dai lievi segni di congelamento sulle natiche.»

«Un'esecuzione rapida, in altre parole.»

«L'hanno infilzato da destra, di traverso da dietro, perciò è molto probabile che abbiamo a che fare con un assassino destrorso.»

«Wow, che rarità. Qualcos'altro?»

Karl scuote la testa.

«Non sull'omicidio, però Gabriel Stuub aveva dei lividi, conseguenza di una rissa avvenuta in precedenza. Non è collegata al momento della morte, cioè, ma sembra proprio che gli abbiano dato qualche bel cazzotto uno o due giorni prima. E poi c'erano tracce di cocaina nel sangue e un fegato che persino Kneought Brodal ha definito in condizioni davvero pessime per un uomo così giovane.»

«Che beveva lo sappiamo, ma sembrava avere un fisico allenato. Anabolizzanti?»

«È proprio quello che Brodal stava cercando, ma dobbiamo aspettare i risultati dei test. Be', queste sono le informazioni essenziali. Poi vedremo cosa scopre Sören.»

«Ovviamente un sacco di dna che ci dirà senza ombra di dubbio chi ha tagliato la gola a quel poveraccio. E il suo telefono infilato in tasca, immagino.»

Karl sogghigna.

«Certo, come no. Scommetto cento marchi che ha fatto la stessa fine dell'arma del delitto. Be', almeno per quello il gestore ci invierà la lista delle chiamate, speriamo. Finalmente» dice subito dopo, spostando lo sguardo sul cameriere.

Karen guarda soddisfatta i piatti fumanti appena messi davanti a loro. "Bettola o no, la zuppa di pesce sembrano capaci di prepararla" pensa, inspirando il profumo di cozze, merluzzo, alghe e aglio. Prima ancora che il cameriere se ne vada, stacca un pezzo di pane nero e se lo ficca in bocca. Mangiano in fretta, con ingordigia, senza parlare. Si scottano con la zuppa e si rinfrescano bevendo piccoli sorsi di birra. Dopo dieci minuti Karen si appoggia allo schienale della sedia e guarda fuori dalla finestra.

«E allora, tu che cos'hai combinato mentre io ero a Ravenby?» chiede Karl. «E che cavolo avevi ieri sera, a proposito?»

«Ho iniziato a esaminare il computer di Fredrik Stuub» risponde Karen ignorando la seconda domanda. «Ci sono un sacco di documenti e vecchie email che voglio guardare.»

Karl raccoglie le ultime gocce di zuppa con un pezzo di pane e se lo infila in bocca.

«Ah sì? Di cosa parlano?» biascica.

«Sembra che fosse leggermente polemico, il caro Stuub. Comunque, proprio come ha detto Byle, scriveva di continuo lettere a giornali e politici locali. Non era contento degli orari dei traghetti durante il fine settimana, protestava contro la decisione di introdurre una tariffa per il centro di raccolta dei rifiuti di Valby, si lamentava per come la polizia gestiva la questione dell'abbandono dell'immondizia. E poi litanie infinite su eccessi di velocità e atti vandalici, soprattutto quelli avvenuti su a Gudheim. Ci sono anche email più vecchie, che scriveva alla figlia, e le risposte di lei.»

«Ulrika? La madre di Gabriel, morta di epatite?»

«Sì, ed è una lettura molto triste. Non ho fatto in tempo a leggerle tutte, ma lui era disperato per la sua malattia e le proponeva un sacco di terapie alternative. Strano che non sia mai stato molto vicino a suo nipote. Ma forse Gabriel aveva ragione nel dire che Fredrik si è un po' rimbambito dopo la morte di Ulrika.»

«O magari non osava più lasciarsi andare con nessuno dopo aver perso la propria figlia. Può essere così, no?»

Silenzio.

"Sigrid gli avrà parlato?" si chiede Karen mentre cerca qualcosa da dire. "Ieri sera, dopo che sono salita nella mia stanza. No, non lo farebbe mai..."

Il tempo si ferma e si sente soltanto l'acciottolio dei piatti proveniente dalla cucina.

«Che cosa sai?» riesce a dire dopo un po'.

«In realtà nulla» risponde Karl tranquillamente. «Ma non sono né sordo né cieco, e da buon sbirro riesco a fare due più due. E ieri sera ho visto la reazione alla mia gaffe.»

«Be', non è certo strano. Ha appena perso sua madre.»

«Non la reazione di Sigrid. La tua. Ufficialmente, so che eri sposata quando vivevi a Londra, e che sei tornata qui dopo il divorzio.»

«Allora sai tutto quello che devi sapere.»

Karl si appoggia allo schienale e la osserva.

«Da quanto lavoriamo insieme?» le domanda.

Karen si stringe nelle spalle.

«Cinque o sei anni.»

«Sette» dice Karl. «Ti fidi di me?»

«Lo sai.»

«Non pensi che sia ora di dirmi la verità?»

Le sembra letteralmente di essere spezzata in due. Il suo riflesso istintivo è di continuare a mentire. Nessuno deve sapere, nessuno dei colleghi, solo i suoi amici più intimi. Ha preso quella decisione nel momento stesso in cui ha accettato l'offerta d'impiego alla polizia criminale, dieci anni prima. Il capo di allora, un amico di sua madre, sapeva cos'era successo e aveva fatto in modo che la verità di Karen diventasse quella ufficiale. Separata, senza figli. Nessuna domanda, non parlare mai dell'accaduto. Solo così sarebbe riuscita ad andare avanti. Se lei ce la fa ad attenersi a quella versione anche adesso, Karl non le porrà mai più domande, lo sa bene.

Poi sopraggiunge una stanchezza infinita, il vuoto estenuante che le bugie lasciano dietro di sé. Karen deglutisce a fatica. Apre la bocca e la richiude.

Avverte il calore della mano di Karl quando la posa sulla sua, e un attimo dopo sente la propria voce. È monotona e distante, come se arrivasse da molto lontano.

«Lo sai che ho vissuto in Inghilterra per molti anni?»

Karl annuisce e la voce continua.

«Avevo un marito e un figlio. John e Mathis. Sono morti in un incidente stradale.»

Karl sta per dire qualcosa, ma si interrompe quando Karen fa un profondo respiro.

«Alla guida c'ero io» continua, guardandolo dritto negli occhi.

Lui tiene lo sguardo incollato al suo, fermo, senza cedere. Aspetta in silenzio.

E lei racconta. Parla di quello che in realtà non riesce a esprimere a parole. Dell'autista del camion che aveva sterzato all'improvviso, di John e Mathis che erano morti sul colpo, mentre lei era stata estratta quasi indenne dall'auto distrutta. Della polizia che le aveva detto che il camionista era pieno di anfetamine per riuscire ad affrontare i ritmi di lavoro.

Di lei che non era riuscita a rimanere a Londra. Del fatto che l'unica strada per andare avanti era quella che l'aveva riportata indietro, a casa. A Doggerland, a Langevik e alla casa in cui era cresciuta.

Gli racconta tutto questo. Ma non gli dice del litigio con John quella stessa mattina, dell'irritazione che l'aveva spinta a mettersi al volante anche se in realtà avrebbe dovuto esserci lui. Non dice niente del fatto che non si era mai davvero abituata alla guida a sinistra, nonostante gli anni passati a Londra. Né dei sensi di colpa che la divorano ogni giorno da allora. Un po' alla volta.

Ma il resto lo racconta. In maniera obiettiva, come se si trattasse di qualcun altro.

E non sprofonda.

46

Succede alle quattro e un quarto precise del pomeriggio. È inaspettato, come quando una finestra si spalanca per un forte colpo di vento e minaccia di richiudersi altrettanto in fretta. Una possibile via d'uscita.

Un borsone, nient'altro, solo il necessario. Con il cuore in tumulto, Aylin Ramnes pensa alla borsa per la palestra nascosta dietro i mobili da giardino nel ripostiglio del garage. La borsa che lei, meno di quaranta ore prima, ha preparato per poi metterla nell'unica parte della casa in cui è probabile che lui non la scopra. Con efficienza da sonnambula si era mossa in silenzio tra guardaroba, bagno e cucina, stando attenta a qualsiasi cambiamento nel suo russare. Quando aveva finito, aveva sciacquato i pantaloni bagnati del pigiama di Tyra.

Adesso ancora una volta passa in rassegna nella mente il contenuto della borsa, fissando le piastrelle sul muro davanti a lei. Due cambi per ciascuno dei bambini, uno per lei, indumenti intimi, medicine, antidolorifici, un sacchetto di caramelle, due libretti di fiabe, una SIM prepagata nuova, un caricabatterie di scorta, contanti. Deve ricordarsi di prendere dalla cassaforte i passaporti, il suo e quelli dei bambini. L'ha letto su internet, da sola non ci sarebbe arrivata. "È ovvio che bisogna portarsi dietro il passaporto. Perché non ci ho pensato? E Orsetto e Coniglio, se me li dimentico i bambini..." I pensieri si bloccano.

"Non ci riuscirò" pensa. "Ha ragione lui, cazzo, non riesco più a fare niente."

Prende la carta igienica e si asciuga, guarda di nuovo l'orologio. Sette minuti da quando Bo, senza preavviso, ha preso la macchina ed è andato in ufficio. "Di sabato pomeriggio" pensa sorpresa. Per qualche ragione si era immaginata che, se mai fosse accaduto, sarebbe stato in un giorno feriale. Un normale giorno lavorativo in cui lei avrebbe avuto abbastanza tempo per fare tutto per bene. Adesso lui dovrà solo prendere qualche documento e tra un'ora sarà già tornato, se viene subito a casa; forse addirittura prima, se guida velocemente.

"No, c'è troppo poco tempo" pensa. È troppo rischioso. È più sicuro aspettare un'altra volta. Magari adesso starà tranquillo per qualche giorno, di solito fa così dopo uno sfogo come quello di stanotte. È più saggio aspettare dopo le feste, tra l'altro, quando ricomincerà a lavorare sul serio e io potrò pianificare meglio tutto, invece di stressare i bambini.

Si tira su i pantaloni, si alza e tira lo sciacquone. Sente il bruciore al basso ventre. Alza il miscelatore e si sciacqua le mani, guardando l'acqua che scroscia sulla fede e scorre nell'ampio lavandino, mulinando giù nello scarico. Poi alza la testa e incontra il proprio sguardo nello specchio, vede l'occhio destro che è quasi del tutto chiuso per il gonfiore, il taglio nero nel punto in cui il labbro si è rotto, i nuovi segni dei pollici sulla gola. Questa volta non servirebbe a niente prendere la scatoletta con i correttori. Persino Bo se n'è reso conto. «La mamma è inciampata sulle scale» ha detto ieri a colazione, ed è stato accolto dal silenzio. Lei ha fatto un sorriso per tranquillizzare Mikkel ma non ha avuto il coraggio di guardare Tyra negli occhi.

Un'altra rapida occhiata all'orologio, sono già passati undici minuti. "Se io... no, non faccio in tempo, devo aspettare. Per il bene dei bambini..."

I pensieri sono interrotti dalle immagini che le passano davanti: l'orsacchiotto di Tyra, la pozza di urina sulla scala. Quello che sapeva già d'istinto quando aveva aperto la porta della camera dei bambini. Mikkel che dormiva ancora, inconsapevole. E poi Tyra. Nascosta sotto la coperta con gli occhi spalancati e i pantaloni del pigiama fradici.

Immagini che non riuscirà mai a cancellare dalla memoria.

«Non aver paura, piccola» aveva detto togliendole i pantaloni bagnati per metterglìene un paio pulito.

Tyra non aveva risposto.

«Tutto andrà a posto, la mamma te lo promette» le aveva ripetuto accarezzandole i capelli.

La mamma te lo promette.

Con le mascelle serrate, Aylin Ramnes prende un po' di sapone, lo spalma sul dito e inizia a sfilarsi l'anello con il grosso diamante. Quell'anello esagerato che ha portato ogni giorno per quasi sei anni nonostante la grossa pietra le dia fastidio. L'anello che è sempre stato troppo piccolo per il suo dito, ma che lei non si è mai decisa a cambiare. Non si muove. Rimane incastrato mentre il panico aumenta e altre immagini le scorrono davanti: la frustrazione di Bo quando aveva dovuto faticare per infilarglielo. La sua irritazione offesa quando lei aveva proposto di allargarlo o di comprare un anello più semplice. Il primo barlume di collera e lei che, disperata, aveva fatto di tutto per placarlo. Ignorando i campanelli d'allarme, gli aveva assicurato che l'anello le piaceva e lo amava; si era sbagliata. L'anello era perfetto così com'era, andava benissimo. Lui aveva ragione, era stata una sciocca.

Tira talmente forte che per un attimo ha quasi paura che il dito si stacchi e ha un sussulto quando all'improvviso l'anello si sfila e finisce nel lavandino con un tintinnio sordo. E proprio in quel momento, mentre porta d'istinto la mano alla bocca e urta con il dito il labbro dolorante, qualcosa si sveglia dentro di lei. Qualcosa di strano e duro che le ribolle dentro da due giorni. La sensazione che ha represso per quasi sei anni, una sensazione estranea che elimina tutte le altre. Non è coraggio, né dolore, e nemmeno rabbia. Probabilmente è odio.

Con una mossa rapida ripesca l'anello e lo infila nella tasca posteriore. Poi spegne la luce e chiude la porta dietro di sé. Diciassette minuti.

Deve di nuovo fare pipì.

La porta del ripostiglio si apre senza opporre resistenza e la borsa è lì dove l'aveva lasciata due giorni prima, nascosta dai teloni, sotto il tavolo da giardino di rattan grigio, incastrata tra il baule dello stesso materiale e l'enorme ombrellone arrotolato. Un posto sicuro, in pieno inverno. Si stupisce di quanto sia leggera quando la solleva per metterla nel bagagliaio e pensa che deve aver preso troppa poca roba, deve aver dimenticato qualcosa di importante.

Ventisette minuti.

Tyra è sul divano a guardare la tv. Quando Aylin le dice con voce allegra che andranno a fare un giro, sale in auto senza fare storie e si arrampica sul suo seggiolino. Non chiede dove andranno, ma Aylin continua a parlare con voce tesa dall'ansia.

«Sarà una bella sorpresa, ma dobbiamo fare in frettissima e se non vi sbrigate non faremo in tempo.»

Mikkel si è tolto i vestiti che gli ha messo stamattina e adesso è seduto per terra in cucina con solo le mutande a giocare con le macchinine. Non vuole vestirsi. Non vuole andare a fare un giro. Le sue urla mentre tenta di divincolarsi quando alla fine lo solleva le danno una scarica di adrenalina e la mano le trema fuori controllo. Alla fine abbandona ogni tentativo di vestirlo e lo porta in auto tenendolo sotto un braccio.

Trentanove minuti.

«Non voglio.»

Mikkel cerca di uscire dal seggiolino. La rabbia fa salire le lacrime agli occhi di entrambi. Solo Tyra è tranquilla. È seduta in silenzio nel suo seggiolino e guarda fuori dal finestrino con Orsetto in braccio. Con un ultimo sforzo, Aylin riesce ad allacciare la cintura a suo figlio, avvolge il suo corpo nudo nel plaid che c'è sul sedile posteriore e chiude la portiera sui suoi strilli disperati. Due respiri profondi prima di aprire quella del guidatore.

Nel momento stesso in cui si mette al volante si rende conto che i passaporti sono rimasti in cassaforte. Una rapida occhiata all'orologio e per un attimo i pensieri le vorticano in testa e il panico aumenta, quando si rende conto di non ricordare il codice. "Mio Dio, sto diventando pazza, ha ragione lui." Poi la memoria si sblocca e riapre la portiera. Inventa una bugia per guadagnare il tempo che le serve.

«Andiamo dai nonni. Vi hanno comprato una sorpresa» dice.

Salendo al primo piano, recita tra sé le cifre. "1872, Dio ti prego, fa' che non abbia cambiato il codice." Con mani tremanti riesce ad aprire al secondo tentativo. I passaporti sono impilati e tenuti insieme da un elastico. Lo toglie velocemente e mette da parte il passaporto di Bo. Nello stesso istante vede il portagioielli di pelle color panna. Lo prende in fretta e svuota il contenuto sulla scrivania, arraffando la sua roba: i gioielli che le ha regalato Bo per i compleanni e a Natale, l'orologio d'oro che le hanno dato i suoi genitori per il diploma, le perle ereditate da sua nonna, il vecchio Rolex del nonno. Ficca tutto nelle tasche dei jeans e nel reggiseno, inizia a rimettere a posto il resto ma si interrompe. Riordinare non farà diminuire la rabbia di Bo quando tornerà a casa. Con un'ultima occhiata al disordine, corre giù dalle scale.

Quando Aylin Ramnes sei minuti più tardi ritorna al volante, il sudore le cola lungo la schiena e il cuore le batte così forte in gola che quasi non riesce a deglutire. Senza dire una parola esce in retromarcia dal vialetto, fin troppo rapidamente, e si immette nella via. Guida più veloce del solito. Vede le case sfrecciarle accanto e un vicino che si ferma di colpo sul marciapiede e alza un braccio in segno di protesta.

Sul sedile posteriore c'è silenzio, adesso. Non un silenzio pieno d'aspettativa, pensa, guardando il suo viso sconvolto nello specchietto. È un silenzio pieno di terrore. Mikkel si è messo il pollice in bocca e con le piccole dita accarezza l'orecchio logoro del coniglietto di spugna. Come se sentisse lo sguardo della madre su di lui, alza gli occhi.

«Piccolo, scusami se ho urlato» dice Aylin sollevando gli angoli della bocca in un sorriso rigido.

Mikkel toglie il pollice di bocca e, con la voce sottile per il pianto che si è appena calmato, domanda: «Dici che hanno preso un cane?».

Tyra non parla.

Ancora mezzo chilometro, mentre si dirige attenta verso l'incrocio, con il terrore di veder spuntare la Mercedes nera di Bo. Pensa che se solo riesce a passare e girare a destra sulla via principale prima che lui torni, ce la farà. Lui arriva dalla città, dall'altra direzione, e non la vedrà se lei fa in tempo a raggiungere il punto in cui la strada fa una curva. "Ti prego, Dio" implora in silenzio, sentendo le mani sudate che scivolano sul volante. "Dammi solo qualche altro minuto, solo qualche minuto." Non ha bisogno di guardare l'orologio un'altra volta, sa che il tempo sta per scadere.

Adesso il vento è forte, la finestra sta per richiudersi da un momento all'altro. E non si riaprirà mai più.

47

Björn Groth si esamina la punta delle dita con un'espressione sorpresa. Guarda le macchie d'inchiostro come se non avesse ancora capito perché gli hanno messo davanti un tampone nero e un foglio con dieci quadratini vuoti. E come se il disgusto lo assalisse all'improvviso, si sfrega le dita sulle gambe dei pantaloni.

«Mi spiace di non aver portato strumenti più moderni: comunque si toglie con acqua e sapone. Grazie di essere venuto qui di sabato» dice Karen.

«Avevo altra scelta?»

«In realtà no» risponde lei con un mezzo sorriso. «Posso offrirle qualcosa, a proposito? Caffè, tè?»

La stanza è angusta e c'è posto solo per un piccolo tavolo con l'attrezzatura per la registrazione e quattro sedie. Karen lancia uno sguardo irritato al soffitto, dove una lampada al neon ha iniziato a tremolare. Se rimane lì a lungo, il mal di testa le tornerà di sicuro.

Ricorda la conversazione con Karl al ristorante giù al porto. Lui non ha fatto altre domande, si è limitato ad ascoltarla mentre raccontava. Niente dettagli, niente del prima o del dopo, gli aveva solo detto come stavano le cose. Aveva avuto un marito e un figlio e adesso non c'erano più. Niente palpitazioni o vertigini, nulla era andato in pezzi nonostante lei avesse pronunciato il loro nome a voce alta. "Sono ancora qui" pensa, guardando con la coda dell'occhio il soffitto della stanzetta. "Sto per interrogare qualcuno in una stanza con le luci tremolanti, e sono rimasta a galla."

«No grazie, però vorrei sapere perché sono qui» risponde Björn Groth sedendosi. «Vi ho già detto tutto quello che so.»

Si passa entrambe le mani sulla criniera, come per assicurarsi che sia ancora al suo posto.

«Non proprio tutto, temo» ribatte Karen. «È ancora sicuro di non volere un avvocato?»

«Procedete pure. Non ho niente da nascondere.»

Karen aspetta mentre Karl fa partire il registratore, attende il suo segnale e poi dice: «Interrogatorio di Björn Groth, relativo agli omicidi di Fredrik Stuub e Gabriel Stuub. Sabato 2 gennaio, ore 15.04. Sono presenti, oltre a Björn Groth, la responsabile delle indagini, ispettrice Karen Eiken Hornby, e l'ispettore Karl Björken».

«Andrò dritta al punto» prosegue Karen. «Lei ha detto di non conoscere Fredrik Stuub, quando ci siamo parlati l'altra volta. Lo conferma?»

«Sì, lo confermo» dice Björn Groth rigido. «Perché?»

«Okay, riformulerò la domanda. Ha mai avuto alcun contatto con lui? Qualche volta, in qualsiasi modo, per qualsiasi motivo?»

«Naturalmente ci siamo incrociati nel corso degli anni, l'isola non è poi così grande. Avremo anche parlato del più e del meno, ma nient'altro. Perché me lo chiedete?»

Nella sua voce è subentrata una leggera insicurezza, appena percepibile, ma Karen sa che anche Karl se n'è accorto. Senza distogliere lo sguardo da Groth, con la coda dell'occhio vede che Karl si china in avanti, e lascia che sia lui a fare la domanda.

«Come mai allora Fredrik Stuub le ha mandato un'email?»

Fa scivolare sul tavolo la stampa dell'email di Stuub e recita il testo a memoria, parola per parola: «"Ho delle informazioni che possono bloccare i vostri piani di espansione. Mi contatti al più presto". Non mi sembra esattamente parlare del più e del meno».

Il cambiamento è istantaneo. In un attimo sembra che

l'uomo di fronte a loro crolli. A capo chino, si guarda di nuovo la punta delle dita macchiate, ma non dice niente.

«Cosa sapeva Fredrik Stuub che poteva bloccare i suoi piani di ampliamento?»

«Niente.»

«Niente? E noi dovremmo crederci?»

«Potete credere quello che volete.»

«Okay, ma noi adesso non vogliamo credere, vogliamo sapere. E lo scopriremo, prima o poi, perciò tanto vale che ce lo dica. Ha contattato Fredrik come lui le aveva chiesto di fare?»

«No. Voglio un avvocato. Ho cambiato idea.»

Karen sospira.

«Le dispiace rispondere alla domanda?»

«Non ho altri commenti da fare. Non so di cosa si trattasse e non l'ho mai richiamato. Voglio un avvocato.»

«Okay, allora ci rivedremo domani. O preferisce lunedì mattina? Ci sarà un bell'andirivieni di politici, qui nel quartiere. Rischia di imbattersi in qualcuno che le farà delle domande. Può dirci tutto oggi oppure tornare lunedì, se preferisce. Prima o poi dovrà comunque rispondere alle nostre domande.»

Karen si appoggia allo schienale e aspetta, vedendo Groth combattuto tra le alternative.

«Okay» dice lui alla fine. «L'ho chiamato.»

«Ha chiamato Fredrik Stuub, intende dire? E quando?»

«Il ventidue, lo stesso giorno in cui è arrivata l'email. Ho pensato che si trattasse ancora di quella maledetta strada.»

«Può dirci qualcosa di questa "maledetta strada"?» domanda Karl in tono mite.

«Il vecchio era rimbambito» risponde Björn Groth allargando le braccia. «Si era convinto che la nuova strada che vogliamo costruire danneggerebbe quella maledetta nave di pietra. Correva sempre là e si comportava come se fosse roba sua.»

«Ma aveva ragione?» chiede Karl. «Una nuova strada e un centro congressi senza dubbio sembrano cose che hanno un grosso impatto su... su delle rovine antiche.»

Björn Groth sbuffa.

«Quelle pietre sono lì da duemila anni e resisteranno anche a una strada che passa a un chilometro di distanza. Be', il progetto prevedeva di farla passare più vicino, ma poi la soprintendenza dei Beni culturali e ambientali si è opposta, perciò abbiamo fatto una nuova proposta, che è stata approvata. Molto più costosa, ma almeno ce l'hanno approvata. E Stuub lo sapeva.»

«Che cos'ha detto al telefono, allora?»

«Niente.»

Karen sente montare l'irritazione e sta per aprire bocca, ma viene interrotta da Groth.

«Io gli ho detto che poteva finire male per lui, se avessi portato alla polizia la sua email, che aveva tutta l'aria di un ricatto.»

«E lui non ha risposto?»

«Be', mi ha detto di non inventare bugie, e che lui non aveva mai minacciato nessuno, ma se avesse voluto avrebbe potuto farlo. Poi mi ha sbattuto il telefono in faccia prima che potessi dire altro. Ve l'ho detto che era rimbambito.»

«E allora, cosa dobbiamo pensare?» domanda Karen dopo che Björn Groth se n'è andato.

Con aria stanca, sposta una ciocca di capelli dagli occhi e li socchiude alla luce tremolante della lampada.

«Io dico che voglio una birra e un whisky gigante» risponde Karl con un sospiro. «Di qualsiasi marca tranne la Groths.»

48

«Dio santo, cos'è quello?»

Karl Björken si china e gira la testa per riuscire a guardare fuori dal finestrino. Sono usciti dalla statale, appena prima del cartello che indica il confine tra i distretti di Skreby e di Gudheim. L'edificio che Karl sta osservando, con un misto di interesse e incredulità, è una costruzione di quattro piani in arenaria color avorio che torreggia davanti a loro, e diventa più alta e più minacciosa man mano che si avvicinano. Il corpo della casa, a parte la grandezza, è ordinario: sembra un enorme rettangolo messo in verticale. Quello che fa pensare a una cartolina dalle Alpi tedesche, piuttosto che alle brughiere di Noorö spazzate dal vento, sono le torri che si ergono ai quattro angoli, tendendosi verso il cielo grigio di nubi. In cima a ogni torre c'è un parapetto merlato in stile medievale.

«Il vecchio padrone delle miniere, Huss, l'ha costruita all'inizio del secolo scorso» dice Karen. «È l'espressione della sua megalomania, suppongo.»

«O di un pisello piccolissimo» commenta Karl con una risata rozza.

«Forse. La gente qui lo chiama il "Complesso". Dicono che lui non abbia mai colto il doppio senso.»

Karen rallenta e svolta in una strada sterrata diritta, costeggiata da castagni spogli.

«Figuriamoci se non doveva avere anche un viale d'ingresso imponente» dice, percorrendolo con lentezza e guardando in alto verso la casa. «Dev'essere bello d'estate.»

«Non sei mai stata qui, prima d'ora?»

«No, ci sono solo passata vicino. Da bambina questa casa mi piaceva, mi sembrava uscita da un libro di fiabe.»

«Be' adesso non dà più quell'impressione» dice Karl. «Guarda la facciata.»

Passano intorno a un parco con nel mezzo qualcosa che assomiglia a un laghetto per le carpe congelato e parcheggiano davanti alla grande scalinata di pietra. Karen spegne il motore, si tende in avanti e osserva l'arenaria che si sta sgretolando. Da lontano il Complesso può ancora ricordare un castello, ma da qui, oltre alla facciata rovinata, si vede anche un leggero strato di fuliggine nera.

«Umidità» spiega. «E polvere di carbone. È impossibile toglierla del tutto, e qui vicino alle miniere è ancora peggio. Su, andiamo» aggiunge con un'occhiata all'orologio.

Le cinque meno due minuti. Con un po' di fortuna tra un'ora se ne andranno.

Non sono ancora arrivati a metà della scala quando l'ampio portone si apre e William Tryste esce per accoglierli.

«Immagino che non sia stato difficile trovarci» dice con un largo sorriso, tendendo la mano. «Non è certo una casa discreta, quella che ho ereditato.»

«Da piccola non mi stancavo di ammirarla» risponde Karen. «Mi sembrava che assomigliasse a un castello. Be', è ancora... imponente.»

William Tryste fa una risatina.

«Non c'è bisogno di essere diplomatici. A differenza dei miei antenati, noi sappiamo benissimo che cosa intendesse la gente con il soprannome "Complesso".»

«Suppongo che riscaldarla costi moltissimo» commenta Karl guardandosi intorno nell'atrio gigantesco.

«Ne usiamo solo un quarto. Metà del piano terra e metà del primo piano sono più che sufficienti per la nostra famigliola. Il resto è chiuso. La Groths mi paga molto bene, non mi lamento, ma per riscaldare questa casa ci vorrebbe il triplo. Andiamo? Mia moglie ci aspetta in soggiorno.»

Percorrono l'atrio in cui una larga scalinata con il corrimano rivestito di pelle sale verso un pianerottolo, per poi dividersi in due scale più piccole e ripide.

«Abitiamo nell'ala sud» dice William Tryste indicando la parte sinistra della scala. «Di sopra ci sono la nostra camera e il bagno. Prego, da questa parte!»

Li conduce oltre la scala e la porta socchiusa di quello che sembra lo studio. Karen intravede la cucina dall'altra parte di un lungo corridoio di servizio e osserva un tramezzo con un'altra scala che conduce al piano inferiore.

«In realtà ci siamo presi la parte di casa in cui ai bei tempi andati viveva la servitù» spiega Tryste. «Quella scala porta alla lavanderia, alla dispensa e alla vecchia cantina. Ho qualche fantastica bottiglia laggiù, ma immagino che non possiate essere indotti in tentazione mentre siete in servizio.»

«Purtroppo no» risponde Karl. «Quindi non esiste solo il whisky, anche per un esperto di distillazione?»

«No, io mi definisco dipendente da più sostanze» replica William Tryste ridendo, e apre la porta di un soggiorno oblungo. «Posso presentarvi mia moglie, Helena? Questi sono gli ispettori Karen Eiken Hornby e Karl Björken.»

Una donna di mezza età, con i capelli lunghi e scuri raccolti in una coda bassa, si alza da una poltrona. Si stringono le mani e Karen nota che Helena Tryste non irradia la stessa sicurezza di sé di cui è dotato suo marito. Al contrario vede un filo di titubanza, quasi timidezza, quando i loro sguardi si incontrano.

«Benvenuti» dice con un sorriso austero. «Possiamo offrirvi qualcosa? Caffè, tè?»

Karen rifiuta, senza aspettare la risposta di Karl. Si ricorda dalla volta precedente che l'eloquenza di William Tryste sarà pure simpatica, ma fa anche perdere un sacco di tempo, e lei non vuole trattenersi più del necessario.

«Grazie, ma non ci fermeremo molto» risponde.

Dopo un cenno d'invito di William Tryste, si siedono su un divano blu e si guardano intorno nella stanza. Per fortuna nell'arredamento non c'è traccia dei lampadari di cristallo e dei mobili di quercia e pelle marrone scuro che dominano la casa dei Groth, e Karen nota che la libreria sembra contenere libri acquistati in epoca moderna. Ma proprio come dai Groth, Helena, senza chiedere, va a prendere dei bicchieri e alcune bottiglie di acqua minerale da un carrello e li mette davanti ai suoi ospiti, secondo l'usanza doggerlandese. Si può anche accettare di non poter servire caffè o tè – perlomeno se i visitatori sono poliziotti, doganieri o ufficiali giudiziari – ma non offrire nemmeno l'acqua è impensabile.

«Allora» dice William Tryste, sedendosi nella poltrona di fronte a loro. «Da quanto ho capito volete parlare di ieri, ma cosa volete sapere?»

Dieci minuti dopo, tutte le informazioni che i Groth e i loro ospiti hanno fornito in relazione alla sera di due giorni prima sono state confermate dai Tryste. Loro se ne sono andati dalla festa appena prima dell'una. Helena Tryste non ha bevuto e hanno accompagnato a casa la segretaria, Eva Framnes. L'unico elemento in cui il loro racconto differisce dagli altri è la telefonata ricevuta da Björn Groth durante la cena, per cui si è allontanato da tavola.

«Ma è stato via non più di cinque minuti, ed è successo molto prima di mezzanotte» dichiara William Tryste.

«E lei non sa di cosa trattasse la telefonata, immagino?»

«Non ne ho idea. Ma ho pensato che fosse strano ricevere una chiamata a quell'ora all'ultimo dell'anno. La sua famiglia era lì e non credo che potesse trattarsi di lavoro.»

«Si ricorda se era turbato quando è tornato?»

«No, piuttosto un po' preoccupato, forse. Ma in tutta sincerità non mi sembra corretto parlarne. Dovreste chiedere a lui.»

«Lo faremo» risponde Karen, notando che William Tryste sembra pentito di aver menzionato la cosa.

Scambia una rapida occhiata con Karl, si appoggia allo schienale e lascia che sia lui a continuare.

«Vorremmo che ci raccontasse quello che sa di eventuali minacce alla distilleria o alla famiglia Groth» dice l'ispettore.

Cala il silenzio. Lentamente, il padrone di casa si china

per prendere un apribottiglie e una bottiglia. Quando fa leva sul tappo, il sibilo riempie tutta la stanza. "Non sembra sorpreso" pensa Karen "ma vuole guadagnare tempo."

«Minacce ai Groth?» chiede poi lentamente. «E per cosa?»

«È proprio quello che vogliamo scoprire. Per esempio, cosa poteva sapere Fredrik Stuub che potesse minacciare i progetti di ampliamento?»

«Minacciare l'ampliamento? Niente, ovvio. Abbiamo già completato l'intero processo, con indagini e zonizzazioni. La delibera arriverà al consiglio provinciale tra una settimana e tutti i partiti daranno l'approvazione all'unanimità. Almeno secondo le informazioni che ho io.»

«E come fate a esserne così sicuri? L'opposizione di solito vota contro, se non altro per principio.»

«In parlamento, forse, ma non nelle province. Certo, è chiaro che il dibattito politico può essere intenso anche qui, ma non in casi come questo. Nessun politico locale dotato di istinto di sopravvivenza voterebbe contro qualcosa che crea posti di lavoro e...»

«...dà un posto a Noorö sulla cartina del mondo» completa Karen con un sospiro. «Sì, è quello che ha detto anche Björn Groth. Ma a quanto pare Fredrik Stuub per qualche motivo si opponeva alla vostra espansione. Credeva che costituisse un pericolo per la nave di pietra di Gudheim, se ho capito bene.»

William Tryste si appoggia allo schienale sospirando, e Karen nota con la coda dell'occhio che sua moglie lo imita. "Probabilmente c'è spazio solo per una personalità forte, in una relazione" pensa.

«È vero. Dobbiamo spostare la strada e costruirla molto più larga di adesso. In pratica ciò significa che diventerà una specie di prolungamento della statale e nel piano originario sarebbe passata relativamente vicino alle pietre, cosa che la soprintendenza per i Beni ambientali aveva bocciato. Ma adesso è tutto risolto. Certo, i costi saranno più alti e si è già accumulato un notevole ritardo, ma non c'è dubbio che il progetto sarà approvato.»

«Quindi non ci sono più problemi per la vicinanza alle

pietre di Gudheim? Nessuna protesta per lo sfruttamento di quell'area?»

«Non che io sappia.»

«Forse Fredrik aveva paura di ulteriori atti vandalici lassù, se la vostra espansione attirerà più turisti...» propone Karen. «Gli ultimi sono stati attacchi seri, a quanto ho capito.»

William Tryste si irrigidisce. Poi aggrotta la fronte e sembra cercare nella memoria.

«Questo spiegherebbe...» dice esitante. «No.»

«Che cosa?»

La voce di Karl è tagliente e Karen vede che anche Helena Tryste si irrigidisce.

«Niente, non significa niente. Non in pratica.»

Aspettano in silenzio, vedendo che ancora una volta Tryste sembra maledire le sue parole avventate e sta cercando l'espressione adatta.

«Coraggio» lo incalza Karl, impaziente.

«I buchi con il trapano» continua William Tryste a voce bassa. «Ho pensato che fossero strani. Non è una cosa che ci si aspetta da ragazzi annoiati. E poi quei vandali difficilmente riuscirebbero a pianificare una cosa del genere. Voglio dire, imbrattare è una cosa, ma...»

«Pianificare? Prendere un trapano non è che richieda questa gran pianificazione» obietta Karl.

Karen è rimasta in silenzio. Osserva il padrone di casa e vede che cerca disperatamente di trovare una spiegazione diversa da quella che sta pensando.

«Lei ritiene che i Groth abbiano qualcosa a che fare con gli atti vandalici?» domanda Karen. «E che Fredrik Stuub sapesse qualcosa?»

«No» risponde Tryste come se cercasse di ricordare. «Lui non ha mai messo piede alla distilleria, a quanto ne so. Non poteva immaginare niente.»

«Adesso le conviene parlare chiaro» sbotta Karl Björken. «Cosa c'è alla distilleria che può collegare i Groth ai buchi fatti con il trapano?»

Sembra che William Tryste lotti con se stesso mentre loro

aspettano che continui, in silenzio. Alla fine fa un profondo respiro.

«Cemento esplosivo» dice piano lasciando uscire l'aria. Helena Tryste fa un respiro affannato, come un'imitazione in ritardo di suo marito.

«Cemento esplosivo?» chiede Karen spostando lo sguardo tra Karl e Tryste.

«Di quello usato per riempire i buchi fatti dai trapani se si vuole far esplodere una roccia senza usare la dinamite» spiega Karl. «Molto pratico, se uno volesse trasformare l'intera nave di pietra in sassolini, o no?»

William Tryste annuisce.

«Sì, proprio così. Ma è un'idea assurda.»

«E questo cemento esplosivo quindi si troverebbe alla Groths?» domanda Karen.

«Sì, ho trovato alcuni sacchi in un magazzino dietro l'ufficio. Al momento non ho dato peso alla cosa, anche se non capivo a cosa servissero.»

«Non ha chiesto a nessuno?»

«Mi pare di aver detto qualcosa a Björn. Ma lui ha risposto che non aveva idea di come fossero finiti lì. In ogni caso ha detto di non averli comprati lui.»

«E Fredrik Stuub non è mai stato alla distilleria, dice? È sicuro?»

Tryste guarda Karl negli occhi e annuisce di nuovo.

«Per quanto ne so. E anche se fosse venuto in visita, non avrebbe di certo potuto rovistare nel magazzino. In realtà non so perché mi è venuta in mente questa cosa, ma voi avete parlato di minacce e di quei buchi, e ho fatto due più due. Ma no, Fredrik non può aver saputo dei sacchi.»

"Gabriel Stuub però sì" pensa Karen. "E potrebbe averlo detto a suo nonno."

49

«Ecco qua» dice Karl mentre si allaccia la cintura di sicurezza. «La domanda a questo punto è: sarà stato Björn a ideare questo piano astuto o qualcun altro della famiglia?»

«Sempre che sia un piano astuto» ribatte Karen. «Cosa ci guadagnano, visto che la strada è già stata approvata?»

«Be', immagino che risparmierebbero qualche milione, non dovendo girare intorno alle pietre, se rimane solo un mucchio di sassi.»

«Qualche buco ben piazzato, un po' di cemento e *bum!*, tutti i problemi sono risolti. È questo che intendi? Fatico a crederci.»

«È una soluzione rapida. E poi ci vogliono almeno ventiquattr'ore dopo che i buchi sono stati riempiti perché le pietre si spacchino. È perfetto per trovarsi lontano al momento dell'esplosione.»

Karen mette in moto e percorre in silenzio il viale dei castagni mentre i suoi pensieri vagano. Che qualcuno dei Groth si sia preso la briga di vandalizzare le pietre antiche non le sembra molto plausibile. La nave di pietra dovrebbe giocare un ruolo importante nel progetto di attirare a Noorö turisti e partecipanti a congressi. D'altro canto, Fredrik Stuub può benissimo aver creduto che loro fossero pronti a fare una cosa del genere per risparmiare qualche milione, e aver agito partendo da quel presupposto. Ma che cosa ci avrebbe guadagnato lui, a mandare un'email a Björn Groth, invece di rivolgersi alla polizia? O ai giornali? Se davvero voleva bloccare i piani di espansione, sarebbe stato molto più efficace diffondere delle voci e screditare il progetto.

«Magari non era poi così idealista» dice Karl, che a quanto pare sta pensando le stesse cose. «Magari il vecchio voleva estorcere dei soldi ai Groth.»

«Sempre che fosse al corrente dei sacchi di cemento. Forse invece si trattava di tutt'altro.»

Karl non risponde. Proprio mentre Karen mette la freccia per imboccare la statale un'immagine le riaffiora dalla memoria.

«Cemento espansivo!» esclama, battendo le mani sul volante. «Ma è ovvio! Dev'essere la stessa cosa.»

Karl ha preso il cellulare e sta scrivendo un sms. Probabilmente a Ingrid, pensa Karen. I gemelli non avevano ancora compiuto due anni quando un altro bambino aveva annunciato il suo arrivo nella famiglia Björken, e Ingrid non sembrava felice del fatto che suo marito, invece di prendere il congedo di paternità come previsto, fosse stato richiamato in servizio. "Mi chiedo come abbia fatto Smeed a convincerlo" pensa.

«Ha molti nomi» dice Karl distratto continuando a digitare. «Lo chiamano anche cemento demolitore. Perché?»

«La cronologia delle ricerche di Fredrik Stuub. Aveva cercato "cemento espansivo".»

Karl appoggia il telefono in grembo e si gira verso Karen.

«Be', tombola, allora! Dobbiamo parlare ancora con Groth. Ci andiamo subito?»

«No, aspettiamo. Non credo che parlerà un'altra volta senza avvocato.»

«Possiamo davvero aspettare fino a lunedì?»

Karl non riesce a nascondere la speranza nella sua voce.

«Tu vai a casa» dice Karen calma. «I Groth non andranno da nessuna parte. Posso portarmi dietro Byle, domani, nel caso debba parlare con loro.»

«Quindi tu ti fermi?»

«A essere sincera non ce la faccio a guidare fino a casa. Mi bastano tutti i chilometri che mi tocca fare avanti e indietro su questa maledetta strada.»

«È una bella isola» dice Karl con un ghigno. «Ma molto lunga.»

Nello stesso momento squilla il cellulare di Karen.

«Sarà Smeed» ipotizza lei dando un'occhiata all'orologio. In Thailandia dev'essere notte fonda. "E quindi non sarà sobrio" pensa sospirando. Si sistema l'auricolare, schiaccia il tasto sul cavo e risponde in tono formale.

Ma invece della parlata strascicata del suo capo, sente una voce talmente agitata che fatica a riconoscerla.

«Ciao Karen, sono Leo. Credo che tu debba venire a casa. Subito.»

50

Karen non sa come ha fatto, ma è riuscita a non andare fuori strada. Il suo primo istinto è strapparsi l'auricolare. Non vuole sentire. Qualunque cosa sia, non vuole sapere.

«Che cos'è successo?» dice, chiedendosi se la sua voce si senta attraverso il ronzio che ha nelle orecchie. «Si tratta di Sigrid?» sussurra, e sa che dev'essere successo il peggio. Altrimenti Leo non avrebbe chiamato.

Quelle parole fanno agire Karl all'istante.

«Fermati lì» le dice, indicando un palo con il logo dell'azienda dei trasporti. «Fai come ti dico, Karen.»

Il tono deciso nella sua voce la fa obbedire. Karen frena di colpo e svolta nella fermata dell'autobus.

«Ci sei?» dice la voce di Leo. «Sei ancora lì? La linea è disturbata.»

«Che cos'è successo?»

«È piena di lividi. E spaventata. Adesso è qui in cucina, ma l'ha pestata per bene.»

«Chi l'ha picchiata? Se è stato quello stronzo di Sam, io...»

L'immagine dell'ex ragazzo di Sigrid le attraversa la mente. Sono passati tre mesi da quando si sono lasciati, ma sa che Sam la chiama ancora, lamentandosi perché vorrebbe tornare insieme a lei. Le sembra di vederlo: allampanato, le braccia ancora più tatuate di quelle di Sigrid, più piercing e i capelli lunghi e neri come i suoi. Samuel Nesbö ha un'aria pericolosa, ma Karen non avrebbe mai pensato che fosse un violento.

Mentre i pensieri le vorticano in testa, vede che Karl toglie la chiave dall'avviamento e apre la portiera dal suo lato. Poi torna la voce di Leo.

«Sam? Cosa cavolo stai dicendo? È stato suo marito, no? Quel cazzo di Bo o come diavolo si chiama.»

Tutto si immobilizza. Un attimo dopo la preoccupazione si è trasformata in rabbia.

«Aylin» mormora. «Bo l'ha picchiata?»

«Sì, di brutto. Ha portato anche i bambini e dice che è solo questione di tempo prima che quel bastardo venga qui.»

«Parto subito» dice Karen. «Ma ci vorrà qualche ora prima che arrivi. Chiamate subito la polizia e...»

«Si rifiuta» la interrompe Leo. «Dice che se ne andrà se chiamiamo gli sbirri. Sia io che Sigrid abbiamo cercato di convincerla.»

«Ha bisogno di un dottore?»

«No, quello no. Dice che non ha niente di rotto.»

«Avete parlato con Marike?»

«No, ho chiamato prima te.»

Karen serra le mascelle e riflette, mentre Karl la fa girare intorno all'auto, con decisione, fino al lato del passeggero. Se Bo sospetta che Aylin è andata a casa di Karen, può precipitarsi a Langevik da un momento all'altro. Se loro tentano di andare via, rischiano di incrociare la sua auto per strada.

«Restate dove siete. Chiudete tutte le porte e le finestre e portate Aylin e i bambini di sopra. È venuta con la sua macchina o in taxi?»

«Con la sua macchina. Non so come abbia fatto, ma...»

«Allora esci e portala da un'altra parte» taglia corto Karen. «Prendi la strada sterrata vicino a casa e vai fino alla piazzola. Poi gira a sinistra oltre gli scogli piatti e scendi nell'avvallamento sotto alla cresta.»

«Scogli?» chiede Leo sfinito.

«Mio padre ha portato un rimorchio lì, una volta, perciò so che si può fare, se si sta attenti. E la macchina non si vedrà se la lasci lì.»

«Okay» risponde Leo con voce tesa. «Qualcos'altro?»

«Tirate le tende al piano di sopra. Giù da basso dovete essere visibili solo tu e Sigrid. I bambini e Aylin devono stare di sopra finché arrivo io. Ma sposta subito quella cazzo di macchina. E chiamami quando hai fatto.»

«Che cavolo è successo?» chiede Karl dopo essersi messo al volante.

«Una mia amica, suo marito l'ha picchiata» risponde Karen furiosa. «Porca puttana, avrei dovuto accorgermene!»

Dà un pugno al cassetto portaoggetti facendolo aprire. Poi lancia un'occhiata all'orologio.

«Il traghetto da Lysvik parte tra ventotto minuti. Ce la facciamo?»

Karl preme sull'acceleratore senza rispondere.

Fanno appena in tempo. Salgono ballonzolando per ultimi sul traghetto e, per abitudine, Karen va sul ponte di poppa e guarda le luci di Lysvik che, con lentezza insopportabile, vengono inghiottite dal buio. Aspira una boccata di fumo. Dentro di sé vede la casa di Langevik. La sua casa, dove si è sempre sentita sicura, nonostante la posizione isolata. "L'ultima casa del paese, ad almeno duecento metri dal primo vicino" pensa, toccando il mazzo di chiavi nella tasca del giubbotto.

Per la prima volta in molti anni pensa alla sua pistola, chiusa nell'armadietto al piano di sopra. Solo una volta ha sparato in servizio, ed era bastato un colpo d'avvertimento.

«Io chiamerei qualche collega, se fossi in te» suggerisce Karl scacciando il fumo con la mano.

«Leo ha detto che lei se ne andrà, se lo facciamo. Non credo nemmeno che sporgerà denuncia.»

«Perché? Ha paura della polizia?»

«Ha paura di lui. Ha dei contatti molto in alto.»

«"Contatti molto in alto"? Chi è, Dio in persona?»

«No, è solo Bo Ramnes.»

«*Quel* Bo Ramnes? Il famoso avvocato?»

«Proprio lui. È tra i candidati del Framstegspartiet alle elezioni che si terranno in autunno. Gira voce che sia anche un possibile candidato al posto di ministro della Giustizia, se vincerà l'opposizione.»

«Framstegspartiet? Non sono quelli che di solito vogliono dare un giro di vite sui reati, pretendono ordine, pene più severe ed ergastolo per i recidivi? Se fosse per loro introdurrebbero anche la pena di morte, cazzo.»

«Non proprio, ma quasi. Più che altro chiedono una maggiore presenza della polizia nelle strade, perciò molti dei nostri colleghi votano per loro. Ramnes userà tutta la sua esperienza da avvocato per raccogliere i voti degli indecisi.»

«Be', allora ha proprio cambiato sponda. Mi sembra di ricordare che avesse molto successo nel tener fuori i delinquenti di galera.»

«Solo quelli benestanti, però. Si occupa più che altro di reati finanziari.»

«Okay, ma credo che dobbiate comunque chiamare la polizia.»

«Sono *io* la polizia» ribatte Karen, gettando il mozzicone. «E non è nemmeno detto che lui si faccia vedere. Non è che posso far venire dei colleghi a Langevik se lo stronzo è a casa sua in santa pace. Ma farò di tutto per convincerla a denunciarlo» aggiunge. «Non deve passarla liscia un'altra volta.»

Quando finalmente il traghetto arriva a Thorsvik, Karen si rimette al volante. Questa volta ignora i cartelli dei limiti di velocità. Poco più di due ore dopo fa scendere Karl al municipio di Sande e, dopo altri quaranta minuti, rallenta e gira intorno al vecchio porto di Langevik. Tiene gli occhi ben aperti per cogliere ogni movimento o luce di fanali mentre percorre la stradina sterrata lungo il mare e passa lentamente accanto alle case di pietra sulla sinistra, sempre più rade, con i loro capanni da pesca sull'altro lato della strada. La neve scricchiola sotto le ruote quando lei imbocca il suo vialetto d'accesso a fanali spenti. Si china e guarda la casa. La luce del pianterreno illumina qualche metro del giardino, il resto è immerso in un buio fitto.

Nonostante abbia parlato con Leo altre due volte durante il viaggio, e nonostante in entrambi i casi lui le abbia assicurato che era tutto tranquillo – non c'era segno di Bo Ramnes –, per un istante Karen si pente di non aver accettato l'offerta di Karl di accompagnarla.

«Chiamami se succede qualcosa» le aveva detto. «O almeno promettimelo.»

Proprio mentre percorre il ripido vialetto fino alla casa, vede un'ombra che si muove di fronte alla porta d'ingresso. C'è qualcuno lì, che ora si è immobilizzato per non farsi vedere. Sente le pulsazioni che aumentano, l'adrenalina diffondersi in ogni muscolo.

Poi fa un respiro profondo, accende gli abbaglianti e schiaccia l'acceleratore.

51

Ingrid Björken non si volta.

«Eri convinto di quello che hai detto?» chiede mettendo la padella nel lavello con gran fracasso.

Karl si è fermato sulla soglia tra l'ingresso e la cucina. Invece di andare subito da sua moglie e abbracciarla, d'istinto si è trattenuto e si sta togliendo la sciarpa. Qualcosa nell'aspetto della schiena di Ingrid, ancora voltata verso di lui, ha fatto suonare un campanello d'allarme. Forse è proprio quello, il fatto che lei non si è nemmeno girata nonostante debba aver sentito quando si è scrollato la neve di dosso sulle scale, e avvertito l'aria fredda entrare in casa quando ha aperto la porta. Un'occhiata alle spalle tese di sua moglie e si blocca sulla soglia come un vagabondo invece di entrare nella cucina calda. No, questa non sarà la serata in famiglia, tranquilla e piena d'amore, che si era immaginato.

Rimane in piedi con la sciarpa in mano e cerca le parole giuste. Per un attimo pensa di dire qualcosa come «Ciao amore, anch'io sono contento di vederti», ma si rende conto che non andrebbe a finire bene.

«Ma di cosa stai parlando?» chiede invece, con voce stanca, cercando di assumere il ruolo di martire. «Sono appena entrato dalla porta dopo una giornata pesante...»

Tace nel momento in cui si accorge del suo tono poco convinto. Segue lo sguardo di Ingrid verso la pozza di neve sciolta che si allarga sotto i suoi stivali. Karen l'ha lasciato alla rotonda, ma il breve tragitto fino a casa è bastato per ricoprire berretto e spalle di uno strato bianco e far accumulare la neve sotto le scanalature delle suole.

«Eri convinto di quello che hai detto?» ripete Ingrid. «Ne eri convinto, mentre lo dicevi? Che saresti stato a casa tu con i bambini finché non avremmo ottenuto un posto all'asilo. Che io avrei potuto ricominciare a lavorare. Per me è importante saperlo, lo capisci?»

Karl non le chiede perché per lei è importante saperlo. Hanno già avuto questa discussione e lui ricorda quasi ogni parola.

«Questa volta dobbiamo fare a metà, promettimelo.»

Così aveva detto Ingrid quando aveva scoperto di essere incinta di nuovo, solo due anni dopo la nascita dei gemelli Arne e Frode. Non avrebbero dovuto avere altri figli, non adesso che ne avevano già due. Non adesso che finalmente avevano trovato una tata e Ingrid sarebbe tornata al lavoro. Non doveva assolutamente andare così.

Ma ormai era fatta, stava arrivando una nuova vita. E lui gliel'aveva promesso, questa volta avrebbe sfruttato appieno la nuova legge. Ingrid sarebbe rimasta a casa i primi dieci mesi, e poi Karl sarebbe subentrato finché la tata non avesse potuto occuparsi di tutti e tre i bambini. Si sarebbero divisi la responsabilità e sarebbe andato tutto bene.

E lui ne era davvero convinto. Aveva pregustato il tempo che avrebbe passato con i bambini, sei mesi di tranquillità. Già, anche se non era stato tanto stupido da dirlo a voce alta, aveva proprio pensato così: che sarebbe stato davvero bello starsene tranquilli per un po'.

Ma poi c'era stata la crisi alla divisione crimini. Karen era rimasta a casa a lungo in malattia, ed Evald Johannisen aveva problemi al cuore e lavorava part-time. C'era bisogno di Karl, al lavoro. Non poteva rimandare un po' il periodo di congedo, solo di un paio di settimane, finché il peggio fosse passato? Ma l'inizio di ottobre era diventato l'inizio di dicembre prima che il suo congedo diventasse realtà. E l'altro giorno l'aveva chiamato Smeed. C'era proprio bisogno di Karl, al lavoro, in questo momento. Non poteva magari...?

Non era rimasto a casa con i bambini nemmeno un mese. Tre settimane, per la precisione.

«A Natale» aveva detto Ingrid. «E in più sei stato quasi sempre malato perciò ho dovuto occuparmi anche di te oltre che dei bambini.»

«È una situazione di crisi, cosa posso fare? E per te sarebbero solo un altro paio di mesi, al massimo.»

Per cosa litigava esattamente, lei? si era chiesto. Dopo Pasqua la tata si sarebbe occupata dei bambini. Okay, tre mesi e mezzo ancora in cui Ingrid sarebbe rimasta a casa.

«Saranno oltre sei mesi in più di quanto avevamo deciso. Avrei dovuto ricominciare a lavorare a ottobre. Te lo sei dimenticato?»

Karl torna nell'ingresso, si china e si slaccia gli stivali. Tira giù con rabbia un appendiabito, lo fa cadere per terra, lo raccoglie e appende il giubbotto. Perché è tornato a casa? Sarebbe potuto rimanere a Noorö, seduto tranquillo al bar dell'albergo con un whisky, invece di tornare a casa a farsi rimproverare per qualcosa di cui non aveva colpa. La legislazione in teoria può anche aver fatto passi da gigante, ma resta sulla carta. Se non avesse garantito la sua disponibilità a Smeed in un momento di crisi, avrebbe potuto dire addio alla possibilità di una promozione.

Fa un respiro profondo e torna in cucina. Un attimo dopo impreca, mettendo un piede nella pozza di neve sciolta di cui si era già dimenticato. La calza assorbe il liquido freddo all'istante.

«Porca puttana!» esclama, tenendosi allo stipite della porta mentre alza il piede bagnato. Fa in tempo a intravedere Ingrid che sorride prima che lei giri la testa.

«Mi fa piacere che almeno asciughi dove hai bagnato» dice lei. C'è forse l'accenno di una risata trattenuta nella sua voce?

Senza sapere perché, mette entrambi i piedi nella pozza e poi li muove in giro mentre Ingrid lo osserva con aria incredula. Con un misto di irritazione, stanchezza e desiderio di farle spuntare di nuovo quel sorriso che ha intravisto, lui continua a muovere i piedi nell'acqua. E nello stesso momento in cui alza lo sguardo su sua moglie per vedere la sua reazione, scivola e mette le mani sul pavimento di linoleum per proteggersi. Con aria desolata, cade sulla soglia, e si rende conto che a quanto pare non aveva asciugato tutto: i jeans assorbono l'acqua rimasta.

«Sì» dice con un sospiro. «Ero convinto di quello che ti ho detto. E lo farò. Questo è solo... un contrattempo.»

Si pente di aver usato quella parola non appena la pronuncia. Capisce che sua moglie sta per fargli notare l'evidenza, cioè che il "contrattempo" potrebbe favorire la *sua* carriera, non certo quella di lei. Vede che apre la bocca e riflette sulle parole da usare mentre osserva i centonovantasei centimetri di suo marito seduto a terra con le calze fradicie.

«Che aria matura» dice secca.

E poi arriva. Il sorriso che non riesce più a trattenere, il sorriso che trasforma il suo viso nel più bello che lui conosca.

«Ti sei fatto male?» gli chiede.

Lui annuisce.

«Bene.»

Karl tende le mani verso di lei, in una preghiera silenziosa, nella richiesta di fare la pace e di aiutarlo ad alzarsi, e sente il calore delle sue quando lei le afferra e tira. Con un gemito si rialza e l'abbraccia prima che faccia in tempo a protestare.

«Cavoli, come sono rigido» sussurra con la bocca contro i suoi capelli. «I bambini dormono?»

«Certo, che cosa credi? Sono le nove e mezzo. Hai fame?»

«Mmh. C'è del vino?»

La sente annuire.

"Parlerò con Smeed, non appena questo maledetto caso sarà concluso" pensa.

52

«Ma che cazzo!»

Leo solleva le braccia per proteggersi dalla luce e lei spegne il motore. A passi rabbiosi e con l'adrenalina ancora in corpo, Karen sale i gradini.

«Perché sei nascosto qui fuori? Cazzo, pensavo che fosse lui» grida.

«Sono uscito a fumare» urla Leo in risposta. «E non appena ho chiuso la porta ho sentito arrivare una macchina, ma non la vedevo. Perché eri in giro a fari spenti? Ero convinto che fosse quel pazzo maledetto. Mi hai fatto cagare addosso.»

Si fissano arrabbiati per qualche secondo. Poi, come per un segnale convenuto, entrambi si rilassano e scoppiano a ridere, sollevati e imbarazzati.

«Mi dai una sigaretta, prima che entri?» dice Karen. «Le mie sono finite e ho bisogno di calmare i nervi.»

«Certo, scroccona.»

«Come sta?» domanda Karen dopo una profonda boccata.

«Niente di nuovo. Le ferite sono una cosa, ma il peggio è che è impaurita da morire.»

«E i bambini? Hanno capito cosa stava succedendo?»

«Non lo so. In fin dei conti sono piccoli e Aylin sembra essere abituata a nascondere loro la verità. Del tipo: la mamma è caduta e si è fatta male...»

«E loro fingono di crederle. Per non rattristarla ancora di più. I bambini capiscono più di quanto si pensi.»

«È probabile. Comunque adesso dormono. Sigrid gli ha fatto vedere un sacco di videogiochi, li ha rimpinzati di cioccolato avanzato da Natale e ha fatto in modo di distrarli. Sono convinti che lei sia un dono di Dio.»

«Magari lo è» dice Karen con un sorriso.

E prima che possa reagire, Leo la cinge con le braccia e la tira a sé. La stringe forte per qualche istante e poi la lascia andare.

«Non sono mai stato così felice di vedere uno sbirro» dice.

Aylin è sdraiata su un fianco con un braccio allungato sui bambini, e Karen si rende conto che è un sacco di tempo che non li vedeva. Mikkel deve aver compiuto quattro anni e Tyra cinque. Con un sorriso triste ricorda quanto Aylin aveva lottato per avere figli, dopo i numerosi aborti nella sua precedente relazione. E come Bo Ramnes le aveva stravolto l'esistenza e l'aveva messa incinta dopo meno di sei mesi. Ma anche come la sua entrata in scena aveva comportato il graduale allontanamento di Aylin dalle loro vite quotidiane. L'avevano vista difendere la sua nuova relazione e sforzarsi per mantenere le sue amicizie. L'avevano sentita cercare di convincerli, con voce quasi implorante, che certo, Bo li voleva vedere, ma aveva davvero molto da fare al lavoro in quel momento. Le telefonate spontanee, i caffè insieme in città, le uscite in qualche bar di Dunker e i fine settimana a Copenaghen o Edimburgo erano finiti. Erano stati sostituiti da inviti alle feste rifiutati, con grande dispiacere, e da un numero sempre maggiore di telefonate che finivano direttamente in segreteria.

Eppure nessuno aveva avuto dubbi sulla felicità di Aylin quando era nata Tyra, e Karen, Eirik, Kore e Marike erano andati tutti insieme a trovarla all'ospedale senza chiedere il permesso. Quella volta Bo era stato perfino benevolo e aveva mostrato loro sua figlia tutto orgoglioso.

In seguito erano stati fatti altri tentativi di tenere in vita l'amicizia. Un paio di incontri in un caffè con Tyra nel passeggino, un pranzo giù al porto. E poi una cena nella villa di Glitne. Avevano chiacchierato tra loro, rigidi e cortesi, fingendo di non vedere le occhiate di Bo alle braccia tatuate di Kore che risaltavano sulla tovaglia bianca. Ci avevano provato. E poi era arrivato Mikkel, come un premio inaspettato, dopo solo un anno. A trentanove anni Aylin aveva finalmente ottenuto quello che desiderava.

Ora si sveglia con un sussulto, e sembra aver perso tutto.

D'istinto si alza in piedi, mettendosi con la schiena contro il muro e guardando la porta terrorizzata. Un attimo dopo è come se le gambe smettessero di lottare, e si accascia con le mani davanti agli occhi. Con due passi Karen la raggiunge e si accovaccia vicino a lei.

«Tesoro» le dice. «Sistemeremo tutto.»

53

A vederla così, le fa male tutto il corpo, e Karen deve farsi forza per non distogliere lo sguardo. Un occhio è quasi chiuso e il sangue coagulato forma come un taglio nero lungo la ferita sul labbro inferiore. Tuttavia Karen suppone che il peggio sia nascosto sotto la pesante vestaglia.

Per quasi mezz'ora sono rimaste sedute per terra in camera da letto, e Karen ha cullato la sua amica accarezzandole delicatamente i capelli. Non una parola, solo un pianto silenzioso che le provocava spasmi nel corpo sottile e respiri affannosi che piano piano sono diventati regolari. Per non svegliare i bambini, Karen ha sussurrato ad Aylin di seguirla in bagno, l'ha aiutata a togliersi i vestiti e ha serrato le mascelle alla vista del suo corpo.

Ha già visto delle schiene illividite, scudi disperati contro uomini che picchiano. Braccia con i segni delle dita, orecchie spaccate per via di orecchini strappati a forza, sangue coagulato su nuche sbattute contro una parete. Sì, ha già visto tutto questo prima d'ora: nei casermoni di Gaarda e Moerbeck, nelle graziose villette a schiera di Sande e Lemdal e nelle eleganti ville di Thingwalla e Glitne.

Ma non nel suo bagno.

«Dobbiamo...» ha detto, prendendo il cellulare.

E con la solita abitudine ben rodata a escludere ogni sentimento, imparata durante le innumerevoli analisi delle scene del crimine, Karen ha fatto quello che bisogna fare. In silenzio e più in fretta possibile ha scattato foto alle lesioni, con il sottofondo della vasca che si riempiva, mentre Aylin, in mutande e reggiseno, l'ha lasciata fare, priva di ogni volontà. Poi Karen è uscita e ha lasciato la porta socchiusa.

E mentre sentiva Aylin entrare nella vasca, gemendo in silenzio, è rimasta là fuori con la schiena contro il muro e le mani premute forte sulla bocca.

Adesso sono in cucina. Le tende sono ben tirate e il lampadario è spento. Solo il candelabro d'ottone, rimasto in giro da Natale, illumina la stanza. Leo e Sigrid, per riguardo, si sono ritirati in soggiorno e, attraverso la porta chiusa, Karen sente i rumori di quello che parrebbe un film d'azione americano. Sospetta che lo stiano guardando senza realmente vederlo.

Con lo stesso sguardo spento Aylin fissa la tovaglia, le mani intorno a una tazza di cioccolata con un generoso spruzzo di whisky. Karen se n'è versato due dita in un bicchiere.

«Ce la fai a raccontare?»

Aylin scuote lentamente la testa, alza il viso e incontra il suo sguardo per un secondo prima di riabbassare gli occhi.

«Mi vergogno terribilmente, Karen. E so cosa vuoi che faccia, ma se lo denuncio sarà peggio. In realtà è anche colpa mia se è finita così.»

«Non ti voglio obbligare a fare nulla» risponde Karen dolcemente. «Sei tu che deciderai tutto d'ora in poi. Tutto tranne una cosa.»

Aylin fissa la tazza in silenzio.

«Non dovrai mai più dire che è colpa tua. Non pensarlo nemmeno. Capito?»

Rimane ancora in silenzio, si limita a tirare su con il naso e si pulisce con la mano.

«Ho già visto cose del genere» dice Karen. «E so come andrà a finire se tornerai da lui. È solo questione di tempo.»

Aylin scuote lentamente la testa.

«Lui non permetterà mai che me ne vada.»

«Te ne sei già andata. L'hai già lasciato, il peggio è passato, ormai.»

E con un'occhiata quasi di compassione, Aylin alza lo sguardo, fissa Karen negli occhi e fa un sorriso privo di gioia.

«È adesso che comincia tutto. Non capisci?» dice.

Karen aspetta.

«Ci avevi già provato?» chiede dopo un po'.

«Due volte. Una quando Mikkel era appena nato e un'altra all'inizio dell'anno scorso.»

«E cos'è successo? Bevi, però, finché è calda» aggiunge, guardando Aylin che, obbediente, solleva la tazza e fa una smorfia quando appoggia al bordo il labbro spaccato.

Karen non tocca il suo bicchiere.

«La prima volta sono riuscita a percorrere qualche isolato. Ho preso i bambini e sono uscita dalla porta senza sapere dove andare. Sono stata un'idiota, lui se n'è accorto dopo cinque minuti e mi ha raggiunta in macchina in Kaupinggate.»

«E cos'è successo quella volta?»

«Per un po' si è calmato, in effetti, come se si fosse spaventato per quello che aveva fatto. Ha promesso di non farlo più, be' lo sai com'è...»

«È stata quella la prima volta che ti ha picchiato?»

«È stata la prima in cui ho sanguinato. Prima di allora si limitava a stringermi forte o a darmi qualche schiaffo. È stato vedere il mio sangue sul divano a darmi la forza di andare via quella volta. Mi aveva colpito il naso» aggiunge. «Non credo che abbia fatto apposta, però.»

Karen chiude gli occhi e cerca di reprimere la rabbia. Non adesso, non ancora.

«E la volta dopo, cos'è successo?»

Aylin solleva di nuovo la tazza, ma la rimette giù.

«La seconda volta avevo pianificato di lasciarlo. Avevo preparato una valigia con il necessario per i bambini e avevo preso la macchina. Sono uscita non appena lui è andato al lavoro e sono andata giù fino a Frisel. Mio padre ha una casa lì, ereditata dai miei nonni. Una casetta che hanno affittato per molti anni e che è rimasta vuota per un po'. Non ne abbiamo mai parlato ed ero sicura che Bo non sapesse che esisteva. Eppure ci sono volute meno di ventiquattr'ore prima che ci trovasse. Mi ha detto che l'avevano aiutato, e che mi avrebbe sempre ritrovata.»

Si passa una mano sulla fronte. Un attimo dopo sembra raggelarsi; fissa la finestra.

«Il sorbo» dice Karen in tono leggero, cercando di nascondere che anche lei si è irrigidita. «I rami strisciano contro la finestra quando c'è vento.»

«Possono essere stati i tuoi genitori a dirglielo?» continua, dopo che Aylin distoglie lo sguardo dalla finestra. «Della casetta a Frisel?»

«Erano all'estero quando è successo. Poi gli ho chiesto se Bo li avesse chiamati. Ho inventato una scusa e ho detto che aveva bisogno di chiedere una cosa a mio padre. Ma lui non li aveva chiamati. Deve aver scoperto della casetta in qualche altro modo. Del resto esiste il registro degli immobili, presumo.»

"Bo Ramnes non dovrebbe avere il permesso di consultarlo, però" pensa Karen.

Sui siti delle province chiunque può informarsi su chi è il proprietario di un certo immobile, ma per il resto la legislazione doggerlandese è chiara e restrittiva, per tradizione. Solo la polizia e la procura hanno accesso a informazioni private sul registro che contiene le fonti di reddito, la situazione economica, i debiti, i diritti di pesca e le proprietà immobiliari dei cittadini. Bo Ramnes può aver saputo che il padre di Aylin ha una casa a Frisel solo con l'aiuto della polizia o della procura.

"Magari si ricorda male" si dice Karen. "E invece aveva menzionato la casetta qualche volta." L'alternativa è talmente spaventosa che non vuole pensarci.

«I tuoi genitori sanno che Bo ti picchia?» chiede.

Aylin gira indolente il cucchiaio nella tazza e scuote la testa.

«Papà una volta me l'ha chiesto, ma io ho negato» risponde senza alzare lo sguardo.

Cala il silenzio, mentre entrambe pensano all'estate precedente, quando Karen le aveva fatto la stessa domanda.

«E da allora non hai più tentato di lasciarlo?» continua Karen dopo un po'. «Prima di oggi, intendo.»

Aylin fa un respiro profondo e tremante.

«Non ci riuscirò nemmeno stavolta» risponde con voce stridula. «Tu non capisci. Lui mi troverà, prima o poi.»

«Be', probabilmente sì» dice Karen in tono calmo.

«Quindi pensi che dovrei tornare a casa?»

La voce di Aylin esprime un misto di sorpresa e rassegnazione. Karen si china in avanti e mette una mano sulla sua.

«Al contrario. Tu non devi tornare mai più da lui. Quello che voglio dire è che faremo in modo che tu sia al sicuro, che non ti possa fare del male, anche se scopre dove sei. Non sei più sola.»

«Prenderà i bambini. Non ho la minima speranza che li affidino a me» dice.

«Nessuno ti porterà via i bambini. Sei sicura che non li abbia mai picchiati?»

«Sì. È un bravo padre, davvero.»

Karen stringe i denti.

«È probabile che gli daranno la possibilità di vederli, magari otterrà l'affido condiviso. Ma non toccherà più te» dice.

Aylin cerca di inspirare aria dal naso, con forza, e si sente un rumore come di risacca.

«Potrebbe arrivare qui da un momento all'altro. Non capisci? Potrebbe essere già lì, in giardino.»

«Non entrerà» ribatte Karen con una calma che in realtà non prova. «Finisci la cioccolata così poi potrai dormire. Faremo la guardia tutta la notte e domani mattina troveremo una soluzione.»

54

Esaminano tutte le alternative, una dopo l'altra, mentre la disperazione cala come una coperta pesante sul soggiorno in cui Karen, Leo, Sigrid e Marike, che li ha raggiunti, si sono riuniti. Dopo che Karen l'ha chiamata per raccontarle l'accaduto, Marike ha respinto i suoi tentativi di convincerla ad aspettare fino al giorno dopo e si è messa subito al volante, da casa sua a Portlande fino a Langevik. Probabilmente guidando troppo veloce, perché erano solo le undici e mezzo quando aveva fatto irruzione dalla porta della cucina. E forse era stata la consapevolezza che quattro persone le facevano la guardia a far finalmente addormentare Aylin. O magari era solo estrema stanchezza.

Si sono seduti in soggiorno e sprofondano sempre più nel divano e nelle poltrone man mano che le proposte vengono scartate, una dopo l'altra. Aylin non può nascondersi da Bo per sempre, prima o poi lui scoprirà dove si trova. In questo momento bisogna trovare una soluzione per le settimane a venire, creare un po' di calma in quel caos, darle il tempo di guarire e trovare la forza di avviare le procedure per il divorzio.

La casa di Langevik è troppo isolata, e lo è anche la casa di Marike a Portlande. La casa di Kore ed Eirik a Thingwalla va meglio, ma non è possibile utilizzarla nei prossimi giorni, visto che loro sono a New York. La proposta che Aylin prenda i bambini e se ne vada un paio di settimane all'estero viene scartata. Anche se lei ha i passaporti, Bo potrebbe sfruttare la cosa in un futuro processo per l'affidamento dei figli.

Non arrivano da nessuna parte.

«I suoi genitori non potrebbero tenere i bambini una settimana?» chiede Marike, che è rimasta in silenzio ad ascoltare gli altri che discutevano.

«Una settimana? Magari sì, se Aylin è d'accordo. Loro non sanno niente. E poi sono via per le feste, a Londra, mi pare.»

«Allora forse ho una proposta» dice in danese.

«Quale?» chiede Leo impaziente. «Se hai una cazzo di soluzione, non tenerci sulle spine.»

"Ha un'aria stanca" pensa Karen, sbirciando i cerchi scuri intorno ai suoi occhi e le mascelle tese.

«È morto» dice Marike. Gli altri le rivolgono uno sguardo vuoto e stanco.

«Il proprietario dell'edificio in cui ho lo studio, intendo» aggiunge in fretta. «Abitava al piano di sopra. Aveva novant'anni» dice in danese.

Karen in realtà non riesce a capire quanti anni avesse esattamente quell'uomo: non ha mai nemmeno tentato di comprendere la logica dei numeri danesi. Per quanto la riguarda, ora che il proprietario dell'edificio è passato a miglior vita, non fa alcuna differenza che avesse settantacinque, ottantatré o novantaquattro anni. Lancia un'occhiata all'orologio.

«Adesso è mia» continua Marike in tono calmo. «Tutta. Il figlio voleva concludere l'affare in tempi brevi. E voilà! Adesso è tutto mio» spiega in perfetto doggerlandese.

Cala il silenzio, mentre Karen, Leo e Sigrid la fissano increduli; non sono sicuri di aver capito bene il suo strano miscuglio di doggerlandese e danese.

«Che cosa? Hai comprato l'edificio? Tutto?» chiede Sigrid alla fine.

«Sì. Ero in affitto e non volevo rischiare che qualcun altro lo comprasse e mi sbattesse fuori. Di sopra c'è una stanza e la cucina. Pensavo che potesse diventare il tuo nascondiglio, Karen, ma tu puoi aspettare.»

Per un po' riflettono sulla cosa. Poi la tempestano di domande. Sì, lei ha comprato tutto l'edificio. Sì, c'è un appartamento vuoto al piano di sopra, una stanza più la cucina, ed è vecchio, ma abbastanza grande, e poi è in centro, no? Pieno di gente in giro, di giorno e di notte. Non sarà il massimo per dormire, ma è sicuro. Magari non è il posto ideale per tenere i bambini più di qualche giorno, di certo non è una soluzione definitiva, ma Aylin potrebbe stare lì finché riacquista le forze, se i suoi genitori possono tenere i bambini. "E poi" pensa Karen "l'acquisto non è ancora stato registrato."

Quando Leo e Sigrid vanno a dormire, esausti, Karen rimane sola con Marike per fare la guardia e le ritorna in mente quello che ha detto: «Pensavo che potesse diventare il tuo nascondiglio».

Un appartamentino in città, un posto dove dormire le sere in cui lavora fino a tardi, quando le strade sono coperte di neve. Un luogo in cui ritirarsi nei giorni in cui la casa di Langevik le va stretta. Quando non ce la fa. La soluzione per evitare di chiedere a Leo di fare le valigie e trovarsi un altro posto. La possibilità di riuscire a dire le parole che Sigrid spera che lei dica, ma che sono bloccate dalla sua angoscia: Sì, certo che puoi vivere qui.

Un nascondiglio per Aylin finché ne ha bisogno, ma poi...

Karen si distoglie a fatica dalle sue fantasie. Non sarà possibile.

«Non me lo posso permettere, Marike» dice.

«Ma io non voglio soldi.»

«Potresti ricavarci minimo tre o quattromila marchi al mese.»

Marike abbassa gli occhiali da lettura e la guarda da sopra il bordo con aria stanca. «Sul serio, Karen. Ho più soldi di quanti me ne servano» ribatte in danese.

55

Passano tutta la domenica mattina a sistemare Aylin nell'appartamento sopra lo studio. E dopo una lunga opera di convincimento, lei acconsente a due cose: raccontarlo ai suoi genitori e presentare una denuncia.

Consapevole del rischio che il suo doppio ruolo può essere sfruttato da un abile avvocato, Karen rinuncia a partecipare alla fase che coinvolge la polizia. Amica oppure poliziotta, ma non le due cose assieme. Aspetta nell'appartamento con Tyra e Mikkel, mentre Marike accompagna Aylin alla stazione di polizia. Cerca di distrarre meglio che può i bambini con dolcetti, un logoro libro di fiabe che ha trovato in casa, e il cellulare. Tuttavia percepisce chiaramente la loro inquietudine. E quando incontra lo sguardo di Tyra, e nei suoi occhi vede qualcosa che non dovrebbe esserci, ha uno sbandamento. Qualcosa si muove dentro di lei, ringhia minacciosamente, strappando gli ormeggi.

«La mamma torna presto. Andrà tutto a posto» dice. E quando vede che non le credono, li porta giù allo studio, lascia che si tolgano i vestiti e scorrazzino liberi. Lascia che si sporchino con l'argilla, sente le loro risate mentre i corpicini, le dita, i capelli e le facce si colorano di verde-blu e le preoccupazioni si dissipano per un po'. Persino le loro proteste arrabbiate quando Karen, mezz'ora dopo, li obbliga a fare la doccia e poi li riveste, sono musica per le sue orecchie in confronto al silenzio e agli occhi spalancati di prima.

Quando tornano dalla stazione di polizia, Marike apre subito il frigorifero e prende tre bicchieri, gin, vermouth e olive. Karen si accorge che è furente ma sta cercando di dominarsi per il bene di Aylin. A quanto pare la persona che ha raccolto la denuncia non ha soddisfatto le sue aspettative.

«Io devo guidare» dice Karen e scuote la testa verso Marike che solleva la bottiglia di gin con aria interrogativa. «Ma ho messo su il caffè.»

Aylin guarda l'orologio.

«Niente neanche per me. Devo essere lucida, almeno finché mio padre e mia madre non vengono a prendere i bambini.»

I genitori di Aylin hanno promesso di venire direttamente dall'aeroporto. È probabile che siano molto scossi, di ritorno da un ignaro giro a Londra a fare shopping. Aylin li ha chiamati proprio mentre, carichi di sacchetti, stavano uscendo dall'albergo a Bayswater per salire in taxi. Hanno ascoltato sconvolti la figlia al telefono, senza dubitare o chiedere dettagli, e hanno promesso di andare subito da lei. Certo che possono occuparsi dei bambini. Solo qualche giorno, aveva sottolineato Aylin, magari una settimana, finché si calmano le acque e loro trovano un altro posto in cui stare. Lei non osa andare a casa dei suoi genitori a Rakne per paura che Bo si presenti da loro. Lui non può certo portarsi via i bambini, se non ha trovato qualcuno che se ne occupi. O non ha rintracciato Aylin.

«Ce l'ha con me. Non con i bambini.»

"Sembra più tranquilla adesso" osserva Karen. O forse è rassegnazione quella che vede nei movimenti calmi della sua amica mentre solleva la tazza di caffè. Nello stesso momento lo squillo di un cellulare fa trasalire Aylin, che rovescia un po' di caffè. Karen prende in fretta il suo telefono e lancia un'occhiata allo schermo.

«È solo Sigrid» dice per tranquillizzarla, e si alza per rispondere.

«Ciao, Sigrid. Puoi aspettare un attimo?»

Esce dal soggiorno a passi rapidi e preme con forza il telefono contro un orecchio, coprendo l'altro per sovrastare il caos provocato da Tyra e Mikkel che corrono in giro scalzi sul parquet, senza badare ad Aylin che tenta di calmarli.

«Lasciali fare» sente dire a Marike. «Di sotto non c'è nessuno.»

«Ciao, Sigrid» ripete.

«Cazzo Karen, quello è fuori di testa!»

La voce all'altro capo è stridula. Un misto di agitazione e parole isolate, che le fanno salire una fitta gelida lungo la spina dorsale. Con ancora il telefono premuto contro l'orecchio, e gli sguardi interrogativi delle altre su di lei, si infila in bagno, chiude la porta e si siede sul wc.

«Calmati, Sigrid, non ti sento. Che cos'è successo?»

«È stato qui, poco fa. Ha cercato di entrare. Cazzo, è *malato di mente*!»

«Intendi dire Bo?» domanda Karen anche se conosce già la risposta.

«Non so come cazzo si chiama. Il marito di Aylin, è venuto a cercarla.»

«È andato via, adesso?»

«Credo di sì. Sì, ho sentito la macchina, ma Leo è tutto insanguinato.»

«È ferito? Ha bisogno di un dottore?»

Karen è sorpresa dal suo stesso tono di voce. È calmo ed efficiente, come se non stesse per andare in pezzi.

«No, dice che è solo sangue dal naso, ma devi venire a casa, Karen.»

«Arrivo subito. State calmi, parto immediatamente.»

56

Bo Ramnes spegne il motore e si appoggia al sedile. È andata meglio di quanto sperasse. Certo, lui aveva fatto conto di trovare Karen in casa, non quel tizio che gli aveva aperto e poi gli aveva tirato un pugno. Ma quelle sono munizioni che può utilizzare. Aylin tornerà a casa pentita, non ne dubita, anche se a dire il vero non immaginava che riuscisse a stare lontana così a lungo. Già ventiquattr'ore. E se non è dai suoi genitori, o nascosta a casa di Karen, allora dev'essere da quella troia danese. O magari dai froci, su a Thingwalla. Non ha nessun altro.

Si tira indietro i capelli con entrambe le mani, ha un ginocchio dolorante e la stanchezza lo assale. Bene, può pure angosciarsi fino a domani. Starsene lì ad aspettare che lui la trovi, perché lui la troverà. Lo sanno entrambi.

Un'ondata d'ira gli fa aumentare le pulsazioni. Che cazzo sta facendo? Lo provoca di continuo e poi si comporta come se fosse colpa sua. Non capisce in che situazione difficile lo sta mettendo, dal punto di vista lavorativo e politico? Lei sa benissimo che non ha la minima possibilità di vincere. Può creargli dei problemi, sì, ma non vincere. Dovrebbe averglielo spiegato abbastanza bene, a quest'ora. Nessun tribunale le darebbe i bambini in affidamento dopo che lui avrà dato la sua versione dei fatti, anzi, magari potrebbe mandare la polizia a prenderli già adesso. Perlomeno se gioca tutte le sue carte. D'altra parte lui non può occuparsi dei bambini da solo, e la polizia non può obbligare Aylin a tornare a casa. No, meglio aspettare che lei ceda di sua spontanea volontà.

Bo Ramnes slaccia la cintura e apre la portiera. Quando piega la gamba sente una fitta al ginocchio. Magari potrebbe telefonare subito alla polizia per raccontare cos'è successo a casa di Karen, a Langevik. Non è certo illegale andare da una comune amica a chiedere se la propria mogliettina e i bambini sono da lei. Ma aggredire la gente è illegale, eccome. Tra l'altro, quello non è lo stesso tizio che era a casa dei froci all'ultimo dell'anno? Quello che ha suonato anche se era un fascio di nervi quando è salito sul palco? Un drogato del cazzo, ovvio, e abita a casa di Karen. Be', è proprio quello che ci si può aspettare.

Sbatte la portiera, nota che la porta del ripostiglio del garage è aperta e si sofferma con lo sguardo sui mobili da giardino all'interno. Di solito non sono in quella posizione, separati e con il telo protettivo sollevato. Dev'essere stata Aylin a... Nello stesso istante capisce. Quella puttana aveva pianificato tutto, non come quella volta in cui ha preso il giubbotto ed è uscita. O come quando è stata così stupida da andare nella vecchia baracca dei suoi genitori a Frisel. Poi sente una fitta di inquietudine. E se questa volta fosse così stupida da sporgere denuncia? E se quella troia della poliziotta l'avesse convinta?

Prende il cellulare dalla tasca della giacca. Tanto vale passare subito alle maniere forti.

"Un giorno" pensa. "Col cazzo che diventeranno due."

57

Quaranta minuti più tardi, Karen osserva il cotone nella narice sinistra di Leo Friis e le macchie di sangue sulla sua maglietta. La *mia* maglietta, si corregge, notando che Leo ancora una volta ha preso dei vestiti dal suo armadio. Questa volta ha scelto una T-shirt bianca che ha almeno vent'anni, con la pubblicità di un fornitore di motori per barche. La maglietta *di papà,* si corregge di nuovo, pensando che per trovare proprio quella Leo deve aver rovistato sul fondo delle scatole in solaio. E quando lui le chiede se vuole da bere e, senza aspettare risposta, tira fuori una delle sue migliori bottiglie dell'Alsazia, lei non osa protestare.

«Sei sicuro di non voler andare all'ospedale?» chiede prima di sollevare il bicchiere.

«Smettila. Non sanguina già più. Guarda!» dice estraendo il cotone dal naso.

«Comunque domani andrai alla stazione e sporgerai denuncia.»

«Col cavolo che vado dagli sbirri di mia spontanea volontà. Mi hanno portato dentro fin troppe volte.»

«Questa volta è diverso, Leo.»

«Mica tanto. Loro mi conoscono. E poi non voglio che sappiano che abito qui. E nemmeno tu lo vuoi.»

Probabilmente ha ragione. Leo Friis è finito in stazione diverse volte per vagabondaggio e ubriachezza, e in un'altra occasione per percosse lievi, che non hanno portato a un'accusa formale, ma adesso potrebbero giocare a suo sfavore. La credibilità dell'ex vagabondo peserebbe ben poco in confronto a quella del noto avvocato. E non si può nemmeno affermare che ci sia stata una violazione di domicilio: Bo ha suonato il campanello e sì, ha cercato di entrare, ma è stato fermato da Leo che l'ha spinto per primo, per poi ricevere un pugno. È probabile che sia stato proprio il sangue abbondante a spaventare Bo Ramnes tanto da indurlo a salire in auto e andarsene. Secondo Leo, che ha preso tutto con molta più filosofia di Sigrid, la faccenda non era durata più di qualche secondo. Sigrid era scesa di corsa dalle scale quando aveva sentito le voci concitate, ma non aveva fatto in tempo a vedere la rissa.

«Sei sicuro di essere stato tu a colpirlo per primo?» domanda Karen guardando il sangue intorno alle narici di Leo.

«Purtroppo sì. Lui ha cercato di fare un passo oltre la soglia e allora io gli ho dato una spinta, a quel bastardo. Se non mi avesse colpito nello stesso momento, mi sa che sarebbe finito a gambe all'aria. Invece ha battuto un ginocchio sui gradini di pietra. Mi sa che è messo peggio di me» aggiunge con una smorfia soddisfatta.

«Possiamo sempre sperarlo.»

«Aylin l'ha denunciato?»

Karen annuisce.

«Sì, alla fine sì. Lei e Marike sono andate alla stazione. Aylin ha anche parlato con i suoi genitori, e loro si occuperanno dei bambini per qualche giorno, in modo che stiano tranquilli.»

«Avete già chiamato Kore ed Eirik?»

«Sì, li ha chiamati Aylin per chiedere se può stare da loro per un po' quando tornano da New York. Si è inventata che deve restaurare la casa e che Bo sarà via per lavoro.»

«Perché non ha detto la verità?»

Karen si stringe nelle spalle.

«Ha detto che non voleva parlarne al telefono, e credo che sia importante che adesso faccia tutto con i suoi tempi. Comunque tornano giovedì sera. Erik voleva quasi rientrare prima, ma lei si è opposta. Credo che lui abbia capito cos'è successo davvero.»

«Probabile. Tu no? Non avevi capito che la picchiava, intendo?»

Karen guarda il bicchiere di vino in silenzio. L'aveva capito? Avrebbe dovuto capirlo? Avrebbe dovuto insistere, anche se Aylin aveva negato? Aveva accettato la sua risposta perché così era più semplice?

«Che tra loro non andasse bene l'avevo capito, e sì, avevo dei sospetti. Ma è difficile distinguere cosa è immaginazione dai veri segnali di avvertimento, quando si ha un'opinione così bassa di qualcuno, come la mia di Bo.»

Leo annuisce.

«E quando gliel'ho chiesto direttamente, l'estate scorsa, si è messa a ridere per la mia domanda stupida» continua Karen. «Ma certo, nel profondo sospettavo che stesse mentendo. Cazzo!»

Si zittisce di colpo e si mette la mano davanti alla bocca.

«Che cosa c'è?»

«Una settimana fa mi ha telefonato, lunedì credo. Mi ha chiesto se poteva venire a trovarmi, ma io ero a Noorö per le indagini. Ricordo di essere rimasta sorpresa: sono passati anni da quando mi ha proposto di andare a bere un caffè o una birra. Ma poi me ne sono dimenticata. Cazzo, sono stata proprio un'imbecille. Io, più di tutti, avrei dovuto...»

«Tu, più di tutti?»

«Be', sono una poliziotta» risponde Karen. «Ho conosciuto uomini aggressivi e donne che sporgono denuncia e poi la ritirano. "Si è pentito. È davvero una brava persona quando non beve." Ho conosciuto bambini che dormono con le dita nelle orecchie tutte le sere.»

«Non riesci a addormentarti con le dita nelle orecchie» dice Leo, alzandosi. «E non riesci nemmeno se le togli. È quello il problema.»

Karen guarda la sua schiena mentre si riempie un bicchiere d'acqua al lavello, con movimenti rigidi. Si capisce che sa benissimo di cosa sta parlando.

«Tuo padre?»

Leo si stringe nelle spalle.

«Il mio patrigno. E non solo quando beveva. Lo odiavo.»

Quando Karen è nel suo letto, qualche ora dopo, capisce che cosa deve fare. Aveva in programma di tornare a Noorö domani mattina presto, in largo anticipo per la riunione con Thorstein Byle e la sua squadra, ma dovranno aspettare.

Adesso basta.

58

Karen aspetta seduta in auto. Osserva il flusso di persone vestite in modo sobrio, con l'aria stanca tipica del lunedì mattina. Ne vede alcune che si fermano davanti al portone del numero 72 di Idungatan a Dunker. Le vede digitare il codice, aprire la porta a vetri e sparire in direzione di ascensori e scale. Karen sa che conducono a società commerciali e studi di avvocati.

Quando lo vede arrivare sono già le otto e mezzo, e decide di aspettare ancora un quarto d'ora. Pensa che dovrebbe andarsene, sarebbe la cosa più saggia da fare. Poi si slaccia la cintura, apre la portiera e scende dall'auto.

Lo studio legale Ramnes & Ek si trova al quinto piano, secondo la targa accanto al citofono. Lei suona e aspetta finché le risponde una voce. Presentarsi come ispettrice della polizia ha i suoi vantaggi: con un ronzio il portone si apre senza che le facciano domande su chi deve incontrare e perché.

Quando Karen spinge la porta a vetri satinati ed entra, la giovane donna alla reception sorride con un misto di cortesia e curiosità.

«Chi sta cercando?» chiede.

«Devo vedere Bo Ramnes» risponde Karen secca e dà una rapida occhiata intorno per farsi un'idea del posto.

Bagni e sala d'attesa con divani di pelle bianca a sinistra, un corto corridoio e un'altra ampia porta a vetri a destra.

«Ha un appuntamento?» domanda la receptionist mettendo una mano sul telefono.

«No, è un'urgenza. È là, giusto?»

Senza aspettare risposta, Karen si avvia verso la porta a vetri e sente la donna dire: «...della polizia... non sono riuscita a fermarla... sta arrivando».

Nell'istante in cui spalanca la porta sente il ricevitore di un telefono riagganciato con violenza nella prima stanza a destra, e abbassa subito la maniglia. Bo Ramnes si alza dalla poltrona girevole di pelle marrone proprio mentre Karen sbatte la porta alle sue spalle. Se si prendesse la briga di guardarsi intorno, noterebbe l'imponenza dell'ufficio, lo spesso tappeto persiano e la vista sul parco, invece riesce solo a percepire il barlume di insicurezza negli occhi di Bo Ramnes e poi l'ombra dell'ira che gli passa sul viso, prima che mascheri il tutto con un ampio sorriso.

«Oh, ciao Karen» dice lui tornando a sedersi. «O dovrei dire ispettrice Eiken? A cosa dobbiamo quest'onore?»

Senza rispondere, lei prende una sedia e si siede di fronte a lui, fissandolo in silenzio per alcuni lunghi secondi prima di dire, in tono calmo: «Smettila».

«Non capisco proprio di cosa...»

«Sai benissimo di cosa sto parlando» taglia corto lei. «Non metterai più piede a casa mia e non toccherai mai più Aylin.»

«Non credo che mia moglie apprezzi il fatto che tu venga a ficcare il naso nel nostro matrimonio.»

«Matrimonio? Vuoi dire tortura. Ma adesso è finita, lei ci ha raccontato tutto.»

Bo Ramnes si appoggia allo schienale con un sorriso.

«Ah sì, davvero?»

«Ieri è venuta alla stazione di polizia e ha sporto denuncia contro di te, per i maltrattamenti che subisce da anni.»

«E immagino che tu fossi con lei, vero? L'hai aiutata a inventare la sua storiella.»

«No, non ho avuto questa fortuna. Ho lasciato che fosse un collega a raccogliere la denuncia. Non potrai giocarti questa carta in tribunale.»

Con un'aria di amichevole preoccupazione, e la testa lievemente inclinata, Bo Ramnes osserva la sua ospite.

«Ah sì?» dice annuendo quando lei tace. «In tribunale, dici. Quindi avrei maltrattato mia moglie e in più mi sarei reso colpevole di violazione di domicilio. Hai altre accuse?»

«Sì, che sei uno stronzo vigliacco, ma non regge come capo d'accusa, mi sa. Credo che le altre bastino.»

«Capi d'accusa?» chiede lui con una risatina «Non credo proprio, Karen.»

«I tuoi contatti ti avranno salvato in precedenza, ma questa volta...»

«...lei ha ritirato la denuncia» conclude Bo Ramnes per lei. «Ieri sera tardi, per essere precisi.»

Il silenzio riempie la stanza.

«Mi ha telefonato per dirmi della sciocchezza che ha fatto. Si è pentita terribilmente, ovvio. Ma può succedere, alle donne troppo agitate. Gli ormoni e stronzate del genere. Immagino che tu lo sappia bene, no, Karen?»

Per un attimo tutto si ferma. Aylin le era sembrata così sicura ieri, quando l'aveva lasciata. Sicura e sollevata per aver finalmente trovato il coraggio, per aver finalmente ripreso il controllo della propria vita. Questa volta sarebbe andata fino in fondo. E invece ha fatto marcia indietro. E Karen intuisce anche il motivo.

«Quindi è per questo che sei andato a casa mia. Sapevi che Aylin non avrebbe retto se te la fossi presa con i suoi amici. Brutto bastardo.»

«Hai una bella fantasia per essere una poliziotta. E parli in modo orrendo per essere una donna, se posso permettermi. Perché sei una donna, vero Karen? Anche se non sei riuscita né a tenerti un marito né ad avere figli.»

Con sua sorpresa, Karen si accorge che non succede niente. È rimasta a galla, il cuore batte a intervalli regolari, non si è dissolta. Al contrario, tutto è limpido e di una chiarezza gelida.

«Non tornerà da te» dice Karen con estrema calma. «Anche se ha ritirato la denuncia, non tornerà più da te.»

«Forse non subito, ma prima o poi lo farà» ribatte lui altrettanto calmo. «Sai cosa? Credo semplicemente che la mia amata moglie abbia bisogno di un po' di tempo da sola, per riflettere bene. Aylin è sempre stata un po'... come dire... nevrotica. Sai che prende degli antidepressivi? Le cosiddette pillole della felicità, sono anni ormai...»

«Non tornerà indietro» ripete Karen. «Divorzierete e tu la lascerai in pace.»

«Ah sì? Lo dici tu? E altrimenti cosa succede?»

Karen si alza lentamente e lo guarda.

«Altrimenti ti renderò la vita un inferno.»

Quando apre la porta sente delle voci soffocate. Un po' più in là nel corridoio, chini su una fotocopiatrice, ci sono un uomo in giacca e cravatta e una donna di mezza età con i capelli grigi raccolti in una coda. Hanno le teste vicine e sembra che stiano esaminando un documento. Dalla porta socchiusa della stanza accanto a loro giunge il rumore di una tastiera. Quando un'altra donna, con tutta l'aria di essere una giovane avvocatessa sotto stress, esce dalla stanza di fronte con il cellulare all'orecchio, Karen si decide.

Si volta e dice a voce alta e chiara: «Se maltratterà sua moglie un'altra volta, Bo Ramnes, mi assicurerò personalmente che lei vada in galera. Sul mio cellulare ho delle foto che credo possano interessare ai media».

Undici secondi dopo Karen Eiken Hornby preme il pulsante dell'ascensore, sentendo la porta dello studio legale Ramnes & Ek che si chiude con un morbido fruscio alle sue spalle.

59

Per tutta la strada da Dunker al terminal dei traghetti di Thorsvik tiene l'auricolare nell'orecchio sempre più dolorante. Prima cerca di chiamare Aylin, che non risponde, poi telefona a Marike e le racconta della sua visita allo studio legale di Bo Ramnes e del fatto che Aylin ha ritirato la denuncia. Marike reagisce come previsto, con un'incomprensibile litania di imprecazioni in danese, condite con qualche altra parolaccia a sfondo sessuale che Karen, con sua sorpresa, non ha mai sentito prima, e promette di andare subito allo studio a parlare con Aylin.

«Credi che tornerà da lui?» aggiunge Marike, sempre in danese.

«No, non adesso che lo sanno così in tanti. Ma promettimi di chiamarmi se non riesci a trovarla.»

«Sarò là tra mezz'ora» risponde Marike.

«Be', comunque adesso i suoi colleghi sanno che picchia la moglie» dice Karen con aria soddisfatta. «Forse si calmerà un po'.»

«Ti faranno delle storie per questo?»

«Probabile.»

Ed è quello che accade. Prima ancora di arrivare all'uscita di Ravenby, Jounas Smeed la chiama.

«Sei fuori di testa?» sbraita. «Ho passato venti minuti delle mie vacanze al telefono con Viggo Haugen. Se non fossi riuscito a calmarlo ti avrebbe licenziato.»

«È un porco.»

«Haugen?»

«Bo Ramnes. Be', anche Haugen» aggiunge. «Sai che ieri l'avvocato Ramnes ha cercato di entrare a forza in casa mia e ha picchiato un mio amico?»

«So che lui è stato là per parlare con sua moglie.»

«Lei non c'era.»

«E so anche che Ramnes afferma di non essere entrato in casa. Al contrario, è stato spinto e si è fatto male al ginocchio. Devi ringraziare il cielo che abbia deciso di non sporgere denuncia. Non è certo proibito andare a casa della gente.»

«Ti ho detto che ha cercato di entrare con la forza. Leo l'ha fermato.»

«Intendi dire quel senzatetto che è stato dentro con l'accusa di percosse? A quanto ho capito è un tuo inquilino. Seriamente, Eiken.»

«Be', allora non è più un senzatetto, no?»

«Non è certo un testimone attendibile, però. E tu non eri nemmeno in casa, a quanto ho capito, perciò non sai come sono andate le cose, giusto?»

«No, ma...»

Karen si interrompe. Dire che in casa c'era la figlia di Smeed non migliorerebbe le cose. E Leo insiste nel non voler sporgere denuncia. Lei ci ha provato di nuovo stamattina ma ha capito che fargli cambiare idea è impossibile.

«Mi fai venire voglia di rimuoverti dalle indagini» dice Jounas.

«Naturalmente. Ma non lo fai perché...?»

«Però mi rendo conto che più stai lontana da Dunker, meglio è» continua lui. «Rimarrai lassù finché le indagini non saranno concluse. E non contatterai Bo Ramnes in nessun modo. Intesi?»

Karen non risponde e cambia argomento.

«E quando pensi di mandare dei rinforzi? Karl e io non ce la facciamo da soli. Adesso abbiamo due omicidi, e la gente invece di venire ad aiutarci è a casa a dormire. O in spiaggia» aggiunge, pentendosi all'istante.

Il suo capo l'ha salvata, se non dal licenziamento almeno da un congedo forzato. Non è il momento di peggiorare il suo umore.

«Oltre a Björken, adesso c'è anche Loots sul posto» risponde Jounas Smeed con voce gelida. «Solo tu non sei dove dovresti.»

Quando Karen oltrepassa la porta della stazione di polizia locale di Lysvik, si accorge che il suo capo aveva ragione. Intorno al tavolo della sala riunioni, oltre a Karl Björken, c'è anche l'agente Cornelis Loots che chiacchiera con Thorstein Byle, Röse, Andersson e Svanemark.

«Ah, guarda un po', è l'ora di arrivare?» esclama Karl, ricevendo un'occhiata preoccupata da Byle.

Chiaramente a lui non verrebbe mai in mente di parlare in quel modo a un superiore. Karen si siede e allunga la mano per prendere un thermos.

«Okay» dice. «Ci mettiamo al lavoro, o pensate di rimanere a spettegolare tutto il giorno?»

Dieci minuti dopo, nota che Röse sembra ancora arrabbiato, ma pare trattenersi di fronte alla presenza di maggiori risorse della sede centrale. Forse Thorstein Byle gli ha parlato. Andersson e Svanemark sembrano accettare meglio la situazione. Sono seduti chini in avanti e chiacchierano allegri con Cornelis Loots, e Karen si ricorda che Loots è cresciuto sull'isola. Nota anche che il gruppo ha fatto sì una pausa, ma non ha solo sprecato tempo in pettegolezzi: Loots ha ricevuto un resoconto della situazione, i risultati delle analisi tecniche e il referto dell'autopsia di entrambi gli omicidi.

Lascia che Karl Björken e Thorstein Byle continuino il resoconto mentre si massaggia il ginocchio di nascosto sotto il tavolo. Ma quando Byle racconta della sua conversazione con la segretaria, Eva Framnes, si raddrizza sulla sedia e ascolta concentrata. Con quello che è successo non è ancora riuscita a leggere il rapporto che le ha mandato. Qualche minuto dopo si appoggia allo schienale con un sospiro di delusione. Una festa meravigliosa, aveva detto Eva Framnes, anche se secondo lei la gente aveva bevuto troppo. Ma i fuochi d'artificio erano fantastici e sì, i Tryste l'avevano accompagnata a casa e no, lei non aveva visto né sentito niente di strano, riguardo a Gabriel, durante la serata, a parte il fatto che era molto ubriaco. Sì, e poi l'aveva visto digitare sul cellulare durante la cena e aveva pensato che fosse un maleducato. Ma la gente al giorno d'oggi si comporta così.

Anche Karl Björken si lascia sfuggire un sospiro.

«Be', il cellulare mi sa che non lo troveremo mai, ma il gestore...? Quand'è che ci darà la lista delle chiamate? E la Scientifica, quando ci farà sapere delle analisi a casa di Gabriel?»

«Oggi, spero» risponde Karen. «Chiamerò subito Larsen quando abbiamo finito. Puoi riferire quello che abbiamo saputo sabato?»

Lascia vagare i pensieri mentre Karl Björken racconta dell'interrogatorio con Björn Groth e di quello che è emerso durante l'incontro con i coniugi Tryste. Vede che Thorstein Byle prende nota mentre ascolta e prova un senso di colpa. Dopo che è tornata a casa in fretta e furia sabato sera non ha avuto occasione di parlargli. È riuscita solo a mandargli un sms dicendo che aveva un'urgenza personale e che sarebbe tornata lunedì al più tardi. "Fiducia e collaborazione" pensa Karen. Per un istante si chiede se debba spiegare, magari di fronte a tutto il gruppo, ma decide di lasciar perdere.

Ascolta Karl Björken che conclude il resoconto e poi inizia ad assegnare gli incarichi.

«Non abbiamo ancora parlato con i partecipanti alla festa che non hanno pernottato sul posto» dice. «Tra gli altri c'erano due coppie che sono andate a casa prima di mezzanotte, e potrebbero aver sentito o visto qualcosa. Potete occuparvene voi due?»

Thorstein Byle e Cornelis Loots annuiscono.

«Karl e io parleremo con la moglie di Gabriel, Katja. Sei riuscito a trovarla?» chiede a Björken.

«Sì, oggi è libera, perciò ha detto che possiamo passare quando vogliamo.»

«Bene. E poi, se Larsen ci dà il suo benestare, vorrei dare un'occhiata alla casa di Gabriel. Chissà» prosegue rivolgendo un sorriso conciliante a Thorstein Byle. «Magari anche lui ha un nascondiglio che Larsen e la sua squadra non hanno trovato.»

60

È Katja Stuub ad aprire la porta della villa gialla dei suoi genitori nel centro di Thorsvik. I capelli biondi sono raccolti in una coda di cavallo e un leggero gonfiore intorno agli occhi indica che ha pianto. Intorno a una gamba è aggrappata una bambina sui quattro anni, con il pollice in bocca, mentre un bambino che sembra avere un paio d'anni in più guarda da dietro la sua schiena con aria sospettosa. Un po' più in là nell'ingresso si vede una donna dai capelli brizzolati. Fa un cenno con la testa, ma non si avvicina a salutare.

«Benvenuti» dice Katja, tendendo la mano. «Mia madre ha promesso di tenere d'occhio i bambini così possiamo parlare indisturbati. Va bene se ci mettiamo in cucina, così loro guardano la tv?»

«Certo» risponde Karen sorridendo ai bambini. «Loke e Lava, giusto?»

Le balena davanti l'immagine dei bambini di Aylin e sente una stretta d'inquietudine allo stomaco. Con uno sforzo, allontana il pensiero. Qui, in questo momento, non c'è niente che possa fare.

Dopo che si sono sistemati intorno al tavolo della cucina e, nonostante le loro deboli proteste, sono stati serviti caffè e torta di mele, Karen prende la parola.

«Dunque, come sa siamo qui per via della morte di Gabriel. A quanto ho capito vi siete separati ma siete ancora formalmente sposati. È corretto?»

Katja Stuub annuisce e si passa veloce la mano sotto il naso.

«Sì, il divorzio non sarà finalizzato prima della fine dell'anno. O meglio... be', adesso non so cosa succederà. Immagino che io sia considerata una vedova.»

«Sì, secondo la legge doggerlandese quando una delle due parti muore, la separazione viene interrotta in automatico» dice Karen. «Ma lei può anche decidere di portare a termine il procedimento» aggiunge. «Dato che avete iniziato la separazione, funziona così.»

"E in effetti ci sono esempi in cui la parte rimasta in vita ha insistito a rendere effettivo il divorzio nonostante la morte del coniuge" pensa Karen. Ma è piuttosto insolito. E quando succede è quasi sempre perché c'erano dei maltrattamenti di mezzo e le donne non volevano essere considerate vedove di colui che le aveva violentate.

«Ma in questo caso si rinuncia a tutte le pretese sull'eredità» interviene Karl.

Katja Stuub sembra imbarazzata ma non abbocca, e Karen capisce che se vogliono ottenere qualcosa dalla conversazione devono farle delle domande dirette.

«Stiamo cercando di farci un'idea di Gabriel come persona. Posso chiederle come mai vi siete separati?»

«Sono stata io a volerlo» risponde Katja secca. «Gabriel voleva che restassimo insieme.»

«E perché ha voluto divorziare? La picchiava?» chiede Karl senza giri di parole.

Katja gli lancia una rapida occhiata e sospira.

«Questo è quello che pensa la gente, ma non è così. Gabriel non ha mai alzato un dito su di me. E nemmeno sui bambini.»

«E allora cos'è successo?»

Rimangono in attesa mentre lei cerca le parole giuste.

«Lui era... senza speranza» dice alla fine, tirando su con il naso. Si alza e strappa un pezzo di carta dal rotolo sul lavello. Si soffia il naso e butta la carta nella pattumiera prima di tornare al tavolo.

«Senza speranza?» dice Karl.

«Sì, senza speranza. Viveva in una specie di mondo di fantasia in cui sognava di guadagnare soldi e diventare potente. Ovviamente senza dover lavorare.»

«Ma era impiegato alla distilleria, no?»

«Sì, era obbligato a lavorare per pagare le rate, ma tutta la sua vita si basava sul trovare altri modi per fare soldi. Il lavoro alla Groths era solo un male necessario.»

Abbassa lo sguardo sul tavolo, esitante, e poi prende fiato.

«Li derubava» dice rialzando subito gli occhi per vedere le loro reazioni.

Karen annuisce e Katja sembra sorpresa.

«Lo sapevate già?»

«Sì, lo sapevamo.»

«Non si trattava di grosse somme, credo. Ma rubava dal magazzino e rivendeva la merce ad alcuni bar di Heimö e Frisel. Quassù non osava.»

«E i suoi legami con gli OP?»

Un altro sospiro, questa volta più pesante.

«È per quello che ho voluto separarmi» risponde Katja Stuub. Sembra rilassarsi nel momento stesso in cui pronuncia le parole. «Lui era una specie di galoppino, niente di più, ma stava cercando di diventare un membro effettivo della gang.»

Pronuncia le parole ridicolizzandole, come per difendersi dal loro significato. E proprio mentre Karl apre la bocca per esortarla, Katja continua di sua spontanea volontà.

«Ronzava loro intorno per ingraziarseli, soprattutto i pezzi grossi: Kenny, Allan e Odd o come si chiamano. Credo che facesse anche qualche lavoretto per loro, gli forniva gli alibi, minacciava la gente... E poi ha comprato una Harley, anche se non avevamo soldi. Ma lui era stupido» aggiunge. «Correva la sua gara in parallelo.»

«Intende dire i furti alla Groths?»

Katja annuisce.

«Quella era roba sua e so che era preoccupato che i ragazzi lo venissero a sapere. Ma Gabriel era così, cercava sempre di trovare il modo di fregare la gente. Il suo datore di lavoro, l'assicurazione, l'allibratore delle corse dei cani, l'Agenzia delle entrate...»

«E gli OP» completa Karen.

«Quando ho capito cosa stava facendo mi sono spaventata. Non avrebbero mai accettato uno come lui, quello lo capisco perfino io. Fin dall'inizio abbiamo litigato furiosamente per via dei suoi contatti con loro. Io non sono il tipo che...»

Tace e sembra cercare ancora una volta le parole giuste.

«Lo so che sembro una snob, ma non siamo mai stati una coppia ben assortita. I miei genitori alla fine avevano ragione.»

Karen non ha bisogno di guardarsi intorno nella cucina dall'arredamento esclusivo per capire cosa intende. Un magazziniere di Noorö, oltretutto legato a una banda di motociclisti criminali, non era certo il genero che i genitori di Katja si erano augurati. Dopo una rapida occhiata a Karen, Katja prosegue.

«È stata una specie di ribellione da parte mia, mettermi insieme a Gabriel. Mio padre ora è in pensione, ma ricopriva una carica importante nella commissione per la pesca e mia madre è dentista. Pensavano che avrei dovuto studiare invece di sposarmi e avere figli, ma io ero innamorata e credevo al futuro da sogno che lui dipingeva. E quando le porte si sono chiuse e ho capito quale sarebbe stato il mio vero futuro, era troppo tardi. Ormai avevamo i bambini e... be', io ero troppo orgogliosa per ammettere di aver sbagliato.»

«Quanto tempo siete stati sposati?»

«Quasi sette anni. E all'inizio stavamo davvero bene. Gabriel, come ho detto, era sempre buono con me e i bambini, anche se in tutte le altre cose era impossibile. Ma i suoi piani grandiosi di mettersi in proprio non si sono mai concretizzati. Un giorno era un'autofficina, il giorno dopo una ditta di importazioni, ma tutto andava a finire in niente e lui rimaneva al magazzino della Groths. E quando ha iniziato a gironzolare intorno agli OP mi sono resa conto che le cose sarebbero finite male.»

È come se il bisogno di parlare di Katja fosse inarrestabile. Sembra oscillare tra dolore e rabbia, e loro l'ascoltano in silenzio mentre continua.

«Alla fine gli ho dato un ultimatum. Doveva scegliere: o me o loro. E per un po' ho davvero pensato che avesse smesso. Si era calmato, lavorava e portava a casa i soldi. Mi aveva detto di aver ricevuto una promozione alla Groths, di essere diventato una specie di caposquadra e di aver ottenuto un aumento. E io gli ho creduto.»

«Ma...?»

«Erano le sue solite balle, dopo un po' l'ho capito. Quando l'ho messo sotto pressione è saltato fuori che non era stato promosso e che gli extra arrivavano dai furti. E poi aveva trovato un sistema "a prova di bomba" per fregare la Groths, ha detto. È stato allora che ne ho avuto abbastanza. Ho preso i bambini e l'ho lasciato la sera stessa.»

«E in che modo voleva fregare la Groths? Lo sa?»

Katja Stuub scuote la testa.

«Non ne ho idea, non gliel'ho chiesto. Saranno state le sue solite fantasie.»

«Non ne sono così sicuro» dice Karl Björken quando mezz'ora dopo sono seduti in auto, a bordo del traghetto ansimante, per tornare a Lysvik.

«Già, di sicuro aveva in mente qualche diavoleria, ma abbastanza da far sì che gli tagliassero la gola? E che legame c'è con l'omicidio di suo nonno?»

«Perché siamo sicuri che i due omicidi siano collegati? O...?»

«Dai, Ciccio. Di cosa pensi che si tratti, di una divertente casualità?»

«Non so quanto sia divertente. Ma okay, è chiaro che sono collegati. Però non significa che l'assassino sia lo stesso. Gabriel può aver ucciso suo nonno e poi essere stato vittima di un altro assassino.»

«Non ha importanza, finché non avremo un movente. È difficile che risolviamo questo caso con l'aiuto della tecnica. Non è che Sören Larsen ci abbia proprio inondato di informazioni.»

Riflettono sulla conversazione avuta con il capo della Scientifica. Un paio d'ore prima, mentre erano in auto, avevano ascoltato in vivavoce Sören, che aveva appena finito di esaminare la casa di Gabriel.

«Non mi aspettavo certo un piatto di delizioso dna» dice Karl rassegnato. «Ma nella lista delle telefonate ci speravo. Chi cavolo usa più una carta prepagata al giorno d'oggi?»

«Quelli come Gabriel Stuub» risponde Karen secca. «Se vuoi giocare con i ragazzi degli OP, è una regola basilare. Ma Sören ha detto che comunque Gabriel aveva un account email ufficiale. Lo analizzeremo insieme per vedere se troviamo qualcosa. C'è sempre la possibilità di scoprire qualche elemento in casa sua che ci indichi un probabile movente.»

Karl le lancia un'occhiata scettica.

«E poi bisogna finire di guardare il computer di Fredrik Stuub. Diremo a Cornelis di leggere tutto con attenzione. Di solito è capace di trovare un ago nel pagliaio, se c'è.»

61

«Che meraviglioso assortimento!» esclama Karl facendo scorrere lo sguardo sulle casse di bottiglie di whisky e i barattoli di integratori alimentari e proteine in polvere. «Credi che qualcuno si accorgerebbe se ne prendo un paio di litri?» aggiunge con un sogghigno, alzando una bottiglia di Groths Röök del 2006.

Hanno iniziato l'esame dal garage doppio con annessa officina di Gabriel Stuub e si sono subito accorti che a parte una Harley Davidson e una vecchia Volvo, contiene tutto quello che compare sulla lista che Sören Larsen ha spedito via email: una serie di attrezzi, due taniche di benzina, una di olio per motore, una piscina gonfiabile rosa, due biciclette da adulto e un triciclo, una rete verde arrotolata, otto taniche di plastica vuote e tre barattoli di vernice bianca. Fine.

Poi si spostano nella cantina e osservano gli scaffali che ricoprono un'intera parete. Gli oggetti lì sono più interessanti di quelli del garage, ma riservano ben poche sorprese.

Karen solleva una lattina e legge l'etichetta degli ingredienti.

«Proteine del siero del latte, lecitina di soia, aromi... Cazzo, capisco che avesse bisogno di un whisky ogni tanto per tenere duro. Ma i culturisti di solito non sono tipi che non bevono?»

«Perché pensi a quelli che fanno le gare» dice Karl rimettendo giù la bottiglia di malavoglia. «La maggior parte di quelli che si gonfiano i muscoli sono persone comuni.»

«Come te, vuoi dire? Anche tu hai proteine in polvere e whisky in cantina?»

«Mi piacerebbe. Ma lui lo vendeva, se dobbiamo credere a sua moglie. E Brodal ha detto che i valori del fegato potrebbero indicare che prendesse anabolizzanti. O magari entrambe le cose.»

Karen annuisce.

«Purtroppo i risultati non saranno pronti fino alla prossima settimana. I tecnici comunque non hanno trovato tracce di ormoni della crescita in casa. D'altro canto per noi non fa differenza. Sono più interessata a scoprire come facesse Gabriel a truffare chi gli stava intorno che a sapere come trattava il suo corpo. Guardiamo il resto della casa?»

Chiudono la porta della cantina e salgono la scala senza grosse speranze. L'analisi della villa degli Stuub probabilmente darà magri frutti, come previsto da Sören Larsen.

«Tre camere da letto al piano di sopra, soggiorno e un piccolo studio accanto alla cucina» aveva detto. «C'è una scrivania con un po' di carte, ma è difficile che troviate qualcosa di interessante. Sembrano più che altro cedolini e bollette, ma comunque siete voi che ve ne intendete.»

Ed è proprio così. La villa potrà anche essere strana rispetto alle abitazioni circostanti, ma per il resto è assolutamente normale, senza segni di attività illegali, constata Karen mentre lei e Karl si muovono in giro per la casa. Una stanza ciascuno per i bambini e una camera da letto più grande dove a quanto pare negli ultimi due mesi Gabriel ha dormito da solo.

In quello che Sören Larsen ha definito "studio", su un'enorme scrivania troneggiano una macchina da cucire, lo schermo di un computer e una stampante. Cestini con fili e articoli da cucito, scampoli di tessuti per bambini e raccoglitori con cartamodelli riempiono un lungo scaffale sulla parete di fronte. Documenti ordinati, che comprendono i cedolini della Groths e dell'ufficio contabile in cui Katja ha lavorato part time negli ultimi due anni, rate del mutuo, altri pagamenti relativi alla casa e qualche bolletta. Tutto è suddiviso con cura in cartelline contrassegnate da etichette. "O

Gabriel è più ordinato di quanto mi aspettassi, oppure qui c'è la mano di Katja Stuub" pensa Karen richiudendo l'ultimo cassetto.

Non ha intenzione di mettersi a cercare nessun nascondiglio: i tecnici, dopo averlo mancato a casa di Fredrik Stuub, erano stati obbligati da Larsen a esaminare ogni millimetro della casa alla ricerca di spazi segreti. E poi il computer di Gabriel è in piena vista, in mezzo alla scrivania, accanto alla macchina da cucire.

«Videogiochi» aveva riassunto Larsen. «Molte edizioni piratate, sembrerebbe.»

«Ci sarà pure qualcos'altro.»

«Un indirizzo email abbinato alla fornitura di internet. Ho dato solo un'occhiata, ma a quanto ho visto, sembrano più che altro messaggi della pubblica amministrazione. Ah, poi abbiamo la cronologia di ricerca sul browser: qualche sito di giochi, le pagine sportive dei giornali, qualche oscuro forum di pettegolezzi, porno... Le solite cose, in altre parole. Ti ho già mandato un link via email. Buon divertimento!»

Karen chiude il primo cassetto della scrivania, si volta verso Karl e, con un'occhiata interrogativa, gli chiede se ha visto qualcosa di interessante.

«Niente» risponde lui scuotendo la testa. «Guardiamo il resto, così ce ne possiamo andare?»

Il soggiorno è rimasto uguale a quando l'aveva visto lei; abbastanza in ordine, con un enorme televisore a schermo piatto, divani e poltrone.

Karen si avvicina alla libreria. Quattro fotografie sul ripiano più in alto mostrano, nell'ordine: i due bambini, Loke e Lava, vestiti eleganti e seduti l'uno accanto all'altra su un divano, per essere immortalati in uno studio fotografico, la foto di un giovane Gabriel a cavalcioni di un motorino, la fotografia del giorno del diploma di una ragazza bionda, probabilmente Katja, e la foto del matrimonio in cui si sorridono a vicenda, felici. Come sempre, quando guarda le foto a casa delle vittime, Karen si sente a disagio. Il ragazzo elegante nella foto, con la cravatta annodata male e quel sorriso largo, potrà anche essere colpevole di chissà cosa, ma non meritava certo di finire i suoi giorni nella neve con la gola tagliata.

D'impulso fa scorrere lo sguardo sui ripiani e trova quello che cercava: un album fotografico. Ogni foto è infilata con cura in una taschina di plastica e ancora una volta sospetta che ci sia stato lo zampino di Katja Stuub nel sistemarle. Sono in ordine cronologico e a Karen basta sfogliare due pagine per avere conferma dei suoi sospetti.

La foto dev'essere stata scattata trentacinque anni prima. Una donna giovane e magra con cerchi scuri intorno agli occhi fissa indolente l'obiettivo e sembra crollare sotto il peso del neonato con la tutina azzurra che regge con un braccio. Ulrika Stuub non ha l'aria felice. Accanto a lei c'è un Fredrik Stuub sulla quarantina con un braccio sulle spalle della figlia e l'altra mano sollevata per ripararsi dal sole. L'uomo anziano dai capelli grigi che Karen ha visto sul tavolo dell'autopsia è ancora lontano. Nella foto, i raggi del sole incendiano i capelli dell'uomo di un rosso fuoco. Lo stesso rosso fuoco di quelli di Odd.

«Hai trovato qualcosa o possiamo andare?» chiede la voce di Karl dalla cucina.

«Niente. Possiamo andare.»

Con un'imprecazione silenziosa, rimette a posto l'album.

62

Karl Björken fissa lo schermo con lo sguardo vacuo, nonostante siano passati diversi minuti da quando ha assimilato le informazioni sul contenuto del computer di Fredrik Stuub. Sta pensando a Ingrid e ai bambini nella villetta di Sande.

La volta precedente, quando era tornato a casa, si era augurato di riuscire a evitare un litigio all'ultimo momento. Ed era stato il fine settimana che aveva sperato: i bambini erano stati più obbedienti del solito e lui e Ingrid si erano sforzati entrambi di evitare l'Argomento.

Però domenica sera tardi, subito dopo aver fatto l'amore per la seconda volta nel fine settimana, aveva commesso il primo errore. Aveva sospirato mentre puntava la sveglia e aveva detto qualcosa a proposito di non poter dormire molte ore.

«Al contrario di me, vuoi dire?» aveva esordito Ingrid. «Be', prova pure a rimanere a casa da solo con i bambini e poi vediamo quante ore di sonno ti rimangono.»

Vederla pronta ad aggredirlo come un terrier e a rovinare quelli che erano stati, fino ad allora, due giorni senza attriti, l'aveva deluso talmente da fargli dimenticare la prudenza. E lì aveva commesso il secondo errore.

«Non capisco perché hai così fretta di tornare al lavoro, non ti piace nemmeno» aveva detto. «Tutte le sere quando tornavi a casa ti lamentavi di come ti trovavi male e volevi cambiare.»

Ed era vero. Il lavoro di Ingrid nell'ufficio stampa del consiglio provinciale di Dunker era fonte di continua frustrazione per via delle decisioni assurde, influenzate da motivi economici o semplicemente stupide che ci si aspettava potessero essere trasformate in successi mediatici attraverso "approcci proattivi". E Karl aveva pensato che fosse davvero terribile che Ingrid, per la seconda volta, fosse stata scavalcata nella carriera da un ventitreenne con un curriculum che poteva essere credibile per uno con il doppio della sua età. Sempre più spesso Ingrid sfogava la sua frustrazione a cena, e sempre più spesso leggeva annunci di lavoro.

E come se non bastasse, oggi la tata ha chiamato per dire che ha deciso di trasferirsi da sua sorella ad Amsterdam. E, ha sottolineato Ingrid con voce gelida al telefono, loro ormai non sono più nella graduatoria per l'asilo. Karl aveva pensato che la quota annuale di trecento marchi per mantenere il posto in coda fosse inutile, ora che avevano trovato una tata che li soddisfaceva.

I tempi d'attesa sono di almeno otto mesi, aveva detto chiaro e tondo il responsabile. Almeno. Magari in autunno, se sono fortunati.

«E come credi che possa trovare un nuovo lavoro se continuo a stare a casa?» aveva detto Ingrid con voce fin troppo calma.

Sarebbe stato meglio se avesse gridato.

"Devo parlare con Smeed non appena queste indagini saranno concluse" pensa Karl, distogliendo lentamente lo sguardo dallo schermo. "Deve accettare il fatto che io mi assenti per un po'. Karen adesso è tornata e lui dovrà comunque trovare un sostituto fisso per Johannisen, che ormai ha più di sessant'anni."

Ma a tormentarlo nel profondo e a preoccuparlo sul serio è quello che Ingrid non ha detto. Perché non ha sottolineato l'evidenza? Cioè che anche Karl da anni le rompe i timpani con le sue tirate quotidiane sui colleghi di lavoro idioti? Si lamenta sempre che Viggo Haugen non ha spina dorsale e si prostra di fronte ai politici, che Jounas Smeed non ha assolutamente le qualità per comandare, che Karen è lunatica e non sa relazionarsi con gli altri, e del rancore di Johannisen che si stende su tutto il dipartimento come una coperta bagnata. Se c'è qualcuno che si lamenta del lavoro ogni giorno è proprio Karl.

Ingrid però non ha detto niente. Non l'ha disarmato, anche se sarebbe stato molto facile. Ancora una volta sente una stretta allo stomaco per la preoccupazione.

Ingrid ha forse perso le speranze?

Karl viene interrotto nei suoi pensieri da una conversazione. Qualcosa nell'oggetto della discussione tra Karen e Cornelis Loots riesce a penetrare nella sua mente.

«Tossine, sì, certo, so cosa sono. Ma cosa c'entra con il caso?»

«Be', lui forse aveva trovato qualcosa che non andava nella produzione alla Groths. Una cosa del genere potrebbe essere una minaccia sia per l'attività, sia per i progetti futuri.»

«Micotossine, quindi» dice Karen. «Perché è di quello che si occupava, di vari tipi di muffe velenose. Almeno, così mi ha detto quella donna dell'università.»

«Le muffe possono essere molto pericolose, dicono.»

«In casa e nel cibo forse, per esempio nel riso. Fredrik Stuub ne aveva parlato sui media qualche anno fa. Ma non ho mai sentito parlare di muffe nei superalcolici. E poi tutti i documenti che parlano della ricerca di Fredrik risalgono ad alcuni anni fa.»

Karen sembra scettica e Karl ha già dimenticato le proprie riflessioni sul silenzio preoccupante di Ingrid. Anche lui ha letto i documenti sul computer di Fredrik Stuub.

«E che relazione ci sarebbe con Gabriel?» chiede, inserendosi nella conversazione. «Muffe nelle proteine in polvere?»

Cornelis si stringe nelle spalle.

«In ogni caso penso che dovremmo lasciare che se ne occupi qualcuno che se ne intende. Magari uno studente di medicina.»

«Sì, hai ragione. Chiederò a Brodal di dargli un'occhiata. Può darsi che Fredrik fosse sulla buona strada, però mi sfugge come sia coinvolta la Groths. E come dice Karl, cosa c'entra Gabriel? Lui e suo nonno non si frequentavano abbastanza da parlare dei risultati di quelle vecchie ricerche. Ma sono le otto passate, per oggi basta» conclude Karen.

«Che cosa fate nei prossimi giorni? Andate a casa per l'Epifania?» chiede Karl cercando di avere un tono leggero.

Non ci riesce. Karen lo osserva attentamente e, senza che lui lo dica, sa benissimo che la propria assenza per malattia ha messo i bastoni tra le ruote a Karl e al suo congedo di paternità. E il fatto che lui ora sia in servizio non rende certo felice Ingrid.

«Situazione pesante a casa?» domanda.

Lui annuisce.

«Allora tu torna pure. Dai il massimo. Mettiti la barba finta e sommergi tua moglie e i bambini di regali. È un ordine» dice.

«Okay, parto domani dopo pranzo e torno giovedì mattina presto. E tu cosa fai? È tutto sistemato con la tua amica?»

«Sistemato è una parola grossa, ma in questo momento la situazione è tranquilla.»

«L'ha denunciato, il bastardo?»

Karen sospira.

«Sì. E poi ha ritirato la denuncia, ma in realtà non credo che tornerà da lui. E se dovesse succedere qualcosa, Marike o Leo mi chiamerebbero subito.»

«Quindi rimani qui tutta sola per l'Epifania?»

«Anche Cornelis rimane, perciò almeno ci divertiremo insieme. E forse mi inviteranno i miei parenti, e il pensiero di guidare fino a casa a Langevik è quasi peggio. E poi non è andata molto bene l'ultima volta che ho lasciato l'isola» aggiunge con un sorrisetto. «Non possiamo rischiare un terzo omicidio.»

63

Il suono è appena percepibile. Il tremolio sordo che si propaga dal piano inferiore la paralizza e la costringe a mettersi seduta. La leggera vibrazione alle finestre non è causata da un camion in transito o dal vento, e nemmeno da qualche vicino dal passo pesante. All'una di notte non circolano i camion. Fuori i fiocchi di neve danzano silenziosi e lei è sola in casa. E prima ancora di risentirlo, questa volta più forte, sa che qualcuno ha afferrato la maniglia e sta cercando di aprire la porta dello studio.

L'ha sempre saputo che sarebbe arrivato, prima o poi. Passerà in rassegna metodicamente tutti i posti che gli verranno in mente. La casa di Karen, quella di Marike, lo studio. E cercherà anche da Eirik e Kore, naturalmente. Dai suoi genitori è già stato. Sua madre non ha voluto dirle niente ieri, non voleva preoccuparla, ma alla fine, costretta dalle sue domande, ha ammesso che Bo era stato lì. Era rimasto in auto nella via davanti alla casa per quasi un'ora. Alla fine suo padre era uscito e gli aveva urlato che era inutile aspettare: Aylin non c'era. A malincuore, sua madre le aveva riferito quello che aveva risposto Bo.

«Ci ha chiesto di dirti che è disperato e vuole solo che tu torni a casa. Non capisce perché l'hai lasciato.»

Non aveva voluto vedere i bambini. Non voleva preoccuparli prima che "le cose si sistemassero". Non aveva nemmeno chiesto dove fosse lei, forse perché sapeva che non gli avrebbero risposto. O magari perché non aveva bisogno di chiedere. Prima o poi l'avrebbe scoperto da solo. Lei aveva creduto che ci avrebbe messo più tempo. Ci aveva sperato.

Adesso è seduta intirizzita sul bordo del letto mentre i pensieri vorticano come la biancheria nell'asciugatrice e il sangue le pulsa nella testa. Guarda il mezzo bicchiere di whisky sul comodino, il libro che non ha letto. Il coltello del pane che ha preso ieri sera perché non riusciva a addormentarsi. In qualche modo le era sembrato che le offrisse sicurezza. Adesso le appare inutile, come un brutto scherzo. "Non ho la minima possibilità" pensa. "Come diavolo ho fatto a credere di potermi nascondere qui?"

E quel pensiero alla fine fa fermare l'asciugatrice nella sua testa, che oscilla lentamente avanti e indietro mentre ha un'illuminazione: Bo sta provando alla porta sbagliata. Non sa niente dell'appartamento sopra lo studio. E un secondo dopo si ricorda quello che Marike aveva risposto, seccata, a Karen quando gliel'aveva chiesto: «Secondo te non ho l'antifurto?». È chiaro che la porta di sotto abbia un allarme, lo studio è pieno di oggetti di valore. A quanto pare non scatta solamente cercando di aprire la maniglia, ma se qualcuno dovesse riuscire a entrare da... e il pensiero viene interrotto da un altro.

Magari non è lui.

Con infinita lentezza scivola a terra e striscia fino alla parete accanto alla finestra. Le spesse tende sono tirate e non si muovono quando lei si alza piano. La fessura è troppo stretta e per un istante esita prima di spostare una tenda di lato, con cautela. Preme incerta il viso contro la finestra e guarda in basso nella via.

La luce dei lampioni è attenuata dalla neve che cade. La figura nera che adesso ha fatto un passo indietro e guarda verso lo studio potrebbe essere chiunque. Nessun testimone oculare potrebbe indicare la persona in un confronto all'americana. Nessuno tranne lei.

Un attimo dopo il tempo si ferma. Bo Ramnes fa un altro passo indietro e alza lo sguardo verso il piano superiore.

Lei si raggela, rimane immobile senza respirare, vede il suo sguardo che scorre sulla fila di finestre buie. Poi lui si volta e torna di scatto all'auto, con passi rabbiosi. Solo quando sente la portiera richiudersi e vede la Mercedes nera passare lentamente nella via, Aylin riprende fiato e si accascia sul pavimento freddo.

64

Alle quattro e venti del mattino, Karen Eiken Hornby viene strappata al sonno con un sussulto così forte da muovere il letto. Dapprima pensa che a svegliarla sia stato qualcosa in strada, o magari un rumore proveniente dal corridoio. Solleva la testa dal cuscino per ascoltare, ma percepisce solo il debole sibilo del vento che accarezza le finestre e il mormorio tranquillo dell'acqua nelle tubature del bagno.

Riabbassa la testa sul cuscino morbido e sente che il sonno la trascina di nuovo sotto la superficie. Ma qualcos'altro la trattiene e fa sì che le sue palpebre chiuse si muovano inquiete. Varie immagini mentali si susseguono in una sequenza rapida e disordinata: il viso rugoso e preoccupato di Thorstein Byle, la schiena di Odd con la treccia e il logo degli OP, la fotografia di un giovane Fredrik Stuub con i capelli rosso fuoco, un flash di Leo che schiaccia un mozzicone di sigaretta sulla ringhiera, vaghi scorci delle montagne di Noorö e case sudicie di polvere di carbone, la voce di Aylin – «In realtà è anche colpa mia» – che si fa strada all'improvviso, le casse di whisky nella cantina di Gabriel Stuub, i barattoli di integratori, il suono della risata gorgogliante di Sigrid, lo sguardo colmo di gratitudine di Karl quando gli ha ordinato di andare a casa, Cornelis che solleva stanco lo sguardo dal computer e si sfrega gli occhi, il viso pallido di Björn Groth alla luce tremolante delle lampade al neon, la schiena di Leo che sale controvoglia sul palco e prende la chitarra, Bo Ramnes che solleva il bicchiere per brindare, l'elenco del contenuto del computer di Fredrik Stuub, lo scambio di email con i quotidiani, l'azienda dei trasporti, la commissione per la pesca, i documenti fitti di parole, termini incomprensibili come interleuchine, neurodegenerativo, acetilcolina, *Baudoinia compniacensis*... I buchi di trapano sulle pietre fuligginose su a Gudheim, una parete con l'ombra del numero 1 seguito dal segno della percentuale.

In quell'istante si sveglia completamente.

Per qualche minuto rimane sdraiata nel letto mentre cerca lentamente di riavvolgere la pellicola e arrivare al fotogramma giusto. È una parola, quella che cerca, un'unica parola in quelle pagine scritte fittamente sul computer di Fredrik Stuub. Una di quelle parole incomprensibili in cui lei si è imbattuta molto tempo fa in tutt'altro contesto. Una piccola, maledetta, elusiva parola che si è inchiodata nel suo subconscio e adesso si rifiuta di ripresentarsi. Una piccola parola irritante che le impedisce di riaddormentarsi.

"E adesso mi scappa anche la pipì" pensa, mettendosi a sedere con un sospiro. "Mi conviene alzarmi, accendere il computer e riguardare tutto di nuovo."

Il sedile del wc è freddo, e mentre si svuota la vescica Karen osserva l'antigienica moquette. Al contrario dei pub, questa è una delle eredità britanniche di cui farebbe volentieri a meno. "Probabilmente nessuno sotto i sessant'anni si ostina più ad avere questi ricettacoli di muffa in bagno" pensa.

E prima che si renda conto di come o perché, la ruota della roulette finalmente si ferma, la pallina va a mettersi nella casella giusta e lei si sente pronunciare la parola che stava cercando: «Baudoinia».

Quaranta minuti dopo Karen Eiken Hornby si riappoggia alla parete e sposta lo sguardo dallo schermo del computer alla finestra. Fuori è buio pesto e rimarrà così ancora per – lancia un'occhiata alle cifre all'angolo dello schermo – più di tre ore. Sposta piano il computer sulla coperta e raddrizza lentamente le gambe. Il piede destro si è addormentato e lei muove le dita per eliminare il formicolio.

A occhi chiusi riesamina quello che ha scoperto su internet. La *Baudoinia compniacensis* è una muffa diffusa dall'alcol, che ricopre case, edifici e alberi con una pellicola nera che ricorda la fuliggine. Si incontra in aree dove i superalcolici vengono prodotti e conservati. È comune nei pressi delle distillerie di whisky per via della dispersione di alcol che avviene tutti gli anni durante lo stoccaggio in botti di rovere ed è conosciuta con il nome di *Angel's share*.

Angel's share. Certo che aveva già sentito quell'espressione poetica. La "quota degli angeli", l'invitante alcol che si sprigiona dalle botti piene di whisky e rende migliore l'esistenza nel regno dei cieli.

O, per meglio dire, si rende conto adesso, si posa in uno strato nero e fuligginoso sull'ambiente circostante. È impossibile da togliere senza un'idropulitrice ad alta pressione, e comunque ritorna rapidamente. Su internet ha visto immagini della fuliggine su facciate, tronchi d'albero, pali di lampioni e auto nei dintorni delle distillerie in Scozia e negli Stati Uniti. E lo stesso succede vicino ai magazzini di cognac in Francia.

Ha letto articoli in cui gli abitanti di diverse città hanno cercato di citare in giudizio le distillerie per la diminuzione del valore degli immobili. John le aveva parlato di un caso che stava per essere assegnato al suo studio di avvocati. E poi un altro studio aveva ottenuto l'incarico. E i colleghi di John, al pub dopo il lavoro, avevano scherzato sul fatto che era meglio evitare di entrare in conflitto con l'industria del whisky, che un'eventuale vincita non sarebbe stata considerata del tutto positiva.

Karen però non riesce a ricordare che una controversia simile sia mai sorta anche a Noorö. Qui il valore degli immobili non è così alto da doverlo preservare. Il numero sempre maggiore di case vuote non lo è certo perché le facciate sono sudicie. E quelli che vivono qui ci sono abituati.

Una spessa patina nera.

«È il carbone» dice la voce di zia Ingeborg nella sua mente, tanto tempo fa. «L'oro nero. Senza di lui saremmo persi.»

E che le case di Noorö fossero nere di fuliggine per via del carbone era una verità che né Karen, e probabilmente nemmeno altri, avevano mai messo in dubbio. E nessuno si era chiesto come mai ancora adesso lo strato ricopriva parti dell'isola come un velo da lutto, nonostante l'ultima miniera fosse chiusa da tempo e gli ultimi cumuli di carbone fossero ormai spianati.

Nessuno tranne Fredrik Stuub.

Non era fuliggine. Era muffa. *Baudoinia compniacensis*. Un fungo. Una muffa nera, ma non pericolosa come le altre, stando a quanto Karen è riuscita a capire. «Non sono stati dimostrati effetti nocivi sulla salute di persone o animali» c'era scritto su una pagina. «Probabilmente non nociva per la salute» su un'altra.

Con un brivido pensa a quello che internet le aveva restituito quando aveva cercato le altre parole nei documenti di Fredrik Stuub: interleuchine, neurodegenerativo, acetilcolina, ammassi neurofibrillari... è davvero possibile che Fredrik Stuub stesse cercando di provare questo collegamento?

È possibile che avesse ragione?

65

Kneought Brodal risponde al sesto squillo. Impersonale, con titolo, nome e cognome, anche se di certo avrà visto che è lei a chiamare. Sentendo il suo tono ostile, capisce subito che non sarà una conversazione facile.

Ascolta pazientemente i commenti del medico legale a proposito di Natale e Capodanno rovinati, e poi uno sfogo sul fatto che i nooresi che si ammazzano tra loro gli rovineranno anche l'Epifania, e poi riesce a parlare.

«No, non ti preoccupare. Nessun omicidio, non ancora, almeno. Non è per questo che ti chiamo.»

All'altro capo lui beve rumorosamente. "Ne starà approfittando per inumidirsi la gola prima della prossima litania" pensa Karen. Quella breve pausa le dà tempo di introdurre il motivo della sua telefonata.

«Sei riuscito a guardare i documenti che ti ho mandato?» chiede, fremendo in attesa della risposta. In sottofondo sente Kneought Brodal posare la tazza.

«Quali cazzo di documenti? Devi essere più precisa, c'è un sacco di roba nella mia posta in entrata.»

«Erano file del computer di Fredrik Stuub. Ho bisogno del tuo parere di esperto per interpretarli. Ci sono un sacco di nozioni di ricerca medica.»

«Ah quelli. No, non ho fatto in tempo. Ma non si tratta proprio di medicina, piuttosto di biochimica, se non ho capito male.»

"Allora li hai guardati" pensa lei.

«No» risponde lui, come se avesse sentito il suo pensiero pieno di speranze. «Non li ho letti. Li ho aperti per vedere di cosa parlavano e poi li ho richiusi e segnati come "non letti". Faccio così con tutte le email, per poter dare delle priorità, in mezzo a tutte le domande idiote che ricevo.»

«Okay, ma questi documenti potrebbero essere importanti» dice Karen. «E abbiamo fretta.»

Riflette per qualche istante, per decidere quale sia la strategia più efficace, e poi continua: «Il fatto è che penso di aver trovato un collegamento tra la ricerca di Fredrik Stuub e il suo omicidio. E forse anche quello di Gabriel» aggiunge per addolcire la pillola.

All'altro capo c'è silenzio. Lei sa che è un buon segno. L'interesse di Kneought Brodal si è risvegliato, anche se lui non lo ammetterà mai.

Fa un respiro profondo e silenzioso e poi riprende: «Ho letto da cima a fondo la documentazione trovata nel computer di Fredrik e ho trovato dei concetti che ho approfondito».

«Quindi hai cercato su Google?» geme il medico legale. «Be', mi sembra promettente...»

«Si tratta di una cosa che si chiama Baudoinia.»

«Vai avanti» dice Brodal secco.

«A quanto pare è una specie di muffa che si diffonde...»

«So che cos'è la Baudoinia» la interrompe Brodal. «Arriva al punto.»

«Allora ho cercato altri termini ricorrenti su cui Stuub sembra aver investigato in relazione alla Baudoinia. Almeno, questo è quello che ha fatto secondo me, ma quel tipo di terminologia da ricercatore per me è del tutto impossibile da capire. Non so nemmeno se ho interpretato correttamente quel poco che ho trovato.»

«E che interpretazione hai dato?»

«Che Fredrik Stuub stesse cercando di dimostrare che la Baudoinia non è così innocua come si pensa. Che è collegata a... Cioè, potrei aver sbagliato in pieno...»

«Mi hai chiamato alle sei e un quarto della mattina della vigilia dell'Epifania per parlarmi dei tuoi sospetti, e non ci credi nemmeno tu?»

«Alzheimer» risponde Karen. «E non credo di sbagliarmi. Ma sarei felicissima di aver capito male.»

Lui sbuffa.

«Alzheimer? Dici sul serio?»

«Non lo so, Kneought. A me sembra proprio che Stuub abbia cercato di collegare questa, o magari qualche malattia simile, alla schifezza che si diffonde dalla distilleria.»

«E tu vuoi che io confermi queste idee folli?»

«Non i risultati, ovviamente. Solo che Fredrik stesse facendo ricerche in questo senso. Non voglio scoprire se avesse ragione o meno. Mi interessa sapere se altre persone ci avevano creduto. Se è riuscito a spaventare qualcuno, abbastanza da spingere quella persona a metterlo a tacere.»

«Qualcuno dei Groth, intendi.»

«È troppo presto per dirlo, ma sì. Se Fredrik è riuscito a destare l'interesse di qualcuno con il solo sospetto che un tale collegamento esista, per le loro attività produttive sarebbe una minaccia.»

"Per non parlare dei loro piani di espansione" pensa. "Il consiglio provinciale avrebbe certo dei ripensamenti e, anche se nel tempo i risultati di Stuub dovessero rivelarsi errati, in ogni caso metterebbero i bastoni tra le ruote alla Groths e le causerebbero dei costosi ritardi."

«Ho bisogno di qualche ora» dice Brodal secco.

«Grazie.»

«Ma come ti ho detto, non credere che mi butti a capofitto in questa cosiddetta ricerca, eh? E se anche lui fosse stato sulla strada giusta si tratterebbe di risultati vecchi, con tutta probabilità. Stuub non è mica andato in pensione anni fa?»

«Sì, ma a quanto pare per cinque anni dopo la pensione ha avuto accesso a locali e attrezzature dell'università. Era professore emerito, ha detto la donna con cui ho parlato.»

«Ah sì. Ma sono passati comunque degli anni. Perché dovrebbe aver taciuto dei suoi risultati fino a ora? Ma no, lascia stare, non rispondere. Sarai tu a doverlo scoprire.»

«Allora guardi subito?» chiede Karen nel tono più dolce possibile.

«Prima di tutto ho intenzione di mangiarmi due panini, bere il caffè e leggere il giornale, se non ti dispiace.»

«Grazie, Kneought. Chiamami appena sai qualcosa. E come dicevo non mi aspetto...»

Kneought Brodal ha già riappeso.

66

Karen guarda la pietra grigia e piatta che indica il posto di suo padre nella tomba di famiglia.

WALTER EIKEN
PESCATORE
1939–2002

La terza fila dall'alto, la seconda lapide da sinistra. Alla sua destra ci sono altre due lapidi: Aino Eiken, sopravvissuta quattro mesi al figlio, e Johannes Eiken, che ha resistito altri tre anni. Il papà, la nonna e il nonno: nella tomba della famiglia Eiken le loro lapidi sono le ultime. Ma c'è ancora posto per altre davanti alla grande ancora di ferro inclinata sullo sfondo, che sembra fare la guardia alle varie generazioni, possente e impavida. Pescatori, mogli di pescatori e un pilota. Assomiglia a tutte le altre tombe di famiglia decorate da ancore del cimitero di Gudheim.

Karen raddrizza la schiena e fa scorrere lo sguardo lungo il dolce pendio sulla lingua di terra. Tra le tombe si aggirano alcuni solitari visitatori che, da lì, sembrano chiacchierare tranquillamente. Più lontano, prima che la terra lasci il posto a cielo e mare, intravede i monoliti della nave di pietra, quarantadue massi di tre metri disposti a semicerchio con l'apertura verso est. Forse è proprio quella vista imponente che ha indotto i nooresi fin dall'inizio a non raccogliere la sfida: nel cimitero di Gudheim non si vedono lapidi in verticale, solo file di ancore di diverse grandezze che vegliano su pietre piatte, adagiate a terra, con incisi i nomi di figlie e figli perduti. Nomi e anni, niente poesie come sulle tombe di Heimö e Frisel. Niente "amato", "compianto". Perché sprecare parole per delle ovvietà?

«Non credere che io voglia venire qui» aveva detto Eleanor Eiken a sua figlia, quando la lapide del marito era stata posata. «Tu riposa dove vuoi, ma io voglio stare vicino alla chiesa di Langevik. O magari a Ravenby vicino ai miei genitori, ma non qui a Noorö. Promettimelo!»

Karen sorride a fior di labbra, a quel ricordo. "Tu riposa dove vuoi". Quel che sua madre intendeva dire, con un certo riguardo, era che non si aspettava certo che Karen rimanesse sulle isole doggerlandesi, da morta. Magari preferiva essere seppellita vicino a John e Mathis a Hazelmere nel Surrey o essere sparsa in mare. Eleanor Eiken non ha mai avuto la necessità di comandare chi le sta intorno, e nemmeno l'attitudine a essere comandata.

E di nuovo Karen pensa che i suoi sentimenti sono gli stessi: non le importa niente di dove andrà a finire quando sarà il suo turno. Le tombe non hanno significato per lei. Quella di suo padre l'ha visitata solo due volte, prima d'ora. A Hazelmere non è mai tornata. Karen Eiken Hornby non crede al paradiso o all'inferno, o forse crede a entrambi. Ma di una cosa è certa: John e Mathis sono con lei ogni giorno, non ha bisogno di tombe per ricordarli.

Papà, al contrario... "Forse la sua anima aleggia ancora nelle vicinanze" pensa. In qualche modo Walter Eiken aveva rappresentato la quintessenza del paesaggio arido di Noorö, con il suo viso rugoso e segnato dalle intemperie e il suo pragmatico atteggiamento verso leggi e regole. E certo, anche lui è sempre al suo fianco. L'odore di sale e catrame, diesel e sudore. Le rapide variazioni del suo sguardo, che in un secondo trasformavano gli occhi azzurro ghiaccio con il bordo giallo intorno all'iride da feroci e spaventosi a birichini e scherzosi. Gli occhi che lei amava da bambina. E si ricorda i giorni in cui lui era per mare, lei e sua madre sole in casa, senza mai esprimere la tacita preoccupazione quando il tempo era sereno, la paura quando il tempo cambiava, o il sollievo quando la barca ritornava. Il rumore di papà che si toglieva gli stivali nell'ingresso, la sua schiena ampia china sul tavolo della cucina, la presa salda della sua mano grande e abbronzata sul bicchiere. Un istante di libertà dall'inquietudine, prima che la barca prendesse di nuovo il largo. La continua alternanza tra preoccupazione e sollievo che per lei era naturale, come se l'avesse assorbita con il latte materno. Certo, tutto questo era ancora dentro di lei.

All'improvviso percepisce un'altra presenza oltre a quella costante di gabbiani, stercorari e procellarie, e alza gli occhi. Segue con lo sguardo i movimenti dell'aquila di mare mentre maestosa, e apparentemente senza sforzo, lascia che le sue grandi ali vengano trasportate dall'aria. "Ehi, papà" pensa. Chissà.

Un attimo dopo il pensiero torna alla telefonata di qualche ora prima. La telefonata che l'ha portata lì. Zia Ingeborg era stata ferma su due punti: Karen doveva visitare la tomba di suo padre, ora che finalmente si trovava sull'isola, e doveva andare da lei a cena quella sera. Non si festeggia l'Epifania da soli.

«Non so se faccio in tempo» aveva tentato lei. «Devo dare priorità al lavoro.»

«Mangiare devi pur mangiare. Farò salmone alle bacche di ginepro e cubetti di rape dorate. E la torta di mele al cardamomo, che ti piace tanto. Vengono anche i ragazzi. Einar è tornato dalla piattaforma, starà a casa dieci giorni e ci terrebbe proprio a vedere sua cugina.»

Karen non ha promesso nulla, eppure sa che si ritroverà là, davanti a un piatto colmo di salmone al forno, estratto da una spessa crosta di sale e rametti di ginepro, e una montagna di dadini di rape glassate al miele. E sa che dovrà sviare le domande sul lavoro e sul suo futuro, ringraziando il cielo che nessuno parli di quello che è successo. E fingerà di non vedere gli sguardi che si scambieranno, quando capiranno che vive ancora da sola e non è intenzionata a cambiare le cose. Come fingerà di non sentire il tono acido di zia Ingeborg quando chiederà se Eleanor si trova ancora bene, laggiù al caldo.

Sì, Karen ci sarà.

L'aquila si fa portare dall'aria e scompare in mare aperto. Karen la lascia a malincuore con lo sguardo, solleva il colletto per proteggersi dal vento e si rende conto di essere di nuovo sola. Il cielo si è offuscato e le nuvole arrivate all'improvviso da ovest sono cariche di neve. I pochi visitatori che erano lì hanno già notato il rapido cambiamento del tempo e si sono affrettati a raggiungere il parcheggio. Il vento e la desolazione fanno rabbrividire Karen.

Si inchina appena di fronte alla tomba, si volta e rimane impietrita. L'uomo all'angolo del cimitero la fissa dritta negli occhi.

67

«Che cazzo ci fai qui?»

È a una ventina di metri da lei, non di più, eppure Karen non è sicura se abbia sentito le sue parole o se siano state ingoiate dal vento. Odd fa un movimento con la testa, aspira una boccata dalla sigaretta e si avvia al parcheggio. Lei esita un secondo e poi lo segue. Il fatto che suo cugino sia venuto a cercarla lì non lascia presagire nulla di buono.

La vecchia Ford Ranger verde di Karen e l'Harley Davidson di Odd ora sono gli unici veicoli sul piccolo spiazzo sterrato. Lui è già arrivato all'auto, getta il mozzicone e si appoggia a braccia incrociate dal lato del passeggero. Lei nota che sembra rabbrividire nonostante la tuta di pelle.

«Come fai a guidare la moto con questo tempo?» gli chiede avvicinandosi e cercando le chiavi in tasca.

Odd non ricambia il suo sorriso.

«Dobbiamo parlare» risponde seccamente. «Muoviti.»

Lei apre e si siedono l'uno accanto all'altra.

«Dio santo, mi ero quasi dimenticata di come cambia velocemente il tempo quassù» commenta lei, richiudendo la portiera con entrambe le mani. «Hai visto le previsioni?»

«Tempesta verso sera, ma come al solito avranno sbagliato di un paio d'ore.»

Odd si china in avanti e sbircia il cielo plumbeo.

«Ho un quarto d'ora al massimo, poi devo andare» dice.

«Okay. Sei tu a condurre il gioco. Come facevi a sapere che ero qui, a proposito?»

«Ero dalla mamma quando ti ha chiamato. Ho sentito che stasera andrai da lei» replica con tono cupo.

«Sì, può darsi. Ci sarai anche tu, no? Ed Einar è tornato dalla piattaforma. Non lo vedo da dieci anni, sarà piacevole. Ma non mi sembra che tu sia molto ansioso di passare la serata in famiglia.»

«Non voglio storie. Niente chiacchiere da poliziotto a casa della mamma. E nemmeno da altre parti. E non voglio visite su al club.»

«L'ultima cosa non posso promettertela, come ben sai. Ma va bene, non stasera. Sei venuto qui per dirmi questo?»

«Quanto valgono le informazioni su Gabriel? Abbastanza per farti fare marcia indietro?»

"Ah sì?" pensa Karen, sentendo le braccia formicolare per le palpitazioni. "Quindi per te è molto importante che non faccia irruzione al vostro quartier generale presentandomi come tua cugina. Magari aspiri addirittura al posto da presidente, ora che Allan Jonshed è in galera. E in quel caso non è certo un punto a tuo favore avere uno sbirro in famiglia."

«Be', dipende da che cos'hai» risponde fingendo indifferenza.

«So chi gli ha tagliato la gola.»

Lei resta impietrita.

«Se hai questa informazione, devi testimoniare.»

«Scordatelo. In quel caso non se ne fa niente. L'accordo è questo» ribatte.

«È così importante che i ragazzi della tua associazione di scout non sappiano che siamo parenti? Perché se vuoi tener fuori la famiglia, allora non continuo.»

Odd estrae un pacchetto di sigarette schiacciato, e Karen fa un cenno di richiesta con la mano vedendo che lui non sembra volergliene offrire una. Lui le tende il pacchetto e si appoggia allo schienale con un sospiro profondo.

«Decidi tu» le risponde. «Io ti dico quello che so se prometti di tenermi fuori.»

Karen riflette un attimo. Se glielo promette, sarà difficile ritrattare in futuro. A meno di non voler troncare ogni contatto con Odd, e magari con tutto il ramo paterno della famiglia. Nessuno prenderebbe le sue parti in un conflitto del genere.

«Va bene, affare fatto» risponde, dopo aver aspirato una boccata di fumo. «A condizione che tu non sia coinvolto direttamente.»

Le fa un sorriso storto.

«Impiastro, ti sembro il tipo che uccide qualcuno? Che cazzo di opinione hai di me?»

«Allora?» domanda lei bruscamente.

«Okay, le cose stanno così. Gabriel parlava molto. Diceva un sacco di stronzate.»

«Sì, questo l'ho capito.»

«E poi sgarrava.»

«"Sgarrava"? Parli dei furti alla Groths?»

Odd annuisce e Karen sente un nodo allo stomaco ricordandosi il rapporto di Kneought Brodal e i segni di percosse sul corpo di Gabriel, risalenti a due giorni prima della morte. Era stata lei a rivelare a suo cugino che faceva il doppio gioco.

Odd le lancia una rapida occhiata.

«Non ho detto niente ai ragazzi. Non potevo certo raccontare da chi avevo avuto l'informazione, ma nemmeno lasciare che Gabriel se la cavasse, perciò me ne sono occupato io.»

Per un attimo Karen guarda il cugino e si chiede se abbia pensato alla stessa cosa a cui ha pensato lei. Si è mai chiesto perché è l'unico della famiglia ad avere i capelli rossi? Sa che Fredrik Stuub aveva lo stesso colore, da giovane? Ha mai sospettato che lui e Gabriel avessero lo stesso sangue nelle vene? È per questo che ha deciso di "occuparsi" di Gabriel invece di lasciarlo fare agli OP?

Pensa al mozzicone che Odd ha gettato appena prima di salire in macchina. Sarebbe facile per lei richiedere il test del dna. Scaccia quel pensiero, scrolla le spalle e lancia un'occhiata scettica a suo cugino.

«Credo di sapere come ti sei occupato di lui...»

«Che cazzo pensavi? Lui sapeva in cosa si stava cacciando e se l'è cavata davvero con poco. Voglio che ti sia chiaro, eh? E poi ho parlato con lui. Anzi, per meglio dire lui ha iniziato a parlare.»

«E cos'ha detto?»

Odd fa l'ultimo tiro, socchiude la portiera e getta il mozzicone. Un colpo di vento gelido entra nell'abitacolo e fa scintillare la brace della sigaretta di Karen. Lei tira fuori il posacenere e la spegne.

«Dunque, ci aveva già detto di avere qualcosa di grosso in ballo alla Groths. Qualcosa che ci avrebbe dato il controllo di tutto. I ragazzi non credevano alle sue stronzate, e nemmeno io. Gabriel era un cretino, un idiota che a noi era utile e che credeva di stare per entrare nel club. Lo usavamo per un sacco di cose, ma non abbiamo mai parlato di farlo diventare un membro vero e proprio.»

Karen decide di non chiedere per cosa gli OP avessero usato Gabriel Stuub. Perlomeno non adesso.

«Ma quando mi hai detto del simbolo ho deciso di fare una chiacchierata con lui» continua Odd.

«Quando?»

«La sera del 30 dicembre. Proprio qui, tra l'altro. È il luogo ideale per parlare con qualcuno di cose serie.»

Vicino al posto di lavoro di Gabriel, non lontano da casa di Odd. E allo stesso tempo isolato, senza gente in giro. Almeno in una sera di dicembre senza visitatori al cimitero. Proprio come adesso. "È il luogo ideale per parlare di cose serie" pensa Karen scacciando un brivido di incertezza. Odd non le farebbe mai del male, vero?

«Okay» dice brusca. «Vieni al punto. Che cosa ti ha raccontato Gabriel che secondo te potrebbe essermi utile?»

«Chi ha ucciso suo nonno.»

Karen fissa il cugino. È uno stratagemma per portarla sulla strada sbagliata oppure è davvero al corrente di informazioni decisive?

«Presumo che tu abbia anche un nome?» ribatte, fingendo indifferenza.

Odd pesca un'altra sigaretta con le labbra e fa girare la rotellina dell'accendino. Con lentezza esasperante, accende la sigaretta, aspira una profonda boccata e trattiene il fumo. Poi si appoggia allo schienale e lo fa uscire.

«Björn Groth.»

«Björn Groth» ripete Karen calma, riuscendo a nascondere un tremito di eccitazione. «Quindi lui avrebbe ucciso Fredrik Stuub. E Gabriel come faceva a saperlo?»

Scuote la testa al pacchetto di sigarette che Odd le tende insieme all'accendino. Sta già abbastanza male per il fumo, ma non vuole rischiare di irritarlo chiedendogli di buttare la sigaretta, perciò si limita ad abbassare il suo finestrino di un paio di centimetri. Qualche fiocco di neve entra dalla fessura e le si posa sulla guancia.

«Evidentemente sapeva qualcosa che avrebbe potuto danneggiare la Groths. Secondo Gabriel hanno grandi piani di espansione e Björn avrebbe perso tutto quello che ha già investito se Fredrik Stuub avesse parlato.»

"Baudoinia" pensa Karen. E ad alta voce risponde: «In questo caso Björn può aver avuto un movente, ma non basta».

«Non sono stupido, Karen. Gabriel ha visto Björn nell'orario in cui è avvenuto l'omicidio, così mi ha detto. Lui stava andando dalla sua ex con i bambini e ha visto la macchina di Björn.»

«E dove?»

«Nella piazzola sopra la miniera di Karby, dove la gente butta l'immondizia quando non vuole pagare per smaltirla. A Natale Gabriel ne ha approfittato per buttare alcune cose mentre andava al traghetto. Doveva portare i bambini dalla sua ex a Thorsvik.»

«E lì ha visto Björn Groth?»

«Be', perlomeno la sua macchina. Era parcheggiata lì, ma Björn non c'era. Gabriel al momento non ci ha fatto molto caso, ma gli è sembrato strano che Groth avesse lasciato la macchina lì e fosse andato nel bosco.»

«Però lui non ha visto Björn?»

«No, se n'è andato dopo aver buttato la spazzatura. Aveva i bambini in macchina e poi mica poteva sapere che suo nonno sarebbe stato trovato morto solo poche ore dopo a qualche centinaio di metri.»

«E come faceva a essere sicuro che fosse la macchina di Björn Groth?»

Odd le lancia un'occhiata scettica.

«Cazzo, era il suo capo. La vedeva tutti i giorni, immagino.»

«E perché non l'ha detto alla polizia?»

«Be', non tutti hanno voglia di avere a che fare con voi. E poi...» Odd si interrompe, apre un'altra volta la portiera e butta il mozzicone.

«E poi cosa?» chiede lei impaziente.

«E poi pensava di usarlo contro Björn.»

«Ricatto?» domanda Karen incredula. «Voleva usare l'omicidio di suo nonno per estorcere dei soldi a Björn?»

«E che ne so? E a essere sincero non me ne frega niente. Ma lui mi ha detto che pensava di dirlo alla festa se Björn non avesse fatto quello che gli chiedeva. Le sue esatte parole sono state: "Lo distruggo, quel bastardo".»

In quello stesso istante il cellulare di Karen vibra e sullo schermo c'è il nome del medico legale.

«Ciao, Kneought» risponde. «Puoi aspettare solo un attimo?»

Odd ha già aperto la portiera ed è fuori per metà. Si gira e la fissa negli occhi.

«Tienimi fuori da questa storia. Io non dimentico le promesse» dice.

68

«Non sei così stupida come sembri» commenta Kneought Brodal.

Karen sente aumentare le pulsazioni, ma si costringe ad ascoltare paziente mentre Brodal elenca le lacune nei dati che ha ricevuto, che sono solo una parte dei documenti che Fredrik Stuub doveva aver scritto. Quello che ha letto va considerato un riassunto a grandi linee, niente di più.

«Okay, okay, ho capito» dice Karen alla fine. «Ma si tratta di quello che pensavo io? Un collegamento tra le muffe alla Groths e i danni alle cellule nervose umane?»

«Sì, fin qui è corretto. Il risultato non ha grande significatività statistica, ma sembra che Fredrik Stuub abbia trovato – o comunque *credesse* di aver trovato – una relazione tra quella schifezza esalata dai magazzini e una preponderanza di alcune diagnosi mediche.»

«Alzheimer?»

«Tra gli altri, sì. A quanto pare ha trovato un incremento, piccolo ma misurabile, del numero dei casi diagnosticati nella popolazione che abita vicino alle distillerie.»

«Vicino alla Groths, intendi? Non è che ci siano altre distillerie in questo paese, no? A parte quella a Frisel, che produce gin e acquavite. Ha trovato le stesse cose laggiù?»

«No, lì no, loro non hanno magazzini. È solo vicino ai magazzini di botti di legno che la Baudoinia si forma e si diffonde nell'ambiente.»

«Ma qui a Noorö ha trovato un collegamento?» lo incalza Karen.

«Purtroppo non solo lì. Secondo la documentazione di Stuub ha trovato lo stesso incremento statistico di demenza degenerativa anche in altri paesi in cui si fanno invecchiare gli alcolici. E purtroppo con un'insorgenza a un'età molto inferiore rispetto ai risultati dei gruppi di controllo.»

«Sei sicuro?»

«Ovviamente no» risponde Kneought Brodal secco. «E nemmeno Stuub lo era. L'unica cosa che posso confermarti è che stava svolgendo ricerche proprio in questa direzione, e che sembra che avesse trovato *alcune* conferme alle sue teorie. Ma non hai idea di quanti ricercatori affermano di aver trovato collegamenti che poi non si rivelano corretti. Soprattutto per ottenere nuovi finanziamenti.»

"Forse un'idea ce l'ho, invece" pensa lei, rivedendo i titoli allarmistici di certi giornali.

«D'altro canto Stuub sapeva di non dover rendere pubblici risultati non definitivi. Se fosse stato sicuro invece l'avrebbe fatto» continua Brodal.

"O li avrebbe usati per ricattare la Groths" pensa Karen.

Ringrazia Kneought Brodal e lo saluta. Dieci secondi dopo compone il numero di Dineke Vegen. La procuratrice ascolta il resoconto di Karen in silenzio.

«Okay, puoi trattenere Björn Groth. Ma il movente non basta. Avremo bisogno di qualcosa in più per un arresto.»

«Il movente è forte» sottolinea Karen. «E poi abbiamo anche l'email da Stuub a Björn Groth.»

«Okay, ma devi trovare qualche altro elemento, se deve reggere fino in fondo. Com'è possibile che nessuno abbia visto o sentito niente? Sono tutti ciechi e sordi in quel posto selvaggio?»

"Non proprio" pensa Karen, ma non dice niente. "Anzi, abbiamo la dichiarazione di una persona, che non vuol testimoniare, su qualcosa che è stato detto da un'altra persona che non può più testimoniare. Se non riesco a far cambiare idea a Odd, è del tutto inutilizzabile. Oppure devo infrangere la mia promessa."

«Hai tre giorni» dice Dineke Vegen. «Cerca di trovare qualcosa in più.»

La telefonata con Cornelis Loots è altrettanto breve. Gli spiega in fretta che la procuratrice ha dato l'okay: Björn Groth sarà arrestato e verranno perquisiti i locali della sua attività e della sua abitazione. Hanno settantadue ore prima dell'udienza di convalida dell'arresto.

«Vai subito là e portati dietro Byle. Io vi aspetterò sul posto, per arrestarlo. Telefona a Larsen e chiedigli di mandare qualche tecnico per un'analisi preliminare prima del nostro arrivo.»

«Okay, ma cosa facciamo con la moglie di Groth?»

«Delimitiamo tutta la zona, perciò lei dovrà dormire da qualche altra parte, stanotte. E portati un paio di uomini in uniforme per trasportare Björn Groth alla stazione.»

«Rimane a Lysvik per tre giorni?» chiede Cornelis scettico. «Non è proprio un posto all'altezza degli standard.»

«No, loro hanno l'autorizzazione solo per fermi di ventiquattr'ore. Bisogna portarlo alla stazione di Ravenby. Tu e io lo interrogheremo là, domani.»

Dopo la fine della telefonata rimane al volante con il cellulare in grembo. Ha tre giorni prima dell'udienza di convalida dell'arresto. Settantadue ore per cercare di trovare qualcosa che consolidi i sospetti su Björn Groth, o che lo scagioni del tutto. "Dobbiamo parlare ancora con tutta la famiglia, ma quello può aspettare. E poi devo cercare di sentire William Tryste già oggi, se voglio interrogare Björn Groth domani mattina. È facile che sappia più di quanto voglia ammettere sulle minacce di Fredrik Stuub. Quando saprà che la polizia è già a conoscenza delle ricerche di Stuub, e che queste saranno rese pubbliche durante le indagini preliminari, forse la smetterà di proteggere il suo datore di lavoro e si renderà conto che è meglio che racconti tutto quello che sa. È più facile che aspettare che qualcuno della famiglia parli, comunque. Ma conviene lo stesso fare un tentativo" riflette, e gira intorno a ciò a cui non vuole pensare.

Deve parlare di nuovo con Odd. Indurlo a testimoniare. Tanto vale provarci già stasera, dopo cena. O forse è meglio prima. È più onesto. "Quando i parenti sapranno che ho fatto una promessa e poi non voglio mantenerla, non sarò più la benvenuta a nessuna cena. D'altra parte rimarrò senza lavoro se si viene a sapere che metto la famiglia prima del dovere."

«Cazzo» dice ad alta voce dando un pugno al volante.

Poi gira la chiave e avvia il motore. Tanto vale andare alla distilleria e aspettare Loots e Byle fuori dall'ingresso.

69

Karen guarda le salsicce unte che girano sui cilindri d'acciaio dietro il bancone di vetro con un misto di fascino e disgusto. Il ragazzo con il logo del distributore di benzina sul taschino, notando la sua occhiata, si è già preparato e solleva le pinze con aria interrogativa.

«No, grazie, prendo un paio di quelli» dice indicando dei tranci di pizza nel banco frigo accanto. «E una Coca-Cola. E questa» aggiunge prendendo una fetta di torta al cioccolato dal ripiano.

Il ragazzo mette due triangoli di pizza su un piatto di carta e li infila nel microonde. Si gira, controlla il consumo di benzina e poi fa il conto.

«Ventisette marchi. Se vuole il caffè, è incluso» aggiunge con un cenno verso la macchinetta.

Karen si guarda intorno e scopre alcuni sgabelli alti davanti a un bancone con vista sulle pompe di benzina. Appese a due angoli del soffitto ci sono delle telecamere di sorveglianza e in un terzo angolo è montato il televisore, ma con il volume azzerato. Lancia un'occhiata alla pubblicità di uno dei tanti siti di giochi online, si toglie berretto e sciarpa e appoggia la borsa sul bancone proprio mentre il microonde trilla. Nello stesso istante, la pubblicità lascia il posto alla sigla del telegiornale.

«La sua pizza è pronta. Vuole anche dell'insalata?»

«No, grazie, ma potrebbe alzare il volume della tv?»

«Non posso, mi hanno rubato il telecomando» risponde il ragazzo con tono triste.

Karen nota che si infila gli auricolari non appena le ha consegnato il suo piatto, piazzandosi su una sedia dietro alla cassa e mettendosi a guardare il cellulare.

L'ennesima occhiata al televisore le rivela un'immagine poco lusinghiera dell'addetto stampa della polizia, Johan Stolt, con dietro una cartina di Noorö con due croci rosse a indicare i luoghi dei ritrovamenti. Poi l'inquadratura cambia e mostra l'ingresso della distilleria Groths in un filmato di qualche giorno prima. Karen sospira di sollievo.

Finora Stolt si è occupato di tutti i contatti con la stampa, e secondo lui l'interesse mediatico è stato stranamente limitato negli ultimi due giorni. L'attenzione è rivolta, come testimonia la tv, all'incidente aereo nelle Filippine in cui sono morte 232 persone, tra cui cinque cittadini doggerlandesi. Le prime pagine dei giornali e i notiziari sono pieni di ipotesi: il pilota ha fatto precipitare volontariamente i passeggeri in mare? Si può davvero escludere il movente terroristico? Si è trattato soltanto di un'avaria? Karen si rende conto che quel tragico avvenimento comporta solo una proroga momentanea. Quando i media sapranno dell'arresto di Björn Groth, l'interesse per le indagini si risveglierà, e questa volta i giornalisti non molleranno la presa.

L'attenzione di Karen si sposta sul filo di formaggio fuso che ha formato un elastico di mezzo metro tra la pizza e i suoi denti. Lo afferra con due dita, si pulisce con un tovagliolo e, mentre mastica, lascia vagare lo sguardo fuori dalla finestra. Dentro di sé rivede l'immagine di Björn Groth sprofondato nel sedile posteriore della macchina della polizia, mezz'ora prima. Quando Karen l'ha informato dei sospetti e gli ha spiegato la procedura dei prossimi tre giorni, la sua sorpresa era sembrata autentica.

L'avevano trovato da solo in cortile, quando erano arrivati. Li aveva accolti con un misto di cortesia e irritazione. Gli operai erano già andati a casa dopo pranzo, visto che era la vigilia dell'Epifania. Laura era a Lysvik a fare la spesa e Jens era andato a Frisel con la sua famiglia, perché i suoi suoceri vivono là, aveva spiegato Björn Groth. Pallido, ma composto, aveva ascoltato le risposte di Karen alle sue poche domande. Sì, aveva diritto a un avvocato, ma non poteva usare né telefono né computer. No, non poteva chiamare nessuno prima di andare.

«Informeremo sua moglie non appena la troveremo e faremo in modo che contatti subito l'avvocato. Ne ha uno lei o vuole che gliene assegniamo uno noi?»

Björn aveva fatto un nome e Cornelis Loots l'aveva annotato insieme al numero di telefono che Groth gli aveva dato.

«Ma dovete dirlo subito a William. Dobbiamo vederci qui domani mattina per fare dei progetti in vista dell'espansione. C'è un sacco di lavoro, anche se la produzione è sospesa» aveva detto Björn Groth allargando le braccia sconsolato in direzione dello stabilimento.

«Informeremo anche lui» aveva detto Karen con un cenno rassicurante. «Gli parlerò io.»

Poi i poliziotti in uniforme l'avevano fatto sedere in macchina ed erano partiti. Karen aveva detto a Cornelis Loots e Thorstein Byle che lei, a parte la visita a William Tryste, aveva un altro impegno che non poteva rimandare quella stessa sera. Nessuno di loro aveva reagito all'accenno di dubbio nella sua voce quando aveva pronunciato la parola "impegno".

Adesso finisce in fretta gli ultimi avanzi di pizza, li manda giù con un paio di sorsi di Coca-Cola e lancia un'occhiata all'orologio. Cinque e mezzo. "Prima Tryste, poi Odd" pensa, sentendo la nausea salirle in gola insieme al gusto dell'origano. "Se non altro sarà una serata breve: non credo che sarò la benvenuta a cena dopo che avrò parlato con Odd. D'altro canto ho bisogno di una bella dormita prima di interrogare Björn Groth domani." Alle nove al carcere di Ravenby, è già d'accordo con Loots.

"Perché diavolo ho mandato a casa Karl?" si chiede. Cornelis è bravo, ma non hanno mai interrogato nessuno insieme e l'indomani avrebbe proprio voluto Karl al suo fianco. O almeno potergli parlare, solo una breve telefonata magari, e poi lui potrebbe dedicarsi alla famiglia. Dopo qualche secondo di esitazione tira fuori il cellulare dalla tasca e lo chiama. Lui risponde al primo squillo e invece di salutare dice: «Quindi hai arrestato Björn Groth. Si può sapere su quali basi?».

«Solide, ovviamente. Ma come fai a saperlo? Cornelis ti ha già telefonato?»

«Non ce n'era bisogno. Ero di fianco a lui quando l'hai chiamato.»

«Sei ancora a Lysvik?» dice Karen sorpresa. «Credevo che a quest'ora fossi a casa.»

«Non è andata così. Ma raccontami di Groth. Ero qui ad aspettare la tua telefonata.»

Karen riassume in breve i suoi sospetti sulle ricerche di Fredrik Stuub e la telefonata di conferma di Brodal.

«Be', sembra proprio un movente valido. Che Stuub fosse o meno sulla pista giusta, i suoi sospetti sarebbero bastati per ritardare la delibera sui piani di ampliamento.»

«E costituivano anche una base per un ricatto» dice Karen. «Io credo che Stuub avesse questo in mente, altrimenti si sarebbe rivolto subito al consiglio provinciale. E poi spiegherebbe l'email.»

«E con il figlio come facciamo? E la moglie? Non possiamo essere sicuri che Björn abbia agito da solo.»

«Dobbiamo prelevare anche il resto della famiglia, naturalmente, ma prima voglio parlare con lui.»

«E Gabriel come si inserisce in tutto questo?» chiede Karl. «Può aver avuto rapporti più stretti di quanto ammettesse con suo nonno e aver partecipato al ricatto? O magari sapeva qualcosa dell'omicidio del vecchio?»

«Forse» risponde Karen con tono evasivo. «Cercheremo di scoprirlo.»

"Gli dirò di Odd, ma non adesso. Non prima di aver fatto un tentativo di convincerlo a testimoniare di sua spontanea volontà" pensa.

«Be', non mi sembra che possa bastare» obietta Karl. «Mi stupisce che il procuratore abbia acconsentito all'arresto. Chi era?»

«Dineke Vegen.»

«Ah, allora capisco» dice Karl con una risata beffarda. «È probabile che si senta ancora in colpa per non averti dato retta la volta scorsa.»

Karen si arrabbia. Certo, la procuratrice aveva spinto le indagini di un caso precedente in una direzione che, alla lunga, aveva messo Karen in pericolo, ma l'insinuazione di Karl che la decisione di arrestare Björn Groth sia dettata dai suoi sensi di colpa la irrita.

«Piantala! Ho dei buoni motivi per sbatterlo dentro...»

«Calmati, Eiken, stavo scherzando. Okay, settantadue ore, dobbiamo darci da fare, insomma.»

«Tu no. Almeno non in questi giorni. Domani porto Cornelis con me a interrogare Björn Groth, poi potrai venirci tu. Perché non sei andato a casa, tra l'altro? Mi pareva di averti dato un ordine.»

Karl esita qualche secondo.

«Ho parlato di nuovo con Ingrid e lei ha invitato i suoi genitori» dice con tono cupo. «Pensava che io lavorassi.»

«Ma dai, su. Non puoi certo rinunciare a tornare a casa solo perché ci sono i tuoi suoceri.»

«Ci vado, ci vado. Se non avessi saputo dell'arresto sarei già stato per strada.»

«Bene. Allora ci vediamo dopodomani. Presto, eh! E saluta Ingrid, mi è sempre più simpatica ogni giorno che passa...»

"Dovrei proprio andare" pensa dopo che si sono salutati. Lancia un'occhiata all'orologio e poi di nuovo al televisore. Anche senza volume il messaggio è chiaro: ha visto la cartina del meteo abbastanza spesso da riconoscere i simboli di bassa pressione, tempesta e forti nevicate. Karen strizza gli occhi guardando lo schermo. C'è davvero scritto diciassette sottozero?

Controvoglia, riesamina tutti i motivi per cui non dovrebbe fermarsi a bere il caffè, risparmiandosi di uscire di nuovo al gelo, ma poi lascia perdere. "È meglio sistemare tutto il prima possibile. Magari Tryste ha qualcosa di interessante da raccontare e poi devo parlare ancora con Odd.

Deve capire che non *posso* proprio tenerlo fuori. Quello che gli ha detto Gabriel sarà decisivo per l'interrogatorio di domani.

"E poi dovrei fare un altro giro alla distilleria a parlare con i tecnici della perquisizione" pensa, sentendo che la tensione le fa aumentare i battiti. In quel momento il telefono vibra.

JOUNAS SMEED.

Non appena vede il nome ricorda di non avergli mandato il rapporto la sera prima. "Come cavolo ho fatto a dimenticarmi?" È assalita dalle vertigini e si aggrappa al tavolo con entrambe le mani. "Non adesso" pensa, rifiutando la chiamata. "Lo chiamerò più tardi, ma non adesso." Con un sospiro si rimette il suo brutto berretto con i paraorecchie e si alza. E l'ennesimo pensiero sgradevole l'assale.

"Dovrei chiamare zia Ingeborg e dirle che non faccio in tempo ad andare questa sera. In realtà non devo spiegarle niente, basta dire che ho un impegno di lavoro. O magari non chiamo nemmeno" pensa subito dopo. "In fin dei conti non ho promesso di andare." L'immagine delle sue mani calde, ruvide come squame di pesce, le balugina davanti insieme a una voce che dice: «Se vai dalle galline a prendere quattro uova io tiro fuori la farina».

"Cazzo" pensa, prendendo il cellulare.

70

I fanali dell'auto riescono a malapena a penetrare la neve che turbina e a indicare la strada lungo il viale, e solo quando gli arriva davanti riesce a distinguere le finestre illuminate del Complesso. Nelle orecchie di Karen risuona ancora la voce della zia al telefono. La sua delusione quando le aveva detto che non poteva andare, il tono duro quando le aveva chiesto se pensava di tirar dentro la famiglia in qualche guaio.

«E perché dovrei farlo?» aveva replicato lei, chiedendosi quanto sapesse la zia del suo incontro con Odd.

«Sai cosa intendo. Lascia che il passato rimanga nel passato.»

E con quelle parole aveva riappeso, lasciando Karen con la domanda che la tormenta ancora mentre percorre l'ultimo tratto di viale: Ingeborg Eiken vuole tenere la bocca chiusa sui suoi segreti o su quelli del figlio?

Parcheggia il più vicino possibile all'ingresso sontuoso, corre su per l'ampia scala e suona. Il vento soffia intorno all'enorme edificio e, mentre aspetta di entrare, le fa svolazzare la sciarpa, dritta come una bandiera. Qualche istante dopo, è Helena Tryste ad aprire la pesante porta in quercia di alcuni centimetri per guardare fuori dalla fessura.

«Sì...?» dice in tono interrogativo. «Ah, è lei» aggiunge un attimo dopo. «Entri, entri!»

Apre la porta quel tanto che basta perché l'ispettrice si infili all'interno senza portarsi dietro troppa neve.

«Mi scusi se sono arrivata senza avvertire, proprio questa sera» dice Karen, scrollandosi la neve di dosso sul tappetino dell'ingresso. «Ma avrei bisogno di scambiare qualche parola con suo marito.»

Sul viso di Helena Tryste passa un'ombra di preoccupazione, e come se si rendesse conto di aver svelato la sua insicurezza, si sposta i capelli scuri dalla fronte.

«È successo qualcosa?» chiede. «Un altro omicidio, voglio dire.»

«No» risponde Karen con un sorriso tranquillizzante. «Ma vorrei informarlo di una questione che riguarda la Groths. È in casa?»

«William è in cantina» risponde Helena. «Vado a chiamarlo. Può sedersi in soggiorno, nel frattempo.»

Karen la segue nella stessa stanza in cui lei e Karl si trovavano solo... "È stato solo due giorni fa?" pensa in preda alla stanchezza. Il giorno in cui Leo l'aveva chiamata. Il giorno in cui nella sua cucina c'era un'Aylin piena di lividi. Sembra che sia passata un'eternità. Adesso nel camino scoppietta il fuoco e, invece di sedersi, lei appoggia la borsa per terra lì davanti e tende le mani verso il calore.

«Be', è arrivato davvero un brutto tempaccio» dice Helena osservandola. «Posso offrirle qualcosa? Caffè? O forse preferisce un tè?»

«Sì, grazie, prendo volentieri una tazza di tè» risponde Karen.

È più facile dire di sì che rifiutare. Se accetta subito una tazza, invece di cedere dopo alle insistenze, se ne potrà andare più in fretta. Nello stesso istante sente una voce agitata. Una voce giovane.

«Ma che cazzo! Il papà mi ha preso ancora il cellulare!»

«Stai calmo, Alvin, abbiamo ospiti» interviene Helena, e Karen fa in tempo a percepire il suo sorriso imbarazzato quando sulla porta appare un adolescente magro, pronto a continuare il suo racconto indignato.

Non appena vede Karen, si interrompe e chiude la bocca.

«Ciao» si presenta lei. «Sono qui per scambiare qualche parola con tuo padre.»

«È proprio quello che ho intenzione di fare anch'io» mormora Alvin Tryste prendendo la mano tesa di Karen. «Dov'è?»

«È in cantina» dice Helena. «Se metti a bollire l'acqua per il tè, Alvin, vado a chiamarlo.»

«Digli che ho fretta. E digli di portare il mio cellulare così posso andarmene, una buona volta.»

«Devi lavorare stasera?» chiede Karen quando Helena si allontana.

«No, esco con degli amici. Ma non posso andare finché non mi ridà il telefono. È già la seconda volta, ormai. Abbiamo lo stesso tipo» aggiunge mostrandole un iPhone. «Solo che il mio è nuovo.»

Qualcosa fa impietrire Karen. Per un secondo sembra che le scorrano davanti gli ultimi giorni. Ogni incontro, ogni telefonata, ogni dato. E tutto indica minacciosamente la stessa direzione.

È impossibile. Eppure.

Quando pone la domanda successiva, il vento e lo scoppiettio dei ciocchi nel camino si sono calmati. Tutto si ritira in modo che lei non si perda nemmeno una parola o una sfumatura nella risposta che riceverà.

«Quindi tuo padre ha preso il tuo cellulare per sbaglio?» chiede in tono più leggero possibile. «Che scocciatura. E quando è successo l'altra volta?»

«A Natale» dice Alvin sospirando. «Ha preso il mio e poi l'ha fatto cadere nel gabinetto proprio prima che uscissimo. Mi ha prestato il suo, ma stare al lavoro tutto il giorno con quello non è stato divertente. Faccio la guardia ai vecchietti alla casa di riposo di Lysvik» aggiunge.

«Be', allora capisco che hai bisogno del cellulare. Ma i tuoi amici potevi chiamarli, almeno.»

«Ci mandiamo solo dei messaggi.»

«Ma non hai chiamato nessuno? Tua madre, per esempio?»

«Sì, forse sì. Anzi, sì, l'ho proprio chiamata... Avevo promesso a mio padre di telefonarle verso le otto per svegliarla. Ma lei come fa a sapere...?»

Alvin sembra confuso. Nello stesso momento si sente la voce di William Tryste.

«Ecco il tuo cellulare, Alvin. Vai adesso, i tuoi amici sono fuori che ti aspettano in macchina.»

E mentre il ragazzo afferra il cellulare in fretta e se ne va, lei fa in tempo a notare lo sguardo di Helena che si sposta impotente tra il marito e Karen prima di girarsi e seguire il figlio.

William rimane sulla soglia, calmo e a braccia conserte. Per un attimo si guardano dritti negli occhi. La verità è saltata fuori tanto inaspettata quanto sgradita per entrambi, si rende conto Karen. Non è stato William Tryste a chiamare a casa da Lysvik mentre avveniva l'omicidio di Fredrik Stuub. È stato Alvin.

"Bastardo" pensa. "Hai usato tuo figlio per inventarti un alibi."

«Perché?» gli chiede calma.

Lui non risponde. Rimane fermo e la osserva pensieroso. Solo allora, quando lei percepisce il sorriso rammaricato, quasi triste, sul viso di William Tryste, la sua sorpresa si trasforma in paura. Lentamente, fa un paio di passi indietro, si gira per metà e si abbassa in fretta per prendere la borsa davanti al camino. E sta quasi per riuscirci.

Nell'attimo in cui sente richiudersi la porta d'ingresso, percepisce un movimento con la coda dell'occhio. Quindi avverte una mano pesante sulla nuca e la mensola del camino che si avvicina sempre più, quasi al rallentatore.

Poi tutto diventa nero.

71

Quando apre gli occhi non vede niente. Li richiude, cercando di scacciare il panico.

Poi anche gli altri sensi si risvegliano. Un lieve odore di umidità, la sensazione di essere sdraiata su una superficie dura. Non osa muoversi, si limita a toccare sotto di sé con la punta delle dita. Ruvido, freddo. Una roccia? No, sono lastre più lisce e piatte, rettangolari. Le lapidi di Gudheim. Sono morta?

No, queste pietre sono più piccole, più regolari e unite tra loro. Tasta con le dita i piccoli avvallamenti. "Le riconosco, so cosa sono" pensa. Mattonelle. Tende faticosamente i muscoli del collo e solleva la testa. Dolore. Sordo e battente sulla fronte. E si accorge che c'è della luce. Una debole luce tremolante. Il malessere e il sollievo l'assalgono in contemporanea. Non è morta.

Si passa la mano sulla fronte: è bagnata. Esita, poi se la mette davanti alla bocca, la lecca con cautela e sente il sapore del ferro. Mentre il suo subconscio registra che si tratta di sangue, arrivano i ricordi, frammenti brevi e spietati. La paura, l'inutile tentativo di fuga, la mano sulla nuca, la fronte che batte contro il bordo aguzzo della mensola del camino. E all'improvviso la consapevolezza di una presenza.

Non è sola nella stanza.

Non appena ne è in grado, Karen si mette a quattro zampe e poi si accovaccia. Aspetta qualche secondo, si alza e vacilla, brancolando per cercare qualcosa a cui aggrapparsi.

William Tryste è seduto in una poltrona con le gambe

accavallate e la mano stretta intorno a un bicchiere posato su un ginocchio. Metà del viso è illuminata dal candelabro d'ottone a sette bracci sul tavolo accanto.

«Ehi, Karen. Cosa ne facciamo di te, adesso?»

Lei lo guarda senza rispondere. Vaga con lo sguardo, notando gli scaffali con file di bicchieri e bottiglie di vino, il tavolo di quercia con sei sedie, le botti accanto alla parete. Si volta automaticamente, cercando l'uscita.

«Scordatelo» dice la voce di Tryste. «Da qui non uscirai.»

«Che cosa pensi di fare?»

È davvero la sua voce? Debole, rauca, distante.

«Sono davvero dispiaciuto, Karen, ma sei stata tu a metterti in questa situazione. Non avresti dovuto coinvolgere mio figlio.»

"Sei stato tu a coinvolgerlo" pensa lei. "L'hai manipolato per crearti un alibi. Ti è 'caduto' il cellulare nel wc così lui ha dovuto prendere il tuo. Gli hai fatto promettere di chiamare a casa da Lysvik nel momento in cui ti trovavi alla miniera. E la visita al tuo povero padre non avrà richiesto più di cinque minuti, invece di un'ora come hai detto tu. Maledetto psicopatico. Perché diavolo non me ne sono accorta? La grandiosa immagine di sé, la finta umiltà, il fascino. La capacità di ingannare chi lo circonda, la parlantina. C'è tutto."

E con crescente terrore ricorda qual è il principale dei tratti distintivi: l'incapacità di provare empatia.

Ad alta voce chiede: «Perché l'hai fatto? Che cosa ci guadagni?».

«Che cosa ci guadagno? Tutto, ovviamente. La Groths non ha la minima possibilità di ricevere l'autorizzazione a costruire in tempo per pagare il prestito. Il consiglio provinciale bloccherà tutto. L'Alzheimer è il più grande spauracchio, dopo il cancro. Il semplice sospetto basterà ai politici per tirare il freno d'emergenza.»

Karen vacilla e fa un passo di lato. Senza chiedere il permesso si avvicina al tavolo e si siede su una sedia. William la guarda senza protestare.

«Ma perché uccidere Fredrik? Era proprio lui ad avere i risultati della ricerca.»

«Perché lui non voleva renderli pubblici. Diceva che i risultati non erano certi. Io volevo solo che pubblicasse quello che aveva, sarebbe bastato quello. Ma il vecchiaccio si è rifiutato.»

«Però ha scritto a Björn Groth, minacciandolo» continua lei sperando che abbocchi.

"Fai finta di non aver capito" pensa. "Fai la finta tonta, lusinga la sua vanità. Fa' che gongoli nel sentirsi intelligente. Guadagna tempo."

William Tryste la guarda sorridendo in silenzio.

«Sei stato tu a mandare l'email con il nome di Fredrik?» gli domanda lentamente.

Lui scoppia a ridere.

«Sbagliato, di nuovo. Dal punto di vista tecnico è stato Gabriel a mandarla. Lui sapeva dove il vecchio nascondeva il computer. Dio mi è testimone di quanto l'ho cercato, prima che lui mi aiutasse. E Gabriel non era difficile da convincere.»

"E poi hai rimesso il computer nel nascondiglio perché credessimo che Björn Groth fosse andato a cercarlo e non l'avesse trovato" pensa Karen. "Non hai idea di quanto abbiamo rischiato di non trovarlo neppure noi."

«E Fredrik, quando ha capito cos'avevi fatto?» gli chiede.

«Quando Björn l'ha chiamato, Fredrik si è arrabbiato, ovviamente, sapeva benissimo di non aver minacciato nessuno. Ma poi ha fatto due più due e ha capito che dovevo essere stato io. In effetti stavo provando a convincerlo da mesi. E la vigilia di Natale mi ha preso da parte, a casa di Gertrud, e mi ha messo con le spalle al muro. Voleva che parlassi con Björn, altrimenti l'avrebbe fatto lui. E allora la situazione è diventata insostenibile.»

«Sapeva che avevi coinvolto anche Gabriel?»

William sospira. Poi beve un sorso abbondante.

«Ne vuoi anche tu?»

Karen scuote la testa. Quel piccolo movimento le causa un dolore pulsante alle tempie.

«Se vuoi che ti racconti tutto, allora devi bere con me.»

Si alza e si avvicina a una delle botti posata su un sostegno. Appoggia uno strofinaccio bianco sullo zaffo nella parte superiore incurvata, lo inclina un po' e tira. Poi prende quello che a Karen sembra un mestolo sottile con un lungo manico e lo infila nell'apertura. Raccoglie qualche centilitro e lo versa nel bicchiere insieme a qualche goccia d'acqua presa da una piccola brocca che è sul tavolo.

«Bevilo con rispetto. Sai quanti anni ha?» domanda.

Lei accetta il bicchiere che le porge senza rispondere.

«Assaggia» dice lui. «Assaggia e dimmi cosa ne pensi di questo Huss & Groth del 1947.»

72

Il rumore proveniente dalla borsa le fa tremare la mano e il whisky straborda. Un bicchiere, aveva detto, solo uno per calmarla un po', non di più. Con le mani tremanti che tengono stretta la bottiglia, Helena Tryste si versa il terzo.

Guarda di nuovo l'orologio. Un quarto d'ora e poi devono andare, se vogliono fare in tempo. Dieci minuti, prima che lei scenda in cantina a dire che è tutto pronto. Le rimane solo un'altra cosa da fare. Beve un sorso abbondante e apre la borsa sul tavolo della cucina.

Una parte di sé sperava che ci volesse una password, che non si potesse accedere, che potesse evitare di farlo. Ma nel momento in cui solleva il cellulare, lo schermo si illumina: 4 CHIAMATE PERSE, 2 MESSAGGI VOCALI. Nell'angolo dove c'è il simbolo degli SMS c'è un 6 rosso. Tutto dentro di lei le urla di lasciar perdere. "Non guardare," le grida "poi sarà più difficile." Con le labbra strette apre i messaggi e guarda la lista dei non letti con l'anteprima del contenuto.

Leo: CHIAMAMI SUBITO! 18.03
Marike: DOVE CAVOLO SEI??? CHIAMAMI... 17.54
Marike: LUI L'HA TROVATA. SIAMO ALLO... 17.37
Leo: BR È ANCORA IN GIRO. AYLIN È TERRORIZZATA. HA... 17.14
Mamma: QUI CI SONO 14 GRADI E IL SOLE. HARRY TI SALUTA. ABB... 16.59
Sigrid: HO PRESO I LIBRI. CONTENTA? BACI... 16.41

E poi uno che è già stato letto:

Jounas: STO ANCORA ASPETTANDO IL TUO RAPPORTO GIORNALIERO 16.27

Chiude la lista e posa il telefono. Si passa la mano tremante sui jeans come per pulirsi dal disgusto che prova. Ripete le parole dentro di sé, il messaggio che William le ha detto di scrivere subito, in modo da non dimenticarlo.

«Ma non spedirlo finché il traghetto non è arrivato dall'altra parte. Guarda con chi ha contatti più frequenti e mandalo solo a loro.»

Ancora un sorso, solo per smettere di tremare. Guarda il cellulare, si china in avanti e osserva lo schermo illuminato, il numero che indica le chiamate perse vicino alla cornetta verde. Persone impazienti e nervose, amici la cui irritazione presto cederà il posto alla preoccupazione. E poi a qualcosa di peggio.

"Quelli con cui ha contatti più frequenti." Quelli che probabilmente le vogliono bene.

«Dobbiamo aspettare fino al traghetto delle sette e mezzo» aveva detto. «Non prima, non ci dev'essere troppa gente. Io verrò con te fino a Lysvik, ma poi devi sbrigartela da sola. E cerca di svegliarti, cazzo, se no va tutto a puttane.»

Lei guarda di nuovo l'orologio. Deve scendere adesso se vogliono fare in tempo. "Fa' come dice lui" pensa. "Scrivi quel maledetto messaggio e poi vai giù in cantina. Smettila di pensare!"

Senza sollevare il telefono dal tavolo, apre un nuovo messaggio con il dito tremante e inizia a scrivere.

73

Karen fissa William Tryste, il bicchiere che ha in mano e poi di nuovo lui. Poi alza il suo bicchiere e lo porta alle labbra. Sente il sapore caratteristico di whisky, fumo e botti di rovere. Uno strano miscuglio di forza e dolcezza.

«È la prima annata dopo la guerra» spiega lui. «Il padre di mia nonna ne portò via dodici botti, come liquidazione dalla Groths. Oggi valgono il loro peso in oro. Ne ho trovate undici nel corridoio.»

Fa un cenno con la testa verso l'altra estremità della stanza e sorride.

«Liquidazione?»

«I Groth cacciarono Albin Huss dalla distilleria che possedevano insieme. O credevi che i Groth fossero sempre stati da soli sul trono?»

Karen riflette un istante. Byle non aveva detto che anche Albin Huss, il vecchio proprietario della miniera, era socio della distilleria?

«E perché ha rinunciato alla sua quota allora?»

«Ricatto» risponde William Tryste secco. «Albin Huss e Jocken Groth fondarono la società insieme circa cent'anni fa. Ma Albin aveva avuto dei rapporti con i tedeschi durante la guerra e, quando Jocken lo scoprì, colse l'opportunità per diventare l'unico proprietario. Albin aveva le miniere e il posto nel consiglio provinciale e avrebbe potuto perdere tutto, se si fosse saputo. Ma Jocken Groth promise di mantenere il segreto se Albin avesse rinunciato alla distilleria. Altrimenti metà sarebbe stata mia. E invece lavoro per quei bastardi ipocriti.»

Karen pensa a quello che le ha raccontato la zia. Se Albin Huss aveva collaborato con i tedeschi, era senza dubbio un buon fondamento per un ricatto. La sua posizione di uomo potente a Noorö sarebbe di sicuro finita, e lo stato avrebbe colto l'occasione per espropriare le miniere per una somma ridicola. Una cosa simile era successa a una fabbrica di lanolina vicino a Ravenby, appena dopo la guerra, quando erano venute a galla spiacevoli verità. Per l'antenato di William Tryste, rinunciare alla distilleria forse era stato un prezzo basso da pagare, alla fine.

«E così Groth si è preso tutto e ha taciuto su quello che sapeva» dice Karen. «Non credo proprio che il loro marchio ne trarrebbe vantaggio, se la cosa saltasse fuori.»

«Probabilmente no. E io sarei contento. Ma questo segreto rimarrà tra noi due.»

L'implicazione contenuta in quelle parole le provoca un brivido di terrore lungo la spina dorsale. "Devo guadagnare tempo" ripete a se stessa. "Farlo parlare. Fingere di non capire, lasciare che si compiaccia."

«Gabriel» dice in fretta. «Lui come è entrato nella faccenda? Non me l'hai detto.»

«Visto che non riuscivo a convincere Fredrik ho pensato di provarci con lui. Non è stato molto difficile persuadere Gabriel che dovevamo riprenderci quello che apparteneva di diritto alla nostra famiglia. L'hai conosciuto, no?»

Karen annuisce in silenzio.

«E allora di sicuro capirai che non ci è voluto molto. Il solo pensiero di mandare via la famiglia Groth e occuparsi dei piani di espansione lo faceva sbavare. Soldi e potere, senza bisogno di muovere un dito. Be', e poi una piccola chiacchierata sul ricatto di Groth ad Albin Huss. Non credo nemmeno che il ragazzo sapesse di essere parente del vecchio Huss prima che glielo dicessi io.»

«Ma lui ha capito che avevi ucciso suo nonno?» chiede Karen scettica, pensando all'impressione che le aveva fatto Gabriel Stuub. Nonostante avesse insinuato che suo nonno era noioso e rimbambito, aveva anche espresso una sorta di rispetto nei suoi confronti.

«No, ma era abbastanza stupido da credere che fosse stato Björn Groth. E poi ho avuto fortuna. A Natale, Gabriel è passato dal posto in cui abbandonano i rifiuti e ha visto una delle auto aziendali di Groth. Ovviamente ho preso quella che di solito usava Björn, perciò è stato semplice convincerlo che alla guida doveva esserci stato lui.»

"Non può essere stato così semplice" pensa Karen.

Notando la sua espressione incredula, William Tryste continua: «I sensi di colpa mi hanno dato una mano, certo. Gabriel mi aveva aiutato a mandare l'email minacciosa a Björn dal computer di Fredrik e qualche giorno dopo il vecchio è morto. È stato un gioco da ragazzi fargli credere che doveva essere stato Björn a uccidere Fredrik. Lui ha abboccato di sua spontanea volontà, per così dire. Proprio come te. Laura mi ha chiamato poco fa e ha detto che avete arrestato Björn Groth. Era disperata, povera cara».

Karen chiude gli occhi e si sente assalire da vergogna mista a rabbia. William Tryste li ha manovrati tutti come marionette. Ha tirato i fili guardandoli sgambettare obbedienti. Si è impegnato, in modo metodico, per infangare la famiglia Groth in diversi modi, mentre recitava il ruolo di collaboratore devoto. Da fare pressione su Fredrik Stuub affinché pubblicasse i risultati incompleti delle sue ricerche, mentre il suo nome rimaneva fuori, fino a convincere Gabriel a mandare l'email con la minaccia a nome di Fredrik, a coinvolgerlo nei suoi piani di affondare la Groths e infine a fargli credere che Björn Groth aveva ucciso suo nonno.

Mentre ricapitola tra sé le conversazioni che ha avuto con William Tryste, il suo piano diventa ancora più chiaro. Aveva inscenato una rappresentazione convincente, in cui recitava la parte dello zelante conoscitore di whisky che fingeva di avere tutto da guadagnare dai successi futuri della Groths, mentre in realtà li stava sabotando. Il modo in cui aveva respinto tutte le domande sulle minacce a Groth e ai suoi piani di espansione, il modo in cui aveva nominato "per caso" il cemento espansivo che aveva trovato nel magazzino. Ormai Karen non ha alcun dubbio che sia stato lo stesso Tryste a trapanare le pietre e a lasciare in vista il cemento espansivo. "Un piano geniale" pensa. Mettere a soqquadro la casa per suggerire che l'assassino stesse cercando qualcosa. Usare le indagini della polizia per far venire alla luce la ricerca di Fredrik e stare a guardare tranquillo mentre i nodi si stringevano.

"Perché non me ne sono accorta?" pensa.

«Ma perché hai ucciso Gabriel? Era dalla tua parte.»

«Sì, quello è stato il mio unico errore» risponde Tryste con un lieve sospiro. «Il mio piano era aspettare e lasciare che la polizia svolgesse le sue indagini. Non appena aveste trovato la ricerca, l'avreste resa pubblica e i sospetti su Björn Groth sarebbero rimasti anche se fosse stato scagionato. Le voci sull'email minacciosa e i buchi del trapano avrebbero fatto il resto. Il marchio sarebbe affondato e io avrei potuto comprare tutto per una somma irrisoria e ricostruirlo con il mio nome. Gabriel pensava davvero di poter diventare socio. È quasi triste, vero?»

«Ma perché l'hai ucciso?» ripete Karen.

«Per due motivi. Quando l'ho coinvolto non avevo idea dei suoi rapporti con gli OP. Quando ho saputo dei furti e della scritta, gliel'ho chiesto. Mi sono reso conto che agiva da solo, ma allo stesso tempo ho capito che era una minaccia per la mia sicurezza.»

«Pensavi che potesse fregare anche te?»

William Tryste sembra non sentire il suo commento.

«Ha iniziato a essere nervoso» continua. «A quanto pare qualcuno degli OP aveva scoperto che cosa stava facendo e l'aveva picchiato. C'era il grosso rischio che andasse a raccontare i nostri piani ai membri del club per ingraziarseli. O, peggio ancora, che promettesse loro di includerli nelle attività.»

Karen tace.

«E poi aveva intenzione di mettere Björn Groth con le spalle al muro per l'omicidio di Fredrik. Io gli ho spiegato che la cosa migliore da fare era aspettare, che era solo una questione di tempo prima che Björn venisse arrestato. Che tutto puntava su di lui e dovevamo lasciare che la polizia facesse il suo lavoro. Ma alla festa di Capodanno ho capito che non sarebbe riuscito a stare zitto. Quel ragazzo era come una pistola senza la sicura» continua Tryste.

"E allora hai avuto fretta" pensa Karen. "Se Gabriel avesse parlato, avresti corso il rischio che saltasse fuori il tuo nome."

Lo fissa senza riuscire a nascondere il suo disgusto.

«Hai dimenticato una cosa» gli dice. «Se la ricerca di Fredrik verrà resa nota, sarà difficile anche per te ottenere il permesso di costruire. La preoccupazione per quello che la Baudoinia può provocare colpirà anche te.»

«Al contrario, mia cara. Io sarò il salvatore che ha una soluzione per tutto. Sarò quello che preserverà l'orgoglio del paese, creerà posti di lavoro e farà conoscere Noorö in tutto il mondo. È proprio questo il bello.»

«E come ci riuscirai?»

«Con le miniere, ovvio. Diventeremo famosi perché stagioneremo il nostro whisky sottoterra.»

William Tryste fa un gesto verso le botti alle pareti.

«Il fatto che abbia trovato whisky di settant'anni in una delle gallerie della miniera non sarà certo un danno, né per le finanze né per il marketing. Tu stessa sei stata testimone della qualità, no?»

"Sei stata" pensa Karen.

Il rumore della porta che si apre la fa sussultare. Si volta. William Tryste svuota il bicchiere e si alza.

«Oh, finalmente. Sei pronta?» dice.

La domanda è rivolta a Helena Tryste che è sulla soglia. In una mano ha la borsa di Karen e nell'altra stringe il cappello con i paraorecchie e la sciarpa scozzese. Annuisce senza rispondere.

«Dove andiamo?» chiede Karen.

Tryste non risponde, ma si volta verso sua moglie.

«Sono nella borsa?» le chiede, e Helena scuote la testa.

Lui si volta verso Karen e tende la mano.

«Dammi il tuo giubbotto.»

Lei esita. Lo fissa ma si rende conto che ogni protesta è

vana. Lentamente si toglie il giubbotto e lo dà a Tryste che cerca nelle tasche con movimenti rapidi. Poi prende le chiavi dell'auto, che luccicano al bagliore delle candele. Karen si volta ancora verso la porta, cercando disorientata lo sguardo di Helena. Ma lei ha la testa abbassata e i lunghi capelli scuri le nascondono il viso.

In quel preciso istante capisce tutto.

74

Quando la porta si richiude dietro ai Tryste, le sue gambe stanno per cedere. Sostenere una conversazione all'apparenza normale con William Tryste, mentre i pensieri delle sue intenzioni le scorrevano febbrilmente in testa, l'ha mantenuta in una tensione che ora allenta la presa su di lei. Per reazione, le trema tutto il corpo. Afferra lo schienale di una sedia e rimane immobile, facendo respiri profondi.

Era convinta che l'avrebbero portata via con loro in auto, da qualche parte, per ucciderla e disfarsi del corpo. "Forse in mare" aveva pensato. E lì aveva visto una speranza: portandola via, Tryste avrebbe corso un rischio. Qualcuno avrebbe potuto vederli o sentirli. "Riuscirò a scappare" aveva pensato. "Basta che lui si distragga un secondo e io avrò una possibilità."

E poi l'altro pensiero: "E se lui riesce nel suo intento? Se questo è il mio ultimo istante di vita?".

"Prima o poi le tracce porteranno qui" aveva pensato. "Sono in molti a sapere dov'ero diretta. L'ho detto a Loots e Byle, che sarei andata a parlare con Tryste, e anche a Karl, mi pare. Non riusciranno a salvarmi, ma dopo un po' qualcuno verrà a cercarmi. Lui non se la caverà, prima o poi capiranno cos'ha fatto."

Non appena aveva visto Helena Tryste sulla soglia, si era resa conto che non sarebbe andata così.

"Nessuno verrà a cercarmi qui" pensa, e il sollievo provato nel restare sola si trasforma in panico. "Quando parleranno con Tryste, perché lo faranno, lui dirà che sono stata qui per un po', e poi me ne sono andata. Che ho detto qualcosa a proposito del traghetto, forse menzionerà perfino l'orario di partenza."

Karen guarda l'orologio e le sembra di sentire la voce di William Tryste: «Ha detto che voleva cercare di prendere quello delle sette e mezzo».

"Parleranno con il personale della compagnia di navigazione, verificheranno se la mia auto era a bordo. Magari controlleranno anche le registrazioni delle videocamere di sorveglianza, e vedranno che ero seduta al volante. Avrò la testa china in avanti, magari sembrerà che stia guardando il cellulare. Ma riconosceranno i miei lunghi capelli scuri sotto il berretto, e il giubbotto e la sciarpa scozzese.

"Poi troveranno la macchina da qualche parte a Heimö. Magari vicino al mare. E la mia borsa sarà sul sedile. Troveranno il cellulare, controlleranno se ho chiamato qualcuno. Non l'avrò fatto, ma forse avrò mandato un messaggio, a mia madre, magari. Qualcosa del tipo che non ce la faccio più."

Urla.

Il suono rimbalza tra il soffitto a volta e i mattoni del pavimento e rafforza la sensazione di essere imprigionata. In preda alla disperazione si alza e si avvicina alla porta. Ma William Tryste era tranquillo quando l'ha lasciata lì: la porta è nuova e d'acciaio, scelta con cura per proteggere ricchezze come undici botti di whisky del 1947.

"Rovescerò tutto" pensa. "Romperò tutte le bottiglie di vino e verserò tutto l'alcol, tutti i suoi milioni. Sarà la mia vendetta. Non rimarrà nemmeno una cazzo di goccia. Lui non può far altro che ammazzarmi, però io posso ubriacarmi fino a perdere i sensi prima che lui torni. Non sentirò nulla."

Si avvicina alla botte sul sostegno. Solleva lo straccio bianco e tira lo zaffo, che cede con facilità. "Con le altre sarà un po' più dura" pensa, lanciando uno sguardo verso le dieci botti ancora in verticale. Nello stesso momento rivede l'espressione soddisfatta di William Tryste mentre le raccontava del whisky trovato in una delle gallerie della miniera. Il piccolo movimento involontario che ha fatto con la testa. Un cenno verso la parete dietro di lui, coperta da un lungo scaffale con le bottiglie di vino allineate.

Lo scaffale è solido e pesante, ma non è avvitato alla parete. Karen lo sente staccarsi, e una cinquantina di bottiglie si sfracella al suolo con fragore, seguita dal fracasso dell'enorme scaffale che cade sui cocci di vetro e sul mare di vino. Urla di nuovo. Non perché i jeans si sono bagnati, non perché le schegge di vetro le hanno graffiato la guancia e le mani, ma perché le sembra che le sue preghiere siano state esaudite.

La porta è larga ma bassa. Deve chinarsi per esaminarla e il coraggio l'abbandona di nuovo. Un lucchetto. Ovviamente Tryste non l'avrebbe mai lasciata aperta, anche se era nascosta. E ovviamente la chiave non sarà di certo lì in cantina. Ma quando passa la mano sulla superficie ruvida, sente che il lucchetto è vecchio, forse quanto la porta. A passi rapidi va a prendere il candelabro e illumina il lucchetto arrugginito. "Sì, è vecchio, e magari non sarebbe impossibile da rompere, se avessi l'attrezzo giusto. Un qualche cazzo di attrezzo." Si guarda intorno, solleva il candelabro per vedere se trova qualcosa di sottile e affilato che possa esserle d'aiuto, ma non vede niente.

"Potrebbe tornare da un momento all'altro" pensa, con il cuore in gola. "Magari seguirà Helena per essere sicuro che faccia come le ha detto. Che si metta il mio giubbotto e la sciarpa e salga sul traghetto con la mia macchina. Ma poi tornerà indietro." Si rende conto che se Helena riesce a prendere il traghetto delle sette e mezzo lui sarà di ritorno entro un'ora. Le mani le stanno diventando gelide per la disperazione. "Non ce la farò mai."

Lo sguardo vaga nella luce fioca, cercando qualcosa, qualsiasi cosa. Fissa la porta d'acciaio, e dentro di sé vede il momento in cui si aprirà, e lei vedrà la sagoma di Tryste stagliarsi sulla luce. E in quel momento ha un'idea. "Magari posso barricarmi dentro, guadagnare tempo. La porta si apre verso l'interno, se ci metto davanti il tavolo e rovescio gli altri scaffali..."

E in quell'istante lo sguardo si sofferma sulla mensola più in basso nella parete di fronte. Naturalmente.

Non funziona, si rende conto dopo qualche vano tentativo di infilare la punta del cavatappi nella serratura. Frustrata, dà uno strattone al lucchetto arrugginito e impreca. C'era andata vicino. Maledettamente vicino. Gli tira un pugno e sente una fitta lancinante nella mano. Ma sente anche qualcos'altro. Prende di nuovo il pesante candelabro, lo solleva e si china in avanti. Questa volta non urla quando le torna la speranza. Il lucchetto potrà anche essere impossibile da rompere, e gli attacchi sulla porta sono solidi. Tutte le viti sono ancora al loro posto, ma il legno intorno è rovinato. Ci prova di nuovo: sì, qualcosa si muove.

Non osa fare leva, non vuole rischiare di rompere il cavatappi, ma si mette a scavare con la punta intorno a due delle viti, muovendola avanti e indietro. Continua senza guardare l'orologio, spinge, scava, muove di qua e di là.

Quando la prima vite atterra sul pavimento con un tintinnio, Karen Eiken Hornby è fradicia di sudore, vino, lacrime e muco.

E quando anche la seconda cede, afferra il candelabro e spalanca la porta con un calcio.

75

Karl Björken tamburella con le dita sul volante, irritato. Di solito non si deve preoccupare del fatto che neve e vento possano causare ritardi ai traghetti. In un qualsiasi altro giorno si sarebbe piegato con calma stoica di fronte alle forze della natura, come tutti gli altri doggerlandesi.

Ma in questo momento pensa che ogni minuto che passa non farà che aumentare la rabbia di Ingrid. A ogni minuto si chiederà ancora una volta perché suo marito, visto che era libero per l'Epifania, non è arrivato a casa a un'ora decente come tutte le persone normali. Perché mai dovrebbe rimanere al lavoro di sua spontanea volontà, di sera così tardi, invece di correre a casa. E a ogni minuto che passa si rafforzerà la convinzione che suo marito si sta tenendo alla larga, da vigliacco, perché lei ha invitato i suoi genitori. A ogni minuto che passa aumenta il rischio che Ingrid Björken si chieda se ha sposato uno stronzo.

"Magari sì" pensa Karl resistendo all'impulso di suonare il clacson, frustrato. Invece si piega in avanti e legge il tabellone digitale sopra la rampa d'accesso. La scritta che da circa venti minuti annuncia PESANTI RITARDI, TRAFFICO IRREGOLARE adesso è spenta. Lo schermo è nero. Sarebbe stato già a casa, se fosse partito mezz'ora prima. Ma il traffico irregolare dei traghetti aveva fatto allungare la coda delle auto e la macchina davanti alla sua era stata l'ultima a salire sul traghetto precedente. I suoi tentativi di dire che una macchina in più ci sarebbe stata, se tutti si fossero stretti un po', erano stati infruttuosi.

«È pieno, deve aspettare il prossimo» aveva detto il tizio che indossava il giubbotto arancione con il logo della compagnia di navigazione.

Aveva pensato di tirare fuori il tesserino da poliziotto, ma poi si era trattenuto. Non era l'unico a essere frustrato, e non voleva fare come i medici provinciali delle isole, che mostravano il tesserino e saltavano le code, anche se non avevano nessuna visita urgente ma stavano andando al mercato per la spesa del fine settimana. Tutti lo sapevano e nessuno diceva niente. Un giorno chiunque avrebbe potuto aver bisogno di un dottore e sarebbe stato grato di averne uno in paese.

Karl lancia una rapida occhiata al traghetto finalmente in arrivo e poi nello specchietto. La coda dietro di lui si è allungata talmente che solo metà delle auto riuscirà a salire a bordo. Un'altra occhiata alla barca, che ora ha attraccato e sbatacchia con violenza sulle onde, e poi al personale che agita le braccia per far segno alle auto di scendere. Dal finestrino Karl vede che si urlano a vicenda e indicano un punto sul traghetto, nascosto dal tabellone delle informazioni che nello stesso istante si accende di nuovo: TRAFFICO SOSPESO FINO A NUOVO ORDINE. PROBLEMI TECNICI.

Abuso di potere o no, Karl apre la portiera e scende. La neve ha smesso di cadere, però mentre era a bordo dell'auto il vento è aumentato più di quanto si sia reso conto. Adesso gli toglie il respiro.

«Per quanto tempo?» grida mentre si avvicina a uno dei tizi in arancione mostrandogli il tesserino.

«Che ne so. Può vedere lei stesso» risponde quello indicando. «Si è spaccato tutto.»

E quando Karl si volta e guarda il traghetto, si rende conto che ci vorrà molto tempo perché Ingrid lo perdoni.

La cabina di pilotaggio penzola in maniera inquietante, il vento la fa ballare di qua e di là e sembra sul punto di cedere.

«Hanno chiesto di mandare un traghetto da Frisel, ma ci vorranno parecchie ore prima che arrivi, con questo tempo. Dovete tornare indietro.»

Karl si volta e guarda la coda: gli ultimi veicoli si sono arresi e stanno facendo retromarcia. Con un sospiro ritorna in macchina, si mette al volante e guarda fisso nel retrovisore.

Non succede niente. Nessuna delle auto appena dietro di lui si muove di un millimetro, al contrario si sentono clacson sempre più assillanti e voci agitate. Con una sfilza di imprecazioni, Karl Björken apre di nuovo la portiera. Questa volta il tesserino è accolto con piacere.

«Bene, potrebbe chiamare qualcuno ad aiutarci?» dice uno dei tizi in arancione.

«Che cosa diavolo è successo? Perché la gente non fa retromarcia?»

«Perché c'è una cazzo di Ford che blocca tutti. Una vecchia befana che ha dato fuori di matto ed è scappata, a quanto pare. Ma si è portata dietro le chiavi. Dobbiamo chiamare qualcuno che venga a rimuoverla.»

Karl guarda la coda, ma da lì non riesce a vedere l'auto bloccata.

«Oppure farla partire con i cavi. Si fa molto più in fretta.»

Con un sospiro inizia ad andare verso la fine della coda.

Procede nello stretto passaggio tra le auto e la cancellata, tra portiere aperte e guidatori irritati.

Trenta secondi dopo Karl Björken si blocca. In fondo alla coda, a fare da tappo in mezzo alle cancellate, c'è una Ford Ranger verde. La portiera del conducente è aperta e già da lì si vede chiaramente l'ammaccatura. È da sei mesi che insiste con Karen perché la faccia riparare.

76

Helena Tryste cammina diritta, senza guardarsi intorno. Le voci le avevano urlato contro, gridato, chiesto che cosa stava facendo, ma nessuno aveva cercato di fermarla. Lei non aveva risposto. Che cosa poteva dire? Non sapeva cosa stava facendo. E nemmeno dove stava andando, o cosa sarebbe successo. Non l'ha mai saputo, è sempre William a sapere tutto.

Lui sa sempre cosa succederà.

Lui non aveva perso la lucidità nemmeno quando era spuntata quella poliziotta, Karen qualcosa. Be', forse per un attimo, mentre saliva dalla cantina e l'aveva sentita parlare con Alvin, quando Karen si era voltata e gli aveva lanciato quella strana occhiata. Sì, per un istante il suo mondo aveva vacillato, l'aveva visto anche lei. Solo qualche secondo e poi aveva saputo cosa fare.

William sa sempre cosa fare.

"Credo che gli piaccia" pensa. "Quel breve istante in cui è costretto a cambiare piano, quel lampo di preoccupazione che deve aver sentito di fronte al rischio che lo scoprissero, che tutto andasse al diavolo. E poi l'ebbrezza di quando trova una via d'uscita. Sì, a lui provoca piacere. È fatto così, l'ho sempre saputo. Ne ero conscia fin dall'inizio."

«Siete fatti l'uno per l'altra» aveva detto la madre di William. «Lui è il contrario di suo padre, ha delle ambizioni, mira in alto. Ma ha bisogno di qualcuno che lo bilanci.»

I suoi genitori invece non erano stati altrettanto entusiasti, nonostante William fosse stato gentilissimo quando lo avevano invitato a cena la prima volta. Nonostante avesse baciato la mano a entrambi, avesse portato un whisky invecchiato diciotto anni per suo padre e avesse lodato il cibo, loro erano rimasti rigidi e imbarazzati. Ma che cosa importava? La madre di William pensava che fossero fatti l'uno per l'altra, e lei doveva pur conoscere il proprio figlio.

Sua nonna invece l'aveva presa da parte, le aveva stretto le mani e l'aveva guardata con aria preoccupata.

«Stai attenta, piccola mia. Altrimenti lui ti divorerà.»

Lei era scoppiata a ridere.

Ora cammina con lo sguardo fisso a terra e non ha idea di dove stia andando. Non a casa, non da lì. Solo via. Adesso è finita, lei ha rovinato tutto e lui non la perdonerà mai.

"Che cosa avrei dovuto fare allora?" urla qualcosa dentro di lei. "Non potevo rimanere là in macchina, non dopo che il traffico è stato bloccato. Qualcuno avrebbe potuto riconoscere la sua auto, magari si sarebbe avvicinato per parlare e avrebbe visto che non ero lei."

"Saresti potuta tornare indietro" dice un'altra voce interiore. La voce di William. "Avresti dovuto fare inversione e tornare a casa. Ti ho detto di telefonarmi subito se qualcosa andava storto. Perché non fai mai quello che ti si dice?"

"Perché non ne posso più. Avresti dovuto capirlo." Forse pronuncia le parole a voce alta, le urla nel vento, non lo sa. "Non so niente" pensa, sentendo i pensieri turbinarle ancora più veloci nella testa, senza riuscire ad afferrarli. Sa che non ha più importanza. Lei non può fare nulla, adesso, può solo continuare a camminare.

Scivola sulla neve e finisce sulla carreggiata. Un'auto costretta a sterzare all'ultimo momento dà un brusco colpo di clacson. Helena fa in tempo a spaventarsi prima di rendersene conto completamente, prima che una certezza penetri il caos.

In qualche modo William vincerà anche stavolta. Come sempre. È fatto così.

77

Si trova di fronte un muro di nero compatto. Oscurità totale, odore di chiuso e umidità. Qualcosa di ammuffito. Ha un attimo di esitazione: deve pur esserci un'uscita dalla miniera, da qualche parte. O magari più di una. Lei le aveva viste, quando da bambina andava con zia Ingeborg nel bosco a cercare i funghi. A volte inchiodate alla bell'e meglio, altre volte murate con cura. Le parole di avvertimento di Ingeborg le risuonano ancora nelle orecchie: «Chi entra lì non esce più». Karen lancia un'occhiata alla cantina dietro di sé e vede il disastro di bottiglie rotte, intuisce la porta d'acciaio là in fondo. Forse è meglio rimanere lì piuttosto che rischiare di perdersi sottoterra in una miniera. Anzi, in una galleria di collegamento, si corregge. La miniera vera e propria sarà almeno centro metri più giù.

Poi si volta e fa il primo passo. Solleva il candelabro e si ferma. È troppo pesante, la rallenterà. Mette la mano nella tasca dei jeans e trova l'accendino. Allora spegne sei delle sette candele e se le infila nella cintura. Prende la settima in mano e lascia cadere il candelabro che atterra con un tonfo sordo. Un paio di passi e vede la fiamma vacillare. Si ferma a riflettere. Deve trovare un modo per riparare la candela se non vuole che si spenga subito. La mano non basta. Un paralume, qualcosa a forma di coppa. Ritorna in cantina.

Sente che si taglia le mani mentre cerca tra le bottiglie rotte alla luce della candela. Alla fine ne trova una che può andare. La parte superiore è intera, ma il bordo inferiore dove si è rotta è affilato. Le serve qualcosa per proteggere la mano, qualche straccio. "La maglia" pensa. "Mi avvolgo la maglietta intorno alla mano e rimango in reggiseno. Ce la farò. Fa freddo ma posso farcela."

«Cazzo» urla impotente. "Rimango qui al caldo e bevo fino a stordirmi. Non ce la faccio più."

In quel momento vede lo straccio bianco vicino alla botte di whisky.

Karen si avvolge il tessuto pesante intorno alla mano e a parte dell'avambraccio, infila la candela tra il pollice e l'indice e, con cautela, ci mette sopra la bottiglia rotta. Muove la mano avanti e indietro alcune volte: funziona, la fiamma rimane ferma.

Con una mano appoggiata contro la parete ruvida e la candela nell'altra, fa qualche passo nella galleria. Scaccia il disagio e continua a camminare. "Un passo alla volta" pensa. "Continua a camminare, non sarà peggio di così."

Venti minuti dopo si rende conto che lo è.

Karen Eiken Hornby non ha mai sofferto di claustrofobia. Ora invece sì. Davanti e dietro di lei c'è solo un'oscurità compatta. Ha la sensazione di sfiorare una parete con la spalla mentre ha la mano appoggiata sull'altra. È sicura che, se allungasse appena una mano sopra di lei, toccherebbe il soffitto. La montagna impenetrabile, coperta da strati di terra e neve, l'avvolge tutto intorno.

Vorrebbe tirare colpi ovunque. Gridare. Ma il terrore della galleria che la rinchiude e dell'aria ammuffita che penetrerebbe ancora di più nei suoi polmoni la fa desistere. Invece continua a camminare; solo il movimento le permette di non cedere del tutto al panico. Il fondo irregolare la costringe a tastare con il piede a ogni passo per verificare se ci sono buchi o pietre. "Dev'esserci un'uscita" si ripete. "Deve esserci."

All'improvviso la parete finisce e la mano brancola alla cieca. Solleva la candela e vede che la galleria si divide. Tocca cauta oltre l'angolo. La galleria in cui si trova sembra proseguire diritta, ma a sinistra ce n'è un'altra. In preda a un panico crescente tenta di immaginare in quale direzione sta andando. L'entrata del Complesso è rivolta a est, lei ha visto la scala della cantina nella sua prima visita, deve trovarsi a nord. Però magari fa una curva, è probabile che la faccia. O no?

"Non ne ho la minima idea" pensa, sentendo il pianto bruciarle in gola. "E che importanza ha la direzione in cui vado?"

Con la mano sulla parete, gira intorno all'angolo e segue la galleria. Sembra più larga di quella che ha percorso fin lì e per un attimo la claustrofobia diminuisce. Un secondo dopo Karen si blocca di colpo. La luce ha colpito la parete di fronte a lei appena prima che ci sbattesse contro: è una strada senza uscita.

Nello stesso momento la candela si spegne.

78

Karl Björken guarda il lato del guidatore dell'auto abbandonata e le sue vane speranze di essersi sbagliato scompaiono all'istante. È proprio la macchina di Karen. E sul sedile c'è la sua borsa. La riconosce, non ha dubbi.

Di Karen, però, non c'è traccia, constata girandosi e guardando in tutte le direzioni.

Senza togliersi i guanti, apre la borsa e rovista senza trovare quello che cerca. Allora prende il suo cellulare e fa il numero di Karen. Due secondi dopo sente il suono familiare della suoneria all'interno dell'abitacolo. Mentre estrae il telefono dall'intercapedine tra i due sedili, una voce irritata lo sorprende alle spalle.

«Che vecchia strega! Ha aperto la portiera e se n'è andata. Sembrava fuori di testa.»

Karl si gira.

«Che aspetto aveva?» chiede all'uomo dietro di lui, che allunga il collo per guardare dentro l'auto.

Indossa un pesante piumino blu che sembra essersi gonfiato per il forte vento. Lo sguardo esprime un misto di rabbia e curiosità.

«Che ne so» risponde lentamente. «Capelli scuri, mi pare. Lunghi, sì, lunghi. Mi ricordo che fluttuavano al vento.»

«Ha visto in che direzione è andata?»

«Be', secondo lei dove? C'è solo una direzione, a meno di non volersi buttare in mare.»

L'uomo fa un cenno verso il piazzale asfaltato e il terminal.

«Intendo dire dopo» dice Karl trattenendosi. «Ha visto dov'è andata dopo?»

L'uomo scuote la testa e Karl lascia perdere.

Richiude la portiera e si gira verso il tizio con il giubbotto arancione che è appena arrivato.

«Deve chiamare un carro attrezzi. E che nessuno salga su quest'auto.»

«Non aveva detto di farla partire con i fili?»

«Nessuno deve salirci» ripete Karl. «La consideri una scena del crimine.»

Il tizio lo fissa incredulo.

«Una scena del crimine? C'era solo una donna che ha dato fuori di matto.»

"No" pensa Karl. "Qui si tratta di ben altro."

Mezz'ora dopo Karl Björken esce dal garage della stazione di Lysvik a bordo di un'auto della polizia. Ha percorso a tutta velocità il chilometro scarso che separa il terminal dei traghetti alla stazione di polizia locale cercando di chiamare Cornelis Loots e imprecando nel trovare la segreteria. Poi ha composto un altro numero.

Thorstein Byle ha risposto al primo squillo.

«Mando subito dei ragazzi» ha detto dopo che Karl, senza fiato, gli ha spiegato la situazione. «Ma non capisco cosa credi che sia successo.»

«Non ne ho la minima idea» ha ruggito Karl. «Ma c'è qualcosa che non va. Karen non farebbe mai una cosa simile. Andarsene lasciando tutto.»

Ed Ellen Jensen era sicura quando ha risposto a Karl che si è precipitato al pub: no, Karen non si era vista dal mattino. Se voleva, poteva anche salire a controllare. E lui l'ha fatto. Ha salito i gradini a due a due, mentre la preoccupazione aumentava. Dove cazzo era finita? Non nella sua stanza, comunque.

Adesso guida metodicamente per le vie di Lysvik illuminando ogni angolo con i fari. Segue la stessa stradina che lui e Karen hanno imboccato per sfuggire ai giornalisti solo qualche giorno prima. Karen non si vede. Sembra che non ci sia anima viva in giro, nella tempesta.

Karl torna indietro e si ferma fuori dall'albergo Rindlers. Sale i pochi gradini mentre la neve si appiccica in spessi strati sotto le suole degli stivali. La receptionist alza lo sguardo sorpresa sull'uomo alto che entra a precipizio, perde l'equilibro sul pavimento scivoloso e rimane in piedi per miracolo. Karl la incalza con le sue domande rapide e si scoraggia sempre più a ogni risposta. No, non è arrivato nessuno con quel nome. No, nessuna donna dai capelli scuri.

«Non è arrivata proprio nessuna donna in tutto il giorno» conclude la receptionist con il tono di chi sta perdendo la pazienza.

E quando si rimette al volante, Karl si costringe a prendere in esame l'unica possibilità che finora ha voluto scartare. No, Karen non può aver fatto una cosa simile, lasciare la sua auto e fuggire. Non in una situazione normale. Ma poi rivede l'immagine di lei al pub, dopo il suo lapsus con Sigrid. Rivede il viso di Karen al ristorante del porto, quando l'aveva convinta a parlare, a raccontare quello che non avrebbe voluto.

«Lo consideri una scena del crimine» aveva detto al tizio del porto. La verità è che ha paura che sia successo tutt'altro.

Suona il cellulare e Karl Björken sussulta. Un attimo dopo gli si stringe la gola dal sollievo.

«L'abbiamo trovata» dice Thorstein Byle. «Una macchina diretta a sud, sulla statale, l'ha fatta salire. Stanno arrivando.»

79

Karen estrae una candela dalla cintura dei pantaloni. La cera è crepata e la candela dondola quando lei mette il coccio di bottiglia sopra la mano, ma la fiamma brilla chiara. Poi si gira e torna indietro. Si ferma incerta: "Devo andare a sinistra, giusto? O sono arrivata da lì?

"Oh, Dio, non lo so."

"Rifletti, porca puttana!"

I pensieri scivolano via e l'ansia le fa girare la testa. Sente che sta perdendo la ragione. I tentativi di respirare piano e pensare positivo si trasformano in un vortice di paura mentre continua a camminare, un passo dopo l'altro, un metro dopo l'altro. Un'ora dopo l'altra? O sono passati solo dei minuti? La sua percezione del tempo e dello spazio è stata inghiottita dall'oscurità.

E ora il muro si incrina e si fa strada una domanda proibita: "Quanto posso sopravvivere qui dentro se non trovo l'uscita? Cosa dicono? Tre giorni senza cibo? O tre giorni senz'acqua?" E all'improvviso non è la paura di morire che le stringe il petto, ma il pensiero di quello che l'aspetta. Tre giorni d'inferno prima di poter morire, finalmente.

Il terrore le fa battere forte il cuore e le sembra che braccia e gambe siano diventate insensibili. Perde il controllo dei propri movimenti, inciampa e cade in ginocchio. D'istinto, allunga la mano sinistra per proteggersi e solleva la candela con l'altra. La botta fa vacillare la fiamma, che si spegne, e nell'oscurità tutto diventa una confusione di dolore senza inizio né fine. Le fa male tutto adesso, e tutto è buio. È stata un'idea senza speranze fin dall'inizio, non avrebbe nemmeno dovuto provarci. Zia Ingeborg aveva ragione.

"Non uscirò viva da questa miniera."

Rendersene conto è come ricevere una mazzata. Il pensiero di accendere un'altra candela, alzarsi e proseguire annega nell'ondata di rassegnazione liberatoria. "Non ce la faccio più" pensa, mettendosi seduta. Appoggia la schiena alla parete e posa con cautela la bottiglia, sentendo i bordi affilati sulle dita. Sente il cavatappi che sfrega nella tasca posteriore. Oggetti duri e aguzzi. Una via d'uscita, dopotutto. William Tryste non la ucciderà. Si ucciderà da sola.

"Posso tagliarmi i polsi" pensa. "O la gola." Quel pensiero le conferisce una calma inaspettata che la rilassa, e lei singhiozza per il sollievo. All'improvviso, respirare è più facile. La consapevolezza di avere una possibilità di fuga placa i battiti del suo cuore. Esiste una via d'uscita, non attraverso un'imboccatura della miniera nel bosco, ma pur sempre una via di fuga. "Farò in fretta" pensa, chiudendo gli occhi nel buio. "Poi rimarrà solo il mio corpo in quest'inferno. Io sarò libera."

E da qualche parte dentro di lei sente la voce di sua madre: «Tu riposa dove vuoi, ma io voglio stare vicino alla chiesa di Langevik», mentre avverte un debole soffio di vento, come una carezza sulla guancia. Mamma...

Karen sorride e appoggia la testa alla parete.

L'attimo dopo rimane impietrita.

Lentamente, quasi controvoglia, apre gli occhi e gira il viso. "Devi essertelo immaginata, non ricominciare a sperare" si ammonisce. "Tra poco sarà finita, farai in fretta."

Poi l'avverte di nuovo, una debole corrente d'aria sul viso. Si alza troppo in fretta, gridando quando appoggia il peso sul ginocchio. Barcolla per il dolore e per l'abbassamento di pressione e si appoggia alla parete. Se l'è immaginato? Ora che è in piedi non sente nulla. Disperata, infila la mano nella cintura, cercando a tastoni tra briciole unte di cera e stoppini scoperti, e si accorge che la caduta ha fatto rompere le candele. Rovista, cerca, e finalmente le dita afferrano qualcosa.

Con cautela tira fuori un moncone di dieci centimetri, trova l'accendino nella tasca dei jeans e osserva la fiamma che divampa quando fa presa sullo stoppino. Poi sfida il dolore e si accovaccia.

Un istante dopo si accorge di emettere un suono strano e capisce. Non c'è dubbio: la fiamma si piega verso di lei. E poi sente di nuovo l'aria sul viso.

Da qualche parte più avanti c'è un'uscita.

80

«Okay, arrivo. Fai venire anche un dottore» urla Karl a Thorstein Byle prima di buttare il telefono sul sedile.

Parte a razzo diretto alla stazione di polizia facendo slittare le ruote nella neve. Il sollievo per il ritrovamento di Karen si mescola a una rabbia improvvisa e irragionevole. Perché cazzo ha fatto una cosa del genere?

Otto minuti dopo, Karl Björken fissa senza capire la donna di fronte a lui. Lei è seduta con la testa china su uno dei divani nella reception e i lunghi capelli scuri le nascondono il viso. Il giubbotto è di Karen, il berretto e la sciarpa sono i suoi, eppure gli basta un'occhiata. Quella non è Karen.

Gli ci vogliono altri dieci secondi per capire chi è.

«Helena Tryste?» domanda incredulo. «Che cosa diavolo ci fa qui? Cos'è successo a Karen?»

Lei ha lo sguardo fisso sul pavimento e non risponde. Un'agente accovacciata al suo fianco le appoggia un braccio sulle spalle con aria protettiva, mentre Karl sente la voce di Thorstein Byle alle sue spalle.

«Ma cosa...?»

«Già, lo so» dice Karl. «Non è lei. Ma ha i vestiti di Karen. E la sua macchina.»

Byle è il primo ad avvicinarsi a Helena. Le si mette davanti e la sua presenza le fa alzare lo sguardo.

«Che diavolo significa tutto questo?» chiede lui con voce dura.

Helena lo guarda apatica.

Ci provano per venti minuti. Venti minuti che non danno alcun risultato. Niente sembra farla risvegliare dalla sua immobilità, né il tè caldo, né le domande gentili, né quelle pressanti. Nessuno riesce a far dire una sola parola a Helena Tryste. Né Karl Björken, né Cornelis Loots, e nemmeno Thorstein Byle. Lei non tocca il tè, non piange, non muove le mani che ha in grembo. Venti minuti, e sembra che Helena non sbatta nemmeno le palpebre.

Poi arriva il medico.

«Deve andare all'ospedale» decide Sven Andersén dopo una rapida occhiata al viso bianco come un lenzuolo e allo sguardo cupo.

«No. Prima deve parlare con noi» sbotta Karl voltandosi di nuovo verso la donna. «Dove cazzo è Karen?» ruggisce. «Apra la bocca, per la miseria!»

«Ti sembra che il tuo metodo stia funzionando?» chiede il medico in tono calmo aprendo la borsa.

Prende una siringa e una fialetta di vetro. Aspira il liquido, dà un colpetto con le dita e spruzza brevemente. Poi si accovaccia accanto a Helena.

Karl è furioso.

«Non ti rendi conto che mentre tu curi questa donna, Karen è là fuori da qualche parte? Probabilmente in grave pericolo. E dobbiamo scoprire dov'è.»

«Certo che lo capisco, ma questa donna ora è mia paziente» risponde Andersén tranquillo, estraendo l'ago e premendo un batuffolo bianco sul braccio di Helena.

Non vedono alcuna reazione. Sembra che ciò che il medico ha iniettato non cambi niente sul suo viso pallido.

«William Tryste non risponde ancora al telefono?» domanda Karl.

Byle scuote la testa.

«Ho mandato una macchina a casa dei Tryste ma non è nemmeno a metà strada. Le strade sono coperte di neve» aggiunge.

«Manda tutti quelli che abbiamo. Metà dai Tryste e il resto su alla distilleria. Lui potrebbe anche essere là. Noi tre ci dividiamo e partiamo subito. Adesso!»

Karl prende il giubbotto che aveva buttato per terra.

«Devi aprire l'armeria, non ho portato niente con me» dice a Thorsten Byle, che annuisce.

Karl lancia un'altra occhiata sprezzante a Helena Tryste e si gira verso la porta.

«Muovetevi, cazzo, cosa aspettate?»

Cornelis Loots, che non si è tolto giubbotto e berretto nel breve tragitto tra l'albergo e la stazione di polizia, lo trattiene posandogli una mano sul braccio e Karl si volta irritato.

«Che cos'ha detto?» chiede Cornelis.

Si è girato verso Helena. Fa un passo verso la donna che sembra aver ripreso un colorito umano.

«La cantina» dice lei, con voce fioca. «L'ha chiusa là finché... I piani erano che io...»

Si interrompe.

«Che lei *cosa*?» urla Karl. Fa un passo avanti e Andersén lo trattiene.

Ma Helena guarda Karl negli occhi.

«È troppo tardi ormai» dice. «Lui sarà già tornato indietro.»

81

Fa dodici passi per volta. Poi si ferma e solleva la bottiglia per assicurarsi che la fiamma reagisca. Fa sempre più freddo ogni minuto che trascorre e adesso sente l'aria sul viso senza doversi chinare. Una serie di dodici passi. Poi un'altra. La sua mano scompare dietro un angolo e capisce che la galleria si divide ancora, ma questa volta non ha dubbi sulla direzione da seguire.

Senza riflettere sul perché lo fa, continua a contare i passi, dodici alla volta, poi si ferma e usa tutti i sensi a sua disposizione. Ascolta i rumori, cerca di vedere qualcosa di più chiaro in tutto quel nero, percepisce la corrente d'aria sul viso, sempre più forte. Non solleva più la bottiglia che protegge la fiamma. Cammina, si ferma, riparte. Cammina, si ferma. E all'improvviso il suo orecchio cattura qualcosa. Un debole sibilo che arriva fino a lei. Un'altra serie di passi, un'altra ancora, e il sibilo è diventato più nitido, ma c'è anche qualcos'altro. Le folate di vento là fuori fanno muovere qualcosa davanti a lei. Un tremolio sordo.

Sa cos'è prima ancora di vederlo.

Il leggero cambiamento di colore è appena percepibile. Eppure la candela cattura una sfumatura di grigio in quel nero totale. Un rettangolo grigio qualche metro davanti a lei. L'apertura è inchiodata con cura da fuori. Otto assi larghe quindici centimetri con un'altra di traverso all'interno e probabilmente una anche all'esterno. Il cuore perde un battito per il sollievo. Sono inchiodate, non murate.

Le assi sono molto vicine, ma lo spazio millimetrico tra loro è sufficiente. Karen si inginocchia e appoggia un occhio a una fessura. Una nuova folata di vento le fa subito ritrarre il viso. Ma è riuscita a vedere. Fuori è buio, il vento è forte, probabilmente c'è una tempesta. Eppure non è tutto nero, non c'è la stessa oscurità compatta e implacabile che regna nelle gallerie dietro di lei. "Dev'essere la luce proveniente dall'antenna televisiva di Skreby che si riflette nella neve" pensa, rabbrividendo. "Allora non devo essere molto lontana. Un chilometro, forse, al massimo due. Non farò in tempo a morire di freddo. O sì?" Il gelo penetra dalle fessure e l'avvolge. Le viene in mente la cartina meteorologica. Una maglietta leggera con diciassette gradi sottozero.

"Ce la farò" cerca di convincersi, e respira profondamente per temprarsi contro il dolore. Alza il piede per tirare un calcio. In quel preciso istante si irrigidisce. Un'improvvisa corrente d'aria le avvolge il corpo e scompare nella galleria alle sue spalle. D'istinto, senza nemmeno pensarci, sa che cosa significa. Questa volta non è solo il vento che entra da fuori: William Tryste dev'essere tornato e ha aperto la porta che conduce in cantina.

Cerca di calcolare quanto tempo le rimane. Tryste conosce la galleria e percorrerà lo stesso tratto che ha percorso lei in molto meno tempo. E di sicuro si porterà dietro una torcia elettrica. Lei non potrà nascondersi. Il panico l'assale e lascia spazio a un solo pensiero: "Devo uscire. Subito".

Quando tira il calcio, il dolore si propaga fino al collo. Tende le mascelle e fa dei respiri rapidi. Dà un altro calcio. Si lancia contro le assi con la spalla. E ripete. Si appoggia con la schiena e spinge, scalcia all'indietro.

"Perché cazzo non ho preso il candelabro?" pensa, quando il colpo si propaga in tutto il corpo. "O qualcos'altro, qualsiasi cosa, per colpire." Ma adesso può contare solo sulle sue forze, sulla sua capacità di ignorare il dolore lacerante delle vecchie ferite che si aprono e di quelle nuove che si aggiungono. Si costringe a riposare, ansima e rovista nella tasca dei jeans alla ricerca dell'accendino. Riparando la fiamma con la mano vede che un paio di fessure sembrano essersi allargate. Un paio di assi sembrano piegate all'esterno, o no?

Continua a tirare calci, concentrandosi su quelle due assi, spinge con la spalla e scalcia all'indietro, con la sensazione crescente che da un momento all'altro sentirà la voce di Tryste alle sue spalle. La paura le causa scariche di adrenalina che le danno la forza di proseguire, e si rende conto che quella temporanea ondata di forza può sparire in qualsiasi momento. Sa che funziona così. La paura finisce e si trasforma in resa.

Ma quando sente lo scricchiolio di un'asse che finalmente cede, il suo corpo le fornisce una dose extra che la fa sentire invincibile. Il calcio successivo spacca l'asse a metà e lei scoppia in una risata isterica. Ancora due calci e un'altra asse si rompe.

Afferra i pezzi di legno aguzzi, li piega avanti e indietro, li spinge all'infuori e un altro pezzo si stacca. Allora si raddrizza e guarda il buco: non è larghissimo, ma può andare. Mette fuori la testa con cautela, infila il braccio destro, si gira di lato e inizia a spingersi lentamente fuori dall'apertura. Sente che il tessuto della maglietta si impiglia in qualcosa e si strappa. La schiena e la spalla si graffiano contro il legno pieno di schegge. Ma non le fanno male, tutto il dolore è sparito, ora. Lo sentirà più tardi, così come il freddo. Adesso sente solo l'estasi della vittoria che le scorre in corpo come champagne. Quando, con un ultimo sforzo, atterra goffamente nella neve, urla di sollievo.

Karen Eiken Hornby non fa in tempo a capire che cosa illumina la neve, che cosa rende l'oscurità là fuori meno implacabile di quell'inferno nero da cui è appena uscita. Non fa in tempo a pensare che non è la luce dell'antenna televisiva di Skreby. Non fa in tempo a notare le luci di posizione dell'auto a venti metri di distanza. Non ha più la forza di pensare a niente, si accorge solo istintivamente della presenza di qualcuno.

Non appena lo sente prendere fiato si rende conto che lui non l'ha seguita nelle gallerie. Ovviamente sapeva benissimo dove fosse l'uscita e ha fatto il giro per aspettarla con calma. Un'ondata di odio l'assale. Il bastardo dev'essere stato davanti all'uscita a guardarla mentre lei lottava per venire fuori.

La voce arriva da un punto alle sue spalle.

«Non credi che sia ora di finirla con questa messinscena, adesso?» dice William Tryste.

82

La coda di auto costrette a lasciare il terminal dei traghetti si snoda con lentezza straziante verso nord. La neve ha smesso di cadere, ma il vento ci si mette d'impegno con quella che è caduta, la fa turbinare e volteggiare dai terreni vicini, la spinge nelle strade formando cumuli.

«Adesso c'è un rettilineo, cerca almeno di sorpassare, cazzo» dice Karl Björken, notando frustrato che Thorstein Byle ignora di nuovo la sua richiesta.

Questa volta non risponde nemmeno. Il rettilineo a cui Karl si riferisce è lungo al massimo trenta metri, poi una parete montuosa costringe la strada a curvare. Karl ignora le luci delle auto nell'altro senso di marcia, che confermano che Thorstein Byle ha preso la decisione giusta, e si maledice per essere salito in auto con il collega anziché andare da solo. Hanno già impiegato quarantacinque minuti per percorrere un tratto che, senza neve, avrebbe richiesto meno di metà tempo, almeno con il lampeggiante blu e ignorando i limiti di velocità. Adesso procedono lentamente e non hanno neanche le luci di emergenza accese. Byle le ha spente nel momento stesso in cui la strada si è trasformata in una fila serpeggiante di auto, senza visibilità e possibilità di sorpassare. Non c'era motivo di peggiorare la situazione già pericolosa del traffico, secondo lui.

«Stai calmo, ragazzo» aveva detto. «È meglio metterci molto che non arrivare.»

Karl lancia un'occhiata irritata nel retrovisore e, a malincuore, constata che Byle ha ragione. Davanti e dietro di loro ci sono auto della polizia con un dispiegamento di luci da discoteca, eppure non riescono a guadagnare terreno sulla strada stretta. La pattuglia che si trovava nelle vicinanze di Gudheim quando ha ricevuto l'allarme probabilmente aveva adottato la stessa strategia ingenua e, con i lampeggianti accesi e le sirene urlanti, era uscita di strada a tutta velocità dopo solo un paio di chilometri. «Nessun ferito, ma ci vorrà un po' per recuperare l'auto» avevano comunicato via radio. Adesso rimangono tre veicoli, con due uomini ciascuna. E poi Cornelis Loots che aveva la sua macchina privata fuori dalla stazione di polizia, e perciò è riuscito a partire prima degli altri. "Sarà cento metri davanti a noi," pensa Karl "non di più."

La questione è dove sia riuscito ad arrivare William Tryste.

Ci erano voluti otto preziosi minuti per indurre Helena Tryste a dire abbastanza perché potessero dirigere tutte le unità a casa dei Tryste, a nord di Skreby. Non erano riusciti a capire come interpretare esattamente parole isolate e frasi incomprensibili quali «Ha prestato il suo cellulare ad Alvin», «botti del dopoguerra», «Non era di Groth fin dall'inizio». Il resto era stato più chiaro: «La ucciderà. Non appena gli telefono, la ucciderà».

Karl non ha ancora la minima idea di cosa sia successo, ma in qualche modo Karen Eiken Hornby deve aver scoperto che William Tryste è colpevole di entrambi gli omicidi e adesso è prigioniera a casa dei Tryste. È più che sufficiente per dirigere tutte le risorse disponibili al Complesso.

"Tutte le risorse disponibili" pensa Karl scoraggiato, tastandosi la fondina con la Glock che aveva ritirato regolarmente. O meglio, "regolarmente" non è la parola giusta. Più che altro aveva arraffato l'arma e le munizioni dall'armeria come se fossero i saldi di fine stagione, e poi era corso giù alle auto. Byle aveva urlato all'agente di guardia «Chiama Vrede più in fretta che puoi, cazzo» prima di chiudere la portiera. Solo più tardi, in macchina, Karl aveva saputo che Olaf Vrede era un conduttore di cani in pensione che abitava fuori Skreby. Non era più in servizio, ma con un po' di fortuna sarebbe stato in casa, e il cane ce l'aveva ancora.

Otto uomini, sei armi e un cane. Bloccati in coda per la neve. "Non arriveremo mai in tempo" pensa Karl Björken.

Nell'istante in cui apre la bocca ancora una volta per far notare che la strada è diritta, si accorge che Thorstein Byle ha deciso che è il momento di usare lampeggianti e sirene.

Un secondo dopo preme l'acceleratore a fondo e si immette nella corsia opposta.

83

«Mi spiace ma adesso devi rientrare.»

William Tryste fa un cenno con la testa indicando l'apertura con un sorriso dispiaciuto. Karen si trascina nella neve, cercando di alzarsi, ma scivola e rimane seduta con le mani appoggiate a terra dietro di sé. "Qualsiasi cosa, ma non di nuovo là dentro" sente urlare dentro di sé, mentre fissa la mano di Tryste. Nel buio non riesce a distinguere esattamente che cosa stia tenendo, vede solo che è un'arma a canna lunga, forse un fucile da caccia.

Tryste fa un gesto intimidatorio con la canna.

«Alzati» le dice.

«No!» urla lei. «Non tornerò lì dentro. Dovrai spararmi qui.»

«Mi spiace ma non posso, qualcuno potrebbe sentire. E poi pensa a tutto il sangue... Capirai anche tu che non posso rischiare di lasciare delle tracce qui fuori.»

«Nessuno mi troverà qui. So che cosa avete in mente di fare.»

«Ah sì? Ci sei arrivata. Alzati adesso.»

«Non mi cercheranno qui» ripete lei in tono disperato. «A quest'ora Helena deve aver già portato la mia macchina a Heimö.»

Tryste si irrigidisce e lancia un'occhiata all'orologio tenendo la canna del fucile puntata contro di lei. "È preoccupato per qualcosa" pensa Karen. E un attimo dopo capisce di cosa si tratta.

«Quindi non ha telefonato?» domanda piano. «Stai ancora aspettando l'ok.»

«Chiudi il becco e alzati!» urla Tryste.

Karen rimane seduta. Lo provoca consapevolmente. "Può pure spararmi qui fuori. Là dentro non ci torno" pensa.

«Se non si è ancora fatta sentire dev'essere successo qualcosa» continua lei. «È da un bel po' che se n'è andata. Avresti dovuto aspettarla a Lysvik, assicurarti che salisse davvero sul traghetto...»

Tryste fa qualche passo avanti. Lei rimane ferma.

«Forse non riesci a manovrare tua moglie come vorresti. Magari Helena adesso è alla polizia e sta raccontando tutto. Ci hai pensato?»

«Alzati» ripete lui con voce gelida.

Poi si piega e cerca di afferrare il braccio di Karen, ma lei si butta di lato e rotola, e lui non riesce a prenderla. Brancola con le mani e sembra sul punto di scivolare, ma recupera l'equilibrio all'ultimo momento. Lei si alza a fatica, ma non sta in piedi, non ha abbastanza forze per fermarlo. Il colpo alla mascella con il calcio del fucile la fa vacillare. Stringendo il collo di Karen sotto il braccio come una morsa, e con l'arma nell'altra mano, la trascina semisdraiata verso l'apertura.

William Tryste è alto e ha una presa salda. I suoi tentativi di liberarsi scalciando non hanno nessun effetto, anzi, sente comprimere la trachea sempre di più. Disperata, annaspa con le mani dietro di sé, cercando di raggiungere l'unica cosa che può salvarla, ma quando Tryste inizia a tirare calci alle assi per allargare l'apertura, stringe la presa sul suo collo e lei sente il sangue salirle al viso.

"Tra poco sarà finita" pensa, e fa un ultimo tentativo di mettersi la mano nella tasca dei jeans.

"Avrebbe potuto finire in tutt'altro modo" penserà solo tra pochi secondi. Se William Tryste proprio in quell'istante fosse stato in grado di spaccare un altro paio di assi. Se non fosse stato costretto a cambiare la presa per poter trascinare Karen sulla schiena attraverso il buco. Se lei non ne avesse approfittato per prendere fiato quel tanto che bastava per arrivarci. Se non fosse riuscita a girare il lungo cavatappi con la punta nella direzione giusta. Se il suo braccio fosse stato troppo corto, o l'angolo sbagliato, o il movimento non abbastanza rapido.

Non ode nessun grido e pensa di averlo mancato. Non avverte la resistenza di pelle e cartilagine. Non le arriva il leggero scricchiolio che viene inghiottito dal vento.

Solo quando sente allentarsi la presa sul suo collo e il corpo di Tryste cadere, capisce. Affannata, si alza in piedi e si gira.

Lui è a terra, mezzo voltato, con un braccio che sussulta ancora, come se stesse facendo un ultimo tentativo per afferrare il cavatappi infilato nell'occhio.

84

È assalita dal gelo nel momento in cui vede il sangue di William Tryste che scioglie la neve sotto la sua guancia. Il vento ghiacciato scaccia gli ultimi resti di adrenalina e le appiccica la maglietta bagnata di sudore alla schiena. I pensieri le scorrono in testa come un treno ad alta velocità. "Non posso morire adesso, non dopo avercela fatta fin qui." E poi la domanda che non riesce a trovare una risposta: quanto si può sopravvivere a meno diciassette con solo dei vestiti leggeri addosso e con un vento così forte? Come farà ad attraversare un bosco buio con enormi alberi sradicati e alti pini che da un momento all'altro possono cadere per la tempesta? I polmoni le fanno male per il freddo e i suoi respiri sono corti e affannosi. Si ripete come un mantra l'unica cosa che sa: "Devo scaldarmi, stare in movimento, tenere lontano lo shock".

E poi arriva a una conclusione: "Devo togliergli la giacca".

Solo quando si costringe a guardare di nuovo il corpo di Tryste, con il sangue che continua a scorrere dall'occhio e colora la neve, se ne rende conto: la neve è rossa. Dovrebbe essere buio e lei non dovrebbe riuscire a vedere i colori. Si volta rapidamente e chiude gli occhi davanti alle luci dell'auto parcheggiata a una ventina di metri. Il sollievo è così forte da farla vacillare.

Lui ha lasciato l'auto aperta e la chiave infilata nel quadro. Muovendosi a scatti chiude la portiera e cerca di avviare il motore ma è costretta a fermarsi. Le mani le tremano incontrollate e, nonostante il calore relativo dell'abitacolo, sente che il suo corpo sta cedendo. Batte i denti in modo così violento che la testa colpisce il poggiatesta. Sempre più debole, Karen Eiken Hornby si rende conto che i suoi arti non le obbediscono più. Le forze l'hanno abbandonata, le sue risorse sono esaurite.

E pensa che è terribilmente stanca, così stanca che deve riposare. Non dormire, solo chiudere gli occhi per un attimo.

È Olaf Vrede a trovarla, o meglio, il suo pastore tedesco di nove anni. Anzi, a dire il vero, il cane trova per primo il corpo di William Tryste, attirato dal sangue caldo. Ci vuole ancora qualche istante prima che Cornelis Loots si accorga che l'auto di Tryste, a una ventina di metri di distanza, non è vuota. Quando Karl Björken e Thorstein Byle lo raggiungono, Loots ha avvolto Karen nel suo giubbotto e cerca di farle aprire gli occhi.

«È lei. Il polso c'è, ma è debole e accelerato» urla.

Unendo le loro forze sdraiano Karen sul sedile posteriore con la testa sulle ginocchia di Karl, mentre Cornelis Loots si siede al volante e mette la retro.

Thorstein Byle vede i fanali posteriori dell'auto di Tryste scomparire proprio mentre le luci di un'auto della polizia in arrivo illuminano la neve tra i pini spogli. Si volta e osserva il pastore tedesco seduto poco lontano, ansimante, tenuto fermo dalla presa salda del suo padrone sul collare. Non distoglie nemmeno per un attimo lo sguardo dal corpo nella neve.

Non perdono tempo a cambiare auto, proseguono con quella aziendale di Tryste, con il logo della Groths su entrambe le portiere. Le mani di Karen sono gelide, ma lei è sveglia, nota Karl qualche minuto dopo mentre imboccano la statale.

«Come stai?» le chiede quando apre gli occhi. «Ti fa male qualcosa?»

Lo sguardo di lei vaga nell'abitacolo e Karl rimane sorpreso nel vedere che cerca di mettersi seduta. Non fa in tempo a prenderle le braccia che lei inizia a tirare colpi tutto intorno. Karl indietreggia quando lo colpisce al viso.

«Devo uscire» dice Karen con voce spezzata. «Non c'è aria.»

Karl osserva il suo petto che si solleva troppo rapidamente, sente i respiri corti e affannosi, vede le dita che graffiano la portiera cercando di afferrare la maniglia.

«Accendi i lampeggianti, cazzo!» urla a Cornelis.

Poi schiaccia il pulsante del finestrino e sente entrare l'aria gelida. Il panico lentamente abbandona Karen. Con prudenza, Karl Björken le mette un braccio intorno alle spalle.

85

Leo Friis si sveglia e la luce della lampada lo abbaglia. Il respiro al suo fianco sembra tranquillo e regolare, ma la coperta è in fondo al letto e la fronte sotto la lunga frangia scura sembra imperlata di sudore. Lancia un'occhiata alla radiosveglia. Le sette e un quarto. Tra un'ora potrà spegnere la luce, e se lei si sveglia non sarà completamente buio.

"Adesso va meglio" pensa. La lampada è sufficiente, non serve anche il lampadario, e basta che la finestra sia aperta di poco; la stanza non è gelida come all'inizio, quando era appena tornata a casa. E nelle settimane seguenti. Nei giorni in cui Karen non riusciva a addormentarsi se non beveva fino a stordirsi. Allora crollava sul divano, con tutte le luci accese. Quelle erano state le settimane peggiori. Poi le cose erano migliorate, e aveva trovato la forza di salire in camera da letto, ma solo con il lampadario acceso, senza chiudere le porte e con la finestra aperta. Era riuscita a chiudere gli occhi e lasciarsi sopraffare dal sonno a patto che lui o Sigrid si sdraiassero accanto a lei e facessero la guardia contro il buio. Si svegliava ogni notte, bagnata di sudore freddo, con il panico negli occhi, e loro le parlavano piano per riportarla alla realtà. "Adesso va meglio" pensa Leo, spostando piano la frangia dalla fronte di Karen. "Bastiamo io e la lampada, e la finestra socchiusa. E lei dorme."

Ed è successo qualcosa anche a lui. Non guarda più con la coda dell'occhio l'uscita più vicina, non controlla di continuo quanto è piccola la stanza in cui si trova, quanto sembrano vicine le pareti. Non scatta più – be', almeno non si fa prendere dal panico – quando sente una porta chiudersi alle sue spalle. La settimana scorsa non ha quasi pensato alla folla al bancone del bar del Repet, ed è andato nel bagno chiuso quando gli orinatoi a muro erano tutti occupati. Okay, non ha girato la chiave della porta, ma comunque...

Leo Friis sa benissimo perché il ricordo del sottoscala lo ha riassalito all'improvviso. Non perché tra poco saranno trent'anni da quando il suo patrigno l'ha chiuso là dentro per l'ultima volta. Non perché il bastardo è caduto dalle scale ed è morto due giorni dopo. Non perché Leo era sul pianerottolo, ansimante, e aveva pensato che finalmente era finita. Si era sbagliato. Il ricordo degli abusi era sopravvissuto alla caduta. La paura degli spazi chiusi l'aveva tenuto in una morsa di ferro finché, senza preavviso, aveva fatto un passo indietro ed era sparita dietro le quinte.

L'aveva capito non appena era entrato in quella stanza d'ospedale quasi sei settimane prima. Karl Björken aveva telefonato per spiegare in breve quello che era successo. Karen era stata ricoverata a Ravenby.

«Non è ferita gravemente, ma non sta molto bene» aveva detto. «Riuscite a venire qui?»

Si erano messi subito in auto, lui e Sigrid, e avevano viaggiato a rotta di collo, in silenzio. Dopo aver fatto i sette piani di corsa, mentre Sigrid aveva preso l'ascensore, Leo trafelato aveva aperto la porta e aveva visto Karen alla finestra, con il camice azzurro dell'ospedale scuro di sudore sulla schiena. Il panico riempiva la stanza.

"Ha più paura di me" aveva pensato.

Un'altra occhiata alla radiosveglia: tra poco saranno le sette e mezzo, difficile pensare di riaddormentarsi. "Ma non ha nemmeno senso alzarsi subito" pensa Leo, e si volta a guardare il viso sul cuscino di fianco al suo. Vede le palpebre che si muovono, sente il leggero russare, osserva i piedi nudi che spuntano dai pantaloni di flanella a quadretti. Là sotto ci sono ancora le cicatrici, una linea pallida lungo la caviglia, e una serpeggiante come un verme rosato intorno al ginocchio sinistro. Vecchie cicatrici, non sono servite altre operazioni. «È stata fortunata, le ferite sono superficiali» aveva detto il medico.

"Non tutte" aveva pensato Leo all'ospedale, con il cuore in gola, quando aveva incontrato lo sguardo colmo di panico di Karen. Lui si era calmato del tutto, all'improvviso.

"Ma guariranno" pensa adesso.

Presto si sveglierà, e tutto tornerà come prima. Lei si arrabbierà perché nessuno ha tolto il calcare dalla macchina del caffè, farà notare con tono sarcastico che gli asciugamani non si lavano da soli se rimangono in bagno per terra, sospirerà perché Sigrid passa troppo tempo con lo sguardo incollato al cellulare invece di studiare.

Però non dirà loro che devono andarsene.

86

Bo Ramnes si alza dal divano irritato.

"Ma che cazzo, uno non può proprio starsene in pace a questo mondo" pensa alzando il volume del televisore. Già è fastidioso essere lì da solo come uno sfigato il sabato sera, deve anche essere scocciato da qualche campagnolo idiota che non ha niente di meglio da fare che andarsene in giro con il suo cazzo di motorino? O con un quad che costa un occhio della testa?

In realtà non avrebbe dovuto accendere la tv, avrebbe dovuto esaminare tutto il materiale prima delle elezioni d'autunno. Non avrebbe neanche dovuto versarsi il secondo whisky. O è il terzo? Chi se ne frega. Ha tutto il diritto di rilassarsi dopo quello che gli è successo.

La conversazione con Yngve Kroon non è stata facile, gli ci è voluta più di un'ora per convincere il segretario del partito che è stato tutto un equivoco, che lui vuole e può ancora candidarsi. È dovuto restare un'ora seduto là, a lasciarsi interrogare come uno scolaretto. A rispondere obbediente e in modo adeguato. Sì, Aylin è stata male per un certo periodo, ma adesso sta decisamente meglio. È solo stressata, ha avuto molto da fare con i bambini e poi sua madre si è ammalata, di cancro, sì, è davvero terribile, ma sembra che se la caverà. E adesso Aylin e sua madre sono via per un po', per riposarsi entrambe. Sì, i bambini sono con loro, naturalmente.

Sì, certo, hanno avuto dei problemi, soprattutto negli ultimi sei mesi, quando Aylin non stava bene. Sì, è vero, lei l'ha denunciato per maltrattamenti. Ma era in stato confusionale, ovviamente. Poi si era pentita di aver fatto una cosa tanto orribile. E aveva ritirato la denuncia già il giorno successivo.

A dire il vero un fatto come questo può giovare al partito. Se solo sapessi a quanti uomini succedono cose del genere, ogni giorno, per non parlare di quanti sono in prigione seppure innocenti. Senza dubbio esistono bestie che picchiano le loro mogli o fidanzate, ma non tutti quelli che vengono accusati sono colpevoli. Sì, lui ritiene ancora che gli standard minimi per la detenzione debbano essere alzati. Sì, in generale, ma soprattutto per quanto riguarda reati davvero gravi come omicidio e spaccio di stupefacenti. Sì, naturalmente anche nei casi di maltrattamenti alle donne, che in effetti sono frequenti in questo paese. Ma bisogna anche far diminuire il numero di denunce false.

Sì, lui e Aylin ritorneranno insieme. Ovvio. In questo momento lei ha solo bisogno di un po' di riposo. Assolutamente, lei lo supporterà sia in casa sia con i media se dovesse servire. I figli e la casa sono sempre stati la sua massima priorità, lei non metterebbe mai se stessa prima dei bambini o di suo marito. No, nemmeno prima di ciò che è meglio per il partito, ovviamente.

Era stato un vero e proprio interrogatorio.

«Brutta troia» mormora Bo Ramnes sottovoce andando in cucina.

Questa volta è via da più di sei settimane. Si è intestardita nel continuare il suo giochetto. Non ha ceduto nemmeno nelle occasioni in cui è riuscito a trovarla per cercare di ragionare con lei, anche se si era quasi pisciata addosso dalla paura quando l'aveva visto. Le sue spiegazioni non sono servite, e nemmeno le scuse, o gli schiaffi o le minacce. Lei l'ha respinto. E poi si è trasferita da un'altra parte. Un piccolo bilocale a Sande, a quanto pare. Grazie a Dio ha degli amici leali che lo tengono informato.

"Gli amici di Aylin invece non hanno mai capito che cos'è meglio per lei" pensa Bo Ramnes riempiendo il bicchiere. "Non la conoscono, non sanno di cosa ha davvero bisogno. Eppure sono riusciti a manipolarla per più di un mese, ormai, quella puttana di una poliziotta, la danese e i froci. Sembra proprio che le abbiano fatto il lavaggio del cervello. Grazie a Dio non c'è nessuna denuncia, almeno non ha osato spingersi tanto oltre. Si rende benissimo conto di non avere nessuna possibilità."

O magari è stato quello che le ha detto l'ultima volta che l'ha trovata, facendola impietrire per il terrore. Forse non avrebbe dovuto dirlo, ma lo pensava sul serio.

«Una moglie morta è meglio di nessuna moglie, Aylin. Non ti rimane molto tempo per pensare.»

Sente un rombo fuori dalla finestra. Il rumore è talmente forte che lui sobbalza e il bicchiere di whisky gli scivola di mano.

«Brutti bastardi» dice, andando nell'ingresso.

Nel momento in cui apre la porta si rende conto che non si tratta di qualche ragazzino della zona, non ci sono motorini truccati o costosi quad in vista. Ma se ne accorge troppo tardi.

Bo Ramnes non fa nemmeno in tempo a protestare prima di essere spinto dentro casa da un muro di muscoli e pelle nera.

Quando un quarto d'ora dopo sente il rombo delle moto che ripartono, non si muove. Rimane a terra in cucina, in posizione fetale, immerso nell'odore del proprio vomito. Solo quando il rumore è cessato da un bel po' riapre gli occhi e si mette lentamente a sedere. Non è ferito, non ce n'è stato bisogno, non sono venuti per quello. Non stavolta. L'avvertimento è stato già abbastanza chiaro.

Per la prima volta nella sua vita da adulto, Bo Ramnes sente la paura strisciargli lungo la spina dorsale, paralizzargli braccia e gambe, e rimane seduto per terra. Una paura cruda e irragionevole, che gli svuota lo stomaco. Ha un altro conato, ma questa volta non viene su niente. Tutto gira come una trottola e lui appoggia le mani su qualcosa di bagnato. Un'altra pozza di liquido caldo. Non ha bisogno di abbassare lo sguardo sui pantaloni grigio chiaro per sapere che sono impregnati di urina.

Epilogo

Febbraio. Fuori sta calando il crepuscolo, grigio e confuso. Si posa sul mare, gli scogli e le rocce, sui rami spogli del sorbo e sul leggero tappeto di neve scricchiolante. Cancella i contorni delle cose, esorta alla riflessione. Non è ancora ora. Forse si può intuire una differenza nella luce, nelle ombre che sono meno allungate di qualche settimana fa. Forse la prima pavoncella è già tornata a casa, ma è vero quello che dice la canzone: «Ce ne vorrà ancora, prima che giochino gli agnelli e le trote».

Uno sfrigolio proveniente dalla cucina rompe il silenzio, ma nessuno si muove. Leo è seduto in poltrona con la chitarra in grembo e un blocco per appunti sul tavolo accanto. Grosse cuffie nere gli coprono le orecchie e le labbra si muovono in silenzio mentre scrive gli accordi. Sigrid è sdraiata sul divano e sembra essere altrettanto lontana, su un altro pianeta: fissa il suo cellulare con una gamba allungata sullo schienale, mentre con i pollici picchietta senza interruzione sullo schermo.

«Ma che cavolo!» esclama Karen mettendo giù il libro. «Non avete sentito che trabocca?»

Non si ricorda se tocca a Leo o a Sigrid cucinare, oggi, sa solo che non è il suo turno. Si sente sfrigolare di nuovo. Con un sospiro si alza e va in cucina, strascicando di proposito i calzettoni sul parquet.

A parte l'odore dell'acqua che sta bruciando sulla piastra, satura di amido del riso, la colpisce un profumo di aglio, timo e agnello. Con una rapida mossa sposta la pentola che trabocca e abbassa la fiamma. Solleva il coperchio della pentola vicina, mescola e constata con sollievo che non c'è niente di attaccato sul fondo. Si volta e osserva il tavolo con un altro sospiro. Chi ha avuto l'ambizione di apparecchiare, per qualche ragione ha cambiato idea in corso d'opera. Sul tavolo c'è una pila di piatti coronata da un mucchio di posate, ma ci sono ancora le briciole della colazione sparse in giro.

"Sigrid" si dice aprendo un'antina. Si allunga per prendere i bicchieri di tutti i giorni, ma poi cambia idea e guarda il ripiano in alto. "Vino rosso" pensa. "Non si può mangiare lo stufato d'agnello senza vino rosso."

«Scusa, ma Hanne del club mi ha mandato un messaggio e poi mi sono dimenticata...»

A quanto pare Sigrid si è svegliata dal suo stato comatoso ed è entrata in cucina. Invece di finire la frase si mette a sistemare piatti, coltelli e forchette.

«Be', niente vino per chi non fa il suo dovere» dice Karen senza voltarsi. «Sai com'è, sono le regole. Chi cazzo ha messo i bicchieri così in alto che non si riesce a prenderli?» aggiunge alzandosi in punta di piedi.

Sigrid guarda la schiena di Karen con l'aria di una che ha appena saputo che gli ultimi ghiacci polari si sono sciolti.

«Sta scherzando. Stai al gioco e fingi che sia divertente.»

Leo le ha raggiunte e si mette dietro Karen. Appoggiato alla sua schiena, prende i bicchieri senza sforzo, li mette giù e poi posa le mani sul lavello e il mento sulla spalla di Karen.

Vede che sta sorridendo e sa che Sigrid dietro di loro sta alzando gli occhi al cielo.

«Che vino beviamo?» le sussurra all'orecchio destro.

«Vado *io* a prenderlo» risponde lei bruscamente, divincolandosi dalla presa.

Leo ha già fatto irruzione nella sua cantina come un bulldozer e lei non vuole sprecare le poche bottiglie di Brouilly rimaste per un giovedì qualsiasi.

Non è arrivata neanche a metà della scala quando sente

vibrare il cellulare nella tasca dei jeans e si blocca con una gamba nel vuoto. Lancia un'occhiata allo schermo e, nel leggere il numero, sente il suo cuore accelerare i battiti. Ha aspettato quella telefonata con un misto di timore e speranza durante ogni istante delle ultime due settimane.

L'ha aspettata da quando ha deciso di rischiare il tutto per tutto.

Aveva camminato avanti e indietro in cucina per ore prima di decidersi. Una voce seducente le aveva sussurrato che non era costretta a farlo, che non doveva, non doveva proprio. E poi una strana voce le aveva detto che lei, dentro di sé, sapeva già che alla fine l'avrebbe fatto. Che i dubbi erano solo un modo per rimandare l'inevitabile. Avrebbe preso il cellulare dal tavolo e avrebbe fatto quella telefonata che non doveva né poteva fare. La telefonata che avrebbe potuto costarle il posto se qualcuno l'avesse scoperto.

Loro avrebbero cercato di capire, magari pensando che era ancora sotto shock per l'accaduto. Che erano passate solo due settimane da quando aveva lottato per sopravvivere in quella miniera. Che non era in sé, non aveva compreso le possibili conseguenze. Sì, è probabile che avrebbero pensato questo.

E si sarebbero sbagliati di grosso.

Karen Eiken Hornby sapeva benissimo che cosa faceva, quel giorno di quasi due settimane prima, quando aveva fatto la telefonata che avrebbe potuto costarle qualcosa di più del suo lavoro se la persona dall'altra parte l'avesse tradita.

E adesso lui la sta richiamando.

Si volta ed esce di casa prima di rispondere. Né Leo né Sigrid devono ascoltare quella conversazione.

«Be'?» risponde secca.

«Tutto a posto» dice Odd.

«È vivo, giusto?»

«Sì, come volevi tu. Ma non le darà più fastidio.»

«Sicuro?»

«Diciamo che gli abbiamo fatto capire chiaramente che cosa succederebbe se solo dovesse pensarci. Siamo pari adesso, Impiastro?»

«Certo, *Odd one*» risponde lei.

E con un sorriso quasi invisibile, Karen Eiken Hornby conclude la telefonata e rientra in casa.